Terry Waiden
Und zweitens, als du denkst

Terry Waiden

Und zweitens, als du denkst

Roman

© 2014
édition elles
www.elles.de
info@elles.de
Umschlaggestaltung und Satz: graphik.text Antje Küchler
Umschlagfoto: © Galyna Andrushko – Fotolia.com
ISBN 978-3-95609-098-1

W er, bitte, denkt sich so etwas aus?«

Die Frage riss Elin aus ihren Gedanken. Irritiert schaute sie sich in dem Promenadencafé um. Schließlich blieb ihr Blick am Nebentisch hängen.

Die Frau, die dort saß, war in eine Zeitung vertieft. Falls sie also die Fragestellerin war, erwartete sie keine Antwort, denn sie schüttelte nur wiederholt den Kopf. Sie hatte sich vermutlich nur laut über etwas gewundert, was sie gerade gelesen hatte.

Die Sonne im Hintergrund verlieh dem Profil der Fremden fast so etwas wie einen Heiligenschein. Elin lächelte. Es war lange her, dass ein Anblick sie so gefesselt hatte.

Rasch zwang sie ihren Blick wieder auf den kläglichen Rest ihres Eisbechers. In der Schale verschmolzen Erdbeer- und Schokoladeneis gerade zu einer rotbraunen Masse. Während sie so tat, als beobachte sie den Prozess, versuchte sie, vom Nebentisch weitere Geräusche aufzufangen – das Umblättern einer Seite, eine Bemerkung, vielleicht sogar noch eine Frage. Irgendetwas, worauf sie hätte reagieren können. Aber nichts dergleichen geschah.

Also zählte Elin für sich die Gründe auf, warum es besser war, dass die Frau nicht mit ihr gesprochen hatte:

Erstens war Elin hier, um sich von einem anstrengenden Morgen und Vormittag zu erholen, und nicht, um sich zu unterhalten.

Zweitens war sie nicht der Typ für Plaudereien mit wildfremden Menschen.

Drittens hätte sie für ein längeres Gespräch auch keine Zeit.

Zusammengefasst waren es genügend schlüssige Argumente – und trotzdem hörte sie sich plötzlich sagen: »Wenn Sie mir verraten, worum es geht, kann ich Ihnen vielleicht helfen.«

Nun war es die Fremde, die irritiert aufschaute. Sie zog einen Mundwinkel zur Seite und zeigte auf die Zeitung. »Horoskope.«

Elins Blick folgte der Geste. Kurz nur, denn sie fand das Gesicht der Fremden viel interessanter. Es war kein makelloses Gesicht. Gerade deshalb war es voller Leben. Nichts davon war unter einer Schicht aus Make-up verborgen – und dennoch gaben diese Züge nichts preis.

»Ich habe mal gehört, dass das die unterschiedlichsten Leute als eine Art Nebenjob machen«, ging Elin auf die Aussage der Frau ein. Dabei versuchte sie zu erkennen, ob deren Augen tatsächlich grün waren oder nur durch das Spiel aus Licht und Schatten so wirkten. Wie gern hätte sie sich weiter in den Blick der Fremden vertieft und das Rätsel gelöst.

Aber es gelang ihr nicht, denn die Fremde schaute kurz zum Himmel und schnaubte dabei verächtlich: »Klasse. Je nachdem, wie diese Leute drauf sind, findet der Steinbock dann heute entweder das große Glück, oder er muss im Straßenverkehr aufpassen.«

Auch das Stirnrunzeln, dachte Elin, unterstrich die Lebendigkeit in diesem Gesicht. Keine noch so grimmige Miene konnte dessen Anziehungskraft etwas anhaben. Elin konnte sich ihr kaum mehr entziehen. Vor allem jetzt nicht, da die Frau unvermutet lächelte und gleichzeitig zurückzuckte – fast so, als sei sie selbst von dem Lächeln mehr überrascht als Elin.

Es fiel Elin immer schwerer, sich daran zu erinnern, dass sie in wenigen Minuten aufbrechen musste. »Und wenn der Schreiber richtig mies gelaunt ist«, flachste sie, »muss der arme Steinbock mit Pleite, Verschuldung oder einem Todesfall rechnen.«

Die Frau lächelte nicht mehr. »Das Dumme ist nur, dass es Menschen gibt, die an diesen Unfug glauben. Die müssen das dann ausbaden.«

Die samtig weiche Tonlage jagte Elin eine Gänsehaut über den Rücken. Sie konnte nicht genug bekommen von dieser Stimme. Damit das Gespräch nicht abflaute, fragte sie rasch: »Was steht denn so Schlimmes bei Ihnen?«

Die Fremde machte eine wegwerfende Handbewegung. »Ich soll meine Sorgen und Nöte einmal vergessen. Und so weiter und so fort. Also nichts, was ich nicht längst wüsste.«

»Aber damit kann man doch gut leben«, meinte Elin. »Ein ganz allgemeiner guter Rat, den wirklich jeder irgendwie auf sich beziehen kann, hat noch niemandem geschadet. Geben Sie zu, dass Sie beeindruckt sind.«

»Beeindruckt?« Die Wangen der Fremden nahmen einen leichten Rotton an. Ein kleines Lächeln umspielte ihre Lippen. Sie sah aus wie eine Frau, die an etwas Schönes dachte. Waren es Erinnerungen? Oder Erwartungen? »Heute auf alle Fälle.«

Elin räusperte sich und zog eine Augenbraue hoch. »Ist das Ihr Ernst? Ich dachte, das wäre alles nur Unfug.«

»Darum bin ich ja beeindruckt. Davon, wie wenig Horoskope stimmen«, gab die Frau leise zurück. Auf einmal zwinkerte sie Elin zu. »Aber wenn ich das richtig sehe, dann können Sie dem Kram etwas abgewinnen.«

Elin wunderte sich immer mehr über sich selbst. Es kam nicht oft vor, dass sie sich in Gegenwart von Fremden so schnell wohlfühlte wie jetzt, bei dieser Frau. Vorsichtig drehte sie den Kopf von rechts nach links, so, als dürfe niemand außer der Fremden die Antwort hören: »Bei guten Prognosen – warum nicht?«

Die Frau rückte mit ihrem Stuhl ein bisschen näher zu Elin heran und zog die Zeitung mit sich. Dabei stieg Elin ein Duft in die Nase, der an Sommerspaziergänge erinnerte. Sie konnte sich gerade noch daran hindern, diesen Duft tief einzusaugen.

»Was sind Sie denn für ein Sternzeichen?«, fragte die Fremde.

In ihre weiche Stimme hatte sich etwas Raues geschlichen. Ein leichter Schauer ergriff Elin. Sie musste schlucken. »Waage«, brachte sie schließlich etwas zeitversetzt heraus.

»Mal sehen«, murmelte die Frau. Sie fuhr mit den Fingern die einzelnen Absätze entlang. Lange, schlanke Finger, perfekt maniküriert – und trotzdem war Elin sich sicher, dass diese Hände auch zupacken konnten.

Verstohlen musterte Elin ihr Gegenüber genauer: eine Frau, die voller Widersprüche schien. Denn am rechten Ärmel der eleganten weißen Bluse sah Elin einen feinen, dunklen Streifen, als sei sie damit über eine schmutzige Kante gestrichen. Der gehörte bestimmt nicht dorthin. Die schwarze Stoffhose wiederum war makellos.

Elin schaute an sich hinunter. Im Vergleich zu der eleganten Erscheinung der Fremden wirkte sie selbst sehr gediegen in ihren weißen Jeans und dem schlichten schwarzen Shirt. Sie grinste in sich hinein, als ihr bewusst wurde, dass sie beide dieselbe Farbkombination trugen, nur anders herum.

Ob sie auch in anderen Bereichen so gegensätzlich waren? Das hatte Elin zumindest bis vor wenigen Augenblicken angenommen. Vor allem hätte sie nicht vermutet, dass diese Frau an Frauen interessiert war. Nun, da die Fremde sich immer näher zu ihr beugte, war sie sich dessen nicht mehr sicher. Allerdings bestand natürlich auch die Möglichkeit, dass sie keine Ahnung davon hatte, wie diese Nähe auf Elin wirkte.

In Elins Überlegungen hinein las die Frau vor: »Die Zeit ist reif, den ersten Schritt zurück ins Leben zu machen. Gehen Sie an Ihren Mitmenschen nicht achtlos vorbei, sondern auf sie zu. Durch Ihren Einsatz und Ihr Mitgefühl können Sie anderen helfen und Herzen öffnen. Es wird sich am Ende auch für Sie lohnen.« Sie kämpfte offensichtlich gegen ein Grinsen, als sie Elin zuraunte: »Und jetzt sagen Sie bloß nicht, dass all Ihre Fragen nicht mit einem Schlag beantwortet sind.«

Konnte die Frau nicht wie eine dieser Damen aus dem Radio klingen? Emotionslos und weit weg? Aber nein. Sie musste so dicht an Elins Ohr sprechen, dass der warme Atem und der weiche Klang alle Sinne auf einmal streichelten. Elin musste sich etwas zurücklehnen, um die Aussage der Fremden einigermaßen ruhig kommentieren zu können: »Genau das meinte ich ja vorhin. Diese Texte sind immer so schön allgemein gehalten, dass sie im Grunde auf jeden passen könnten.«

Just in diesem Moment hörte Elin hinter sich die Kirchturmuhr zwölfmal schlagen. *Ob ich noch etwas länger bleibe?* Für ein, zwei Sekunden war sie versucht, dem Wunsch nachzugeben. Aber es half nichts – sie hatte nun mal einen Termin.

»Sehen Sie: Schon passt es. Die Zeit ist für mich nämlich wirklich gerade reif. Aber leider nur, um aufzubrechen.«

»Schade«, sagte die Frau leise. Es klang tatsächlich so, als täte es ihr ebenso leid. In ihren Augen meinte Elin sogar eine Spur von

Enttäuschung zu lesen.

Jetzt, da die Fremde sie zum ersten Mal direkt ansah, verfing sich Elins Blick in diesen Augen. Sie konnte nichts dagegen tun, sich nicht davon lösen. Denn noch nie zuvor hatte sie solch ein Grün gesehen. So sah das Meer aus, wenn es bei Sonnenuntergang wie mit einer glänzenden Folie bedeckt wirkte.

»Ja«, sagte sie, ohne sich auch nur einen Millimeter zu rühren.

»Ja«, wiederholte die Frau. Auch sie war wie erstarrt.

Es schien eine Ewigkeit zu dauern, bis Elin sich wieder bewegen konnte. Ganz kurz dachte sie daran, den Termin einfach zu verschieben. Einen Anruf, mehr brauchte es nicht. Doch dann gab sie sich einen Ruck. *Jetzt reiß dich zusammen* ... Etwas schwerfällig erhob sie sich von ihrem Platz und lächelte die Frau an. »Ich glaube zwar nicht unbedingt an Horoskope – aber daran, dass man sich im Leben immer zweimal begegnet.« Damit machte sie sich rasch auf den Weg. Bevor sie es sich doch noch anders überlegte.

Sie war sicher, dass sie sich das samtig weiche »Hoffentlich« nicht eingebildet hatte. Es war dasselbe, was sie auch dachte.

Wenige Minuten später stand Elin vor ihrem Auto. Sie konnte immer noch nicht verstehen, was da eben passiert war. Wann hatte eine Frau zuletzt, in so kurzer Zeit, einen so nachhaltigen Eindruck auf sie gemacht? Eigentlich noch nie. Und diese Frau war noch nicht einmal ihr Typ. Jedenfalls war sie völlig anders als Maret oder die anderen Frauen, mit denen Elin früher zusammen gewesen war.

Vielleicht war das ein Zeichen, dass ihr etwas fehlte? Dass sie schon zu lange allein war?

Auf keinen Fall. Ihr Leben war okay, so wie es war. Für Liebesgeschichten oder gar Beziehungen und die damit verbundenen Probleme war sie nicht geschaffen. Das alles hatte sie hinter sich gelassen.

»Genau«, unterstrich sie das noch einmal für sich selbst. Und damit hakte sie das Thema ab.

Sie schaute auf die Tür ihres Wagens. *S + E Petersen. Ihre Hausmeister.* Der Slogan war zwar nicht sehr einfallsreich, aber es machte sie jedes Mal stolz, ihn zu lesen. Sie und ihr Cousin Simon hatten hart dafür gearbeitet, dort anzukommen, wo sie heute waren. Inzwischen hatten sie einige sehr gute Kunden. Einer davon war das Ostsee-Gymnasium, und genau dort hatte sie den Termin, der die unverhoffte Begegnung im Café so abrupt beendet hatte.

Die Fahrt zum Gymnasium dauerte zwanzig Minuten. Sie schaltete das Radio an und ließ sich berieseln. Normalerweise hörte sie beim Autofahren kein Radio, aber heute war ihr danach. Sie stand bereits auf dem Parkplatz, als eine monotone Frauenstimme die Horoskope vorlas.

Elin grinste. »Die muss noch viel lernen.« Ohne auf die Waage zu warten, stellte sie den Motor ab.

Sie wunderte sich, dass sie beschwingten Schrittes auf das Büro des Rektors zuging. Zwar war sie mit ihren zweiunddreißig Jahren längst dem Alter entwachsen, in dem man ängstlich an dessen Tür klopfte, aber sollte sie nicht doch ein wenig nervös sein? Schließlich würde sie in wenigen Minuten erfahren, ob der Auftrag hier in absehbarer Zeit zu Ende wäre oder nicht. So hatte es zumindest Sören Meister angedeutet, mit dessen Betrieb sie sich den Auftrag am Gymnasium teilte. Neben den Abendschichten und der frühmorgendlichen Kontrollrunde gehörte zu Sörens Dienst auch die Anwesenheit bei schulischen Veranstaltungen, und bei einer solchen hatte er vor kurzem von geplanten Einsparungen im Schulsektor erfahren, die sich auf Handwerksbetriebe wie den ihren auswirken könnten. Um sich Klarheit zu verschaffen, hatten Elin und Simon das Gespräch mit dem Rektor gesucht.

Aber trotz dieser beunruhigenden Aussichten war Elin vollkommen gelassen. Nach der Begegnung mit der Fremden glaubte sie fest daran, dass alles gut werden würde.

»Es tut mir leid, Frau Petersen«, waren dann jedoch genau die Worte, die sie nicht hören wollte. »Aber falls sich demnächst mehrere Einrichtungen zusammenschließen, soll eine einzige Firma alle Wartungsaufgaben übernehmen. Und dafür ist Ihr – wenn ich es so nennen darf – Zweimannbetrieb leider zu klein.«

Der Rektor erklärte ihr noch einige Zusammenhänge, die aber allesamt nach Rechtfertigung und Ausflüchten klangen. Auch die Aussage, dass noch nichts definitiv entschieden war, tröstete sie nur wenig: Wenn bereits in diese Richtung geplant wurde, war anzunehmen, dass dieser angedachte Zusammenschluss tatsächlich stattfinden würde. Vielleicht nicht sofort, aber in den nächsten Jahren.

Darum fuhr Elin nach dem Gespräch nicht sofort los, sondern blieb zunächst eine Zeitlang in ihrem Auto sitzen. Sie musste die Nachricht erst verdauen. Was, wenn dieser Auftrag wegbrach?

»Dann hast du vielleicht endlich mal wieder echte Achtstundentage«, versuchte sie sich die Veränderung schmackhaft zu machen.

Aber bis es so weit war, hatte sie noch einiges zu tun. Das nächste Kundengespräch stand an. Zum Glück zählte derlei üblicherweise nicht zu ihren Aufgaben; das erledigte Simon. Sie selbst arbeitete lieber mit den Händen, als zu reden. Aus diesem Grund strich sie Tage wie diesen möglichst aus dem Gedächtnis.

Heute gab es allerdings durchaus etwas Erinnerungswürdiges. Elin lächelte, als sie an die Frau im Promenadencafé dachte.

Bis zum Abend waren fast alle Gespräche geführt. Was noch fehlte, war das mit Simon. Das konnte sie nicht aufschieben, auch wenn sie es gern getan hätte. Da sie mit ihm und seiner Frau Ann die Wohnung teilte, hatte sie kaum eine Wahl.

Mit einem leichten Aufstöhnen ließ sie sich in ihren Sessel fallen. »Gott, was bin ich froh, dass du dich sonst darum kümmerst«, sagte sie laut.

Simon kam aus seinem Schlafzimmer und zog die Tür hinter sich zu. »Es tut mir ja leid, dass du das heute machen musstest«, entschuldigte er sich zum wiederholten Mal. »Aber ich musste einfach bei Ann bleiben.«

»Wie geht es ihr denn?« Elin schaute an ihm vorbei auf die verschlossene Tür. »Hat sie immer noch solche Magenprobleme?«

»Die sind Gott sei Dank weg. Aber nach der schlaflosen Nacht ist sie jetzt fix und alle.« Er holte sich ein Bier aus der Küche und setzte sich auf die Couch. »Und nun, Elin – sag schon. Welche schlimmen Nachrichten gibt es, dass du so fertig aussiehst?«

»So schlimm ist es eigentlich nicht. Ich bin nur das viele Gelaber den ganzen Tag nicht gewöhnt«, stellte Elin richtig. »Also: Es kann sein, dass wir da eine Wohnanlage dazubekommen, bei der wir die Hausmeisterei übernehmen sollen. Mit denen sollst du dich in ein paar Tagen noch einmal zusammensetzen.«

»Prima«, sagte Simon zufrieden. »Und die schlechte Nachricht?«

Er kannte sie einfach zu gut. Elin seufzte, beugte sich nach vorn, goss etwas von seinem Bier in ihr Glas und nahm einen tiefen

Schluck. Erst dann gestand sie: »Das Gymnasium.«

»Oh«, sagte Simon nur. In Gedanken schien er bereits die finanziellen Auswirkungen zu berechnen.

»Was sagst du dazu?«, fragte Elin nach einer kurzen Pause.

Simon lächelte. »Dass du in Zukunft nicht mehr so einen Stress haben wirst. Vormittags am Gymnasium und nachmittags dann alle anderen Baustellen ...«

»Stimmt.« Elin setzte sich auf und grinste ihren Cousin an. »Dann fang schon mal an zu sparen.«

Simon runzelte die Stirn. »Sparen?«

»Schon vergessen?«, fragte Elin. »So war es doch abgemacht. Du bezahlst mir ein Urlaubswochenende, wenn ich einmal nach einem Arbeitstag mit einer vollkommen abgearbeiteten Auftragsliste zurückkomme.«

· ■ ▉ ■ ·

In den nächsten Tagen hatte Elin allerdings keine Zeit, sich über einen möglichen Urlaub Gedanken zu machen. Dazu war ihre Auftragsliste zu gut gefüllt. Doch das störte sie nicht. Sie liebte ihren Beruf, vor allem die Tatsache, dass sie ihre eigene Herrin und keiner Kleiderordnung unterworfen war. Wie es zu ihrem Leidwesen der Fall war, wenn sie als Geschäftsfrau auftreten musste.

Wenn sie arbeitete, und dazu gehörten für sie ausschließlich die handwerklichen Tätigkeiten, konnte sie sich salopp kleiden. Um Unfällen vorzubeugen und den Sicherheitsvorschriften zu genügen, musste sie sogar entsprechende Arbeitsbekleidung tragen. Die Schirmmütze war vielleicht nicht unbedingt vorgeschrieben, aber sie fand es praktischer, ihr Haar darunter zu stecken, als es in irgendeiner Form zusammenzubinden. Gut, sie hätte sich die Haare kürzen lassen können, doch das wollte sie nicht. Denn privat mochte sie es, wenn ihr die blonden Locken bis zu den Schultern reichten. Kurz und gut: Elin gefiel sich so, wie sie war, und sie musste keine Frau darstellen, die sie nicht war.

Sie war eine Handwerkerin. Und in diesem Beruf war sie so gut, dass sie heute die reelle Chance hatte, eine Belohnung in Form eines Wochenendes auf Kosten ihres Cousins zu bekommen. Davon war Elin überzeugt, seit sie am Morgen die Pforten des Gymnasiums aufgesperrt hatte. Und tatsächlich: Es war früher Nachmittag, und hier waren alle Aufgaben erledigt. Jetzt fehlte nur noch der Auftrag in Warnemünde.

Schwungvoll schloss sie den Werkzeugkoffer. Sie hob ihn auf, wollte sich in Bewegung setzen – und stieß gegen ein Hindernis. Der Werkzeugkoffer glitt ihr aus der Hand und knallte mit einem blechernen Geräusch auf die Steinfliesen.

»Können Sie nicht aufpassen?«, hörte Elin eine Stimme, die ihr vage bekannt vorkam. Das Hindernis trat einen Schritt zurück und bückte sich nach einem Handy, das zu Boden gefallen sein musste. Erst in diesem Moment erkannte Elin die Frau aus dem Café.

War das tatsächlich die Frau mit der samtig weichen Stimme? In den letzten Tagen hatte Elin sehr oft an die Begegnung gedacht. An eine Frau, die nicht auf Äußerlichkeiten geachtet hatte. Die ein Wiedersehen erhofft hatte. Doch nun signalisierte sie genau das Gegenteil. Bis auf einen beiläufigen Blick ignorierte sie Elin standhaft – von Erkennen oder gar Wiedersehensfreude keine Spur.

Ärger stieg in Elin auf. Doch sie straffte die Schultern. Bei diesem Spiel konnte sie mitspielen. Bewusst langsam hob sie die Hände und trat ihrerseits einen großzügig bemessenen Schritt zurück, ohne die Frau aus den Augen zu lassen.

Die achtete allerdings immer noch nicht auf Elin, sondern strich sich mit einer Hand ihre anthrazitfarbenen Marlene-Dietrich-Hosen glatt. In denen sie, zugegebenermaßen, eine sehr gute Figur machte.

Um sich nicht in der Betrachtung der Frau zu verlieren, rückte Elin ihrerseits ihre Schirmmütze zurecht – ihre Arbeitsklamotten saßen sowieso wie immer. Anschließend ließ sie die Hände in den Hosentaschen verschwinden und wartete ab.

Als sie zusah, wie die Frau die Ärmel ihrer Jacke hinunterzog, konnte Elin ein Kopfschütteln nicht mehr unterdrücken. Jetzt fehlte nur noch ...

Und schon ordnete die Fremde ihr Haar.

Irgendwie wirkte sie wie ein Eichhörnchen, das hektisch die Nahrung für den Winter zusammensuchte. Dieser Gedanke ging Elin flüchtig durch den Kopf, als sie unvermittelt der Blick einer Raubkatze traf.

Kurz blitzte so etwas wie Verwirrung in den Augen der Frau auf. Das sanfte Grün darin war das Erste, worin Elin die Frau aus dem Café eindeutig wiedererkannte. Sie konnte nicht anders: Sie musste diesen Blick einfangen.

Für einen Moment schien die Zeit stillzustehen. Kein Windhauch, kein Atemzug, kein Herzschlag – bis ein Ruck durch die Frau ging. Sie blinzelte mehrmals. Hatte sie Elin vielleicht doch erkannt? Eher nicht, vermutete Elin. Denn zum einen sah sie selbst heute vollkommen anders aus als vor ein paar Tagen; und zum zweiten beachtete die Frau sie zu wenig. Aber falls das Absicht war? Dann war alles klar. Auf diesen Mantel aus Arroganz und Kälte, mit dem die Fremde sich umgab, würde Elin angemessen reagieren.

Sie drückte den Rücken durch und ballte die Hände in den Taschen zu Fäusten. Auf keinen Fall würde sie sich entschuldigen. Eine Elin Petersen entschuldigte sich nur, wenn sie sich schuldig fühlte, und das tat sie hier nicht. Schließlich war *sie* in niemanden hineingerannt.

Elin setzte an, das klarzustellen, da presste sich die Frau das Handy ans Ohr.

»Du wartest in der Pausenhalle, Fräulein«, sagte sie im Befehlston, drehte sich um und eilte davon. Wie bei einem Radio, an dem der Ton zurückgedreht wurde, hörte Elin immer leiser: »Du kannst dir inzwischen überlegen, was ...« Dann war die Lautstärke auf null.

Elin stellte sich vor, wie ein Mädchen – eingeschüchtert in Hab-Acht-Stellung – im Foyer wartete. Um die sechzehn. Älter konnte es keinesfalls sein. Denn welche Erwachsene würde so mit sich reden lassen?

Schluss damit, unterbrach Elin energisch ihre Überlegungen. Diese Frau beschäftigte sie schon zu lange. Es war an der Zeit, sich auf ihre Aufgaben zu besinnen. Denn dafür wurde sie bezahlt, nicht für irgendwelche Träumereien oder falsche Vorstellungen von fremden Frauen. Sicher, diese Frau war faszinierend. Aber Löwen faszinierten Elin ebenfalls, und sie würde sich trotzdem nicht freiwillig in deren Nähe aufhalten. Jedenfalls nicht ohne ein Gitter dazwischen.

»Frau Petersen, bitte warten Sie.« Etwas außer Atem stand wenig später die Schulsekretärin neben Elin. »Der Kopierer ... der Kopierer im Foyer hat eben den Geist aufgegeben.«

Gewissenhaft sperrte Elin die Tür zum Geräteschuppen zu, bevor sie sich der Sekretärin zuwandte. Sie ahnte bereits, welche Bitte jetzt kommen würde.

»Ich weiß – Sie wollten schon längst weg sein. Aber Sie kennen sich doch so viel besser mit dem Elektrischen aus als Herr Meister. Also könnten Sie nicht vielleicht trotzdem ... ausnahmsweise?« Die Sekretärin sah aus, als hinge ihr Leben von Elins Zustimmung ab.

Gelassen sagte Elin: »Frau Lohmeier, jetzt beruhigen Sie sich erst einmal. Danach schauen wir weiter.«

Dass sie nicht sofort abgelehnt hatte, schien die Sekretärin zu ermutigen. »Es ist wirklich dringend«, betonte sie noch einmal.

Elin überlegte. Nach ihren Erfahrungen könnte sie die Reparatur vermutlich auch auf den nächsten Tag verschieben. Wenn da nicht die Chance bestanden hätte, dass sie den heutigen Arbeitstag beendete, ohne dass noch etwas auf der To-do-Liste für morgen stand – und ihr das ein von Simon bezahltes Wochenende bescheren würde. Dazu kam, dass es ja vielleicht wirklich dringend war und der Kopierer heute oder morgen früh noch gebraucht wurde. Das gab letztendlich den Ausschlag, dass Elin mit einem langgezogenen »Ausnahmsweise« zustimmte.

Die Sekretärin strahlte Elin an. »Ich weiß nicht, was wir ohne Sie täten. Sie sind einfach ein Engel.« Eine Reaktion wartete sie nicht mehr ab, sondern verschwand eilends – als müsse sie verhindern, dass Elin einen Rückzieher machte.

Elin atmete kurz durch und holte ihr Telefon aus der Hosentasche. »Dann muss ich jetzt wohl umdisponieren.«

»Wozu hat man eine Hausmeisterin?«, polterte der Mieter in Warnemünde los, noch ehe Elin ihm die gesamte Sachlage erklären konnte.

Freundlich erwiderte sie: »Bestimmt nicht, um sie zu beschimpfen.« Sie wartete. Als aus dem Hörer nur ein leises Schnauben zu hören war, fuhr sie fort: »Ich habe versprochen, dass ich heute komme, und das werde ich auch. Es wird nur etwas später.«

»Bis Sie kommen und dann alles erledigt ist, ist es zappenduster«, murrte ihr Gesprächspartner.

Elin schickte ihm durchs Telefon ein Lächeln. »Um diese Jahreszeit ist es lange hell. Sie können sich also entspannt zurücklehnen.«

»Nennen Sie mir einen Grund, warum ich das machen sollte«, forderte der Mieter, doch sein Ton war jetzt um einiges freundlicher als zuvor.

»Wie wär es damit, dass ich mich *immer* an meine Versprechen halte?«

Am Ende dauerte das Telefonat zehn Minuten. In der Zeit überzeugte sie den Mieter, dass sie spätestens um achtzehn Uhr vor seiner Tür stehen würde, und schrieb gleichzeitig den Strandspaziergang ab, den sie für den Abend geplant hatte. Die Idee vom perfekten Tag gab sie aber nicht auf. Denn komme, was wolle: Sie würde heute alle Aufträge erledigen.

Zunächst kümmerte sie sich um den »Notfall«. Die Reparatur des Kopierers war etwas komplizierter als sie gehofft hatte, und wie üblich verlor sie bei der Arbeit jegliches Zeitgefühl. Erst das Läuten der Schulglocke riss sie aus ihrer Konzentration.

Sie sah auf. Die Pausenhalle war leer bis auf eine junge Frau, die Elin schon häufiger aufgefallen war. Sie hatte sie manchmal nach dem Läuten allein irgendwo sitzen sehen. Das Mädchen schien einer bestimmten Mitschülerin hinterherzuschauen – oder besser gesagt, hinterherzuträumen.

Plötzlich dachte Elin an die Frau von vorhin und deren harschen Umgang mit einem unbekannten *Fräulein*. Vielleicht war das der Grund, warum sie sich der jungen Frau hier auf einmal auf seltsame Weise verbunden fühlte, beinahe verbündet. Vielleicht war es aber auch die Tatsache, dass Elins eigene Träume bezüglich der Frau aus dem Café ebenfalls ins Leere gelaufen waren. Jedenfalls legte sie kurzerhand den Schraubenzieher weg, wischte sich die Hände notdürftig an den Cargohosen ab und trat zu der Bank, auf der die Träumerin saß.

»Sie sollten mit ihr reden«, schlug sie vor.

Keine Reaktion. Entweder hatte die Schülerin nicht zugehört, oder – was zu vermuten war – sie konnte mit dem Vorschlag nichts anfangen. Elin nahm es als Fingerzeig, dass sie sich aus den Problemen der jungen Frau heraushalten sollte, und wandte sich ab.

Da begann die Schülerin unvermutet zu sprechen. »Sie weiß wahrscheinlich gar nicht, dass es mich gibt«, flüsterte sie in den Raum.

Elin stoppte ihren Rückzug. »Dann sollten Sie erst recht mit ihr reden. Denn sie aus der Ferne anhimmeln – das bringt Sie nicht weiter.«

Ein leichtes Schulterzucken.

»Ich heiße Elin«, startete Elin einen neuen Versuch.

»Ich weiß«, war die knappe Antwort.

Elin kam nicht umhin, die junge Frau zu erinnern: »Normalerweise stellt man sich bei solchen Gelegenheiten auch vor.«

»Entschuldigung.« Endlich wandte die Schülerin sich ihr zu. »Ruby ... ich heiße Ruby.« Sie ließ Elin keine Zeit für eine Erwiderung, sondern fragte übergangslos: »Wieso bist du eigentlich so cool? Wo Kim doch ein Mädchen ist.«

Lächelnd setzte sich Elin neben die junge Frau auf die Bank und wandte sich ihr zu. »Denk mal drüber nach«, ging sie auf das vertrauliche Du ein.

Ruby zog die Stirn kraus – man sah förmlich, wie es dahinter arbeitete. Schließlich teilte sie das Ergebnis ihrer Überlegungen mit: »Du stehst auch auf Frauen.«

Elin musste grinsen. Die Kleine war süß in ihrer Schüchternheit. Gepaart mit dem Forscherdrang einer etwa Siebzehnjährigen ... Wenn Frau doch nur ein paar Jahre jünger wäre. Doch kaum hatte Elin das gedacht, fiel ihr ein, wie es für sie in diesem Alter gewesen war. Sie erschauderte.

»Warum kann Mama nicht auch so cool sein?«

Elin sah großzügig darüber hinweg, dass Ruby sie altersmäßig auf eine Stufe mit ihrer Mutter stellte. »Hat sie denn ein Problem damit, dass du in eine Frau verliebt bist?«

Traurig schüttelte Ruby den Kopf. »Erstens weiß sie es gar nicht, und zweitens hat sie mit allem ein Problem, was mit Liebe zu tun hat.« Sie hatte den Satz noch nicht zu Ende gesprochen, da war ihr Blick wieder starr auf einen Punkt hinter Elin gerichtet.

Schritte waren zu hören, die immer näher kamen. Die junge Frau ihr gegenüber schien förmlich in sich zusammenzusinken.

»Mama«, sagte sie kaum hörbar.

Als Elin sah, wie sich Rubys rechte Hand auf der Sitzfläche zur Faust ballte, griff sie ohne nachzudenken danach und drückte sanft zu. Es half. Ruby entspannte sich offenbar ein wenig, denn sie schaffte es tatsächlich, die Person anzuschauen, die inzwischen genau an Elins anderer Seite stehen musste.

Elin nahm die Wärme eines Körpers wahr. In ihre Nase stieg ein Duft, als hätte jemand die Fenster geöffnet und den Sommer hereingelassen.

»Lassen Sie mich mit meiner Tochter allein«, forderte eine Frauenstimme, die so gar nicht im Einklang mit Elins Eindrücken stand. Eine Stimme, die die Gletscherschmelze auf Island hätte aufhalten können. Zu der – daran konnte sich Elin nur zu gut erinnern – der Blick einer Raubkatze gehörte.

Die Geschmeidigkeit, mit der Rubys Mutter nun in Elins Blickfeld trat und die Arme vor der Brust verschränkte, passte dazu. Ihre Aufmerksamkeit war zu hundert Prozent auf Elins Hand gerichtet. »Wären Sie so nett«, verlangte sie in messerscharfem Ton, bevor sie sich demonstrativ zu ihrer Tochter drehte und ihr mitteilte: »Ich muss noch arbeiten. Also pack bitte deine Sachen zusammen und lass uns fahren.«

Noch nie zuvor war Elin derartig ignoriert worden. Als wäre sie ein unscheinbares Möbelstück, das zufällig irgendwo herumstand. Das konnte nur eines bedeuten: Die Frau aus dem Café hatte es nie gegeben. Daher schwor sich Elin, auch nie wieder an sie zu denken.

· ■ ■ ■ ·

Mit übertriebenem Schwung streute Elin spät abends Kakaopulver über den Schokoladenkuchen. Eigentlich war es viel zu viel, aber sie konnte sich nicht zurückhalten. Erst als Simons Frau den Kopf zur Tür hereinsteckte, ohne die Küche zu betreten, legte Elin das Sieb zur Seite.

»Alles klar bei dir?«, fragte Ann. Das Schmunzeln um ihren Mund strafte den ängstlichen Tonfall Lügen.

»Alles wunderbar«, erwiderte Elin lauter als beabsichtigt. »Wieso auch nicht?«

Ann wagte sich vorsichtig in die Küche und deutete auf das Backblech vor Elin: »Kuchen.«

»Ich habe keine Ahnung, was du meinst«, behauptete Elin.

»Nun«, begann Ann in dozierendem Tonfall, »du stehst nur dann freiwillig am Herd, wenn daran etwas zu reparieren ist.« Sie nahm den Teller entgegen, den Elin ihr reichte. »Hmm«, machte sie, holte zwei Gabeln aus der Bestecklade und setzte sich an den Küchentisch.

Im Grunde hatte Elin keine Lust auf Konversation. Sie wollte nur den Kuchen genießen, einen starken Kaffee dazu trinken und ansonsten ihre Ruhe haben.

Doch Ann bekam davon nichts mit. »Und Backorgien hältst du nur ab, wenn du dich so richtig abreagieren willst«, setzte sie mit vollem Mund ihren Vortrag fort. Sie malte mit der Gabel Kreise in die Luft und schnalzte mit der Zunge. »Der ist so was von lecker. Vielleicht sollte ich dich auch öfter mal auf die Palme bringen.«

Elin verdrehte die Augen. »Hast du nicht noch etwas vor? Dich auf die Rückkehr deines Herrn Gemahl vorbereiten, zum Beispiel?«

»Sehr witzig«, gab Ann zurück. »Du weißt genau, dass das Gespräch mit dem neuen Kunden bis in die Puppen gehen kann.«

Klasse, dachte Elin. Sie schaute sich in der Küche um. Schmutziges Geschirr. Überall Schokoladenspuren. Das bedeutete, dass sie mindestens eine halbe Stunde mit Aufräumen beschäftigt sein würde. Eine halbe Stunde Gelegenheit für Ann, ihr Löcher in den Bauch zu fragen. Vielleicht, wenn sie die Mitbewohnerin einfach links liegenlassen würde ...?

»Also, Elin«, durchkreuzte Ann das Vorhaben, »wieso gibt es um die Uhrzeit noch Kuchen?«

Die Riesenmenge an Zucker zeigte erste Wirkung. Gnädiger gestimmt, sagte Elin: »Ich habe dir doch von der Schülerin erzählt, die öfter mal verloren in der Aula sitzt.«

»Die mit dem Liebeskummer?«

»Genau.«

»Was ist mit ihr?« Ann stand auf, um sich ein weiteres Stück Kuchen zu holen. »Du hast doch gesagt, dass du an ihr nicht interessiert bist.«

»Bin ich auch nicht«, stellte Elin sofort klar. »Ich habe sie nur heute angesprochen. Weil ich diesen Herzschmerz nicht mehr mit anschauen konnte.«

Ann hielt mitten in der Bewegung inne. »Wiederhol das bitte.«

»Du hast mich sehr gut verstanden«, brummte Elin. Es nervte, dass Ann so tat, als hätte sie eben die Geburtsstunde des achten Weltwunders miterlebt. *So* sensationell war das schließlich auch wieder nicht.

Sofort änderte sich Anns Gesichtsausdruck von erstaunt zu zerknirscht. »Tut mir leid. Aber dass du jemanden ansprichst – das kommt halt nur alle Schaltjahre mal vor.«

»Na und?« Elin war immer noch nicht besänftigt. »Ich bin eben nicht ständig auf der Suche nach neuen Kontakten.«

»Ist ja gut«, meinte Ann. »Um zum Anlass für den Kuchen zurückzukommen: Kann es sein, dass diese Schülerin dich zum Teufel gejagt hat?«

»Nein. Das hat ihre Mutter übernommen.« Das Bild der Frau erschien vor Elins geistigem Auge, und sofort brandete auch ihr Ärger wieder auf. »Die hat sie doch nicht alle«, brach es aus ihr heraus. »Hat mich behandelt wie so ein Muster ohne Wert.« Sie schaute auf ihre Hände. Ja, sie waren schmutzig gewesen am Mittag. Toner hinterließ eben Spuren. Beim Zusammenstoß davor waren sie aber definitiv sauber gewesen. Und im Café sowieso.

»Was hat sie denn gesagt?« Ann saß inzwischen wieder am Tisch und schaute Elin mit großen Augen an.

Elin winkte ab. »Gesagt nichts. Aber ...« Sie ertappte sich dabei, wie sie schon wieder an die Frau dachte, die es nicht gab. Es gab nur die andere. »Ruby kann einem nur leidtun. Bei so einer Mutter.«

»Ruby ist die Kleine?«

»Ja.«

»An der du nicht interessiert bist«, hakte Ann nach.

»Stimmt.«

»Warum regst du dich dann so auf?«

»Weil ich Respekt verdient habe, verdammt!« Mit einem Ruck schob Elin den leeren Kuchenteller von sich weg. »Nur weil ich in Handwerksklamotten rumrenne, heißt das nicht, dass ich weniger wert bin als so eine vornehme Schnepfe in ihrem feinen Zwirn.«

Wie an der Schnur gezogen richtete sich Anns Körper auf. »Sie hat jetzt nicht wirklich etwas in der Art von sich gegeben«, sagte sie ungläubig.

»Nicht mit Worten.« Elin schnitt eine Grimasse. »Aber mit der Art, wie sie mich angeschaut hat. Wahrscheinlich hat sie ihrer Tochter noch die Leviten gelesen, weil sie sich mit mir abgegeben hat.«

»Warum ist es dir plötzlich so wichtig, was andere von dir halten?« Elins Reaktionen schienen Ann immer mehr zu irritieren, denn seit einigen Sekunden schüttelte sie ununterbrochen den Kopf.

»Das ist es nicht«, entgegnete Elin. »Es ist nur – da steht auf einmal so eine Frau vor dir, die früher wahrscheinlich der Hit auf allen Partys gewesen ist – und macht dich zur grauen Maus.«

»Und Hit heißt?«, fragte Ann.

»Du weißt schon.« Es widerstrebte Elin, das Thema zu vertiefen.

»Nein«, sagte Ann, »das weiß ich nicht. Schließlich habe ich immer mehr auf die Jungs geachtet. Also, Elin, klär mich auf.«

»Na, so eine Femme halt. Top gestylt. Weibliche Formen.« Elin hielt inne. Sollte sie Ann erzählen, dass sie Rubys Mutter schon einmal begegnet war? Bisher hatte sie das verschwiegen, weil ... ja, warum eigentlich? Normalerweise hatte sie doch kein Problem damit, Ann solche Dinge zu erzählen. Elin wischte die Frage beiseite. Es war doch bedeutungslos, dass sie die Begegnung für sich behalten wollte.

»Ist das alles?«, fragte Ann so laut nach, dass Elin zusammenzuckte.

Das musste der Grund sein, warum sie etwas atemlos klang, als sie antwortete: »Die Haare passen auch. Ein schön perfekter Kurzhaarschnitt.«

»Farbe?«

»Brünett in mehreren Schattierungen«, schoss Elin sofort zurück.

»Augenfarbe?«

»Was soll das?« Elin griff nach der Kuchengabel und umklammerte sie so fest, dass die Knöchel weiß hervortraten. »Bist du an dieser Person interessiert, oder was?«

Ann pickte die letzten Krümel des Kuchens mit den Fingerkuppen auf, bevor sie seelenruhig zurückgab: »Blödsinn. Ich will nur wissen, was ihr Lesben so als Party-Hit bezeichnet.«

»Darum habe ich mich nie gekümmert. Wenn du dich erinnern kannst«, entgegnete Elin.

»Klar kann ich das. Es war auch nicht ganz ernst gemeint.« Ann stand auf, nahm die beiden Teller und räumte sie in die Spülmaschine. »Ein Vorschlag zur Güte«, sagte sie dabei. »Vergiss die – wie du sie genannt hast – vornehme Schnepfe. Wir machen hier sauber und gehen dann runter zum Stadthafen. Du brauchst dringend noch mal frische Luft.«

■ ■ ■ ■ ■

Heute wollte Elin es ignorieren, falls Ruby wieder von Liebeskummer geplagt irgendwo herumsitzen sollte. Wozu sollte sie sich um Dinge kümmern, die sie nichts angingen? Auch wenn ihr Ruby leidtat: Ihr Problem war nicht Elins Sache. Also erledigte sie gewohnt ruhig und konzentriert die Arbeiten, die über Nacht eine neue Liste gefüllt hatten.

»Ähem«, machte es hinter ihr, als sie gerade dabei war, den neuen Kaffeeautomaten im Foyer anzuschließen.

Ohne ihre Arbeit zu unterbrechen, fragte Elin: »Was willst du, Ruby?«

»Mich für meine Mutter entschuldigen.«

Nun drehte sich Elin doch ein wenig zu der jungen Frau hin. »Sollte sie das nicht selbst erledigen?« Sie musste schmunzeln, denn Ruby sah aus wie das wandelnde schlechte Gewissen. Die Schultern hängend. Die Augenlider halb gesenkt, auf den Wangen ein zartes Rosa. Ein leichtes Zittern auf den Lippen. Sofort war Elin versöhnt. »Schwamm drüber«, meinte sie und wollte sich wieder dem Automaten zuwenden.

Doch Ruby erklärte ungefragt weiter: »Sie macht sich halt Sorgen.«

Ein paar Mitschüler riefen nach ihr, sie hob jedoch nur winkend die Hand.

Demonstrativ schaute Elin auf die Wanduhr. Der Blick sollte heißen: *Musst du nicht längst im Klassenzimmer sein?*

»Ich habe eine Freistunde«, beantwortete Ruby die stumme Frage.

Elin seufzte ergeben. »Also gut, dann unterhalten wir uns eben.« Es würde nicht schaden, eine kurze Pause einzulegen. Sie verstaute ihr Werkzeug und ging Richtung Ausgang, mit Ruby im Schlepptau.

Draußen lehnte sich Elin an eine der Säulen. Den Blick ließ sie über den Rasen wandern. Der müsste mal wieder gemäht werden, dachte sie, während sie einen Apfel aus der Jackentasche nahm und hineinbiss.

Ruby stellte sich einfach in ihr Blickfeld und entlockte ihr damit ein weiteres amüsiertes Schmunzeln. Es sah einfach herzerweichend aus, wie Ruby hier stand. Die Hände hatte sie tief in den Hosentaschen vergraben. Die Ferse des rechten Fußes stemmte sie in den Pflasterboden, während sie den Fuß gleichmäßig hin und her bewegte.

»Weißt du, sie hat mich allein großgezogen«, murmelte sie. »Da sind Mütter eben manchmal strenger.«

Das hieß, es gab keinen Vater, den Ruby bezirzen konnte. Interessante Neuigkeit, aber nicht wirklich von Bedeutung. Rubys Mutter war eine alleinerziehende Mutter. Wie Tausende andere auch.

Kleinlaut fuhr Ruby fort: »Außerdem hat sie gedacht, dass du ein Junge bist.«

Beinah hätte sich Elin an ihrem Apfel verschluckt. »Sie hat was?«

»Dich für einen Jungen gehalten«, wiederholte Ruby etwas lauter.

»Wie kommt sie ...« Elin schaute an sich hinunter. »Weil ich so aussehe, wie ich aussehe«, antwortete sie sich selbst.

War das der Grund für das Verhalten von Rubys Mutter? Dass sie Elin nicht als die Frau erkannt hatte, der sie ihre Ansicht über Horoskope offenbart hatte – und, diesen Eindruck hatte Elin zumindest gehabt, noch einiges mehr?

Ruby folgte Elins Blick. »Das sind diese weiten Hemden. Die verstecken deine –« Die junge Frau unterbrach sich und wurde feuerrot. »Aber ich hab ihr gleich die Wahrheit gesagt«, setzte sie eilig hinzu.

»Meinetwegen hättest du das nicht machen müssen«, sagte Elin versöhnlich. Schließlich konnte Ruby nichts für das Missverständnis.

»Doch, doch«, widersprach Ruby. Und ihr rechter Fuß bewegte sich schneller.

Elin warf die Überreste des Apfels in den Mülleimer. Über die Schulter fragte sie: »Willst du mir noch etwas sagen?«

»Ja«, flüsterte Ruby. »Weißt du, mein Englischlehrer hat Mama angerufen. Weil er sich angeblich wegen meiner Leistungen Sorgen macht.« Sie stoppte den Fuß und richtete den Oberkörper auf, als wolle sie Selbstbewusstsein ausstrahlen. Was ihr jedoch nur leidlich gelang; ihre Stimme klang nach wie vor zittrig. »Da hat sie aus mir herausgekitzelt, warum das so ist.«

Es dauerte etwas, bis Elin den Sinn der Worte begriff. Dann aber traf sie die Erkenntnis umso heftiger: Ruby hatte sich gestern geoutet. Es war also kein Wunder, dass sie so neben der Spur war.

Dieser Moment, es der Familie zu sagen. Wie gut konnte sich Elin daran erinnern. So oft man sich als junges Mädchen auch die Worte überlegte, die man sagen würde – wenn es drauf ankam, waren sie alle wie weggefegt. Elin hatte das Gefühl gehabt, als wäre ihre Zunge am Gaumen festgeklebt. Ihre Eltern hatten geduldig gewartet, bis Elin die drei magischen Worte herausgepresst hatte wie ein Neugeborenes den ersten Schrei: »Ich bin lesbisch.«

Sie hatten es mit einem Lächeln zur Kenntnis genommen und ihr danach ein Stück vom Isländischen Schokoladenkuchen angeboten, den ihre Mutter an diesem Tag gebacken hatte. Seither glaubte Elin nicht mehr an Zufälle.

So gesehen ergaben die verschiedenen Zusammentreffen mit Rubys Mutter vielleicht doch Sinn. Elin dachte an das Horoskop und kurz an die Stimme der Frau, die es vorgelesen hatte, doch sofort drängte sie die Erinnerung zurück. Jetzt war es wichtig, Ruby Mut zu machen. Sie sollte wissen, wie schön das Leben für eine Frau ist, die Frauen liebt.

Dazu musste Elin aber zuerst erfahren, wogegen die junge Frau zu kämpfen hatte. »Wie hat deine Mutter reagiert?«, fragte sie vorsichtig.

Ruby lächelte überraschenderweise. »Es war komisch – aber irgendwie war sie gar nicht schockiert. Im Gegenteil. Sie hat mich sogar beruhigt, weil ich so rumgestottert habe. Ich glaube, dass sie damit gerechnet hat.«

»Tja, Mütter haben dafür anscheinend einen sechsten Sinn«, stellte Elin fest. Sie vergegenwärtigte sich die Begegnungen mit Rubys Mutter noch einmal. Drei verschiedene Situationen. Und jedes Mal war diese Frau anders gewesen. Aber jetzt vervollständigte sich das Puzzle langsam. Was herauskam, war das Bild einer liebevollen und auch besorgten Mutter.

Elin war so fasziniert von dieser neuen Erkenntnis, dass ihr erst mit Verspätung auffiel, dass Ruby wieder den Boden unter ihren Füßen musterte. Irgendetwas belastete sie immer noch.

Auf Verdacht hin meinte Elin: »Wenn ich das richtig verstehe, weiß deine Mutter jetzt auch, dass du verliebt bist.«

»Ja«, flüsterte Ruby wieder. Und schwieg. Schaute Elin nur an. Die Stirn in Falten gelegt, auf der Unterlippe kauend.

Eine dunkle Vorahnung begann sich in Elin auszudehnen wie ein länger werdender Schatten. »Moment mal. Sie glaubt jetzt aber nicht, dass du in mich –?«

»Doch«, wisperte Ruby.

Elin war sprachlos. Sie blinzelte ein paarmal, bis ihr Verstand wieder normal arbeitete. »Denkt sie dann auch, dass wir beide –?« Sie beendete die Frage nicht, zeigte nur zwischen sich und Ruby hin und her.

Die zuckte nur mit den Schultern.

Dadurch wurde die Vorahnung in Elin zur Gewissheit. Sie zog scharf die Luft ein. Seltsam war nur, dass sie offenbar nicht in der Lage war, Ruby böse zu sein. Sie meinte nur kopfschüttelnd: »Dir ist schon klar, dass sie mir einen Riesenärger machen kann?«

Ruby blieb weiterhin stumm wie ein Fisch, während sie ihre Schultern immer weiter nach vorn zog. Es sah aus, als wolle sie sich zu einem Knäuel zusammenrollen.

Synchron dazu schickte Elin ein Stoßgebet gen Himmel. »Was hast du dir nur dabei gedacht?«

»Wirklich, Elin, es tut mir leid«, stammelte Ruby hastig. »Aber was Mama gesagt hat, von wegen Liebe und so ... ich hab mich einfach nicht getraut, ihr die Wahrheit zu sagen.«

»Warum das denn? Sie hat doch sowieso schon gewusst...«

»Das schon«, fuhr Ruby aufgeregt dazwischen, »aber jetzt stell dir vor, wenn sie wüsste, in wen ich wirklich verliebt bin. Mama reagiert manchmal über, wenn es um mich und meine Zukunft geht. Bestimmt würde sie Kim die Schuld geben, dass ich in der Schule schlechter geworden bin, und will dann deswegen mit ihr reden ... Wo Kim doch von gar nichts weiß.« Rubys Augen nahmen eine Größe an, als müssten sie das gesamte Ausmaß dieser Schreckensvision auf einmal fassen. »Ich könnte hier an der Schule einpacken«, flüsterte sie nur noch.

Elin konnte es nicht glauben: Ohne zu wissen warum, war sie in eine Liebesgeschichte verwickelt. Gestern Morgen war sie nur eine überarbeitete Hausmeisterin gewesen, heute stand sie zwischen einer anscheinend etwas verstockten Mutter und ihrer hochgradig verliebten Tochter – als eine Art Puffer. Eher verdattert als verärgert sagte sie: »Und da hast du dir gedacht, dass sie dann lieber *mich* dafür verantwortlich macht, falls *du* vor lauter Verliebtheit gar nichts mehr auf die Reihe bringst.«

Mehr als einen Augenaufschlag, Marke: *Ich kann doch nichts dafür,* brachte Ruby nicht zustande.

Langsam besann sich Elin auf ihre Qualitäten. In Ruhe nachgedacht und dann eine machbare Lösung gefunden: Das war ihre Devise. Und hier gab es im Grunde nur eine Lösung. »Wenn du willst, rede ich mit deiner Mutter.«

Ruby riss die Augen noch weiter auf als zuvor. »Das darfst du nicht. Auf keinen Fall.«

»Ehrlich, Ruby. Ich habe keine Lust, mich vor aller Welt für etwas zu rechtfertigen, wofür ich gar nichts kann. Nur weil du zu feige bist.«

»Bitte nicht.« Inzwischen hatte sich Wasser in Rubys bernsteinfarbenen Augen gesammelt, das über die Ufer zu treten drohte.

»Und wie stellst du dir das bitte schön vor?«, wollte Elin leise wissen. »Wenn deine Mutter so reagiert, wie ich befürchte, dann steht sie doch demnächst beim Rektor auf der Matte.«

»Das macht sie bestimmt nicht. Versprochen«, wisperte Ruby. »Und wenn du mir hilfst ... wegen Kim und so ... ich sag ihr dann auch, wie's wirklich war ... dass es nur ein blöder Irrtum war.« Sie schluckte hörbar. »Aber jetzt ... ich trau mich einfach noch nicht.«

Elin ahnte, dass das nur in einer Katastrophe enden konnte. Sie wollte wirklich ablehnen. Nur dieser Blick ... so von unten herauf, flehend ... Elin konnte sich nicht dagegen wehren.

»Du hast sie wohl nicht alle«, schimpfte Ann am Abend. Sie schaute erst auf Elin und dann auf ihren Mann. »Sag du auch was.«

»Tja, Cousinchen«, begann Simon Petersen ruhig und überlegt. »Da hast du jetzt irgendwie den Vogel abgeschossen.« Er schwieg ein paar Sekunden, die er dazu nutzte, sich genüsslich auf dem Sofa zurückzulehnen. »Aber da du es der Kleinen versprochen hast und wir Petersens ...«

»... unsere Versprechen halten«, fuhr Elin fort, »stecke ich jetzt wirklich tief in der Sch...langengrube.«

Simon schmunzelte. »Gib es zu. Du machst das, weil dir die Kleine gefällt.«

»Sagt mal«, unterbrach Ann den beginnenden verschwörerischen Blickaustausch von Cousin und Cousine, »bin ich die Einzige, die hier noch klar denken kann? Wenn Rubys Mutter doch mit dem Rektor spricht, dann sind wir den Auftrag dort in jedem Fall los.«

»Ach, Annchen.« Simon zog seine Frau auf den Schoß. »Es kommt, wie's kommt. Außerdem: Ich hab doch erzählt, dass wir wahrscheinlich die Hausmeisterei für diesen neuen Wohnkomplex übernehmen können. Dann müssten wir eh noch jemanden einstellen. Und falls diese Madam ...«

»Stopp«, sagte Elin. »Ihr habt mir nicht zugehört. Ruby hat bei ihrer Mutter nur nicht klargestellt, in wen sie verliebt ist.«

»Und die denkt jetzt, dass sie mit dir zusammen ist«, warf Ann ein.

»Was Ruby jederzeit richtigstellen kann.« Eigentlich wollte Elin überzeugend klingen, auch für sich selbst. Aber so wie Ruby sich verhalten hatte, hatte sie doch gewisse Zweifel.

»Also, wenn du mich fragst«, sagte Simon in der ihm eigenen gemächlichen Art, »ist es doch egal. Du bist so oder so die Freundin von der jungen Dame.« Dabei unterstrich er das Wort »Freundin« mit einem übertriebenen Zwinkern.

»Rein platonisch, Freundchen«, betonte Elin sofort. »Wie gesagt: Ich habe nur versprochen, ihr bei dieser Kim zu helfen. Mehr nicht.«

Grinsend fragte Simon: »Das heißt also, dass du deine Libido im Griff haben wirst? Das wäre mir völlig neu.«

»Du bist albern«, sagte Elin. »Ich geh schlafen. Und seht zu, dass ihr eure Libidosen, oder wie auch immer die Mehrzahl heißt, so weit drosselt, dass nicht die ganze Nachbarschaft davon etwas mitbekommt.«

Gespielt entrüstet warf Ann ihr einen der Korkuntersetzer nach, die auf dem Wohnzimmertisch lagen und in den drei Jahren, in denen die drei bereits die Wohnung teilten, kaum für ihren eigentlichen Zweck verwendet worden waren. Elin fing ihn auf und legte ihn stillschweigend zurück.

Versprechen zu geben war die eine Sache – sie zu halten die andere. Elin lag den Großteil der Nacht wach und überlegte, wie sie Ruby und Kim einander näherbringen könnte. Und das so schnell wie möglich, damit sie selbst wieder ihre Ruhe hatte.

In regelmäßigen Abständen drehte sich Elin von rechts nach links. Und wieder zurück. Zwischendurch dachte sie, der Lösung nahe zu sein. Doch es waren nur Ideen, die aufblitzten und sich um sich selbst drehten, wie das Licht eines Leuchtturms. Wirklich greifbar war keine von ihnen.

»Wie lange willst du noch in deine Tasse starren?« Damit durchtrennte Ann am Morgen die Endlosschleife, in der sich Elins Gedanken verfangen hatten.

Elin hob den Kopf und schaute ihre Mitbewohnerin an. »Sorry. Ich bin noch nicht ganz wach.«

»Das merkt man fast gar nicht«, erwiderte Ann. Sie räusperte sich. »Hör mal, Elin ... Das geht so nicht weiter. Ich komm ja mit dem Bürokram klar. Aber wir brauchen dringend jemanden, der dich und Simon beim Handwerklichen unterstützt.«

»Wieso können wir damit nicht noch warten?«, fragte Elin. »Bis in zwei Monaten zum Beispiel? Spätestens dann wissen wir auch, ob der Auftrag an der Schule verlängert wird.« Sie drehte den Kopf hin und her, um die Nackenmuskeln zu lockern.

Ann beobachtete sie aufmerksam. »Weil ihr *jetzt* überarbeitet seid. Vor allem du«, erklärte sie. »Kein Wunder, dass du aussiehst wie durch den Zaun gezogen.«

»Na, das ist mal ein Kompliment am frühen Morgen«, stellte Elin etwas missmutig fest.

»Du weißt genau, was ich meine.« Ann beugte sich etwas vor. »Und dann noch die Geschichte mit dieser Ruby. Ich sag es noch einmal, Elin. Die ist nicht gut für dich.«

»Das dauert nicht lange. Wirst sehen.« Elin füllte ihre Tasse zum zweiten Mal mit Kaffee. »Sobald Ruby ein wenig mehr Sicherheit hat, bin ich aus der Nummer raus.« Es klang sorgloser als sie sich fühlte.

Ann ließ nicht locker. »Ich verstehe immer noch nicht, wieso du ihr nicht einfach ein paar Tipps gibst. Wenn du schon meinst, dass du unbedingt helfen musst.«

»Sie erinnert mich irgendwie an mich«, gab Elin zu. »An meine erste große Liebe.« Die war schmerzhaft gewesen. Und peinlich. Weil Nadja nicht lesbisch war – und Elin das erst nach einer wortreichen Liebeserklärung erfahren hatte. »Da haben mir die ach so tollen Tipps von Mama auch nicht geholfen.«

Lachend fragte Ann: »Wer, bitte, fragt auch seine Mutter um Rat, wenn es um Liebesdinge geht?«

Anstatt zu antworten, nahm Elin einen tiefen Schluck Kaffee. Sie hoffte, dass Ann das Zeichen richtig deuten und das Thema nicht weiter verfolgen würde.

Leider tat Ann ihr nicht den Gefallen. »Und sonst gibt es keinen Grund?«, hakte sie nach. »Wenn du sagst, dass sie dich an deine Jugend erinnert: Ist sie so was wie eine Einzelgängerin?«

»Das weiß ich nicht«, gab Elin zu. »Aber nein – ich glaube nicht. Ich seh' sie schon öfter mal mit anderen zusammen.«

»Und warum lässt sie sich nicht von irgendeiner Freundin helfen?«

Diese Frage hatte Elin sich auch bereits gestellt. Die einzige Antwort, die es für sie gab, war: »Wahrscheinlich bin ich die Einzige, die gemerkt hat, was in ihr vorgeht.«

»Dann hat sie keine echten Freunde«, behauptete Ann.

Elin zuckte die Achseln. »Vielleicht. Vielleicht ist sie aber auch einfach nur verschlossen.«

»Dann passt ihr perfekt zusammen«, sagte Ann in neckendem Tonfall. »Schließlich kenn ich dich nur als verschlossene Auster. Und Simon sagt, dass du schon immer so warst.«

Wieder zog Elin es vor, nicht zu antworten. Sie hatte eben länger gebraucht, um zu sich selbst zu finden, als andere Jugendliche. Aber irgendwann hatte es *Peng* gemacht, und sie hatte gewusst, wer sie war, was sie wollte – und was auf keinen Fall. Zu Letzterem zählte, zwanghaft die Gesellschaft anderer zu suchen oder sich noch einmal so lächerlich zu machen wie bei Nadja. Daher überlegte sie es sich lieber zehnmal, bevor sie eine Frau ansprach.

Ann hatte wohl endlich akzeptiert, dass Elin nicht reden wollte, denn sie begann, eine Orange zu zerteilen. Sie hielt Elin eine der Spalten hin und sagte wie nebenbei: »Du bist also doch an dieser

Ruby interessiert.«

Eigentlich war Elin satt. Trotzdem aß sie das Stück Obst auf. Und auch das nächste. Obwohl Ann vier Jahre jünger war als Elin, neigte sie immer öfter dazu, sie zu bemuttern. Elin ließ ihr den Spaß. Warum auch nicht? Vitamine hatten noch niemandem geschadet. Außerdem konnte sie währenddessen überlegen, ob Ann nicht vielleicht doch recht hatte. »Wie oft soll ich das noch sagen: Ruby ist mir zu jung«, stellte sie schließlich für Ann und auch sich selbst klar.

»Das heißt, wenn sie fünfzehn Jahre älter wäre –«, sinnierte Ann laut.

Elin unterbrach den Gedankengang: »Wenn sie fünfzehn Jahre älter wäre, dann bräuchte sie meine Hilfe nicht, Ann. Aber sie ist eben erst siebzehn.« Unvermittelt klang ihr die schneidende Stimme von Rubys Mutter in den Ohren. »Und steht extrem unter dem Einfluss ihrer Mutter.«

»Das heißt, du machst das, um die Kleine von diesem Einfluss zu befreien?«, fragte Ann.

Mit einem betont lauten Ächzen stand Elin auf, um sich die Hände zu waschen. »Also wirklich: Das ist jetzt aber sehr weit hergeholt.«

»Komm schon, Elin. So wie du dich über diese Frau geärgert hast.«

»Das war vorgestern«, tat Elin unbeeindruckt. Doch an den eisigen Blick aus den Raubtieraugen wollte sie lieber nicht denken. Auch nicht daran, dass Rubys Mutter sich so verhalten hatte, als wäre Elin klein und unbedeutend. Dabei war sie immerhin Elektrikermeisterin und durfte sich ganz hochtrabend *Industriemeisterin für Gebäudetechnik* nennen. Nur wäre sie selbst nie auf die Idee gekommen, damit anzugeben.

Unterdessen ließ Ann ihren Blick demonstrativ an Elin hinunter- und wieder hinaufgleiten. »Wenn ich dich so anschaue ... darf ich mich wohl heute Abend wieder auf Kuchen freuen.«

»Wenn du einen backst«, gab Elin zurück.

Grinsend begann Ann den Tisch abzuräumen. »Simon hat übrigens gebeten, dass du demnächst im Gebäude in Lichtenhagen nach der Heizungsanlage schaust. Die sollte vorm Winter gewartet werden.«

»Klar. Ich kümmere mich heute noch darum«, versprach Elin. Sie griff nach dem Schlüsselbund und wollte die Wohnung verlassen.

Doch Ann hielt sie auf: »Moment. Du willst jetzt nicht nur im Top an die Arbeit.«

Widerspruchslos ging Elin zurück, griff nach dem Hemd, das auf der Stuhllehne hing, und zog es sich über. »Dann bis heute Abend.«

Auf dem Weg zur Arbeit ließ Elin die Ereignisse von gestern noch einmal Revue passieren. Das Ergebnis war eindeutig: Ruby hatte sie dazu gebracht, für sie so eine Art Liebesbotin zu spielen.

Braucht man dafür nicht Pfeil und Bogen? Bei der Vorstellung, wie sie in Leder gewandet hinter irgendwelchen Büschen auf der Lauer lag, begannen Elins Mundwinkel zu zucken. Doch der Anflug von Galgenhumor hielt nicht lange an.

Fakt war, dass Rubys Bitte von mangelnder Menschenkenntnis zeugte, denn Elin war auf dem Gebiet der Liebe eine Niete. Ihr Lebenslauf bot dafür genügend Beispiele. Andererseits – vielleicht bekam sie das ja für andere besser hin. Und falls Kim gar nicht lesbisch war, war Elin diesen Zweitjob ohnehin los, und ihre »Beziehung« zu Ruby würde sich schneller in Luft auflösen, als ihr in die Jahre gekommener Pritschenwagen hustete.

Besorgt sah Elin im Rückspiegel, dass ihr Auto mal wieder dicke Rauchschwaden hinter sich herzog. Irgendwann würde sie ihre gute alte Roberta nicht mehr einfach so reparieren können, sondern abgeben müssen. Um das so lange wie möglich hinauszuzögern, fuhr Elin sehr gemächlich die Straßen Rostocks entlang.

Außerdem bedeutete die Fahrt zum Gymnasium zwanzig meditative Minuten. Es war wie eine Panoramafahrt, für die Touristen viel Geld bezahlen würden. Im Hintergrund das Meer, Fachwerkhäuser standen Spalier, das leise Tuckern ihres Autos wurde gelegentlich vom Dröhnen eines Schiffshorns übertönt. Elin mochte die eigentümliche Melodie, die sich aus diesen beiden Klängen ergab. Wenn dann bei günstigem Wind auch noch die Möwen zu hören waren, war Elins Tag gerettet.

Heute war es allerdings seltsam still auf den Straßen. Es hatte in der Nacht geregnet. Entsprechend traurig wirkten die Häuser am Straßenrand. Der noch nasse Asphalt schluckte viele Geräusche, und ihr Wagen erweckte den Anschein, als wolle er sich in Kürze in die ewigen Jagdgründe verabschieden.

»Wehe, du gibst jetzt den Geist auf«, schimpfte Elin. Als hätte er es verstanden, bockte er nur noch einmal ganz kurz. Dann hatte er sich im Griff und brachte Elin problemlos zum Gymnasium, das seit Monaten den Beginn ihres Arbeitstages darstellte.

Als Erstes prüfte sie den Übergabebericht von Sören Meister, der jeden Morgen um fünf Uhr seine Kontrollrunde machte. Wie sie erwartet hatte: nichts Besonderes. Dann ging sie das Tor aufschließen. Die ersten Schüler standen schon dort – auch Ruby. Sie unterhielt sich mit ein paar Mitschülern, wirkte aber abwesend und starrte ständig in eine bestimmte Richtung. Den Grund dafür sah Elin sofort. Es wäre also nicht nötig gewesen, dass Ruby, als sie Elin wahrnahm, mit dem Kopf in dieselbe Richtung deutete.

Elin atmete durch. Schließlich holte sie den Schlüsselbund heraus und öffnete die Schulpforten.

Entgegen ihrer Gewohnheit, sich unverzüglich ihrer nächsten Aufgabe zuzuwenden, blieb sie heute kurz im Eingang stehen, um diese Kim etwas genauer in Augenschein nehmen zu können. Sie war sich sicher, dass Ruby das bemerkt hatte und nicht lange warten würde, um sie auszuhorchen.

So war es auch. Bereits während der ersten Pause sah sie sich Rubys fragendem Gesicht gegenüber.

»Und?«, kam sofort der Überfall. »Denkst du, dass ich eine Chance bei Kim habe?«

Lachend schloss Elin die Garage auf, in der sich die Gartengeräte befanden. »Erst einmal sollte ich doch wohl herausfinden, ob Mädchen im Allgemeinen bei ihr eine Chance haben.« Ohne auf eine Antwort zu warten, ging sie hinein, um den Rasentraktor hinauszufahren.

Kaum hatte sie den Motor wieder abgestellt, meinte Ruby: »Du hast sie doch beobachtet.«

»Also wirklich.« Elin hüpfte vom Traktor. »In den paar Sekunden habe ich nur ein paar Ohrstecker gesehen und was sie anhat. Mehr aber auch nicht.«

»Ich habe gedacht, dass man in deinem Alter ein feineres Gespür hat«, murrte Ruby.

»Hey. Ich bin zweiunddreißig und keine hellsichtige alte Frau.«

Elin sperrte das Garagentor ab und setzte sich wieder auf den Traktor. »Und jetzt sieh zu, dass du in dein Klassenzimmer kommst.«

Ruby zog die Stirn kraus. »Du redest wie meine Mutter«, maulte sie im Umdrehen.

Daraufhin verzog Elin nur das Gesicht und fuhr los. Sie hatte genug zu tun. Sich gleich zu Beginn des Tages mit den Launen eines Teenagers herumzuschlagen, gehörte definitiv nicht dazu. Und mit deren Mutter verglichen zu werden, setzte dem noch die Krone auf.

Rasch griff sie nach den Kopfhörern und setzte sie auf. Zum Glück hatte sie irgendwann die Idee gehabt, die Kopfhörer für den Lärmschutz mit denen ihres iPods zu koppeln. So konnte sie das Angenehme mit dem Nützlichen verbinden. Sanfte Orchestermusik als Begleitung erleichterte das Arbeiten ungemein.

Ann hatte recht, sinnierte sie, während sie ihre Bahnen über die Rasenfläche zog: Seit die Sparmaßnahmen der öffentlichen Hand auch in ihrem Bereich griffen, war die Arbeitsbelastung hier an der Schule stetig angewachsen. Bis vor wenigen Monaten hatte ihr Partnerunternehmen noch zwei Mitarbeiter abgestellt, heute war es nur noch Sören. Und der nahm darüber hinaus erst am späten Nachmittag seine Arbeit auf, wodurch sich ihre eigenen Schichten immer weiter ausdehnten. Das würde zwar in absehbarer Zeit vielleicht Geschichte sein, dafür hatte Simon aber mittlerweile zwei neue Auftraggeber an Land gezogen. Alles zusammen könnte ihr früher oder später richtig an die Substanz gehen. Ihr Cousin war ebenfalls ausgelastet, da auch er schon mehrere Objekte betreute.

Elin seufzte leise auf. Sie war urlaubsreif. Wenn sie daran dachte, wie lange sie schon nicht bei ihren Eltern auf Island gewesen war, wurde es ihr ganz schwer ums Herz. Aber Trübsal zu blasen half ihr auch nicht weiter. Was sie brauchte, war die richtige Organisation. Also der Reihe nach: Zuerst musste sie hier den Rasen mähen. Danach konnte sie sich um Rubys Problem kümmern – und dabei vermutlich in die Breite gehen, weil sie sehr viel Kuchen backen würde.

Nachdem sie ein paar Runden gemacht hatte, stellte Elin den Traktor ab und entleerte den Behälter in den dafür vorgesehenen Container. Wie meistens bei dieser Tätigkeit sah sie aus wie eine Vogelscheuche: über und über voller Grashalme. Elin zog ihr

Hemd aus, schüttelte es so gut es ging aus und band es sich anschließend um die Taille, denn inzwischen war es warm geworden.

In dem Moment, als sie sich wieder auf ihr Gefährt setzen wollte, sah sie Rubys Mutter auf sich zukommen, als zöge sie in eine Schlacht. Der Schulrasen war das Schlachtfeld und Elin die Feindin.

Elin reagierte entsprechend: Wie eine Kriegerin stellte sie sich breitbeinig hin, die Arme vor der Brust verschränkt.

»Ich würde gern mit Ihnen reden«, erklärte Rubys Mutter, noch ehe sie ganz herangekommen war.

Elin schwieg. Sie sah die andere nur abwartend an.

»Meine Tochter hat mir erzählt, dass Sie ...«

Elin wartete, dass Rubys Mutter weitersprach, aber vergeblich. Die Frau stand wie eine Statue vor ihr. Alles, was sie von sich gab, war ein Räuspern.

Also löste Elin ihre Verteidigungshaltung und begann sich die Hosenbeine sauberzuklopfen. »Dass ich was?«, fragte sie währenddessen.

»Ich wäre Ihnen zu Dank verpflichtet, wenn Sie damit aufhören und mir ein paar Antworten geben würden«, verlangte Rubys Mutter.

Gott, wie gestelzt die sich ausdrückt. Gemächlich richtete sich Elin auf und strich sich die letzten Grashalme von den Armen. »Was möchten Sie denn wissen?«

»Ob Sie mit Absicht das Leben eines jungen Mädchens zerstören?« Der Tonfall, in dem Rubys Mutter die Frage stellte, erinnerte ein wenig an Donnergrollen. Es fehlte nur noch der Einschlag eines Blitzes.

Elin zählte im Stillen bis zehn, um nicht im selben Ton zu antworten. Erst dann begann sie: »Jetzt hören Sie mal zu, Frau ...« Ihr Blick fiel auf das Namensschild, das Rubys Mutter am Revers ihrer Jacke trug. Darauf stand in fein säuberlichen Buchstaben: Lara Heldt.

Um die kurze Unterbrechung zu überbrücken, rieb Elin sich den Nacken und setzte ihren Satz fort: »... Frau Heldt. Ich zerstöre hier niemandes Leben.«

»Ach, nein?«, erwiderte Lara Heldt. »Und wie erklären Sie sich, dass die Leistungen meiner Tochter in diesem Schuljahr nachgelassen haben? Wegen Ihnen. Wie sie mir gestanden hat.«

Kurzzeitig war Elin versucht, die Sachlage klarzustellen. Aber das hätte bedeutet, dass sie ihr Versprechen an Ruby brechen müsste. Um Zeit zu gewinnen, überprüfte sie, ob ihr Hemd ordentlich verknotet war.

Wie erhofft umging sie damit die Antwort, denn Lara Heldt sprach bereits weiter: »Lassen Sie Ruby in Ruhe, bitte. Die elfte Klasse ist doch so wichtig für das Abi. Und das braucht sie, damit sie eine Chance im Leben hat.«

Diese Frau war unmöglich. Selbst eine Bitte formulierte sie als Vorwurf.

»Wenn ich das mache, Frau Heldt«, entgegnete Elin, »wissen Sie, was dann passiert?« Elin sah die Antworten in deutlichen Bildern vor sich, während sie am Daumen abzuzählen begann: »Liebeskummer.« Es folgte der Zeigefinger. »Unkonzentriertheit.« Sie schickte sich an, auch den Mittelfinger anzutippen.

»Schon gut«, unterbrach Lara Heldt. »Ich habe verstanden.« Sie kniff die Augen zusammen. Bis fast nur noch die Pupillen zu sehen waren, von einem grünen Feuerreif umschlossen. Damit schien sie Elin ganz nah heranzuzoomen. Doch sie murmelte nur undeutlich: »Ich weiß auch nicht.« Es folgte ein Blinzeln und unmittelbar danach das Aufblitzen von etwas, das Elin schon einmal bei dieser Frau gesehen hatte – damals, im Café. In diesem Moment war Elin sich sicher, dass Lara Heldt genau wusste, wen sie vor sich hatte.

Sie wartete auf eine entsprechende Reaktion. Aber es kam keine.

Stattdessen sagte Lara Heldt: »Ich habe jetzt keine Zeit mehr. Am besten, Sie kommen heute Abend zu uns. Dann können wir uns in Ruhe unterhalten.« Damit machte sie kehrt und ging hocherhobenen Hauptes fort.

Als Elin einfiel, dass sie am Abend gar keine Zeit hatte, war Lara Heldt schon um die Ecke verschwunden.

»Du bist so was von bescheuert«, schimpfte Elin laut mit sich selbst. Wieso hatte sie nicht auf Ann gehört? Und wieso spürte sie den Blick dieser Raubkatze noch auf sich?

• ■ ■ ■ •

Den Rest des Vormittages versuchte Elin, das Gespräch mit Rubys Mutter aus ihrer Erinnerung auszublenden und sich stattdessen eine Strategie zu überlegen, wie sie ihr Versprechen einlösen könnte. Denn – das wurde ihr erneut klar – wenn sie sich nicht ständig mit Lara Heldt auseinandersetzen wollte, musste das bald geschehen. Diese Frau sandte einfach zu viele verwirrende Signale aus. Manchmal kam Elin sich vor, als stünde sie mitten in einem Karussell, und um sie drehten sich Figuren in den unterschiedlichsten Größen und Farben. So schnell, dass ihr schwindlig wurde.

Da gab es nur das klitzekleine Problem, dass Elin nicht so einfach Kontakt zu Kim knüpfen konnte. In der nächsten Pause war sie in ihrer Verzweiflung schon so weit, dass sie Anrempeln bei nächster Gelegenheit in Erwägung zog. Da bemerkte sie, wie Kim mit ein paar anderen hinter der Garage verschwand.

Das war Elins Chance. Denn sie wusste, dass die jungen Leute dort verbotenerweise rauchten.

»Achtung«, hörte sie einen Jungen flüstern, der offenbar Schmiere stand. Aber trotz der Warnung sah Elin genau, wie einige Schüler ihre Zigaretten hastig vor ihr versteckten.

»Ihr wisst schon, dass das auf dem Schulgelände verboten ist?«, erinnerte sie die jungen Leute an die Vorschriften. Sie ließ ihren Blick über die kleine Gruppe wandern und stoppte schließlich bei Kim. Die hielt es offenbar nicht für nötig, etwas zu verbergen. Sie behielt ihre Zigarette in der Hand und nahm sogar ganz offen einen tiefen Zug daraus.

Aus den Augenwinkeln sah Elin, wie sich die anderen rasch zurückzogen. Sie musste zugeben, dass sie Respekt vor dieser Kim hatte: Durch ihr Verhalten hatte sie den anderen zur Flucht verholfen.

»Sie können damit aufhören«, sagte Elin. »Ihre Freunde sind weg.«

»Werden Sie mich melden?«, fragte Kim, während sie die Zigarette austrat.

»Das müsste ich eigentlich«, erwiderte Elin. Auf Kims fragenden Blick hin fuhr sie lächelnd fort: »Aber wenn Sie mir helfen, den

Müll aufzuheben, den ihr alle hier immer einfach wegwerft, kann ich vielleicht noch ein Auge zudrücken.«

Mit verschränkten Armen fragte Kim: »Und wenn es mir egal ist, dass Sie mich melden?«

Das ist sie also. Rubys erste große Liebe. Selbstbewusst. Stolz. Ein wenig rebellisch. Alles in allem eine junge Frau, die vermutlich oft auf sich allein gestellt war.

»Ist es das denn?«, forschte Elin. Als Kim nicht antwortete, aber ihre Haltung auch nicht aufgab, fuhr sie fort: »Wissen Sie, ich habe eigentlich keinen Bock darauf, Ihnen Schwierigkeiten zu machen.«

»Dann lassen Sie es«, meinte Kim.

»Ich habe aber auch keinen Bock darauf, diesen Müll hier allein wegzuräumen.« Elin deutete auf die vielen farbigen Flecken, die das Gras hinter der Garage tüpfelten.

Kim ignorierte den Fingerzeig. Ihr Blick war in die Ferne gerichtet, die Stirn gerunzelt. Es war offensichtlich, dass sie sämtliche Für und Wider genau abwog. »Einverstanden«, gab sie schließlich bekannt.

Zufrieden nickte Elin. »Wie wär es mit morgen?«, fragte sie. »Nach dem Unterricht?«

»Jetzt gleich wär mir lieber«, widersprach Kim sofort.

Das war ja großartig. Kims Angebot brachte Elins Planungen für den Tag völlig durcheinander. Eigentlich müsste sie sich noch um die defekten Jalousien in drei Klassenzimmern kümmern. Sie hatte keine Ahnung, wie die Lehrer oder Schüler es schafften, diese ständig kaputtzubekommen. Die Mieter in Warnemünde hatten sich gemeldet, weil bei einem Möbeltransport die komplette Eingangsbeleuchtung zerstört worden war. Und dann war da noch die Heizungsanlage in Lichtenhagen.

Zu allem Überfluss fiel ihr die freundliche Einladung von Lara Heldt wieder ein. Doch die würde sie auf keinen Fall annehmen. Schließlich war das nicht Teil des Versprechens an Ruby.

»Okay«, stimmte Elin endlich zu, nachdem ihr klargeworden war, *was* Teil des Versprechens war. »Dann hol ich mal Handschuhe und Tüten.«

Ein wenig hatte Elin gehofft – und gleichzeitig befürchtet –, dass Kim nicht warten würde. Schließlich musste sie annehmen, dass Elin ihren Namen nicht kannte und daher auch keine Meldung machen könnte, wenn sie sich stillschweigend aus dem Staub machte. Aber als Elin zurückkam, stand Kim an Ort und Stelle. Sie hatte ihre Jeansjacke ausgezogen und schaute Elin ruhig entgegen.

Das nötigte Elin sehr viel Achtung ab. Diese junge Frau stand zu ihrem Wort, rannte nicht davon, wenn es brenzlig wurde.

»Hier«, sagte Elin und drückte Kim Handschuhe und einen Müllbeutel in die Hand.

Schweigend begannen sie den Müll aufzusammeln. Bonbonpapier, Zigarettenkippen, Kaugummifolien. Manchmal fragte sich Elin, ob die Kids zu Hause auch alles dort fallen ließen, wo sie gerade standen.

»Als ob das nur die Kids machen würden«, beschwerte sich Kim.

Schuldbewusst meine Elin: »Ups. Entschuldigung. Ich hab wohl laut gedacht.«

»Sieht so aus.« Kim hielt in der Arbeit inne und schaute Elin herausfordernd an, um klarzustellen: »Trotzdem machen das nicht nur Kids. Fahren Sie mal eine Autobahn entlang. Was da so alles rumliegt... Und dann sagen Sie nicht, dass das nur von Kids stammt.«

»Schon gut«, beschwichtigte Elin mit erhobenen Händen. »Sie haben ja recht.«

»Kim«, kam es daraufhin von der anderen Ecke des kleinen Wiesenstückes.

»Was?«, fragte Elin irritiert.

»Ich heiße Kim«, wiederholte die junge Frau. »Und Sie heißen Elin, soweit ich weiß.«

Elin lächelte. »Das spricht sich anscheinend rum.« Sie legte ihre Utensilien weg, zog sich den rechten Handschuh aus und ging auf Kim zu. »Da ich die Ältere bin...« Sie streckte Kim die Hand entgegen. »Schön, dich kennenzulernen, Kim.«

Für einen Augenblick befürchtete Elin, dass Kim die dargebotene Hand einfach ignorieren würde, denn bis auf ein Blinzeln war keine Reaktion zu sehen. Elin fragte sich, wie lange man üblicherweise warten konnte, bevor man sich einfach umdrehte und so tat, als wäre nichts geschehen. Da ergriff Kim ihre Hand doch noch und erwiderte den Druck.

»Auch schön, dich kennenzulernen, Elin«, sagte Kim langsam. Ihre Augen fixierten Elin und wurden immer enger, bis sie die Form von zwei Messerspitzen hatten. Es hatte den Anschein, als wolle Kim sich damit einen Weg in Elins Gedanken bahnen. Da Elin nach eigenem Dafürhalten nichts wirklich Gefährliches darin verbarg, erwiderte sie den Blick ruhig.

Kim schien davon aber keineswegs überzeugt. Zwischen ihren Brauen bildete sich eine Falte, die auch nicht verschwand, als sie Elins Hand losließ. Diese junge Frau war offensichtlich sehr vorsichtig im Umgang mit Fremden.

Das hieß, Elin musste aufpassen – bei allem, was sie sagte oder tat.

Ein gleichmütiges Nicken, ein neuerliches Lächeln, und damit ging sie wieder zurück an ihre vorherige Position. »Gibt es einen Grund, warum du dich über die Müllberge an den Autobahnen so aufregst?«, begann sie von dort ein unverfängliches Gespräch.

»Nicht wirklich«, kam es einsilbig zurück.

Dieser Versuch, etwas aus Kim herauszubekommen, war danebengegangen. Auch ihre Körpersprache zu deuten, war schier unmöglich. Also setzte Elin aus einer anderen Richtung an: »Wieso hast du eigentlich einfach so Zeit, mir zu helfen?«

»Freistunden«, erwiderte Kim. Sie bückte sich nach einer Bananenschale und warf sie in den Beutel, ohne dabei eine Miene zu verziehen.

»Und morgen?«, fragte Elin weiter. »Morgen hast du was vor?« Sie schnitt ein Gesicht, als sie eine leere Zigarettenpackung aus dem Gebüsch fischte und entsorgte. »Mit deinem Freund zum Beispiel?«

Noch ehe die Frage ganz ausgesprochen war, hätte sie sich am liebsten geohrfeigt. Plumper ging es ja wohl nicht. So viel zum Thema »vorsichtig vorgehen«. Anscheinend war Rubys Unsicherheit ansteckend. Wie war es sonst zu erklären, dass Elin sich hier benahm, als sei sie allerhöchstens achtzehn?

Leider war Kim viel reifer als andere Mädchen in ihrem Alter. Und wachsamer, wie Elin erneut feststellen musste. Denn Kim erstarrte. Ihr Körper nahm die Haltung eines Tieres an, das Gefahr witterte und jeden Moment die Flucht ergreifen konnte. »Was willst du eigentlich von mir?«, fragte sie. Die Antwort wartete sie gar nicht ab. »Nur damit das klar ist – ich bin nicht an älteren Frauen interessiert.«

Elin spürte, wie ihr sämtliche Gesichtszüge entgleisten, angefangen von der Stirn. Der Hitze nach zu urteilen, folgte dem Weg der Entgleisung eine Feuerspur. So peinlich war ihr nichts gewesen seit Nadja.

Und das nur, weil Ruby selbst zu schüchtern war.

Das ist mal wieder typisch. Jetzt hast du den Ruf einer greisen Lustmolchin weg und bist dabei keinen Schritt weiter. Sie richtete den Rücken gerade auf, brachte ihre Miene wieder in geordnete Bahnen und schaffte es, Kim gelassen anzuschauen. »Danke für die Info«, sagte sie. »Können wir dann weitermachen?«

Glücklicherweise war der Rest bald erledigt. Kim zog ihre Jacke wieder an, nickte Elin kurz zu und verschwand ohne ein weiteres Wort im Schulgebäude.

Sofort entließ Elin ihren Körper aus der verkrampften Haltung, in der sie die letzten fünfzehn Minuten verbracht hatte. Sie fiel regelrecht in sich zusammen, als sie sich vor den Kastanienbaum setzte. Wie in Zeitlupe streckte sie die Beine aus und holte Luft, als wolle sie all den Sauerstoff um sich mit einem einzigen Atemzug einsaugen. Beim Ausatmen hob sie den Kopf und richtete den Blick in den Himmel. Die Bewegung der Blätter und Äste im Wind ließ ein Gemisch von Sonnenstrahlen und Blau aufblitzen und gleich wieder verschwinden, nur um an einer anderen Stelle erneut kurz aufzuleuchten. Es war wie ein blauer Nieselregen, der sich über Elin ergoss und Erholung und Entspannung brachte.

Nach wenigen Minuten fühlte sie sich bereit, aufzustehen und sich wieder ihren Aufgaben als Schulhausmeisterin zu widmen.

• ■ ■ ■ •

Die Reparatur der Jalousien nahm mehr Zeit in Anspruch, als Elin gedacht hatte. Aber jetzt war sie beinahe fertig. Nur noch eine, dann konnte sie am Gymnasium für heute Schluss machen. Entsprechend erleichtert stellte sie die Leiter auf und wollte anfangen. Doch ein zaghaftes Klopfen am Türrahmen hinderte sie daran.

»Ich hab vorhin gesehen, dass du mit Kim geredet hast«, erklang Rubys Stimme. Mit einer Begrüßung hielt sich das Mädchen gar nicht erst auf.

Das erinnerte Elin wieder daran, wie sie sich zur Närrin gemacht hatte. »Ja«, presste sie hervor. Sie hörte eilige Schritte, die knapp hinter ihr zum Stillstand kamen.

»Und?«, folgte die atemlose Frage, als hätten die Füße mehr als nur den Weg von der Tür zum Fenster zurücklegen müssen.

Elin schloss kurz die Augen, bevor sie sich umdrehte. Mit fester Stimme erklärte sie: »Hör mal, Ruby. Ich kann das nicht. Wenn du willst, kann ich dir Tipps geben. Aber mehr nicht.«

»Aber wieso . . .«, stammelte Ruby und schnappte nach Luft. »Wie . . . das kannst du nicht? Du hast es versprochen.«

»Korrigier mich bitte«, entgegnete Elin bemüht gelassen. »Aber ich habe nur versprochen, gegenüber deiner Mutter stillzuhalten.«

»Und mir bei Kim zu helfen«, beharrte Ruby.

Sie drehten sich im Kreis. Ruby wollte nicht zuhören, und Elin hatte keine Lust auf die Debatte, zumal es ja stimmte: Sie hatte genau das versprochen. Also konnte sie diese Diskussion genauso gut auf ihre To-do-Liste setzen – ganz nach unten, zur Erledigung für den nächsten perfekten Arbeitstag. Der nach derzeitigem Stand lange auf sich warten lassen dürfte.

»Deine Mutter hat mich für heute eingeladen«, wechselte Elin das Thema. »Sag ihr, dass ich keine Zeit habe.«

Ruby zuckte leicht zurück. »Wie, eingeladen?«

»Na, eingeladen eben.« Elin stieg auf die Leiter und begann die Jalousienkästen abzuschrauben. »Aber wie gesagt habe ich keine Zeit.« Vorsichtig lehnte sie den ersten Kasten gegen die Wand.

Endlich schien Ruby zu begreifen. Sie zog hörbar die Luft ein. Elin drehte sich so, dass sie Ruby anschauen konnte.

Wirklich glücklich war Ruby mit ihrer Erkenntnis offenkundig nicht, denn sie kaute an einem Fingernagel, während sie nuschelte: »Kannst du nicht vielleicht trotzdem?«

Das »Nein« geriet Elin heftiger als beabsichtigt. Sie spürte Rubys Zurückweichen mehr, als sie es sah. Für einen Moment schloss sie die Augen. Dann stellte sie so ruhig wie möglich klar: »Ich kann nicht. Und ich will das auch nicht.«

»Aber wenn du nicht kommst, will sie sicher genau wissen, warum«, feuerte Ruby los. »Und ich hab doch übermorgen diesen Test. Muss noch so viel dafür lernen. Da . . .«

Leider floss in Elin nicht nur isländisches Blut. Sonst hätte sie vielleicht das Flehen in Rubys Stimme überhören können und die Unsicherheit, die in jedem tiefen Atemzug mitschwang, nicht mitbekommen. Im Stillen entschuldigte sich Elin bei ihrer Mutter für diese Gedanken.

Um dann zähneknirschend nachzugeben: »Ich kann aber nicht vor acht.« Und sei es nur, um vor ihrer Mutter Abbitte zu leisten.

»Acht ist prima«, sagte Ruby mit einem strahlenden Lächeln.

»Acht ist prima«, wiederholte Elin, als Ruby schon längst verschwunden war. Den Zettel mit der Adresse, den das Mädchen ihr ausgehändigt hatte, stopfte sie ganz tief in eine der Knietaschen.

◾ ◾ ◼ ◾ ◾

»Langsam zweifle ich an deiner Intelligenz«, hörte Elin ihre Mitbewohnerin durch das Wasserrauschen schimpfen. Offenbar hatte Ann beschlossen, die frisch gefalteten Badetücher genau jetzt zu verstauen und bei der Gelegenheit auch noch ihre Meinung kundzutun.

Elin unterbrach das Haarewaschen. Wie recht Ann doch hatte. Unüberlegtes Handeln gehörte nicht zu den Eigenschaften, die sie normalerweise auszeichneten. Sie berichtigte sich: Hatte nicht dazugehört. Inzwischen schien das eher auf der Tagesordnung zu stehen. Aber es war, wie es war. Daher straffte sie die Schultern und machte weiter.

Um Anns vorwurfsvollem Blick so lange wie möglich zu entgehen, ließ Elin das Wasser länger als üblich über ihren Körper laufen. Erst als sie die Wasserverschwendung nicht mehr verantworten konnte, stellte sie es ab und griff durch den Vorhang hinaus nach ihrem Bademantel.

»Lass gut sein, Ann«, murmelte sie in das Handtuch, mit dem sie sich das Gesicht trocknete. »Ich zieh das jetzt durch.«

»Klar. Super Idee«, sagte Ann. »Dank der sozialen Netzwerke weiß morgen am Gymnasium eh jeder, dass du dich an Schülerinnen heranmachst. Dann hat Rubys Mutter erst recht einen Grund, mit dem Rektor zu reden.«

»Genau«, stimmte Elin zu.

»Und die Heizungsanlage hast du auch nicht gewartet«, beschwerte sich Ann.

»Doch. Zumindest hab ich danach geschaut. Das bisschen, was da zu machen ist, habe ich mir für nächste Woche vorgenommen.« Für die hysterische Schwarzmalerei, zu der Ann seit neuestem neigte, hatte Elin im Augenblick keinen Nerv. Daher drehte sie sich einfach um und verschwand in ihrem Zimmer.

Wohin ihr Ann ungefragt folgte. »Pass nur auf, dass du dich nicht zu sehr verzettelst«, warnte sie.

»Ach, Annchen«, sagte Elin langsam – so wie es Simon machte, wenn er seine Frau besänftigen wollte. »Nichts dergleichen wird passieren. Versprochen.«

»Wenn du's sagst.« Glücklicherweise gehörte Ann zu den Menschen, die sich zwar schnell aufregten, aber genauso schnell beruhigten, weil letztendlich der Humor siegte. Davon zeugten jetzt die leicht nach oben gebogenen Mundwinkel und das theatralische Stöhnen, mit dem sich Ann aufs Bett fallen ließ. »Hast du eigentlich schon einen Plan?«

»Für heute Abend oder generell?«, fragte Elin zurück, während sie aus diversen Schubladen und dem Schrank die Kleidungsstücke für heute Abend zog. Sportlich-elegant sollten sie sein. Nach einem roten T-Shirt und Sweatjacke wollte sie nach einer ihrer weißen Jeans greifen, doch dann zuckte sie wie nach einem Stromschlag zurück: Womöglich verstand Lara das als Anspielung auf ihr erstes Treffen? Elin schüttelte sich kurz und entschied sich schließlich für dunkelblaue Jeans.

Unterdessen beantwortete Ann ihre Frage mit einem gedehnten: »Sowohl als auch.« Sie setzte sich auf und beobachtete Elins Vorbereitungen.

Elin schaute beiläufig in den Spiegel. Heute sah sie definitiv nicht wie ein Mann aus. Ihr jetziges Outfit offenbarte, dass sie durchaus einige weibliche Attribute vorzuweisen hatte. »Um ehrlich zu sein«, gestand sie, »habe ich nicht den geringsten Schimmer. Ich weiß ja nicht, was Rubys Mutter überhaupt von mir will. Und generell wird es schwierig, jetzt, wo – du weißt schon.«

»Also kein Plan«, konstatierte Ann.

»Aber so was von keinen«, gab Elin zu.

Ann erhob sich ächzend vom Bett. »Wenn du Hilfe brauchst, sag

Bescheid. Ich könnte zum Beispiel deine Geliebte spielen. Oder Simon deinen Geliebten, Ehemann oder was auch immer.« Sie boxte Elin im Vorbeigehen auf den Oberarm. »Dann wird es ein richtig bunter Reigen.«

»Klingt gut«, stimmte Elin zu. »Ein Drama in drei Akten mit dem Titel: Erstens kommt es anders ...«

Elin fuhr früher los als nötig. Zum einen wollte sie sich nicht weiter mit Ann unterhalten, zum anderen brauchte sie frische Luft. Wirklich frische Luft. Nicht das, was durch Häuserreihen hindurchstrich und dabei einen Großteil des Sauerstoffs an den Ecken der Häuser oder hinter den Auspuffen der Autos verlor. Sondern echte, salzhaltige Meeresluft, die die Lungen von den Ablagerungen des Tages befreite, den Blick aufklarte und den Verstand wieder ruhig und konzentriert arbeiten ließ.

Elin seufzte zufrieden, als sich ihre Zehen in den noch warmen Sand bohrten. Bald würde der Herbst seine Fühler ausstrecken, und sie könnte nicht mehr so lange auf den Horizont schauen, wie sie es mitunter brauchte. Wie in diesem Augenblick.

Viel zu wenige Minuten später war es an der Zeit aufzubrechen. Zu Ruby Heldt und deren Mutter – zwei Frauen, die Elin früher oder später zur Verzweiflung bringen würden. Das spürte sie genau. Aber da sie nun den ersten Schritt gemacht hatte, blieb ihr keine Wahl. Umdrehen gab es nicht, so hatte sie es von ihrem Vater gelernt: »Wenn du dich für einen Weg entschieden hast, Sternchen, dann musst du ihn weitergehen. Bis zur nächsten Kreuzung.« Das hatte Gustav Petersen nicht nur einmal betont. Elin war davon überzeugt, dass das für ihren Vater immer noch galt, genauso wie für sie selbst. Keine halben Wege. Keine halben Sachen. Sei es im Beruf oder im Leben.

Darum stand sie jetzt hier vor dem Haus, das Ruby ihr als Adresse genannt hatte. Eigentlich hatte Elin eine gehobene Gegend erwartet. Mit noblen Häusern, vor denen noble Karossen standen. Stattdessen war hier alles eher einfach. Nicht heruntergekommen, das nicht, aber hier wohnten offensichtlich keine reichen Leute. Genau das irritierte Elin. Sie schaute noch einmal auf den Zettel. Da stand eindeutig Biestow.

Das bedeutete, dass Lara Heldt manchmal etwas ausstrahlte, was nicht hierher passte: Snobismus. Schon hatte Elin wieder den herablassenden Tonfall der Frau im Ohr, während sie auf ihre Handwerkerinnenhände gestarrt hatte.

»Schluss jetzt«, verlangte Elin von sich selbst. Sie schloss ihr Auto ab und ging auf den Hauseingang zu.

»Ihr Auto darf hier nicht stehen bleiben«, beschwerte sich da jemand hinter ihr. »Die Parkplätze sind nämlich nur für die Hausbewohner.« Eine ältere Frau, der Stimme nach zu urteilen.

Elin drehte sich um und sah eine kleine, dürre Frau mit energischen Schritten auf sich zukommen. Neben ihr tippelte ein Dackel. Genauso resolut, sich genauso aufplusternd. Die Frau hielt sich wohl für eine Soldatin des Rechts – und der Dackel für ihren Adjutanten. Oder für eine Dogge, die zum Schutz aller Bewohner in diesem Haus abkommandiert war.

Die Vorstellung entlockte Elin ein leichtes Schmunzeln. »Ich bin zu Besuch«, erklärte sie.

»So, so«, murmelte die verkappte Soldatin, »zu Besuch. Bei wem denn?« Sie fixierte Elin, während es aus dem Hintergrund knurrte. Ehe Elin erwidern konnte, dass das zu weit ging, fuhr die Frau mit dünnen Lippen fort: »Mein zweiter Mann war Polizist. Ich weiß also, dass man nicht alles durchgehen lassen darf. Dann könnte ja jeder kommen. Und irgendwann ist die Straße hier von Fremden zugeparkt.«

So kurz und knapp wie möglich ergab sich Elin in ihr Schicksal: »Bei Frau Heldt.«

»Ehrlich? Was haben Sie denn mit der zu tun? Ist was passiert?«, schoss die Frau ihre Fragen förmlich heraus. Sie drehte sich zu Elins Wagen, auf dem an den Seitentüren der Schriftzug ihres Betriebes prangte. »Wenn was am Haus kaputt ist, muss sie das melden. Sagen Sie ihr das.«

Elin verdrehte in Gedanken die Augen. Neugierige Mitmenschen waren ihr ein Gräuel. Sie musste dann immer aufpassen, sich keine Geschichten auszudenken, mit denen sie deren Sensationslust noch mehr anheizen könnte. Jetzt gerade hatte sie zum Beispiel nicht übel Lust zu erzählen, dass Ruby Heldt einen Leguan gekauft hatte und Elin jetzt zum Ausmessen für das größenmäßig passende Terrarium hier war, damit das Tier nicht ständig frei herumlief. Oder dass durch einen indirekten Blitzschlag der Stromkreislauf in der

Wohnung kurzzeitig unterbrochen gewesen war und seitdem der Backofen anging, wenn das Licht im Bad eingeschaltet wurde. Oder...

Nun ja. Mit dieser Frau würde Elin hoffentlich in Zukunft nichts mehr zu tun haben, also sah sie über die unangemessenen Kommentare hinweg. Genau genommen schaute sie auf den Dackel, der sich offenbar nicht entscheiden konnte, welches Wesen er für den Augenblick darstellen wollte: Dogge oder ängstliches Hündchen. Das daraus resultierende Wechselspiel von Knurren und Winseln war so spannend, dass Elin nicht wegschauen konnte. »Keine Sorge«, erwiderte sie entsprechend abgelenkt. »Es ist alles in Ordnung.«

Ob der alten Frau die Erklärung reichte, war nicht ersichtlich. Vielleicht fand sie den Informationsgehalt des Gesprächs nicht ausreichend, denn sie setzte sich unvermittelt wieder in Bewegung. »Komm, Edmund-Erwin, wir müssen nach Hause. Das Herrchen wartet bestimmt schon.« Sie zog an der Hundeleine und den Dackel dadurch ein wenig hinter sich her. »Kommen Sie«, forderte sie auch Elin auf, hielt ihr die Eingangstür auf und deutete in den Flur. »Die Heldts wohnen im dritten Stock. Nummer 318. Sie müssen die Treppe nehmen, weil der Aufzug kaputt ist.« Sie griff sich kurz an den Brustkorb, dann ging der Redeschwall weiter: »Ich bin ja so froh, dass wir – also ich und mein Kurt – hier unten wohnen.« Wieder ein Innehalten und ein Griff nach der Stelle, an der sie wohl ihr Herz vermutete. »Kennt sich Ihr Chef mit Aufzügen aus?«

»Der ist da ein richtiger Profi«, sagte Elin.

»Dann kann er ja...«

Elin legte größtes Bedauern in ihr Kopfschütteln. »Darf ich jetzt?«, fragte sie dann mit einem Blick in den Hausflur.

Sie durfte. Zehn Minuten später. Zehn Minuten, in denen sie mehr über Luise Reiher – so hieß Kurts Frau – erfuhr, als sie jemals wissen wollte.

Jetzt stand Elin vor der Wohnung Nummer 318. Die Fingerkuppe berührte noch nicht ganz den Klingelknopf, als sie den Arm noch einmal zurückzog, in die Jackentasche griff und nach den geflochtenen Armbändern tastete, die sie vorhin am Hafen erstanden hatte. Tiefes Durchatmen war in diesem fensterlosen, stickigen Flur nutzlos. Also ließ Elin es sein und betätigte endlich die Klingel.

Ein schriller Ton war zu hören. Unvermutet und dermaßen laut, dass Elin erschrocken zusammenzuckte. *Daran ist bestimmt der indirekte Blitzschlag schuld,* dachte sie noch, da öffnete sich die Tür.

Elin stockte der Atem, als sie sah, wie Lara Heldt die Augen schloss. So, als ob sie irgendwelche verwirrenden Bilder zurückdrängen müsse. Als sie die Augen wieder öffnete, hatten sie den sanften Schimmer, von dem Elin schon einmal gefangen gewesen war. Für diesen einen kurzen Moment stand wieder die Frau aus dem Café vor ihr.

Leider war er nur von kurzer Dauer, und die Frage »Haben Sie gut hergefunden?« kam eindeutig von Rubys Mutter. Genauso gut hätte sie sagen können: »Sie sind spät dran.« Das hätte an der Tonlage nichts geändert.

Da Elin sich vorgenommen hatte, sich nicht länger aus der Ruhe bringen zu lassen, ging sie ruhig auf den nicht gesagten Teil ein: »Sorry für die Verspätung. Aber ich musste erst an der Pförtnerin vorbei.«

»Sag bloß, dass du schon unser Luischen kennengelernt hast?«, rief Ruby aus der Wohnung. Parallel dazu linste ihr brünetter Wuschelkopf um die Ecke.

»Hab ich.« Elin wartete. Ob Lara Heldt irgendwann einen Schritt zur Seite machen und sie hereinbitten würde?

Ruby nahm ihrer Mutter die Entscheidung ab. »Komm doch rein.«

Elin war ein wenig verwundert. Diese junge Frau hatte nichts mit der verträumten und schüchternen Schülerin gemeinsam, die sie aus der Schule kannte. Stirnrunzelnd trat sie in den Flur und holte etwas umständlich die Armbänder hervor. »Ich finde es immer blöd, Wein oder so mitzubringen. Also —«

Lara Heldt wirkte überrumpelt, als Elin ihr eines der Bänder überreichte. Mit großen Augen schaute sie von dem Präsent zu Elin, und langsam veränderten sich ihre eben noch harten Gesichtszüge. Der strenge Zug um den Mund verschwand. Ebenso das Stirnrunzeln und die steile Falte zwischen den Brauen. Ihr Ausdruck wurde ganz weich. »Danke«, flüsterte sie.

Elin schaffte es nicht, das Armband loszulassen. Sie wollte es, aber als Lara sie beinahe zärtlich anlächelte, war ihr Wille lahmgelegt. Wie in Watte gehüllt erwiderte sie das Lächeln.

Viel zu schnell durchbrach Rubys Stimme die sich zaghaft aufbauende Verbundenheit. »Cool. Ich liebe diese Teile. Danke.«

Bevor Elin reagieren konnte, sah sie sich am Arm gepackt und durch einen kleinen, dunklen Flur in einen erstaunlich großen und hellen Raum geführt. Seine Helligkeit bezog er aus drei hohen Fenstern, die gerade das Licht der untergehenden Sonne einließen.

Ruby ließ Elin los und drehte sich mit ausgestreckten Armen um sich selbst. »Und, wie findest du es?«

Seit sie diese Wohnung betreten hatte, war nichts so, wie Elin es erwartet hatte. Fast ehrfürchtig trat sie zu einem der Fenster und schaute hinaus. Unter ihr breitete sich der idyllische Stadtteich aus. Er schien so nah, dass sie fast das leise Wogen der Gräser, das Glucksen des Wassers und das Zirpen der Grillen hören konnte. Dahinter waren nur vereinzelt Häuser zu sehen, deren reetgedeckte Dächer sich in die Landschaft fügten, als wären sie mitsamt der Bäume und Gräser dort gewachsen. Es war ein Bild der Ruhe und Harmonie. Nie hätte Elin gedacht, dass ihr eine Aussicht, die keinen Blick auf das Meer bot, so sehr den Atem rauben konnte. »Ich glaube, ich würde hier den ganzen Tag stehen und hinausschauen«, stellte sie leise fest.

»Das legt sich mit der Zeit«, bremste Lara Heldt die Begeisterung. Etwas hölzern ging sie zu einer Kommode und legte dort Elins Mitbringsel ab. Am Heben und Senken des Brustkorbes erkannte Elin, dass Lara tief einatmete.

Ihr geht es wie mir. Der Gedanke brachte das Durcheinander in Elin ein wenig in Ordnung.

Schließlich drehte Lara sich um. Ihr Gesicht war wieder das einer Sphinx. »Setzen Sie sich«, forderte sie Elin kurz angebunden auf, machte eine kurze Pause und schob dann ein etwas freundlicheres »Bitte« hinterher.

Elin bemerkte, wie Mutter und Tochter stumm Zwiesprache hielten. In Gedanken versuchte sie sich das dazugehörige Gespräch vorzustellen:

»Mama, bitte, gib ihr eine Chance«, flehte Ruby.

»Was willst du von ihr?«, schien Lara Heldt zu antworten. »Sieh sie dir an.«

Am liebsten hätte Elin kehrtgemacht, die Vorstellung war zu real. Dann stieg so etwas wie Trotz in ihr auf. Und Ärger darüber, dass Lara Heldt sie manchmal mit so viel Wärme anschaute, nur um sie in der nächsten Minute auf ihren Platz zu verweisen – wo auch immer der in Lara Heldts Augen sein mochte. Das war etwas, das Elin so nicht kannte. Sie war immer stolz gewesen auf das, was sie war und was sie erreicht hatte. Das würde sie sich nicht zerstören lassen. Also setzte sie sich in einen der beiden Sessel, lehnte sich zurück und beteiligte sich mit einem herausfordernden Blick auf Lara Heldt an dem stummen Gespräch. Sie wusste, dass die Farbe ihrer Augen wie Gletscherwasser wirken konnte, wenn sie es darauf anlegte.

Leider ging die Wirkung ins Leere, denn Lara Heldt ließ sich auf keinen Blickkontakt ein. Stattdessen deutete sie mit den Augen auf eine Schale mit Knabbergebäck und einen Teller mit Keksen, die auf dem Couchtisch bereitstanden. »Ruby konnte mir nicht sagen, was Sie lieber mögen, also habe ich vorsichtshalber beide Varianten hingestellt«, erklärte sie. »Jetzt müssen Sie nur noch sagen, was Sie dazu trinken wollen.«

»Willst du ein Glas Wein?«, setzte Ruby die Fragerunde fort.

»Danke, nein, ich muss ja noch fahren«, erwiderte Elin. »Also lieber ein Wasser, wenn es recht ist.«

»Ich kann auch Kaffee kochen.« Ohne auf eine Antwort zu warten, verschwand Ruby in einem Nebenraum, in dem Elin die Küche vermutete.

Vollkommen perplex schaute sie Ruby hinterher. Am liebsten hätte sie dem Mädchen nachgerufen, auf der Stelle zurückzukommen und ihre feige Flucht rückgängig zu machen.

Lara Heldt schien jedoch nur darauf gewartet zu haben. Denn sie setzte sich unvermittelt Elin gegenüber und fragte: »Haben Sie Kinder?«

Elin hatte nicht die Absicht, sich dem erwarteten Verhör zu entziehen. Es galt nur, sich keine Blöße zu geben. Bedächtig stützte sie sich an den Armlehnen ab, um ihren Körper ein wenig aufzurichten, während sie wie nebenbei die Frage beantwortete: »Nein, habe ich nicht.«

»Dann wissen Sie auch nicht, wie das ist«, stellte Rubys Mutter ruhig fest.

»Wie was ist?« Ebenso ruhig schaute Elin ihr Gegenüber an. Sie würde sich nicht beirren lassen. Den Blick hatte sie allerdings auf die Stelle zwischen den Augenbrauen gerichtet.

Erstaunt stellte sie fest, dass auch Lara Heldt diesen alten Trick anwandte, jemandem nicht in die Augen schauen zu müssen, als sie nun fast flüsternd erklärte: »Wie es ist, wenn man für sein Kind nur das Beste will.«

Elin hatte durch die Überraschung einen Teil ihrer Achtsamkeit verloren. Der Rest folgte, als sie nun ihre Eltern vor sich sah. Mit einem Lächeln in der Stimme sagte sie: »Das vielleicht nicht. Aber da ich eine Tochter bin, weiß ich, was Mutter und Vater für einen tun. So im Laufe eines Lebens.«

»Das trifft leider nicht auf alle zu«, murmelte Lara Heldt, räusperte sich und erklärte mit klarer Stimme: »Ich habe mit meiner Tochter eine Vereinbarung. Sie sieht zu, dass sie das Schuljahr nicht vermasselt, und ich halte mich zurück, wenn es um Sie geht.«

Das war also die Erklärung für Rubys Selbstsicherheit: Sie dachte, dass Elin ihr nun bedenkenlos helfen konnte. Eine Einschätzung, die Elin selbst nicht teilte.

»Das ändert aber nichts an der Tatsache, dass ich mir Sorgen mache«, bekannte Lara Heldt.

»Das ist Ihr gutes Recht«, stimmte Elin zu. »Aber ich weiß nicht, was ich dagegen tun kann.«

»Im Grunde gar nichts. Wenn man bedenkt, wie durcheinander Ruby seit Beginn des Schuljahres ist.«

Da Lara Heldt mehr mit sich selbst zu sprechen schien, nutzte Elin die Gelegenheit, sie genauer zu betrachten. Sie sah die feinen Fältchen um Augen und Mund, die vermutlich den Sorgen geschuldet waren, von denen Lara sprach. Auf einmal verspürte Elin den unsinnigen Wunsch, die Sorgenfalten fortzustreichen. Aber was könnte sie sagen? Dass Ruby zwar verliebt war, aber nicht in sie? Dann hätte sie ein Versprechen gebrochen, und Rubys Mutter wäre die Sorgen immer noch nicht los. Es musste eine andere Lösung geben.

Noch ehe Elin sich damit auseinandersetzen konnte, fragte ihr Gegenüber: »Oder können Sie sich vorstellen, meiner Tochter zukünftig aus dem Weg zu gehen?«

Es war unglaublich. Lara Heldt ging an diese Geschichte heran wie an eine wissenschaftliche Arbeit.

Das Problem: nachlassende Leistungen in der Schule.

Die Ursache: Liebe.

Die Lösung: Entlieben.

So einfach war das für Lara Heldt.

So einfach wäre das für Lara Heldt. *Wenn ich die richtige Ansprechpartnerin wäre,* entgegnete Elin im Stillen.

Rubys »Na, habt ihr euch gut unterhalten?« entband sie von einer entsprechenden Antwort.

· ▪ ■ ▪ ·

Langsam drehte Elin ihr Glas und schaute zu, wie die Wohnzimmerbeleuchtung die Farbe des Weins veränderte. Genau so waren die letzten zwei Stunden verlaufen. Der Wein stand für die Stimmung. Das Licht für die Worte, die gesagt oder auch nicht gesagt wurden.

Waren es tatsächlich nur zwei Stunden gewesen?

»Ich finde, diese Lara hat recht«, sagte Ann in ihre Gedanken hinein.

Müde stellte Elin ihr Glas ab und ließ sich in ihren Sessel zurückfallen. Eigentlich sollte sie längst schlafen. Stattdessen saß sie hier und ließ den Abend Revue passieren. »Das mag ja sein«, erwiderte sie mit geschlossenen Augen. »Aber damit wäre Rubys Problem nicht gelöst.«

»Noch mal, Elin.« Sie hörte leises Klirren, offenbar hatte Ann sich vorgebeugt und war dabei gegen den Tisch gestoßen. »Du bist nicht für sie verantwortlich.«

»Meinst du, das weiß ich nicht?«, fuhr Elin auf. »Meinst du, ich mach das alles aus Jux und Tollerei? Oder weil ich für diesen Monat noch keine gute Tat vollbracht habe und jetzt befürchten muss, dass der Orden der helfenden Schwestern mich rauswirft?« Wein schwappte über den Rand, als Elin das Glas zu heftig an sich zog. »Verdammt!«, schimpfte sie, stellte das Glas wieder hin, griff nach dem Taschentuch, das Ann ihr reichte, und trocknete erst ihre Finger und danach die Tischplatte.

»Lass deinen Frust nicht an mir aus«, bat Ann ruhig. »Ich kann nichts dafür, dass du Rubys Mutter nicht die Wahrheit gesagt hast.«

Wenn es nur das wäre. Das würde Elin keine Magenschmerzen bereiten und sie auch nicht am Einschlafen hindern. Verstohlen atmete sie durch und wechselte dann sicherheitshalber das Thema: »Wo treibt sich eigentlich Simon rum?«

»Irgendetwas mit dem Ruderverein«, antwortete Ann.

Übertrieben langsam beugte sich Elin Richtung Zeitanzeige am Fernseher und hob die Augenbrauen. »Um diese Uhrzeit?«

»Ach«, winkte Ann ab. »Sie wollten noch einen trinken. Weil die Juniorinnen jetzt zehn Sprints in Folge gewonnen haben.«

»Und da bist du nicht eifersüchtig?«, fragte Elin. Endlich schaffte sie es, in Ruhe ihr Glas zu leeren.

Ann schüttelte vehement den Kopf. »Quatsch. Erstens ist Simon im Verein ja nur noch passiv aktiv. Zweitens ist er treu. Und drittens sind die Mädels im Team fast alle lesbisch.«

»Du vertust dich da ganz massiv mit den Klischees«, bemerkte Elin.

»Ich weiß.« Anns Schmunzeln wirkte etwas verrutscht. »Aber bei den jungen Häschen, die da rumspringen – da beruhigt mich die Vorstellung.«

»Vielleicht sollte ich dem Verein doch beitreten«, überlegte Elin spaßeshalber. »Ich meine: um zu überprüfen, ob du recht hast. Schließlich bin ich auf junge Häschen seit kurzem spezialisiert.«

»Dann musst du dich auch nicht länger mit Schülerinnen und deren Liebeskummer beschäftigen«, setzte Ann den Gedanken fort.

»Und am Ende«, schloss Elin, »stehe ich womöglich vor dem Lara Heldtschen Exekutionskommando, weil ich ihr Töchterchen ins Unglück gestürzt habe.«

»Aber etwas in der Art hat die Mutter doch selbst vorgeschlagen«, wandte Ann ein.

Elin seufzte laut auf. »Eigentlich stellt sie sich doch vor, dass Ruby aufhören soll, mich zu lieben. Aber Ann – wer bitte kann so einfach damit aufhören. Mich«, sie klopfte sich auf die Brust, »die ich doch so liebenswert bin.« Eine Zeitlang blieb sie in dieser Position. Erst auf Anns Kopfschütteln hin lehnte sie sich wieder zurück und zog ein Bein an. »Im Ernst. Es ist doch so: Ruby ist unglücklich verliebt. Wenn sich das nicht ändert, werden ihre Leistungen in der

Schule weiter nachlassen – fürchte ich. Und wen, denkst du, wird ihre Mutter dafür verantwortlich machen?«

Anns Kopf schnellte in die Höhe. »Also bitte! Wenn ich für jede schlechte Leistung der Jungs verantwortlich gewesen wäre, die in der Schule in mich verliebt waren – dann müsste ich die nächsten hundert Jahre in der Hölle schmoren.«

»Hast du denn irgendwann mit den Müttern von all den Kerlen gesprochen, Ann?«, fragte Elin.

Ann runzelte die Stirn. Nun war sie offensichtlich ernsthaft besorgt. »So wie du gerade drauf bist: Da war doch mehr als nur diese komische Idee von Rubys Mutter. Stimmt's, Elin?«

»Vielleicht.«

»Und was?«

»Also ...« Mit leichtem Unbehagen erzählte Elin von ihrem Abend bei den Damen Heldt.

Erst hatten sie sich über nichtssagende Dinge unterhalten. Da hatte sie sich noch einigermaßen wohlgefühlt. Bis Ruby darauf gedrängt hatte, dass ihre Mutter und Elin sich beim Vornamen nennen und duzen sollten. In Anbetracht ihrer *Verbindung,* wie Ruby es genannt hatte. Ihre Mutter hatte sich daraufhin kerzengerade hingesetzt, die Arme verschränkt und Elin kurz zugenickt, begleitet von den Worten: »Also gut – Elin.«

Mehr nicht. Auf Elins Erwiderung hatte sie nicht gewartet, sondern Ruby nach dem bevorstehenden Test gefragt.

Da waren in Elins Kopf irgendwelche Sicherungen durchgebrannt.

Sie war aufgestanden und hatte sich zu Ruby auf die Couch gesetzt. Doch damit nicht genug. Sie hatte keine Ahnung, welcher Teufel sie geritten hatte, aber jedenfalls hatte sie später auch noch den Arm um die junge Frau gelegt und ihr versprochen, dass alles gut werden würde. Dass sie immer für Ruby da sein würde, wenn diese sie brauchte. Laut genug, dass auch ihre Mutter es hören konnte.

Vielleicht war es, weil diese Frau sie bis dahin die ganze Zeit mit Argusaugen beobachtet hatte. Oder weil diese Augen von dem inzwischen schon so vertrauten sanften Schimmer erfüllt gewesen waren, wenn sie Elin unvermutet angelächelt hatte. Oder weil Elin manchmal das Gefühl gehabt hatte, dass Lara traurig war – nur um dann wieder von grünen Warnschüssen getroffen zu werden.

Der am Ende ausschlaggebende Grund war aber, dass Lara eine Erinnerung an ihre erste Begegnung mit Elin so offensichtlich nicht hatte zulassen wollen. Denn Elins einzigen Versuch, diesen Tag anzusprechen, hatte Lara mit den Worten unterbrochen: »Hast du dich eigentlich für eine der Projektgruppen angemeldet, Ruby?«

Elin erzitterte. Seit diesem Moment von Laras bewusster Blockade hatte ein rasanter Wechsel zwischen Hitze und Schüttelfrost von ihr Besitz ergriffen.

»Wieso überrascht mich das jetzt nicht?«

Es dauerte, bis Elin verstand, dass diese Frage von Ann gekommen war.

»Soll ich dir was sagen, Elin?«, fuhr diese fort. »Tu, was du nicht lassen kannst. Hilf der Kleinen. Mach dich zur Närrin. Aber sieh bitte zu, dass du das unbeschadet überstehst.«

Diese unerwartete Absolution verursachte einen dicken Kloß in Elins Hals, den sie nur mit Mühe hinunterschlucken konnte. »Versprochen«, brachte sie krächzend heraus. Sie war ganz froh, dass sich in diesem Moment ein Schlüssel im Schloss der Wohnungstür drehte und Simons Rückkehr ankündigte.

»Na, Ladys«, begrüßte er sie, nicht mehr ganz taufrisch. »Ich bin in Sachen Sport unterwegs, und ihr feiert hier Partys?«

»So ganz ohne Party hast du den Abend wohl auch nicht überstanden«, hielt Elin dagegen.

»Ich hatte eben dreifach Grund zu feiern.« Simon ließ sich neben seine Frau fallen und gab ihr einen liebevollen Kuss.

Wie zärtlich die beiden miteinander umgehen, auch nach zehn Jahren noch. Fast keimte etwas wie Neid in Elin auf, als sie an ihren eigenen Abend dachte.

»Ihr müsst mich fragen, was denn die drei Gründe sind«, beschwerte sich Simon.

Elin und Ann sahen sich an und fragten wie aus einem Mund: »Was sind denn die drei Gründe?«

Dass die beiden gegen ein Grinsen ankämpften, schien Simon nicht zu stören, denn er zählte seelenruhig an den Fingern ab: »Erstens haben wir einen Top-Nachwuchs. Zweitens wird der in dieser Saison von einer neuen, wirklich talentierten Steuerfrau verstärkt. Und drittens«, er machte eine bedeutungsschwere Pause, »drittens hat mich vorhin ein gewisser Per Dornhagen angerufen, damit wir den Aufzug in einem seiner Häuser reparieren.«

»Was heißt hier wir?«, warf Elin ein. Für die effektvolle Untermalung durch Stemmen der Hände in die Hüften war sie allerdings zu müde.

Simon fuhr unbeeindruckt fort: »Die Firma, die die Anlage eingebaut hat, ist wohl in Konkurs. Herr Dornhagen wollte uns schon lange kontaktieren, weil er von anderen gehört hat, dass du dich mit diesen hochmodernen Anlagen sehr gut auskennst. Und heute hat uns auch noch eine Luise Reiher empfohlen. Die, so Herr Dornhagen, extrem schwierig sein soll, so dass er froh ist, dass sie auch auf uns gekommen ist.« Er strahlte Elin und Ann an. »Ergo: wieder ein neuer Kunde. Und noch dazu einer mit mehreren Mietshäusern.«

»Und wann bitte wollt ihr das noch schaffen?«, fragte Ann mit bissigem Unterton. Ihr Gesicht wurde zu einer starren Maske. »Wie ist das, Simon? Spielt sowas wie Familie in deinen Planungen überhaupt noch eine Rolle?« Damit stand sie auf, verschwand in ihrem Schlafzimmer und knallte die Tür zu.

»Was hat sie denn?«, fragte Simon sichtlich irritiert.

»Keine Ahnung«, erwiderte Elin. Und das nicht nur auf diese, sondern auch alle anderen Fragen, die gerade wie Waggons eines langen Zuges durch ihren Kopf ratterten. Auf einem davon stand: »Was denn noch alles?«

Ihr Cousin betrachtete sie eingehend. »Und was ist dein Problem?«, fragte er.

Elin seufzte. »Dass bei mir eine bestimmte Familie eine *zu* große Rolle spielt.«

Simon wandte sich ihr nun vollends zu. Er schien sämtliche Erklärungsmöglichkeiten durchzuspielen, bis nur noch eine übrig war: »Die Kleine und ihre Mutter.«

»Wohnen in diesem Haus«, klärte Elin ihn auf. »Dem Haus mit dem Aufzug.«

Simon verzog keine Miene. »Dann ist es ja gut, dass du alles im Griff hast.«

»Aber hallo«, bestätigte Elin.

»Jetzt mal Butter bei die Fische.« Simon forschte in Elins Gesicht. Es war wie ein Scannen, das die Anspannung darin durchleuchtete und ihre Ursachen offenbaren sollte. »Wir haben zwar vereinbart, dass ich mich um die Kundenakquise kümmere, aber wenn es dir lieber ist ...«

»Schon gut«, winkte Elin ab. »Ich sehe es einfach als eine Prüfung auf dem Weg zur inneren Ruhe und geistigem Ommm.«

Simon riss die Augen auf. »Mach mir keine Angst. Ich hab gedacht, dass du diese Dinge schon immer besessen hast.«

»Mitnichten, Chef, mitnichten«, erwiderte Elin grinsend. »Das liegt nur an meinem isländischen Blut. Außen Gletscher, innen aktiver Vulkan.« Sie fragte sich, ob es bei Rubys Mutter womöglich umgekehrt war.

»Wieso schüttelst du den Kopf?« Wieder hatte Simon den Scannerblick aufgesetzt.

»Nichts.«

Eine Zeitlang ruhte Simons Blick noch auf ihr, dann lehnte er sich zurück, verschränkte die Arme hinter dem Kopf und schaute auf die Zimmerdecke. Elin tat es ihm gleich, erleichtert, dass er es dabei bewenden ließ.

»Wie gut kennst du dich eigentlich mit den sozialen Netzwerken aus?«, fragte sie nach kurzem Schweigen.

»Nicht so besonders«, antwortete Simon. »Wieso fragst du?«

Elin berichtete von ihrem Gespräch mit Kim. »... und das heißt, dass morgen womöglich ein Spießrutenlauf auf mich wartet«, schloss sie.

Simon starrte sie an. »Du lässt aber neuerdings nichts aus. Du solltest Urlaub machen. Weit weg von all den Frauen dieser Welt.«

»Gute Idee«, stimmte Elin zu, »du schuldest mir eh noch ein Wochenende für den perfekten Tag.«

»Klar doch«, murrte Simon. »Ich werde dich noch dafür belohnen, dass du am besagten Tag die Patenschaft für eine Siebzehnjährige übernommen hast. Was – wenn ich dich erinnern darf – der Anfang von deinem Schlamassel war.«

Elin musste lachen. »Da du das bei deinem Angebot nicht explizit ausgeschlossen hast, gilt es auch nicht als Hinderungsgrund.«

»Es war zumindest einen Versuch wert«, gab Simon feixend zurück. »Ich schlage vor: Wenn du all deine Versprechen eingelöst hast, fährst du zu deinen Eltern nach Island.«

»Hey!«, schimpfte Elin halbherzig. »Das wird dich schon ein wenig mehr kosten. Ich wollte schon immer mal nach Norwegen. Vielleicht mit einem kleinen Kutter durch die Fjorde schippern.«

»Bekommst du eigentlich nie genug Wasser um dich rum?«, fragte Simon.

Elin lachte noch einmal kurz auf. »Nur, wenn es mir bis zum Hals steht.«

· ■ ▇ ■ ·

Am nächsten Morgen hatte Elin das Gefühl, unsichtbar zu sein. Das konnte sie nicht leiden, denn der Morgen war einer der Momente, in denen sie sich gern mit Ann und Simon austauschte. Da Simon bereits fort war, blieb nur Ann. Und die lehnte am Küchenschrank, starrte in ihren Kaffee und schwieg.

»Irgendetwas schießt dir quer«, sagte Elin daher ihrer Mitbewohnerin auf den Kopf zu. »Wenn du sauer auf mich bist —«

Endlich kam Leben in Ann. »Unsinn. Ich verstehe nur nicht, warum Simon immer mehr Aufträge annimmt. Hier noch einer. Da noch einer . . .« Jetzt sprudelte es aus ihr heraus, als habe sich irgendwo in ihr eine Schleuse geöffnet. »Er ist ja jetzt schon kaum zu Hause. Wie soll das werden, wenn . . .«

Elin hörte aufmerksam zu, wie sich Ann immer mehr in Rage redete. Und mitten in Anns »Ich möchte vielleicht auch einmal mit ihm verreisen« fiel es ihr wie Schuppen von den Augen.

Ann war zwar von jeher etwas schwankend in ihren Stimmungen. Aber in letzter Zeit passierte das sehr oft. Einmal machte sie sich Sorgen darum, dass zu wenig Geld in den Kassen wäre, dann wieder beschwerte sie sich, dass Simon ständig außer Haus war. Einmal hü, dann hott. Dazu kam, dass sie keinen Alkohol mehr anrührte. Und – das hätte Elin sofort stutzig machen sollen – Ann mochte plötzlich den Isländischen Schokoladenkuchen, über den sie bis vor wenigen Wochen immer die Nase gerümpft hatte. Die Antwort war so naheliegend, dass Elin sie schlichtweg übersehen hatte: »Du bist schwanger.«

Was auch immer Ann noch hatte sagen wollen – es kam stumm aus dem offen stehenden Mund. »Bist du jetzt schockiert?«, brachte sie schließlich heraus.

Elin sprang auf und nahm Ann kurzerhand in den Arm. »Natürlich nicht! Ich freu mich für dich – für euch.« Sie spürte, wie Ann sich kurz versteifte, als sei sie bei etwas Verbotenem ertappt worden. Daraufhin schob Elin sie ein Stück von sich weg. »Was sagt denn Simon dazu?«

»Er weiß es noch gar nicht«, sagte Ann etwas kleinlaut.

Elin stutzte. Ann und Simon waren für sie immer ein Paar gewesen, das sich vertraute. »Und wann hast du vor, es ihm zu sagen?«, erkundigte sie sich. »Wenn es nicht mehr zu übersehen ist?«

»Natürlich nicht«, entgegnete Ann. »Ich wollte es ihm die Tage sagen. Es ist nur ...« Ann wirkte angespannt, als sie sich an den Küchentisch setzte.

Etwas belastete Ann, das mittelbar oder unmittelbar mit der Schwangerschaft zu tun hatte. Elin nahm ebenfalls Platz, um es herauszufinden. Sie studierte ihre Mitbewohnerin genau. Sah, wie deren Blick unstet in der Küche umherwanderte, an der Kaffeemaschine haftenblieb und sofort weiter zur Brotschneidemaschine raste. Die Kühlschrankmagneten streifte er nur kurz, denn sofort zog der Obstkorb die Aufmerksamkeit auf sich. Danach folgten die Töpfe mit den Kräutern, der Fensterschmuck, die Topflappen. Alles wurde betrachtet – bis auf Elin.

Diesmal brauchte Elin nicht lange, um den Grund zu erraten. »Wenn ihr in Zukunft zu dritt seid, ist hier kein Platz mehr für mich«, erklärte sie das Offensichtliche.

Anns Blick hatte sein Ziel gefunden: die Tischplatte. »Tut mir leid«, flüsterte sie.

»Schon gut«, winkte Elin ab. Dabei war ihr nach allem anderen als lockerem Geplänkel. Sie fasste für sich die letzten Tage zusammen und merkte, wie sie dabei Kopfschmerzen bekam. Es war definitiv zu viel auf einmal.

Okay. Immer mit der Ruhe. Innerlich nahm sie Haltung an und atmete durch. Es gab immer einen Weg. Man musste nur genau hinschauen. Manchmal war er verborgen hinter irgendwelchen Hecken, weil ihn schon lange niemand mehr beschritten hatte. Unvermutet sah Elin das Wohnzimmer von Lara und Ruby Heldt vor sich. Wie es wohl wäre, mit den beiden zusammenzuwohnen? Elin verbiss sich ein Grinsen. *Zu viele Tretminen,* dachte sie. Aber allein die Vorstellung sorgte dafür, dass ihr Humor die Oberhand gewann.

»Wenn du möchtest, kann ich mich ja schon mal für dich umschauen«, kam es vom anderen Ende des Tisches.

»Da möchte ich mich lieber selbst drum kümmern.« Elin wusste auch schon, wie sie vorgehen wollte: »Ich hör mich einfach bei unseren Kunden um.«

Im Geiste ging sie die Mietshäuser durch, die sie betreute. Bis der Radiosprecher sie unsanft daran erinnerte, dass es höchste Zeit war, an die Arbeit zu fahren und dem, was sie dort erwartete, entgegenzutreten.

Ann reagierte auf die Zeitansage wiederum sichtlich erleichtert. Winzige Schweißperlen auf der Stirn zeugten davon, wie die letzten Minuten sie mitgenommen hatten. Dabei war Elin doch ruhig geblieben. Hatte keine Szene gemacht, sondern die Sachlage sofort erfasst und das Ergebnis verstanden. Kopfschüttelnd stand Elin auf. Doch bevor sie den Raum verlassen konnte, hielt Ann sie am Arm zurück.

»Ich wollte dir ja noch etwas sagen.«

»Du bekommst Zwillinge«, riet Elin ins Blaue.

Ann schaute erschrocken an sich hinunter. »Sehe ich so aus?«

»Hör mal, Ann«, sagte Elin, »es wäre schön, wenn du in den nächsten Monaten nicht bei jedem Scherz gleich in Panik verfällst. Sonst will Simon womöglich bei mir einziehen. Dabei gewöhne ich mich langsam an den Gedanken, in Zukunft allein zu wohnen.«

Grinsend hob Ann eine Hand zum Schwur. Allerdings war Elin nicht sicher, ob sie nicht hinter dem Rücken die Finger der anderen Hand überkreuzte.

Aber sie beschloss, es dabei zu belassen. Außerdem war es langsam wirklich höchste Zeit für den Aufbruch. »Was wolltest du mir also sagen?«, fragte sie auf dem Weg zur Wohnungstür.

»Ich habe mich letzte Nacht etwas auf diversen Seiten im Internet umgeschaut«, berichtete Ann hastig. »Also irgendwelche Mitteilungen, in denen dein Name vorkommt, habe ich nicht gefunden.«

Wirklich überzeugt hatte Elin diese Tatsache nicht. Sie war zwar nicht wirklich vertraut mit all den sozialen Netzwerken, in denen sich die jungen Leute herumtrieben; sie selbst nutzte das Internet hauptsächlich für Recherchen zu ihrer Arbeit. Trotzdem wusste sie, unter anderem von Ann, dass ein Austausch auch unter Ausschluss der Öffentlichkeit stattfinden konnte. Dass Ann nichts gefunden hatte, musste also nichts heißen, und ihre Suche war wohl eher als Versuch zu werten, ihr schlechtes Gewissen zu beruhigen.

»Jetzt bist du ungerecht«, tadelte sich Elin. Ann konnte schließlich nichts dafür, dass Kim falsche Schlüsse gezogen hatte – ziehen musste, weil Elin sich so dumm angestellt hatte. »Und schwanger ist Ann auch nicht allein geworden«, setzte sie ihr Selbstgespräch fort.

Ein Gefühl von Wehmut überkam sie. Wie lange war es her, dass sie zuletzt mit einer Frau zusammen gewesen war? Sie wollte es gar nicht genau wissen, die Zahl der Monate war viel zu hoch. Ihr Körper schien sich aber zu erinnern. Der Cocktail an Hormonen, der plötzlich durch ihre Blutbahn fuhr, traf sie vollkommen unvorbereitet.

Das liegt an Ruby, versuchte Elin sich zu beruhigen. Die Verliebtheit der jungen Frau färbte ab und weckte anscheinend auch bei Elin den Wunsch, einmal wieder in den Armen einer Frau zu liegen. Zärtlichkeit und Leidenschaft zu teilen.

Vielleicht war es auch die Tatsache, dass sie in absehbarer Zeit wieder allein leben würde. Das hatte Elin nicht mehr getan, seit Maret sie verlassen hatte ... Der Gedanke an ihre Exfreundin und den Grund für ihre Trennung kühlte Elin ab. Fast fröstelte es sie.

»Du lebst nur für diese bescheuerte Arbeit«, hatte Maret ihr vorgeworfen. »Du hast nicht einmal gemerkt, dass ich oft erst früh am Morgen nach Hause gekommen bin.« Der Grund dafür hatte direkt danebengestanden. Komischerweise hatte Elin das nicht gestört. Sie hatte Marets Worte zur Kenntnis genommen und die Trennung akzeptiert. Erst als Maret zwei Tage später ihre CDs aus dem Regal räumte, hatte Elin begonnen, sich einsam zu fühlen. Als ob allein die Musik für ihre Zusammengehörigkeit gestanden hätte.

Die Zeit danach war dafür verantwortlich, dass Simon ihr heute noch unterstellte, triebgesteuert zu sein. Er hatte miterlebt, wie Elin immer öfter auf die Avancen von wildfremden Frauen eingegangen und mit ihnen nach Hause gegangen war – nur weil sie sich beweisen wollte, dass sie sehr wohl in der Lage war zu lieben. Sie wollte nicht wahrhaben, was Maret ihr an den Kopf geworfen hatte, bevor sie die Wohnungstür hinter sich zugeknallt hatte: »Du bist ein selbstsüchtiger Eisklotz, Elin!«

Ein halbes Jahr hatte der Spuk gedauert. Danach hatte Elin akzeptiert, dass ihre Exfreundin in gewisser Weise recht hatte. Seither hatte es niemanden mehr in ihrem Leben gegeben. Nie wieder wollte Elin eine Frau dadurch verletzen, dass sie nicht genug Liebe schenken konnte.

Dabei war sie in einem liebevollen Elternhaus aufgewachsen, und sie liebte ihre Eltern. Umso weniger konnte sie verstehen, warum sie sich bei keiner Frau vollends fallenlassen konnte. Ihre Mutter hatte einmal gemeint: »Du bist wie ich, Elin. Du wirst nur einmal im Leben wirklich lieben. Du bist der Richtigen nur noch nicht begegnet.«

Elin hatte diese Vorhersage innerlich als romantisch verklärten Kitsch belächelt. Doch sie hatte ihre Mutter in dem Glauben gelassen.

Glücklicherweise hatten ihr Simon und Ann genau zu dieser Zeit vorgeschlagen, gemeinsam in diese schöne, große Wohnung zu ziehen, aus Kostengründen. Was sich nun natürlich erledigt hatte. Elin seufzte auf.

In diesem Moment wurde sie sich bewusst, dass sie bereits auf dem Parkplatz des Gymnasiums stand. Wenn jemand sie gefragt hätte, wie sie hierhergekommen war – sie hätte ihm keine Antwort geben können.

Wenigstens hatten die Erinnerungen dafür gesorgt, dass sie sich keine weiteren Gedanken über Kim, das Missverständnis und die möglichen Folgen gemacht hatte. Jetzt aber halfen keine Ausflüchte mehr. Sobald sie das Lenkrad losgelassen hatte, musste sie sich der Realität stellen.

»Gut«, sagte sie laut und öffnete die Autotür. Jetzt würde sich zeigen, ob Ann richtig lag.

Mit den gewohnt weit ausholenden Schritten ging sie auf den Schuleingang zu. Es war wie immer: die Schüler desinteressiert an der Hausmeisterin, weil die Berichte über den gestrigen Abend viel zu viel Aufmerksamkeit erforderten. Das vereinzelte Lachen, das zu Elin drang, klang nicht anders als sonst.

»Guten Morgen«, sagte Elin in die Runde.

Nur kurz wurden die Gespräche unterbrochen. Ein paar Schüler erwiderten den Gruß wie automatisch. Dann war Elin wieder Nebensache.

Ann wieder mit ihrer Schwarzmalerei, dachte Elin. Sie verzog das Gesicht zu einer Grimasse, weil sie sich davon hatte anstecken lassen. Überhaupt, ging es ihr durch den Kopf, nahm sie in letzter Zeit zu häufig die Eigenschaften der Menschen an, mit denen sie zu tun hatte. Wahrscheinlich sollte sie in Zukunft nur noch Menschen kennenlernen, die so unterschiedlich waren wie nur möglich. Private Berührungspunkte hatte sie in Rostock bislang ohnehin nur mit Simon, Ann, Kim, Ruby und deren Mutter.

Lara, erinnerte ihr Gehirn an den Vornamen. Auf diese Berührungspunkte sollte sie vielleicht besser verzichten. Die sorgten nur dafür, dass sie in den unmöglichsten Situationen das Gefühl hatte, unter Beobachtung zu stehen – denn seit dem Gespräch mit Lara am Vorabend hatte sie immer wieder deren durchdringenden, grün strahlenden Blick vor Augen. Sogar die grüne Ampel, auf die gestern bei der Heimfahrt das Licht einer Laterne gefallen war, hatte Elin nervös gemacht.

Aber das war gestern. Jetzt und hier war kein Platz für Grübeleien. Am Abend konnte sie sich überlegen, was sie tun könnte, um neue Kontakte zu knüpfen. Um Elins Mundwinkel begann es zu zucken, als sie voller Selbstironie dachte: *Was gibt es da groß zu überlegen? Du gehst einfach los, lernst neue Leute kennen und schließt Freundschaften, wie du es jeden Tag tust.* Es konnte doch nicht so schwer sein, einmal über ihren Schatten zu springen.

Und falls das nicht klappte: Dann blieb immer noch der Ruderverein.

■ ■ ■ ■ ■

Elin runzelte die Stirn, als sie auf die Uhr schaute. Es war kurz vor sechs, und sie konnte sich erst jetzt um den Auftrag von diesem Per Dornhagen kümmern. Wobei es genau genommen der Auftrag von

Luise Reiher war, erinnerte sich Elin. Ihr war aber nicht ganz klar, wie sie überhaupt zu dieser Ehre kam.

Aus dem zehnminütigen Gespräch hatte Luise Reiher unmöglich auf Elins Fähigkeiten schließen können. Aber wer wusste schon, was in dieser Frau vorging. Es war im Grunde auch nicht wichtig. Für Elin zählte nur, dass sich die Arbeit rasch erledigen ließ – bevor sie womöglich Lara oder Ruby begegnete. Also läutete sie bei Luise Reiher und wartete.

Die Tür ging auf. Luise Reiher schaute suchend an Elin vorbei.

»Wo ist Ihr Chef?«

Elin massierte sich die Nasenwurzel. Die guten alten Vorurteile gegenüber Frauen in Handwerksberufen – wie hatte sie sie vermisst. »Der steht vor Ihnen«, erwiderte sie bemüht gelassen.

»Sie wollen doch nicht behaupten, dass Sie den Aufzug reparieren wollen?« Luise Reihers Stimme überschlug sich fast.

Leise brummte Elin vor sich hin: »Von wollen kann keine Rede sein.« Wie gern hätte sie jetzt ein großes Stück Schokoladenkuchen gegessen. Selbstgebacken, versteht sich.

»Was haben Sie gesagt?« Luise Reiher drehte den Kopf zur Seite, um Elin besser verstehen zu können.

»Ich habe gesagt, dass Sie keine Angst haben müssen«, sagte Elin beschwichtigend. Schließlich war das hier immer noch ein Auftrag, und sie sollte sich entsprechend professionell verhalten. »Ich kenne mich mit solchen Dingern aus. Wenn Sie wollen, zeige ich Ihnen die Zertifikate.«

Diesmal war es Luise Reiher, die etwas vor sich hinmurmelte, was Elin nicht verstehen konnte. Bloß war ihr das einerlei. Zumal sie das Gebäude anschließend endlich betreten durfte.

Sie ging geradewegs in den Keller – von Luise Reiher verfolgt.

Sie begann mit der Fehleranalyse – von Luise Reiher beobachtet.

Dann fragte die alte Frau auch noch hinterrücks: »Und? Haben Sie schon etwas gefunden?«

Elin schüttelte den Kopf. Sie hoffte, ihren Schatten durch konsequentes Ignorieren loszuwerden.

Das war eine klassische Fehleinschätzung. Luise Reiher blieb. Schlich um Elin herum. Schaute zu. Tat, als ob sie verstünde, was Elin machte.

»Sie waren gestern ziemlich lange bei den Heldts«, stellte sie dann unvermittelt fest.

Elin spannte kurz die Muskeln an. »Wenn Sie das sagen.«

»Sie haben mir noch nicht erzählt, was sie mit denen zu tun haben.« Die alte Frau stand inzwischen so dicht hinter Elin, dass sie ihr fast die Luft zum Atmen nahm.

Elin atmete tief ein, pumpte förmlich ihren Oberkörper auf und richtete sich immer mehr auf. Gleichzeitig drehte sie die Schultern und sagte: »Ich kann so nicht arbeiten, Frau Reiher.«

Luise Reiher trat zwei Schritte zurück. »Sie brauchen mir einfach zu lang«, giftete sie Elin an.

Die hatte inzwischen den Defekt identifiziert. *Wenn du wüsstest, dass die Reparatur noch länger dauern wird,* dachte sie. Sie hatte gehofft, dass der Job in zwei bis drei Stunden erledigt sein würde. Jetzt war klar, dass es eine Sache von mehreren Tagen war.

Als Elin begann, ihr Werkzeug einzupacken, fragte ihr Schatten entgeistert: »Was machen Sie da?«

»Feierabend«, gab Elin zurück und setzte sich in Bewegung.

»Und was ist mit dem Aufzug?«, rief ihr Luise Reiher hinterher. »Ich hab doch zu Herrn Dornhagen gesagt, dass die Reparatur schnell geht. Wie steh ich jetzt da?« Das Schnaufen, das Elin hinter sich vernahm, zeugte davon, dass ihr die alte Frau auf den Fersen war.

Für einen Augenblick dachte Elin daran, schneller zu gehen, um ihre Verfolgerin einfach abzuhängen. Aber das wäre ihr albern vorgekommen. »Es tut mir ja leid, wenn Sie dadurch Unannehmlichkeiten haben«, erklärte sie über die Schulter, »aber es hilft nichts. Ich muss erst die Ersatzteile besorgen.« Sie fasste nach der Klinke der Haustür. »Morgen Nachmittag mache ich dann weiter.«

In dem Moment, als sie die Tür kraftvoll aufdrückte, zog jemand von der anderen Seite daran. Noch ehe Elin wusste, wie ihr geschah, stolperte sie gegen Rubys Mutter.

Der weiche Körper brachte Elin vollkommen aus der Fassung. Sie geriet noch mehr ins Straucheln. Sofort hielt Lara sie fest, um sie am Fallen zu hindern. Doch anstatt sie gleich wieder loszulassen, wie Elin erwartete, zog Lara sie an sich.

Das fühlte sich nicht mehr nach einer Hilfestellung an. Eher nach dem Wunsch, Elin im Arm zu halten. Sie zu spüren.

Oder hoffte Elin nur, dass es so war?

Instinktiv hob sie den freien Arm und legte ihn um Laras Taille. Mehr traute sie sich nicht.

Als Lara die Umarmung lockerte, seufzte Elin innerlich auf. Gleich würde dieser besondere Augenblick vorbei sein. Schon wollte sie zurücktreten, als sie sanftes Streicheln auf ihrem Rücken wahrnahm. Hauchzart wanderten Laras Finger ihr Rückgrat hinauf. Die Berührung war kaum vorhanden und breitete sich dennoch in Elins ganzem Körper aus. Lara so nah zu sein, war fast wie ein Heimkommen.

Doch plötzlich wich Lara zurück und schob Elin gleichzeitig von sich, als hätte sie sich an ihr verbrannt.

Auf ein hektisches Richten der Kleider, wie Lara es sonst so oft tat, wartete Elin diesmal vergeblich. Dabei hätte sie das beruhigend gefunden. Sie wollte selbst irgendetwas tun – wenn sie sich nur hätte bewegen können. Doch sie verharrte in stocksteifer Position, wie Lara, und starrte ihr Gegenüber ebenso verwundert an.

»Ich kenne euch Handwerker«, meckerte Luise Reiher los, unbeeindruckt von der intimen Begegnung, die sich vor ihren Augen abgespielt hatte. »Bestimmt lassen Sie sich jetzt tagelang nicht blicken. Warum habe ich bloß auf meinen Kurt gehört? Nur weil er von Ihrer Firma gehört hat. Das Beste! Pah!«

Elin hörte es wie aus weiter Ferne, aber es war unwichtig. Alle ihre Sinne waren auf Lara konzentriert. Sie hatte das Gefühl, am Strand zu stehen und die Sonne zu beobachten, wie sie sich langsam über den Horizont erhob. Zu sehen, wie Laras Körper ähnlich langsam wieder zum Leben erwachte, nahm Elin gefangen – bis ihr das Ergebnis dieser Veränderung bewusst wurde. Vor ihr stand nun Rubys Mutter, deren Augen gefährlich zu blitzen begannen. Mit einem knappen »Darf ich?« verlangte Lara Zutritt zum Haus.

Automatisch trat Elin einen Schritt zur Seite. »Ich werde morgen wieder hier sein, Frau Reiher«, sagte sie eine Spur zu laut.

Ein leichter, fast zittriger Windhauch streifte sie, als sich Lara an ihr vorbeidrängte. Auch der Duft nach Sommer stieg ihr wieder in die Nase. Viel zu lange blieb er dort haften. Setzte sich in ihrem Kopf fest. Von nun an würde sie mit diesem Duft unweigerlich die Zusammenstöße mit Lara verbinden. Oder die Umarmung.

Dann ist es ja gut, dass bald Herbst ist, spöttelte ihre innere Stimme.

Über sich selbst den Kopf schüttelnd, griff Elin nach der Haustür und schloss sie. Den Rest von Luise Reihers Vortrag über die Zuverlässigkeit der Handwerker nahm sie nur am Rande wahr. Sie wollte einfach nach Hause. Duschen. Das Prickeln abwaschen. Und sich anschließend vielleicht doch das Training der Damenrudermannschaft anschauen. Simon hatte sie schon öfter dazu eingeladen – wohl in der Hoffnung, Elin unter der Glocke aus Arbeit und Strandspaziergängen herauszuziehen, unter der sie sich gern verschanzte.

Gerade als Elin in ihr Auto steigen wollte, rief Ruby von der anderen Straßenseite: »Was für ein Glück, dass du noch nicht weg bist.«

»Darüber kann man geteilter Meinung sein«, murmelte Elin. Aber anstatt ins Auto zu steigen, sperrte sie es wieder ab. An die Motorhaube gelehnt, wartete sie, bis Ruby über die Straße gekommen war.

»Ich hab versucht, dich auf deiner Firmennummer anzurufen, aber da war nur dein Cousin dran. Der hat mir gesagt, dass du hier bist«, erklärte das Mädchen. Ihr Gesicht war von einer feinen Röte überzogen, die vermutlich der Hitze geschuldet war. Ein wenig kurzatmig fuhr sie fort: »Du musst mir deine private Telefonnummer geben. Weil – wir können uns doch nicht immer nur in der Schule unterhalten.«

Elin dachte nicht daran, das zu tun. Ihre private Telefonnummer hatten aus gutem Grund nur ihre Eltern, Simon und Ann. Zu Anfang ihrer Selbständigkeit, als sie noch kein separates Firmenhandy besaß, hatte sie sich auch abends zu Hause dauernd von Kunden in Beschlag nehmen lassen. Das hatte im Laufe der Zeit dazu geführt, dass sie sich irgendwann wie ein Hamster im Rad gefühlt hatte: ständig in Bewegung und doch niemals am Ziel. Daher hatte sie sich schließlich einen Privatanschluss zugelegt und sich inzwischen daran gewöhnt, nur noch bei Notfällen über das Firmentelefon erreichbar zu sein. Und das läutete in letzter Zeit nur noch selten nach Feierabend.

Mit der Ruhe könnte es jetzt vorbei sein. Doch Elin hatte nicht die Absicht, das widerstandslos zuzulassen. »Das haben wir nicht vereinbart, Ruby«, stellte sie klar.

»Was? Dass ich deine Telefonnummer bekomme?«, fragte Ruby irritiert.

»Dass ich dir jetzt rund um die Uhr zur Verfügung stehe.«

»Dann hättest du das gestern auch nicht versprechen sollen«, spielte Ruby ihren Trumpf aus. »Weißt du nicht mehr? Von wegen – wann immer ich dich brauche.«

Irgendwie hatte Elin in letzter Zeit ständig schlechte Karten. Es war, als hätte sich das Universum gegen sie verschworen. Lachte sich ins Fäustchen, weil es Elin wieder einmal den Schwarzen Peter unterjubeln konnte. Um sie in Sicherheit zu wiegen, hatte es ihr den perfekten Arbeitstag beschert – nur, um jetzt zum Rundumschlag auszuholen.

Für die Zukunft nahm sich Elin fest vor, immer einen Punkt auf der Auftragsliste stehen zu lassen.

»Dann tipp mal ein«, forderte sie Ruby schicksalsergeben auf.

Wenig später ließ Ruby ihr Smartphone in der Gesäßtasche verschwinden. »Kommst du noch mit rauf?«, fragte sie wie nebenbei.

Augenblicklich beschleunigte sich Elins Puls. Unwillkürlich dachte sie daran, wie es sich angefühlt hatte, gegen Lara zu prallen ... von ihr umarmt zu werden. Wie sie sich angestarrt hatten. Verwirrt, verunsichert – und dann war da noch etwas in Laras Blick gewesen. Etwas, das Elin nicht genau benennen konnte. Es war wie ... Ihr Herz setzte einen Schlag aus, als die Erkenntnis kam: eine Raubkatze, die sich in die Enge getrieben fühlte.

Oder eine Frau, die einem herannahenden Hurrikan entgegenblickt, dachte Elin sarkastisch. Der Gedanke half, sich nicht allzu deutlich an ihre eigene Reaktion zu erinnern. Denn dann hätte sie zugeben müssen, dass eine Gänsehaut sie erfasst hatte, die nicht von Angst herrührte. Vielmehr steckte etwas dahinter, das sie schon lange nicht mehr empfunden hatte: Erregung.

Sofort rief sie sich zur Raison. Niemals! Sie hatte sich erschrocken, mehr nicht.

»Tut mir leid«, sagte sie etwas atemlos, »aber ich bin heute noch verabredet.« Die Entscheidung war gefallen. Sie würde heute den Juniorinnen vom Ruderverein beim Training zuschauen.

»Pass auf«, erklärte Simon. Er stand neben Elin am Flussufer und deutete mit der Hand auf das Boot, das durch das Wasser glitt. Zu hören waren nur Befehle, in deren Rhythmus die Ruder die Wasseroberfläche durchschnitten. Und ein gleichmäßiges Ächzen aus den Kehlen der acht jungen Frauen, die das Boot in einem enormen Tempo fortbewegten.

»Die sind gut«, stellte Elin bewundernd fest. Als sie das letzte Mal bei einem Training gewesen war, hatte von dieser Gleichmäßigkeit in den Ruderbewegungen keine Rede sein können. Da hatte eher Durcheinander vorgeherrscht.

»Ich hab dir doch gesagt, dass wir Verstärkung bekommen haben.« Simon klang aufgeregt. Als sei er der Trainer, das Training ein Rennen und die Konkurrenz unter »ferner liefen«.

Lächelnd stellte Elin fest: »Du vermisst den aktiven Sport.«

»Und wie«, bestätigte Simon. »Es sieht so einfach aus. Dabei braucht man da richtig viel Kraft in den Armen – und überhaupt.«

Elin betrachtete das Profil ihres Cousins. *Tja, Simon. In naher Zukunft wirst du die Kraft deiner Arme brauchen, um einen Kinderwagen zu schieben.* Auf einmal hatte sie alle Mühe, nicht laut loszulachen, weil ihr ein Gedanke kam: Wenigstens das blieb ihr erspart, weil ihr »Kind« schon siebzehn war.

Rasch richtete sie ihre Aufmerksamkeit wieder auf den Achter mit der, wie Simon beteuert hatte, hochtalentierten Steuerfrau.

Es hatte was, neun Amazonen zu betrachten und ihre geschmeidigen Bewegungen zu verfolgen. Allerdings waren diese Frauen jung – zu jung für Elin. Soweit sie das aus der Entfernung beurteilen konnte.

Aber da sie hier war, um den Kopf freizubekommen, war das so oder so ohne Bedeutung. Sie wollte nur für ein bis zwei Stunden nicht an seltsame Begegnungen, mystische Blicke, Versprechen oder drohende Obdachlosigkeit denken. Den Alltag abschalten. Nur deshalb stand sie hier am Flussufer.

Die Kommandos der Steuerfrau wurden lauter, als das Boot näherkam. Elin versuchte sich zu erinnern, wofür die Befehle standen: »Los! Alles rückwärts! Lang!« Doch es war zu lange her, um alles richtig zusammenzubekommen. Gleichmütig hob sie die Achseln: Sie würde es lernen, falls sie wieder öfter herkommen sollte.

Den nächsten Befehl erkannte sie: »Steigt aus!« Vor allem erkannte sie die Sportlerin, von der er gekommen war.

Sehr witzig, grummelte es in Elin. Sie hob den Blick zum Himmel. *Hast du nichts Besseres zu tun? Für den Weltfrieden sorgen, zum Beispiel?*

Auf dem Weg zum Bootshaus, wo Simon sie dem Team vorstellen wollte, überlegte Elin, wie sie die neue Situation für sich nutzen könnte. Wahrscheinlich war es gar nicht so schlecht, Kim hier zu begegnen. Die Frage war allerdings, ob diese das auch so sehen würde. Sie verlangsamte ihre Schritte.

»Sag mal«, sagte Simon etwas ungehalten, »was soll das? Erst willst du unbedingt mitkommen. *Um Leute kennenzulernen.* O-Ton Elin Petersen. Und jetzt sperrst du dich dagegen, als würde ich dich zum Schafott bringen.«

Schafott klang gut, traf es aber nicht ganz. Elin sah es eher als eine Zirkusaufführung, bei der ihr unfreiwillig die Rolle des dummen Augusts zukam.

Sie atmete tief durch. Es war an der Zeit, den Sarkasmus abzulegen und sich wie eine zweiunddreißigjährige Frau zu verhalten. Als solche hatte sie ein Versprechen gegeben – und als solche würde sie es einlösen.

Die Begegnung mit Kim bot dahingehend eine unerwartete Gelegenheit, nicht mehr und nicht weniger.

Also schaute sie ihrem Cousin ruhig in die Augen. »Ich war nur für einen Moment etwas überrascht.«

Simon runzelte die Stirn. »Wieso überrascht?«

»Nun«, meinte Elin und zog das kurze Wort in die Länge, »wenn ich einen Tipp abgeben soll, wie eure talentierte Steuerfrau heißt, würde ich ganz spontan *Kim* sagen. Und wenn du mich fragst, wo Kim morgen Vormittag sein wird, dann behaupte ich ganz frech: an dem Gymnasium, an dem ich auch meine Vormittage verbringe.«

»Oh«, entfuhr es Simon, bevor sich ein breites Grinsen in sein Gesicht schlich. »Dann muss ich sie dir gar nicht vorstellen.«

»Genau.«

»Hey!« Simon schlug sich gegen die Stirn. »Dann kann ich dir ja bei einer Sache weiterhelfen.«

Elin hob fragend eine Augenbraue. »Die da wäre?«
»Kim ist lesbisch.«
»Und das hat sie dir erzählt?«, hakte Elin nach. Diesmal wollte sie ganz sichergehen und nicht direkt ins nächste Fettnäpfchen treten.

»Das nicht. Ich habe aber mitbekommen, wie sie mit einer Frau telefoniert hat, und das hat schon schwer nach Schlussmachen geklungen.«

»Tolle Kombinationsgabe, Sherlock«, foppte Elin ihren Cousin. Als ob ein paar Fetzen eines Telefonats tatsächlich derartige Rückschlüsse zuließen.

Simon murrte beleidigt: »Wenn du mir nicht glaubst, musst du sie halt selbst fragen. Ich weiß jedenfalls, was ich gehört habe.«

»Schon gut.« Beschwichtigend hob Elin die Hände. »Sagen wir, es stimmt. Dann wird Ruby trotzdem nicht begeistert sein.«

»Wieso das denn?«

»Tja.« Elin verzog das Gesicht. »Wenn Kim gerade eine Trennung hinter sich hat, wird sie sich kaum gleich wieder neu verlieben.«

»Das ist dann aber nicht mehr dein Problem«, meinte Simon. »Oder?«

»Ich hoffe.« Irgendwie hatte Elin das dumpfe Gefühl, dass das Drama trotzdem weitergehen würde, egal ob Kim nun bereit für eine Beziehung war oder nicht.

Für einen Moment lächelten sie und Simon sich an, wie sie es als Kinder gemacht hatten, wenn sie bei etwas Verbotenem ertappt worden waren und sich gegenseitig Mut machen wollten. Wie damals hoben sie fast gleichzeitig die Achseln, seufzten ergeben und setzten den Weg einträchtig nebeneinander fort.

»Du kannst Ruby mal mitbringen«, schlug Simon beiläufig vor.

»Das hab ich mir auch überlegt«, sagte Elin. »Bestimmt ist sie sofort Feuer und Flamme. Vom Sport, meine ich.« Sie grinste.

»Vielleicht hat sie ja Talent«, überlegte Simon laut.

Elin drückte sich den Zeigefinger ans Kinn. »Ich klär das gleich morgen. Vielleicht will sie ja mal zu einem Probetraining mitkommen.«

»Gute Idee«, meinte Simon. Seine Augen fragten: »Bereit?«

Auf Elins Nicken öffnete er die Tür zum Vereinshaus, wo neun junge Frauen mit ihrem Trainer das gerade absolvierte Training besprachen.

»Mädels, ihr werdet immer besser«, rief Simon in den Raum.

»Da liegt schon noch viel im Argen«, erwiderte der Trainer. »Freut mich übrigens, dass du auch mal wieder hier bist, Elin. Seitdem du die Elektroleitungen neu verlegt hast, hast du dich ja ziemlich rar gemacht.«

Elin trat lächelnd an die kleine Gruppe heran. »Zu viel zu tun.« Sie zwinkerte dem Trainer zu. »Aber jetzt hab ich mir überlegt, vielleicht bei den Seniorinnen mitzutrainieren.«

»Und dann schaust du dir meine Juniorinnen an?«, gab der zurück, lachte und begann übergangslos mit der Vorstellungsrunde. Elin begrüßte jede der Sportlerinnen mit einem Lächeln und versuchte gleichzeitig, sich deren Vornamen einzuprägen.

Die Vorstellung der Steuerfrau hob der Trainer sich bis zum Schluss auf. In seiner Stimme war ein gewisses Maß an Stolz zu hören, als er erklärte: »Und das hier ist Kim Bertram.«

»Hallo, Kim«, sandte Elin auch ihr einen freundlichen Gruß zu.

Wie bei ihrer gemeinsamen Aufräumaktion zog Kim die Augenbrauen fest zusammen. Sie schaute auf Simon, dann auf Elin und brachte schließlich ein knappes »Hallo« heraus. Danach widmete sie sich wieder ihren Kolleginnen. Fachsimpeln war angesagt.

»Jetzt sei ehrlich, Elin«, sagte der Trainer, »du willst dem Verein doch nicht wirklich beitreten, oder? Wo du das bisher immer ausgeschlossen hast.«

Elin spürte förmlich, wie Kim mit einem Ohr auf ihre Antwort wartete. »Warum nicht?«, erwiderte sie bedächtig. »Ich komm nämlich langsam in das Alter, in dem Frau den Kampf gegen den Hüftspeck aufnehmen muss.«

Über das schallende Lachen des Trainers hinweg merkte Elin, wie Kim sie eingehend musterte. Der Blick wanderte von oben nach unten.

Da erkannte Elin, dass Simon recht hatte. Kim war definitiv lesbisch.

Als diese wieder nach oben sah, fing Elin ihren Blick ein. Zum ersten Mal, seit sie die junge Frau kannte, wirkte diese nicht selbstbewusst. Im Gegenteil. Kim schaute wie ertappt weg. Dann straffte sie plötzlich die Schultern und wandte ihr Gesicht wieder

Elin zu. Sie wich nicht länger aus, sondern erwiderte Elins Blick fest, beinahe herausfordernd. Als wollte sie sagen: »Ich bin Sportlerin. Mit dir kann ich es allemal aufnehmen.«

Langsam verstand Elin, warum Ruby fasziniert von Kim war.

▪ ▪ ▪ ▪ ▪

Ein kurzes Bellen war zu hören, gefolgt von vorsichtigem Knurren. Elin verzog das Gesicht. Der aufgesetzte Mut gehörte eindeutig zu einem Dackel, und der Dackel gehörte zu Luise Reiher. Dabei hatte Elin extra ihren Arbeitsplan umgeschrieben, um sie heute nicht anzutreffen.

Aufsperren der Schulpforten. Die nötigsten Kleinarbeiten am Gymnasium erledigen. Danach zu Herrn Dornhagen, um die weitere Vorgehensweise zu besprechen. Besorgen von Kleinteilen und rasch den kaputten Aufzug für die weiteren Reparaturarbeiten vorbereiten. Das alles, solange die Bewohner ihre Vormittagsgeschäfte erledigten, in der Schule waren oder auf der Arbeit.

So hatte es sich Elin vorgestellt. Dummerweise war am Gymnasium ein echter Notfall dazwischengekommen, und zu allem Überfluss hatte sie im Fachgeschäft warten müssen. Im Ergebnis bedeutete dies, dass ihr Plan gescheitert war.

Da knurrte es auch schon aus dem dunklen Hausflur: »Wie kommen Sie hier rein?«

Die Vorstellung, dass die Frage vom Dackel und nicht von Luise Reiher gekommen sein könnte, hob umgehend Elins Stimmung. »Ich hab die Schlüssel«, sagte sie bemüht ernst. Allerdings war ihr immer mehr nach Lachen, als ihr der Name des Hundes wieder einfiel: Edmund-Erwin. Elin nahm sich vor, in Zukunft immer an diesen Namen zu denken, wenn sie bei der Arbeit frustriert war oder ihr jemand den letzten Nerv raubte. Immer noch lächelnd ging sie an Luise Reiher vorbei Richtung Keller.

»Sie werden doch hoffentlich heute fertig.« Das war keine Frage, sondern eine Forderung.

Elin blieb stehen. Schaute auf – Edmund-Erwin.

»Es wird nämlich langsam Zeit, dass der wieder geht«, schimpfte

Luise Reiher weiter. Sie packte Elin am Unterarm. »Nur damit Sie's wissen: Ich werde das im Auge behalten. Weil – sonst interessiert es ja keinen, ob alles passt.«

Nur mühsam hinderte Elin ihre Hände daran, sich zu Fäusten zu ballen. Ihre gute Laune war verflogen. »Ich werde heute bestimmt nicht fertig, Frau Reiher«, erklärte sie, jedes Wort betonend, und zog ihren Arm zurück. »Ich werde auch morgen und übermorgen nicht fertig. Und nur damit *Sie's* wissen, Frau Reiher: *Wenn* ich fertig bin, können Sie sicher sein, dass alles passt.«

»Jetzt werden Sie nicht pampig«, keifte die alte Frau. »Ich bin nicht siebzig geworden, um mir diese Unverschämtheiten gefallen zu lassen. Von dieser Frau Heldt nicht und auch nicht von Ihnen. Verstanden?«

Lara und unverschämt? Beinahe wäre Elin der Schlüsselbund zu Boden gefallen. In letzter Sekunde hielt sie ihn fest. »Ja«, murmelte sie, ohne nachzudenken.

Ihrem Gegenüber schien das nicht zu reichen. Luise Reiher öffnete den Mund, vermutlich, um noch ein paar weitere Beschwerden über Elins pampige Art loszulassen. Doch Elin hatte sich schnell wieder im Griff und unterband den Versuch im Ansatz. »Und jetzt mach ich mich an die Arbeit«, erklärte sie und ließ die alte Frau stehen.

Glücklicherweise hatte Luise Reiher diesmal nicht vor, Elin ununterbrochen über die Schultern zu schauen. Das war dem Sohn zu danken, dem Bankdirektor, der heute Geburtstag hatte. Wenn der hier im Haus eine Wohnung hätte, müsste die alte Frau nicht zig Kilometer fahren – mit dem Bus, wohlgemerkt –, um ihn zu besuchen. Das alles erfuhr Elin deshalb, weil Luise Reiher es in einer Lautstärke kundtat, dass es jeder im Haus hören musste.

Irgendwann fiel die Haustür ins Schloss, und Elin konnte endlich ungestört arbeiten.

Es war zwar ein Keller, kein Strand. Das Licht kam von einer indirekten Deckenbeleuchtung – nicht von der Sonne. Trotzdem war es für den Augenblick der beste Platz, den sie sich vorstellen konnte. Weil sie allein war und niemand etwas von ihr wollte.

Abgesehen von ihrem Privathandy, das sich gerade bemerkbar machte. Elin überlegte kurz, den Anruf nicht entgegenzunehmen. Der Gedanke, dass es sich um etwas Wichtiges handeln könnte, ließ sie dann doch die Annahmetaste drücken.

Aufgeregt drang Rubys Stimme aus dem Hörer: »Elin, wo steckst du?«

Sie hätte auf ihren ersten Impuls hören sollen. »Ist etwas passiert?«, stellte Elin die Gegenfrage. Dabei verschloss sie die Tür zur Aufzugsanlage und ging eilig die Treppe hinauf, um vor die Haustür zu treten. Jetzt brauchte sie doch frische Luft.

»Nein. Aber ich hab dich seit ein paar Tagen kaum gesehen«, sagte Ruby und rief gleich darauf: »Hey! Ich seh' dich.« Ihre Stimme drang dabei zum Teil aus dem Lautsprecher des Telefons und zum Teil von der gegenüberliegenden Straßenseite zu Elin.

In das erfreute Kichern konnte diese allerdings nicht einstimmen. Sie sah zu, wie Ruby rasch die Straße überquerte und auf sie zukam. Wieso war sie bloß nicht im Keller geblieben?

Ruby legte leichtfüßig die letzten Meter zurück. »Was machst du denn hier?«

»Den Aufzug reparieren«, gab Elin zurück. *Jedenfalls bis eben,* ergänzte sie in Gedanken.

»Das ist ja cool.« Ruby schaute auf die Uhr. »Dann kannst du sicher eine Pause einschieben und mit nach oben kommen. Und ich erzähl dir dann, was mit Kim war.«

Das Strahlen in Rubys Gesicht machte dem Sonnenschein Konkurrenz. Wie konnte man einem so offensichtlich verliebten Menschen böse sein? Oder ihm seine Unterstützung verweigern? Elin konnte es nicht. »Etwas zu trinken kann ich schon vertragen«, stimmte sie zu. Bei der Gelegenheit könnte sie Ruby auch von ihrer eigenen Begegnung mit Kim berichten. Und davon, was Simon und sie sich überlegt hatten.

Auf dem Weg nach oben plapperte Ruby fröhlich vor sich hin. Sie erzählte von dem Test, der »wirklich prima gelaufen« war. Eine Tatsache, die ihre Mutter sicher freuen würde.

Elin folgte ihr mit einem leichten Lächeln auf den Lippen.

Das verging ihr in dem Moment, als Ruby die Wohnungstür aufsperrte, hineinging, ruckartig stehen blieb, so dass Elin beinahe in sie hineingerannt wäre, und in den Flur hineinrief: »Mama? Wieso bist du schon da?«

»Ich hab dir doch gestern gesagt, dass ich die nächsten Nachmittage freigenommen hab, weil ich mit dem Rad raus will. So lange das Wetter noch —«, Lara kam aus der Küche und stoppte abrupt, wie ihre Tochter vorhin. »... so schön ist«, fuhr sie ausdruckslos fort.

Das zwischenzeitliche Stirnrunzeln entging Elin nicht. Auch wenn Lara jetzt tat, als sei Elins Anwesenheit das Natürlichste der Welt.

»Ich hab Elin eingeladen«, erklärte Ruby, vergaß aber zu erwähnen, wie es zu der Einladung gekommen war. Stattdessen schaute sie ihre Mutter forschend an. »Alles klar bei dir?«

Lara strich ihrer Tochter leicht über den Oberarm. »Alles bestens, keine Sorge.« Dann forderte sie Elin in der bereits gewohnten, deutlich kühleren Tonlage auf, hereinzukommen.

»Wo du schon zu Hause bist, Mama, hast du ja sicher was gekocht.« Ohne eine Antwort abzuwarten, ging Ruby in die Küche. Elin hörte Geschirrgeklapper.

Lara trat ins Wohnzimmer und deutete auf die Essecke. »Willst du mit uns essen?«, fragte sie, ganz die höfliche Gastgeberin. »Es gibt aber nur Pellkartoffeln mit Kräuterquark.«

In diesem Moment kam Ruby mit einer Schüssel aus der Küche zurück. Dadurch waren nun zwei Augenpaare auf Elin gerichtet. Noch ehe sie ablehnen konnte, legte ihr Bauch mit einem lauten Knurren sein Veto ein. Dem konnte Elin nichts entgegensetzen. Obendrein war das, was Lara offerierte, ganz nach ihrem Geschmack. »Wenn genug da ist – gern«, gab sie die einzig richtige Antwort.

»Klar ist genug da«, mischte sich Ruby ein. »Mama kocht immer zu viel, weil sie befürchtet, dass ich nicht satt werden könnte.« Sie begann damit, ein drittes Gedeck aufzulegen.

»Was ja auch oft stimmt«, konterte Lara. Sie hielt Ruby noch ein Wasserglas hin, und gemeinsam deckten sie den Tisch fertig.

»Aber auch nur, weil du nicht viel übriglässt.«

»Du musst nur damit aufhören, beim Essen vor dich hin zu träumen. Dann kommst du auch zu deiner Ration.«

Aus der Mitte des Raumes beobachtete Elin fasziniert das eingespielte Mutter-Tochter-Team. In ihr entstand ein völlig neues Bild von den beiden. Ein Bild, in dem warme Farben Ruhe und Harmonie ausstrahlten.

»Jetzt steh nicht rum und setz dich«, verlangte Ruby.

Siedend heiß fiel Elin ein, wie Lara vor ein paar Tagen ihre Handwerkerinnenhände gemustert hatte. Hastig entgegnete sie: »Ich würde mir gern erst die Hände waschen.«

»Du kennst ja den Weg«, sagte Ruby und deutete Richtung Bad.

Elin schrubbte jeden Finger mit penibler Gründlichkeit, bevor sie zurückging und sich an den Tisch setzte. Wie vorhin lieferten sich Mutter und Tochter einen verbalen Schlagabtausch, den Elin amüsiert verfolgte. Ab und zu traf sie dabei Laras Blick. Jedes Mal hatte sie unmittelbar danach das Gefühl, als würde ihre Kopfhaut von feinen Nadelstichen bearbeitet.

Doch immer öfter fiel ihr auf, dass Lara abwesend wirkte, ihre Antworten die sonstige Schlagfertigkeit vermissen ließen. Etwas war mit ihr nicht in Ordnung.

Elin vermutete, dass es an ihrer Anwesenheit lag.

»Scheibenkleister!« Mitten im Gespräch sprang Ruby auf. »Ich hab die Projektgruppe völlig verdrängt.«

Es machte laut *Klirr,* als Lara das Besteck zurück auf den Teller legte. »Welche Projektgruppe?«

»Wegen Chemie«, gab Ruby zurück. Sie holte ihre Tasche, kramte darin herum und gab dann ihrer Mutter rasch einen Kuss auf die Wange. »Ihr kommt sicher ohne mich klar«, sagte sie noch, und weg war sie.

· ■ ■ ■ ·

Elin musste den Kopf nicht drehen, um zu wissen, was Lara gerade machte. Nämlich dasselbe wie sie selbst: auf die geschlossene Wohnzimmertür starren. *Typisch Teenager.*

»Das kannst du laut sagen«, sagte Lara.

Irritiert blinzelte Elin. Bis sie erkannte, dass sie genau das getan hatte.

»Jetzt sag ich etwas, was typisch für alle Mütter dieser Erde ist«, sagte Lara beim Aufstehen. Sie begann den Tisch abzuräumen, ohne darauf zu achten, dass Elin noch nicht aufgegessen hatte. »Wenn ihr Kopf nicht angewachsen wäre.«

Um auf sich aufmerksam zu machen, rückte Elin ihren Stuhl geräuschvoll zurück. »Ich werde dann auch mal.«

Mit den Tellern in der einen Hand und der Schüssel mit dem Kräuterquark in der anderen blieb Lara stehen. »Warte, bitte«, sagte sie. »Ich muss was mit dir klären.«

Na prima. Um nicht untätig herumzusitzen und sich verrückt zu machen, indem sie alle möglichen Szenarien durchspielte, welchen Klärungsbedarf Lara hatte, beteiligte sich Elin an der Abräumaktion. Sie reichte Lara, die in der Tür zur Küche stand, Gläser und Besteck. Keine von beiden sprach ein Wort, was Elin mehr als recht war.

»Also«, begann Elin, nachdem der Tisch leer und der letzte Krümel weggewischt war, »was gibt's?« Angespannt ließ sie sich wieder auf ihrem Stuhl nieder.

Lara stellte zwei neue Gläser mit Wasser hin und setzte sich ebenfalls. Sie rieb sich die Schläfen und fragte, ohne Elin anzuschauen: »Hast du über meinen Vorschlag nachgedacht?«

Ob Elin so tun sollte, als wüsste sie nicht, worum es ging? Nein. Lara würde ihr das nicht glauben. »Das schon«, antwortete Elin daher wahrheitsgemäß. Jetzt blieb nur die Frage, wie sie Lara das Ergebnis präsentieren sollte. Sie holte tief Luft. »Aber ...«

»Verstehe«, ließ Lara sie vom Haken.

Elin erwartete, dass sie sich nun wieder würde anhören müssen, wie schlecht sie für Ruby und deren Zukunft sei. Aber nichts dergleichen geschah. Es sah aus, als spanne Lara nach und nach jeden Muskel einzeln an. Auch das Atmen schien sie eingestellt zu haben. Elin wollte etwas sagen, um Lara aus der Erstarrung zu holen, irgendetwas Unverfängliches. Doch während sie noch überlegte, ließ Lara die Luft langsam entweichen und fragte mit hohler Stimme: »Warum ausgerechnet meine Tochter?«

Schon wieder eine Frage, deren Beantwortung nicht leicht war, weil Lara doch von Annahmen ausging, die nicht den Tatsachen entsprachen. Verzweifelt suchte Elin nach einer Möglichkeit, so nah an der Wahrheit zu bleiben wie möglich. Denn Lara belügen – das konnte und wollte sie nicht. »Meinst du nicht, dass es was mit Liebe zu tun haben könnte?«, fiel ihr endlich ein.

Im nächsten Moment wünschte sie sich, sie hätte die Frage nicht gestellt. Denn nun war es, als schaue Lara durch sie hindurch. Im Raum war nur das Ticken der Wanduhr zu hören. Bis Lara flüsterte: »Liebe?« Nur dieses eine Wort. Sie schaute Elin aus glänzenden Augen an und schwieg.

Jetzt war Elin wirklich verunsichert. Lara war zwar körperlich anwesend, schien in Gedanken aber weit weg.

Dann lachte sie plötzlich auf. »Liebe existiert nicht«, behauptete sie. »Höchstens in irgendwelchen Disney- oder Hollywood-Schmonzetten.«

Aha. Das also hatte Ruby gemeint mit: »*Meine Mutter hat mit allem ein Problem, was mit Liebe zu tun hat.*«

Elin tat sich zwar auch schwer, sich anderen Menschen zu öffnen. Mit Maret war sie vier Jahre liiert gewesen – aber was sie tatsächlich mit ihr verbunden hatte, konnte Elin heute nicht mehr sagen. Dennoch: Elin glaubte an die Liebe, wenn auch vielleicht nicht unbedingt daran, dass es sie auch in ihrem eigenen Leben gab. Also sagte sie: »Das ist doch ein Witz.«

»Seh' ich aus, als ob ich Witze machen würde?«

Lara sah aus wie immer, dachte Elin. Nur ihr Blick war nicht so durchdringend wie sonst, er wirkte eher ein wenig verschleiert. Elin nahm den Fehdehandschuh trotzdem auf und lehnte sich ihrerseits zurück. »Was ist mit Liebesromanen, Liedern, Gedichten?«

»Das sind auch nur Träumereien. Nichts Reales.«

»Wenn mich nicht alles täuscht, gibt es Disney und Hollywood noch nicht so fürchterlich lange. Die Träumereien aber seit Jahrtausenden.«

»Das mag ja sein. Trotzdem wird das Ganze viel zu oft verherrlicht. Ein Ideal wird als Realität hingestellt. Und wenn man dafür empfänglich ist, glaubt man das auch noch und richtet sein Leben darauf aus.«

Elin konnte es sich nicht verkneifen: »Etwas Ähnliches habe ich schon einmal von dir gehört.«

Lara wischte sich mit beiden Händen über das Gesicht, als müsse sie etwas vor Elin verbergen. Aber es war zu spät. Elin hatte deutlich gesehen, dass sie sich erinnerte.

»Ich weiß«, gab Lara etwas zittrig zu. Dann verfiel sie wieder in Schweigen.

Damit war für Elin alles klar. »Du denkst aber nicht gern daran zurück. Stimmt's?«

Für einen Moment umspielte ein leichtes Lächeln Laras Lippen, doch sofort verhärteten sich ihre Gesichtszüge wieder. »Erinnerungen sind Momentaufnahmen«, erklärte sie langsam. »Wie Bilder. Auf dem einen lachst du – dann blendest du später alles aus, was sich daneben noch abgespielt hat. Auf dem anderen weinst du – und auch da vergisst du hinterher wahrscheinlich, dass vielleicht nicht alles so schlimm gewesen ist. Und trotzdem bleibt der Schmerz.«

Was hatte Lara so verbittert? Betroffen sah Elin zu, wie Lara ihr Wasserglas umklammerte. Die Flüssigkeit darin bewegte sich unruhig.

Eine Welle von Zärtlichkeit überschwemmte Elin. Es war ein Gefühl wie im Frühling, wenn nach einem langen Winter die Kraft der Sonne zunimmt und der bisher eisige Wind zu einer wärmenden Brise wird. Es machte ihr Angst. Denn es bedeutete, dass sie verletzbar war wie nie zuvor.

Nur durch die Vermutung, dass Lara gegen ähnliche Ängste ankämpfte, bekam Elin die aufkeimenden Fluchtgedanken unter Kontrolle. Sie war froh, dass ihre Stimme relativ gelassen klang, als sie vorschlug: »Dann sollten wir bei den schlechten Erinnerungen das Gute einblenden. Und bei den guten vergessen wir das Schlechte einfach.«

»Wenn das immer so einfach wäre«, murmelte Lara in den Raum hinein. »Mir wäre es jedenfalls ganz lieb, wenn wir unsere erste Begegnung vergessen. Es ist ja auch nichts Außergewöhnliches passiert. Wir haben uns nur unterhalten.«

Wie ein Film lief das Gespräch noch einmal vor Elins geistigem Auge ab. »Und geflirtet«, erinnerte sie sich und auch Lara.

»Wenn du es so siehst.«

Elins Herz begann hart zu klopfen. Wie sollte sie Laras Flüsterton verstehen? Als Zustimmung?

»Egal«, sagte Lara im selben Moment, sehr viel lauter und klarer. »Es hat nichts mehr zu bedeuten.«

Damit waren Elins Fragen beantwortet – auch die nicht gestellten. Sie konnte Lara also getrost zustimmen: »Das sehe ich auch so.«

Lara lachte kurz auf. »Um auf die Träumereien zurückzukommen: Nehmen wir zum Beispiel das Mittelalter. Wenn da die Menschen geheiratet haben, dann aus pragmatischen Gründen.«

Der abrupte Themenwechsel überrollte Elin. Ohne nachzudenken fragte sie: »Wer redet denn gleich von heiraten?«

Im selben Moment wusste sie, dass sie Lara damit eine Steilvorlage lieferte. Die diese auch sofort aufgriff: »Wenn es die Liebe geben würde, dann müssten wir darüber reden. Meinst du nicht auch?«

»Du erwartest doch hoffentlich nicht, dass ich um die Hand deiner Tochter anhalte?«, fragte Elin zurück.

»Ich erwarte nur eine Antwort auf meine Frage.« Lara lehnte sich vor und fixierte Elin wie ein Bild, das man an die Wand nagelte. »Warum nutzt du die romantischen Gefühle meiner Tochter aus?«

Beinahe wäre Elin aufgesprungen und hätte Lara die Wahrheit an den Kopf geworfen: Dass von Ausnutzen gar keine Rede sein konnte. Dass sie im Grunde gar nichts mit Ruby zu tun hatte. Außer dass sie dummerweise ein Versprechen gegeben hatte, für das sie geschlagen werden müsste – oder Ruby erwürgt.

Elin dachte daran, wie die junge Frau sie dazu gebracht hatte, ihr zu helfen. Wie sie vor sich hin geträumt hatte, aber auch, wie selbstbewusst sie mitunter war. Auch wenn sie sich manchmal über Ruby ärgerte – Elin mochte diese junge, verliebte Frau. Deshalb würde sie stillhalten. Dazu kam, dass Lara inzwischen ein offenbar unauslöschliches Bild von Elin hatte. Vor diesem Hintergrund würden Erklärungen wie Ausflüchte aussehen.

Mit einem leisen Aufseufzen fuhr sich Elin durchs Haar. »Die Antwort habe ich dir bereits gegeben.«

»Wir drehen uns im Kreis«, stellte Lara fest. Ihr Blick wurde starrer.

Elin wich ihm aus, um sich nicht einschüchtern zu lassen. Denn sie war noch nicht alles losgeworden, was ihr auf der Seele brannte. Sie zwang ein Lächeln auf ihre Lippen und schaffte es, einigermaßen ruhig zu sagen: »Eines musst du mir erklären. Wenn die Liebe für dich nicht existiert: Was empfindest du dann für Ruby?«

Die Muskeln in Laras Gesicht zuckten, zwischen den Brauen bildete sich eine steile Falte. Ihre Bewegungen glichen immer mehr denen eines Roboters. Es hatte den Anschein, als hätte Elin gewonnen. Dennoch wollte keine Genugtuung aufkommen. Laras Sorgen und Bedenken, was Elin betraf, waren schließlich nicht aus der Welt.

Doch immerhin: Das waren Anzeichen dafür, dass Lara zumindest als Mutter Gefühle hatte.

Ein wenig lahm kam es zurück: »Das eine hat mit dem anderen nichts zu tun.«

»Gott sei Dank«, atmete Elin auf. »Wenigstens glaubst du daran, dass Eltern ihre Kinder lieben.«

»Nicht unbedingt.« Auf einmal schien Lara wieder weit weg zu sein. »Gegenbeweise gibt es genug.«

Es war nicht das erste Mal, dass sie etwas in der Art andeutete. Sprach sie von ihren Eltern? Die Idee, sie danach zu fragen, verwarf Elin sofort wieder. Trotzdem war sie neugierig. »Was ist eigentlich mit Rubys Vater?«, fragte sie, die Warnung in Laras Augen ignorierend. »Was war das mit ihm?«

Elin hatte nicht ernsthaft mit einer Antwort gerechnet. Doch Lara sagte langsam: »Ein Fehler, der sich gelohnt hat.« Sie klang auf einmal wie ihre Tochter, wenn diese in Gedanken weit weg war: Ihre Stimme hatte nichts Hartes oder Dunkles mehr in sich, sie schien sogar eine Nuance höher zu sein als sonst. Und auch die Gesichtszüge hatten alles Verkrampfte verloren.

Erst jetzt fiel Elin auf, dass Lara wesentlich jünger sein musste als sie gedacht hatte. Ermutigt durch den ersten Erfolg, versuchte sie Lara weiter auszuhorchen: »Das können nicht alle – wie alt warst du da? Zwanzig?«

»Ich war siebzehn«, antwortete Lara, immer noch im selben, abwesenden Tonfall.

Wow! Elin sah sich selbst in diesem Alter vor sich. Was für ein Unterschied. »Das können also nicht alle Siebzehnjährigen behaupten. Dass sich ihre Fehler gelohnt haben.«

Durch Laras Körper ging ein sichtbarer Ruck. »Und davor will ich meine Tochter bewahren. Sie soll sich um ihre Ausbildung kümmern.«

»Das . . .« . . . *tut sie doch,* wollte Elin erwidern, doch da hob Lara die Hand. Die Bewegung war zwar nur angedeutet, zwang Elin aber dennoch dazu, sich zu unterbrechen.

»Egal, was du sagst«, murmelte Lara, »wenn ich nicht zufällig zu Hause gewesen wäre, hätte sie die Projektgruppe wirklich vergessen.«

Genau diese Interpretation ihrer Anwesenheit hatte Elin befürchtet. Und das wollte und durfte sie nicht zulassen – dass Lara dachte, Elin sei nur hier, weil sie mit Ruby schlafen wollte. Sie öffnete den Mund zu einer Entgegnung. Doch da sah sie, wie Lara die Ellenbogen auf der Tischplatte abstützte und sich alle Finger auf Stirn und Schläfen drückte.

Endlich begriff Elin. Es waren nicht nur die Erinnerungen oder Elins Anwesenheit, die Lara so verkrampft wirken ließen.

»Kopfschmerzen?«, fragte sie leise.

»Mhm.« Lara übte immer stärkeren Druck auf ihre Schläfen aus. Durch die Finger konnte Elin erkennen, dass sie die Augen fest zusammenpresste.

Elin sah sich vorsichtig um. »Hast du irgendwo Tabletten?«

»In der Küche.« Lara hielt in ihrer Massage inne und schaute Elin in die Augen. Zumindest versuchte sie es. Es schien ihr nicht zu gelingen, ihr Blick war zu starr geradeaus gerichtet.

Wortlos stand Elin auf und ging in die Küche. Sie musste ein paar Türen öffnen, bis sie die Medikamente gefunden hatte, ließ dabei aber die Möglichkeit, Einblick in Laras Welt zu bekommen, ungenutzt verstreichen. Einer der Medikamentenpackungen entnahm sie zwei Tabletten, füllte das Wasserglas neu und brachte beides zu Lara zurück. Die schluckte die Medizin widerspruchslos.

Unschlüssig kaute Elin auf der Unterlippe. Sollte sie vorsichtshalber noch bleiben? Oder war es besser zu gehen? Schließlich bot sie das Nächstliegende an: »Wenn du etwas brauchst – ich bin im Keller.«

Am gequälten »Danke« erkannte sie, wie schlecht es Lara inzwischen gehen musste.

Und ich habe es nicht gemerkt, warf sich Elin vor.

Es war bereits nach zehn, als Elin die Wohnungstür hinter sich schloss. Die letzten zwei Stunden hatte sie damit verbracht, Frischluft zu tanken. Nach der langen Zeit im Keller hatte sie das bitter nötig gehabt. Während sie den Stadthafen entlangflaniert war, hatte sie sich endlich eingestanden, dass sie nicht nur Ruby mochte, sondern auch Lara. Dummerweise steckte sie dadurch in einer Zwickmühle: Sie wollte keine von beiden verletzen oder hintergehen – aber das schien fast unmöglich. Eine Lösung hatte sie während des langen Spaziergangs zwar nicht gefunden, aber dennoch war sie froh, dass sie sich nichts mehr vormachte. Die Gefühle, damit konnte sie umgehen. Hauptsache, die permanente Verwirrung war fort.

Aus dem Wohnzimmer rief Simon: »Du hast aber nicht bis jetzt gearbeitet?«

Elin schmunzelte. Nach der übermütigen Tonlage zu urteilen, hatte Ann mit ihrem Mann gesprochen. Das hieß, dass sie nicht auf direktem Weg in ihr Zimmer gehen konnte, sondern vorher ins Wohnzimmer abbiegen musste.

»Keine Sorge«, sagte Elin und lehnte sich mit verschränkten Armen an den Türrahmen. Die werdenden Eltern saßen auf dem Sofa, und vor ihnen auf dem Couchtisch türmte sich ein Berg an Katalogen. Elin deutete mit dem Kinn darauf: »Wenn ihr die Klamotten für den Kindergarten gleich mitbestellt, gibt es bestimmt Rabatt.«

»Mach dich nur lustig«, beschwerte sich Simon. Doch sein Gesichtsausdruck erinnerte Elin an die Grinsekatze aus *Alice im Wunderland*.

»Würd ich mich nie trauen«, gab sie zurück. Sie drängte sich zwischen Simon und Ann auf die Couch und zog die beiden an sich heran, um jedem einen Kuss auf die Wange zu drücken. »Nun, da es offiziell ist: Ich werde Patentante. Nur damit das klar ist.« Sie spürte, wie ihr Cousin aufatmete.

»Das versteht sich von selbst«, murmelte er. »Und, Elin, also . . . ich . . .«

»Hör auf rumzustottern«, unterbrach Elin den kläglichen Versuch ihres Cousins, die richtigen Worte zu finden. »Ich bin schon auf der Suche nach einer neuen Bleibe.« Sie stützte sich an Simons und Anns Oberschenkeln ab und stand auf. Von oben schaute sie auf die beiden hinunter und deutete wieder auf den Wust von Katalogen. »Damit ihr so früh wie möglich Platz für all das Zeugs hier zur Verfügung habt.«

»Sehr witzig«, kam es erleichtert zurück. Als hätten die beiden sich abgesprochen, ließen sie sich gleichzeitig zurückfallen und gaben ein leises Seufzen von sich. »Wir werden dir auch helfen, wo es nur geht«, versprach Simon. Seine Frau nickte.

»Lass mal«, winkte Elin ab. Es fiel ihr schwer, ernst zu bleiben, als sie sah, wie Ann schon wieder nach einem der dicken Wälzer griff und geistesabwesend darin herumblätterte. »Wie ich sehe, habt ihr selbst genug um die Ohren.«

Simon legte den Arm um seine Frau und schaute Elin an. »Wie war es eigentlich in Biestow?«

Anstatt sich zurückzuziehen, wie Elin es vorgehabt hatte, plumpste sie auf ihren Sessel und seufzte nun ebenfalls.

»So schlimm?«, fragte ihr Cousin.

»Na ja – ganz so schlimm war es nicht«, gab Elin zu. »Dieser Hausdrachen geht mir nur auf die Nerven.«

Ann, offenbar neugierig geworden, klappte den Katalog wieder zu. »Wen von den Damen, die dort wohnen, meinst du genau?«

»Luise Reiher natürlich.« Die Zeit, die Elin mit Lara verbracht hatte, war ihr nicht auf die Nerven gegangen, stellte sie zum wiederholten Male fest. Zum größten Teil war es ein interessanter und spannender Wortwechsel gewesen, bei dem Lara Heldt ihre etwas verqueren Ansichten zum Thema Liebe offenbart hatte. *Woher sie die nur hat?*, fragte sich Elin abermals.

»Hey!«, rief Ann unerwartet. Sowohl Elin als auch ihr Cousin zuckten zusammen.

Der werdenden Mutter schien das entgangen zu sein, denn sie fuhr unbeeindruckt fort: »Bevor ich's vergesse. Ich hab heute eine Annonce geschaltet, dass wir zwei weitere Arbeitskräfte einstellen.«

»Zwei kannst du knicken«, warf Elin sofort ein.

»Zwei können wir uns definitiv nicht leisten«, pflichtete Simon bei.

»Hab ich zwei gesagt?«, meinte Ann schmunzelnd. »Da hab ich mich vertan. Natürlich habe ich nur eine Stelle inseriert.«

Daraufhin besprachen sie, welche Qualifikationen die Mitarbeiterin – Elin bestand darauf, von einer Frau zu sprechen – mitbringen sollte. Außerdem verlangte Elin, dass Simon sich um deren Einarbeitung kümmern sollte. »Schließlich soll sie in erster Linie dich unterstützen, weil du derjenige bist, der demnächst Vater wird.«

Normalerweise hätte Simon sich mit Händen und Füßen zur Wehr gesetzt. Genau wie Elin selbst arbeitete er gern allein, und obendrein war er nach wie vor der Ansicht, dass es Elin sei, die kürzertreten müsse. Aber letztendlich hatte sie das stichhaltigste Argument: »Bei den meisten Arbeiten, die ich zur Zeit habe, kann sie mir sowieso nicht helfen.«

Simon knurrte etwas Unverständliches vor sich hin, bevor er sichtlich unwillig zustimmte. »Hast du übrigens mit deiner Ruby gesprochen?«, wechselte er dann das Thema. »Von wegen Ruderverein?« Offenbar wollte er unbedingt das letzte Wort haben, denn die Frage kam in einem spöttischen, fast triumphierenden Unterton.

Elin lachte leise beim Gedanken an die kommenden sechs Monate. Die könnten sich als sehr spannend entpuppen. Ann hatte bereits erste seltsame Verhaltensweisen schwangerer Frauen gezeigt, jetzt passte Simon sich ihr augenscheinlich an. Bei ihm nannte Elin es: Imponiergehabe.

Nun ja, wenn er Spaß daran hatte ... Elin schaute ihm fest in die Augen, ehe sie antwortete: »Ich wollte. Aber auf einmal hat sie sich in Luft aufgelöst und mich mit ihrer Mutter allein gelassen.«

»Und ihr beiden habt euch nicht die Köpfe eingeschlagen?«, hakte Ann anstelle ihres Mannes nach.

»Hätten wir vielleicht, wenn Lara ihrer nicht so schon wehgetan hätte«, flachste Elin. Doch als sie sich Laras Bemühungen ins Gedächtnis rief, die Schmerzen vor ihr zu verbergen, gefror ihr das Lachen. »Sagt mal ...«, sprach sie die nächstliegende Assoziation aus, »habt ihr gewusst, dass ihr eure Liebe unter anderem Hollywood zu verdanken habt?«

Sowohl Ann als auch Simon reagierten mit einem riesengroßen Fragezeichen im Gesicht.

»Fragt nicht mich«, sagte Elin mit erhobenen Händen. »Mir wurde diese bahnbrechende Erkenntnis auch erst heute zugetragen.«

»Hast du etwas geraucht?«, fragte Ann.

»Oder ist dein Auto inzwischen so kaputt, dass die Abgase ins Wageninnere dringen?«, fügte Simon hinzu.

»Lass Roberta aus dem Spiel«, schimpfte Elin nicht wirklich ernsthaft. »Sie kann nichts dafür.«

»Wofür? Dass du übergeschnappt bist?«, stichelte Simon.

»Dass ihr neue Theorien sofort vom Tisch fegt.« Elin dachte nicht daran, nachzugeben, obwohl sie ja genau genommen nicht einmal ihre eigene Ansicht vertrat. Wie ihr erst jetzt bewusst wurde, hatte das Gespräch mit Rubys Mutter ungeahnte Energien freigesetzt. Sie fühlte sich kampfeslustig wie schon lange nicht mehr und hätte die ganze Nacht debattieren können.

Simon ließ sich auf die Diskussion ein: »Ach, und in welchem Beziehungsratgeber findet sich diese Theorie? *Probleme in der Ehe? Gehen Sie ins Kino.*«

Elin applaudierte. »Klingt plausibel. Ist aber leider falsch. Die Theorie entstammt einem Fachbuch mit dem hochwissenschaftlichen Titel: *Traumfabriken – Romantik am Fließband.*« Plötzlich wurde ihr so flau im Magen, dass sie nur mit Müh und Not herausbrachte: »Geschrieben von Lara Heldt.«

»Das klingt für mich nach einer sehr bedauernswerten Frau«, sprach Ann das aus, was Elin eben gedacht hatte.

▪ ▪ ▮ ▪ ▪

Am nächsten Tag hielt Elin Ruby vor der Schule auf, als diese sich hineinschleichen wollte. »Wir beide haben ein Hühnchen zu rupfen, junge Dame.«

Offenbar wusste Ruby sofort, was sie meinte. »Ich hab die Projektgruppe wirklich vergessen«, tat sie zerknirscht. Aber ihre Lippen kräuselten sich verdächtig.

Elin hätte die fadenscheinige Entschuldigung ohnehin nicht akzeptiert. Sie erwartete mehr, um einen Haken hinter den gestrigen Abend und die vergangene Nacht machen zu können: eine Nacht gefüllt von wirren Träumen, in denen Feen mit Laras Gesicht in Disney World herumgelaufen waren und sich mit Kindern hatten fotografieren lassen, die allesamt wie Ruby und Kim ausgesehen hatten. Am Morgen war Elin schweißgebadet aufgewacht, weil sie im Traum ständig versucht hatte, ebenfalls so oft auf den Bildern zu sein wie nur möglich. Dementsprechend ausgelaugt fühlte sie sich – und zu Scherzen aufgelegt war sie schon gar nicht.

»Mama hat mir schon gesagt, dass das gestern für dich alles andere als angenehm gewesen ist.« Ruby versuchte offenbar, ihren Hals aus der Schlinge zu ziehen, indem sie Verständnis für Elins Verärgerung signalisierte. »Vor allem, weil du am Ende Krankenschwester spielen musstest.«

»Und damit, meinst du, soll ich mich zufriedengeben?« Die Wärme, die in ihr aufstieg, weil Lara für sie Partei ergriffen hatte, versuchte Elin zu ignorieren. Nur so konnte sie ihren Ärger auf Ruby aufrechterhalten.

»Tust du nicht?«, fragte diese mit einer Kleinmädchenstimme.

»Tu ich nicht«, bestätigte Elin. »Du lädst mich zu dir in die Wohnung ein, um über Kim zu reden. Stattdessen sitze ich nach nicht einmal einer halben Stunde mit deiner Mutter allein da.« Ihre Stimme wurde lauter. »Jetzt hier meine Ansage, Ruby: Wenn du das noch einmal machst, kann ich nicht dafür garantieren, dass ich deiner Mutter nicht von Kim erzähle. Verstanden?«

»Worüber regst du dich eigentlich so auf?«, fragte Ruby, plötzlich ganz erwachsen. »Du hättest doch einfach gehen können.«

Das war er, der berühmte wunde Punkt. Und weil Elin keine Antwort parat hatte, um die Wunde zu schließen, grummelte es noch stärker in ihr. »Das ist nicht das Thema«, wich sie aus. »Tatsache ist, dass du mich in die Bredouille gebracht hast.« Sie holte Luft, um ihren Standpunkt klarzustellen, da merkte sie, dass bereits erste Schülerinnen neugierig zu ihnen herüberschauten. Mit deutlich gesenkter Stimme setzte Elin Ruby die Lösung auseinander, die sie nach einigen Überlegungen als die beste erachtete: »Ich habe versprochen, dir bei Kim zu helfen. Daran werde ich mich auch halten. Aber solange du deiner Mutter nicht reinen Wein einschenkst, werde ich eure Wohnung nicht mehr betreten.«

»Ich mach das ... bald ... versprochen«, murmelte Ruby in ihren nicht vorhandenen Bart hinein. Der Trotz, der dabei kurz in ihren Augen aufblitzte, stimmte Elin jedoch alles andere als zuversichtlich.

Falls Ruby noch etwas sagen wollte, waren die Worte in dem Moment vergessen, als Kim durch das Schultor kam. Elin wurde es ganz warm ums Herz, als sie wahrnahm, wie alles an Ruby zu strahlen begann. Ihre Augen leuchteten Kim wie zwei Bernsteine entgegen. Das Grün darin war mit einem Mal die bestimmende

Farbe, und trotzdem erkannte Elin das sanfte Braun dahinter. Bis zu diesem Augenblick war ihr nicht bewusst gewesen, dass Ruby nicht nur ein bisschen verliebt war, sondern dass die Gefühle offenbar sehr viel tiefer gingen. Wie schmerzhaft musste es sein, dass Kim bis dato kaum Notiz von ihr genommen hatte.

Heute war es jedoch anders. Kim schaute in ihre Richtung, kam sogar auf sie zu. Doch das Schlimme war, dass Kims Frage Elin galt: »Kommst du eigentlich morgen wieder zum Sprinttraining?«

»Spiel jetzt einfach mit«, flüsterte Elin Ruby zu, ehe sie Kim antwortete: »Sicher. Schließlich habe ich Ruby hier versprochen, ihr zu einer Trainingseinheit zu verhelfen.«

Jetzt kam es auf Ruby an.

»Echt?«, fragte diese mit zu schriller Stimme, griff sich an den Hals und räusperte sich. Für eine Siebzehnjährige hatte sie sich sehr schnell wieder unter Kontrolle, denn sie fuhr in normaler Tonlage fort: »Das klappt so schnell?«

»Das wollte ich dir gerade erzählen«, sagte Elin. »Dass der Trainer einverstanden ist.« Zumindest hatte das Simon heute Morgen behauptet. »Er will sich aber erst mal anschauen, ob du zum Rudern überhaupt taugst.«

Bei dem Wort *Rudern* sah Ruby aus, als hätte sie in eine Zitrone gebissen. Ihr »Wunderbar« hörte sich ebenso an.

Kim schien davon jedoch nichts zu merken. Sie nickte Elin zu: »Dann bis spätestens morgen.« An Ruby vorbei nuschelte sie: »Wir sehen uns ja in Chemie.« Für einen Wimpernschlag zögerte sie, dann setzte sie sich wieder in Bewegung.

»Ihr habt einen gemeinsamen Kurs?« Warum hatte Ruby das bisher nicht erwähnt?

»Ja – wir haben uns für dieselbe Projektarbeit angemeldet«, bestätigte Ruby wie aufgedreht. »Darum wollte ich ja auch gestern unbedingt mit dir reden. Was ich jetzt tun soll und so.«

»Dich neben sie setzen«, schlug Elin geistesabwesend vor. In Gedanken begoss sie bereits ihre neu gewonnene Freiheit. Jetzt konnte es nur noch eine Frage der Zeit sein, bis Ruby ihr Glück selbst in die Hand nehmen könnte. Elin würde als Mentorin bald ausgedient haben.

»Das geht nicht«, machte Ruby ihr umgehend einen Strich durch die Rechnung. »Dazu müsste ich nämlich ihre Sitznachbarin vom

Stuhl schubsen. Außerdem – ich bekomm doch kein Wort heraus, wenn sie in der Nähe ist.« Nachdenklich runzelte sie die Stirn.

»Das hat sich vorhin aber ganz anders angehört«, erinnerte Elin.

Ruby massierte sich den Nacken. Ihre Schultern hingen leicht nach unten. Die Antwort war schwer zu verstehen, weil sie den Mund kaum aufmachte: »Du warst ja dabei.«

Und schon begrub Elin die Hoffnung, sich demnächst wieder ausschließlich ihrer Arbeit und abendlichen Strandspaziergängen widmen zu können. Sie schaffte es einfach nicht, Ruby im Stich zu lassen. »Dann ist es ja gut, dass ich dich morgen Abend mitnehme.«

Tief in ihrem Inneren musste sie zugeben, dass es ihr in Wahrheit gefiel, von Ruby gebraucht zu werden. Wann hatte das zuletzt jemand getan – sie, Elin, gebraucht und nicht nur ihre handwerklichen Fähigkeiten? Selbst Maret hatte sie immer nur dann um Hilfe gebeten, wenn etwas zu reparieren gewesen war.

Es wäre ein berauschendes Gefühl, Ruby zu ihrem Glück zu verhelfen, ging es Elin vage durch den Kopf. Fast so schön, als würde sie selbst die Liebe finden. Denn obschon sie mit ihrem Leben zufrieden war, musste sie sich eingestehen: Manchmal sehnte sie sich doch danach. In letzter Zeit immer öfter.

Es war also nicht nur ihrem Altruismus zu verdanken, dass Elin sich nicht einfach zurückzog. Ihre bisherigen Rechtfertigungen, wie »Ich kann mein Versprechen nicht brechen« oder »Ich mach das, weil ich Ruby mag«, waren nur ein Teil der Wahrheit, wie ihr jetzt aufging.

Über diesen Gedanken hatte Elin völlig übersehen, dass Rubys Miene, die eben noch so verträumt gewirkt hatte, jetzt versteinert war. In der Art und Weise, wie sie Elin anschaute, war eine gewisse Ähnlichkeit mit ihrer Mutter erkennbar. Das traf auch auf die Tonlage zu, in der Ruby nun fragte: »Seit wann kennst du Kim eigentlich so privat?«

»Das erklär ich dir, wenn du damit aufhörst, so rumzuzicken«, gab Elin ruhig zurück.

»'tschuldige«, nuschelte Ruby, plötzlich wieder kleinlaut. »Ich war halt geschockt. Und . . .«

Elin gab ihr ein paar Sekunden, um den Satz zu beenden. Als nichts mehr von der jungen Frau kam, legte Elin ihr lächelnd eine Hand auf die Schulter. »Es ist ja schmeichelhaft, dass du auf mich eifersüchtig bist, aber glaub mir: Von mir hast du absolut nichts zu befürchten.«

Sie wollte gerade auf das morgige Training zurückkommen, da rief die Schulglocke zum Unterricht.

»Ich muss«, entschuldigte sich Ruby. Im Eingang drehte sie sich noch einmal um. »Am besten, du holst mich morgen ab. Ab vier kannst du jederzeit bei uns klingeln.«

Bevor Elin reagieren konnte, war Ruby schon weg. Sie hatte nicht einmal fünfzehn Minuten gebraucht, um Elins ursprüngliche Ansage auszuhebeln.

- ■ ■ ■ -

Der nächste Arbeitstag fing für Elin äußerst vielversprechend an. Der Fachhändler ihres Vertrauens hatte ein dringend benötigtes Ersatzteil für den defekten Aufzug in Biestow eher auftreiben können als gedacht. Wenn alles passte und die Tests allesamt positiv verliefen, würde der Aufzug in drei Tagen wieder einsatzfähig sein.

Von den Hausbewohnern unbemerkt betrat Elin den Keller. Sie lauschte in den Raum und lächelte: Außer den Geräuschen, die das Öffnen der Schaltzentrale verursachte, war nichts zu hören. Entsprechend gutgelaunt machte sie sich an die Arbeit.

»Gut, dass ich Sie sehe, Frau Heldt«, hallte plötzlich Luise Reihers Stimme durch den Aufzugsschacht zu ihr herunter. »Sie haben mit Ihrem Fahrrad gestern die Wand schmutzig gemacht. Schauen Sie, hier!«

»Ich radle gleich beim Baumarkt vorbei, besorg einen Stift und übermal die Schliere«, vernahm Elin Laras Antwort.

Wie gern hätte Elin jetzt laut gelacht. So klang es also, wenn Lara »pampig« wurde.

»Das ist doch wohl selbstverständlich«, blaffte Frau Reiher in deutlich weniger freundlichem Ton zurück. »Überhaupt: Der Raum hier ist nicht für Fahrräder gedacht. Nur für Kinderwagen oder die Gehhilfe für meinen Kurt.«

Elin stellte sich vor, wie Lara jetzt tief durchatmete, denn erst nach einer kleinen Pause erklang ihre Stimme wieder: »Wie oft denn noch, Frau Reiher?«

»Ja, ja. Ich weiß schon«, erwiderte Luise Reiher süffisant. »Sie haben das alles mit Herrn Dornhagen geklärt. Genauso wie die Übernahme der Wohnung nach dem Tod Ihrer Tante. Und das, obwohl die Wohnung genauso gut meinem Sohn zugestanden hätte. Aber Sie haben ja von Anfang an einen besonderen Draht zu Herrn Dornhagen gehabt. Nur weil Sie ihm das arme kleine Mädchen vorgespielt haben, das dummerweise Mutter geworden ist.« Luise Reihers Stimme wurde regelrecht gehässig. Man hörte förmlich das boshafte Grinsen darin. »Es muss ja schlimm für Sie sein, dass Ihre eigentlichen Pläne nicht aufgegangen sind.«

»Ich weiß, dass Sie das nicht verstehen wollen, Frau Reiher. Wie so vieles andere auch.« Elin sah Lara vor sich: wie ihre Hände den Fahrradlenker so fest umklammerten, dass die Knöchel weiß hervortraten, sie sich ansonsten aber nichts anmerken ließ. Ihr Gesichtsausdruck war vermutlich gleichgültig. Oder sie zog eine Augenbraue nach oben, um hochmütig zu wirken. »Aber es ist nun mal so, dass meine Tochter und ich den Zuschlag bekommen haben. Warum können Sie wenigstens das nicht akzeptieren?«

Für ein paar Augenblicke war nichts zu hören, dann folgte das Geräusch von Rädern auf dem Fliesenboden, einer Lenkstange, die gegen einen Türrahmen schlug, und unterdrücktes Ächzen. Schließlich fiel die Haustür ins Schloss.

»Akzeptieren. So weit käm's noch«, schnaubte Luise Reiher unmittelbar danach, nur unwesentlich leiser als zuvor. »Unsereins hat eben keinen Körper mehr, mit dem man Männer bezirzen kann. Aber irgendwann wird Herr Dornhagen schon noch dahinterkommen, was das für eine ist.«

Vorsichtig legte Elin das Ersatzteil zurück in die Verpackung. Am liebsten wäre sie einfach nach oben gegangen, um Luise Reiher die Meinung zu geigen. Wenn Lara etwas nicht tat, dann ihren Körper einzusetzen, um etwas zu erreichen. Davon war Elin überzeugt. Auch wenn sie nicht sagen konnte, was sie da so sicher machte.

Vielleicht, dass Lara es bei ihr noch nicht versucht hatte.

Schmunzelnd lehnte sich Elin an die Tür. Sie fragte sich, was Lara wohl anstellen würde, um sie zu verführen. Was automatisch zur nächsten Frage führte: Würde es Lara schwerfallen, weil Elin eine Frau war – oder nicht? Schließlich hatte sie Elin vor ein paar Tagen nach dem Zusammenstoß an der Haustür nicht gleich von sich gestoßen. Im Gegenteil.

»Hör sofort damit auf«, bremste sie sich, als die Erinnerung an Laras Hand auf ihrem Rücken allzu lebendig wurde. Sie pustete die Luft aus und stieß sich von der Tür ab. Wieso belauschte sie auch andere Leute, anstatt sich um ihre Arbeit zu kümmern? Das war doch sonst nicht ihre Art. Aber es war einfach zu packend gewesen, wie souverän Lara Luise Reiher Kontra geboten hatte.

Schlagartig wurde Elin klar, dass Lara dieses Gespräch nicht zum ersten Mal geführt hatte. Wer wusste schon, wie oft sie mit derartigen Unterstellungen konfrontiert wurde. So gesehen war es kein Wunder, dass sie manchmal so kalt wirkte. Das musste eine automatisierte Verteidigungshaltung sein – für sich selbst, aber auch für Ruby.

So langsam entwickelte Elin eine herzliche Abneigung gegenüber Luise Reiher. Das überraschte sie selbst ein wenig. Normalerweise ließ sie sich von solchen unleidlichen Zeitgenossinnen nicht die Laune verderben.

Wenn das Luischen so weitermacht, werden Lara und ich noch Verbündete ... Bei der Vorstellung, wie sie gemeinsam mit Lara, Schulter an Schulter, gegen Luise Reiher ins Feld zog, lachte Elin leise auf. Bis sie sich wieder daran erinnerte, wie sich der Körperkontakt mit Lara angefühlt hatte. Ausgehend von der Stirn breitete sich in ihr eine eigentümliche Hitze aus. Als ihr dann auch noch ein sehnsuchtsvoller Seufzer entwich, wusste sie, dass sie dringend an die frische Luft musste.

Wenige Stunden später blieb ihr die Luft allerdings wieder weg, als ihr Lara in einem kimonoartigen Bademantel die Tür öffnete.

Auch Lara schien durch Elins Anblick aus der Fassung gebracht. Sie stand einige Sekunden wortlos in der Tür, in einer Hand ein Handtuch, mit dem sie offenbar bis gerade eben ihr Haar trockengerubbelt hatte. Die andere Hand lag immer noch am Türgriff.

»Wieso bist du schon hier?«, fragte sie schließlich lächelnd.

Moment ... lächelnd?

Beinahe war Elin versucht, sich nach der Person umzudrehen, die hinter ihr stehen und der das Lächeln gegolten haben musste. Da gab Lara auch schon den Eingang frei.

Perplex und immer noch etwas außer Atem ging Elin an ihr vorbei in die Wohnung. »Wieso – schon?«, murmelte sie, den Blick starr auf die Garderobe gerichtet, um die Erinnerung an das Lächeln auszublenden und vor allem bloß nicht Laras Beine zu betrachten. »Ruby hat doch gesagt, dass ...« Sie verlor den Faden und brach ab. Wieso war ihr bisher noch nie wirklich aufgefallen, welch sexy Beine Rubys Mutter hatte?

»... sie ab irgendwann hier sein wird«, drang Laras Stimme aus weiter Ferne zu Elin durch.

Was? Worüber hatten sie noch gleich gesprochen? Alles, woran Elin denken konnte, waren diese Beine.

Lara half ihr unwissentlich auf die Sprünge: »Und hat dabei vergessen zu erwähnen, dass sie bei ihrem Aushilfsjob bis sechs Uhr eingespannt ist.«

Elin atmete auf. Um im nächsten Moment zu erkennen, dass Ruby es schon wieder geschafft hatte: Elin in ihre Wohnung zu locken und sie dann mit ihrer Mutter allein zu lassen. »Irgendwann dreh ich ihr den Hals um«, knurrte sie vor sich hin, ungeachtet der Tatsache, dass Lara dicht hinter ihr stand.

Das wurde ihr in dem Moment bewusst, als ihr ein Duft von frischen Kräutern und Lemongras in die Nase stieg. Versunken schloss Elin die Augen – und riss sie sofort wieder auf. Es war Lara, die diesen sinnlichen Duft verbreitete. Lara, die vermutlich jeden anderen lieber in ihrem Flur gehabt hätte als die vermeintliche Freundin ihrer Tochter.

Obwohl – so wie Lara sich gerade benahm, war Elin sich dessen gar nicht mehr sicher. Langsam fühlte sie sich wie im falschen Film. Erst als Lara mit düsterer Stimme einwarf: »Nicht, wenn ich meine Tochter vor dir in die Finger bekomme«, geriet die Welt wieder ins Lot.

Zumindest bis Elin in Laras Gesicht schaute. Deren Augen blitzten vergnügt, und auf ihren Wangen hatten sich zwei Grübchen gebildet, durch die sie wie ein junges Mädchen wirkte. Das hier war die Lara Heldt, die Elin vor einer Ewigkeit kennengelernt hatte.

Mit aller Macht drängte Elin die aufkeimende Hoffnung zurück, dass diese andere Frau auf Dauer in ihrer Nähe bleiben könnte. Zu deutlich hatte sie noch deren Worte im Ohr, was ihr Verhältnis zueinander betraf.

Fröhlich sagte Lara: »Jetzt schau nicht so geknickt. Du wirst dich daran gewöhnen müssen, dass Ruby den Kopf manchmal überall hat, nur nicht bei der Sache.« Mit einer einladenden Geste wies sie zum Wohnzimmer. Noch immer lag ein leichtes Lächeln auf ihren Lippen.

Elin erwiderte das Lächeln automatisch, rührte sich aber nicht von der Stelle. »Und wie gehst du damit um?«, fragte sie. »Lässt du dir alles schriftlich geben?« Innerlich atmete sie auf: Wenigstens hatte Lara den wahren Grund für ihre Verwirrung nicht erraten.

»Klar. Unterschrieben und in doppelter Ausfertigung«, scherzte diese. Sie wartete einen Moment, dann schaute sie Elin fragend an. »Was ist? Willst du nicht reinkommen?«

»Ich weiß nicht«, meinte Elin. »Du hast ja nicht mit mir gerechnet.«

»Das vielleicht nicht.« Nach und nach erschienen Falten auf Laras Stirn. Gleichzeitig kam wieder der strenge Zug um ihren Mund zum Vorschein. »Aber wo du schon mal hier bist, kann ich dich schlecht wieder fortschicken.«

»Wer sagt das?«, fragte Elin. Sie stand immer noch wie festgewachsen. Eigentlich wollte sie nicht bleiben. Gerade jetzt wäre sie viel lieber am Strand. Oder im Keller. Oder an irgendeinem anderen Ort, wo Rubys Mutter sie nicht durcheinanderbringen konnte.

Lara beantwortete ihre Frage: »Das Gebot der Höflichkeit.« Von der Fröhlichkeit von vorhin war nichts mehr übrig.

Was hatte Elin auch erwartet? Aber dennoch – es war irgendwie anders als sonst. Sie sah, dass Lara inzwischen das zusammengeknüllte Handtuch an die Brust drückte und dass ihr Körper angespannt war, aber nicht auf dieselbe Weise wie gestern, als die Kopfschmerzen sie gequält hatten. Diesmal wirkte Lara wie ein Raubtier kurz vor dem Sprung: elegant und gefährlich. Ihr Blick hatte etwas Abwartendes, fast Lauerndes.

So verharrte Lara einen Wimpernschlag, räusperte sich und hob schließlich die Achseln. »Aber wenn du lieber woanders warten willst, kannst du das gern machen. Ich ziehe mir jedenfalls endlich was Ordentliches an«, teilte sie mit und ließ Elin einfach stehen.

»Wow«, entfuhr es Elin. Sie schüttelte mehrmals den Kopf, um die Bilder zu vertreiben, die ihr gerade durch den Kopf gingen. Dies war der denkbar schlechteste Augenblick, um an nackte Frauen zu denken. Und es war definitiv die denkbar unpassendste Frau, die sie sich nackt vorstellte. Mit einem neuerlichen »Wow!« drehte sie sich um und ging ins Wohnzimmer.

Dort ließ sie sich auf einen Stuhl fallen und starrte auf ihre Hände, die sie im Schoß gefaltet hatte. Eines war klar: Lara Heldt könnte hundertprozentig ihren Körper einsetzen, um ihre Ziele zu erreichen. Wie auch immer diese Ziele aussahen.

Da kam Elin ein Gedanke. Was, wenn Lara gemerkt hatte, wie sie auf sie wirkte – und das tatsächlich in irgendeiner Form ausnutzen wollte? Um sie und Ruby dadurch auseinanderzubringen, zum Beispiel.

Sind wir schon so weit, dass du dich und Ruby als Paar siehst, spöttelte die innere Stimme.

Elin ignorierte sie, denn das war hier gar nicht der Punkt. Der Punkt war, dass es durchaus spannend werden könnte, falls Lara wirklich vollen Körpereinsatz zeigen sollte. Elins Atem beschleunigte sich leicht. Der Weg, den ihre Gedanken gerade einschlugen, war riskant. Als Nächstes würde sie sich womöglich noch überlegen, wie es wohl mit Lara wäre ...

Stopp! Was sollte das? Sie war doch nicht auf der Suche nach einer Frau.

Und wenn sich das irgendwann ändern sollte, kam Lara nicht in Frage. Dieser Zug hatte in dem Moment den Bahnhof verlassen, als Lara zu Rubys Mutter wurde. Darum konnte sie das Thema getrost abhaken.

»Du hast dich also doch entschieden zu bleiben«, erklang Laras Stimme vom Flur aus. Fast hatte es den Anschein, als habe sie gewartet, bis der kurzzeitige Aufruhr in Elin sich gelegt hatte.

Schon wieder setzte Elins Herz einen Schlag aus. Bisher hatte sie Lara noch nie in Freizeitkleidung gesehen – immer nur in eleganten Kostümen oder Hosenanzügen. Jetzt betrat sie den Raum in Schlabberhosen und T-Shirt. Ihr Haar war nicht zu einer perfekten Frisur geföhnt, sondern einfach getrocknet. Dadurch wirkte Lara nicht mehr so steif, so unnahbar. Sie strahlte sogar einen Hauch von Verwegenheit aus. Elin war nicht imstande, sich dieser Ausstrahlung zu entziehen.

Und genau aus diesem Grund durfte sie Lara nicht länger so genau anschauen.

Glücklicherweise gab es in dem Wohnzimmer auch noch andere Dinge, die betrachtenswert waren. Das Bücherregal zum Beispiel. Elin konnte keine Titel erkennen, nur Buchrücken in unterschiedlichen Farben und Größen. Einige sahen nach Romanen, andere wiederum nach Fachbüchern aus.

Dann gab es noch ein Fach mit CDs neben einem schon fast vorsintflutlich anmutenden CD-Player. Diese Einfachheit gefiel Elin. Überhaupt war alles eher schlicht, aber mit sehr viel Liebe eingerichtet, wie sie feststellte. Die Atmosphäre war weder steril noch überladen, sondern einfach sehr heimelig. Das sprach für Lara Heldt und ließ sehr viele Rückschlüsse auf sie als Mensch zu.

Lara schien von Elins verstohlener Besichtigungstour nichts zu ahnen, denn sie setzte sich kurzerhand auf die Couch und deutete auf den gegenüberstehenden Sessel. »Du musst nicht auf dem harten Stuhl sitzen. Hier ist es viel bequemer.«

Ob dem tatsächlich so war? Elin war sich dessen nicht so sicher. Dennoch stand sie auf und setzte sich auf den angebotenen Platz.

※ ▪ ▓ ▪ ※

Die nächsten Minuten konnte man getrost als Bild ohne Ton bezeichnen. Elin und Lara saßen sich gegenüber, sprachen kein Wort, schauten sich kaum an.

Lara hatte sich die große Stoffpuppe gegriffen, die auf der Couch drapiert war, und zupfte ihr die Kleidung zurecht. Der gelbe Schal musste in die richtige Richtung gedreht werden, der rote Pullover nach unten gezogen.

Elin beobachtete sie aus dem Augenwinkel, wartete darauf, dass Lara sich irgendwann von der Puppe ab- und ihr zuwenden würde, aber vergeblich. *Da hättest du auch dort drüben sitzen bleiben können,* murrte ihr Inneres. Noch besser wäre natürlich gewesen, wenn sie einfach gegangen wäre. Aber da sie nun einmal hier war ...

Wieder linste sie verstohlen zu Lara. *Was sie wohl gerade denkt?* Je länger sie Lara betrachtete, umso weniger konnte sie glauben, dass Lara für die Gefühle ihrer Tochter kein Verständnis haben sollte. So wie diese nun das Gesicht der Puppe schon fast verträumt betrachtete, wie sie dabei lächelte ... Elin wusste, dass sie dieses Bild niemals wieder vergessen würde.

Ihr Hals wurde eng, als ihr der Grund ihrer Anwesenheit einfiel. Sie war hin- und hergerissen zwischen ihrem Versprechen und ihrer Zuneigung zu Ruby und dem, was Lara in ihr auslöste. Wohin sollte das alles noch führen?

Sie richtete den Blick wieder auf ihre eigenen Hände und versuchte gleichmäßig zu atmen. Nicht zum ersten Mal in den letzten Tagen wünschte sie sich ganz weit weg. Jetzt umso mehr, da sie Laras Anziehungskraft in fast schon bedenklichem Ausmaß wahrnahm.

Vielleicht war es aber auch die Stille, die an ihren Nerven zerrte? Bestimmt war es das. In Gedanken klopfte sie mögliche Gesprächsthemen ab. Es musste doch etwas geben, worüber sie sich mit Lara unterhalten könnte.

Politik? Elin schnitt eine Grimasse. Bei diesem Thema redete sie sich häufig in Rage, was ihr schon den einen oder anderen Streit mit Ann und Simon eingebracht hatte. Also: Politik kam nicht in Frage.

Geschichte? Sie interessierte sich mehr für die Gegenwart. Was sie wieder zur Politik brachte. Elin merkte, wie ihre Anspannung langsam nachließ. Das Durchatmen fiel ihr schon wesentlich leichter.

Sie überlegte weiter. Kochrezepte? Oder besser noch – jetzt lachte sie in sich hinein: Kuchenrezepte. Da könnte sie zumindest eines anpreisen.

Bevor sie jedoch ansetzen konnte, die Zutaten für den Isländischen Schokoladenkuchen aufzuzählen, schloss jemand die Wohnungstür auf und öffnete sie schwungvoll. »Halloho! Jemand zu Hause?«, rief dieser Jemand gutgelaunt.

»*Wir* sind im Wohnzimmer«, antwortete Lara und klang dabei genauso erleichtert, wie Elin sich fühlte.

Ruby steckte den Kopf zur Tür herein und machte nur: »Oh.«

»Schön, dass du auch hier bist«, gab Elin mit hochgezogener Augenbraue zurück. Jetzt, da sie nicht mehr mit Lara allein war, trat der Ärger auf Ruby in vollem Umfang zutage.

Zerknirscht stellte Ruby fest: »Ich habe vergessen, dir zu sagen, dass ich heute arbeite.«

»Sieht so aus«, stimmte Elin trocken zu.

»Und mir hast du nicht gesagt, dass du Elin so früh erwartest«, erinnerte Lara ihre Tochter.

Ob Rubys undeutliches Genuschel eine Entschuldigung sein sollte, war nicht erkennbar. Lara schien damit aber zufrieden, denn sie erklärte mit einem leichten Kopfschütteln die Sache für erledigt.

»Ich spring dann schnell unter die Dusche«, plapperte Ruby schon wieder fröhlich drauflos und verschwand im Bad.

Elin spürte Laras Blick auf sich, prüfend, als warte sie auf irgendeine Reaktion. Nach wenigen Augenblicken erhellte ein zufriedenes Lächeln Laras Gesicht. »Freut mich, dass du ruhig geblieben bist.«

Elin brauchte ein paar Sekunden, bis sie verstand, worauf Lara hinauswollte. Sie hatte wohl befürchtet, dass Elin ihrer Tochter eine Szene machen würde. Kein Wunder – so wie Elin sich seit ihrer Ankunft benommen hatte, musste sie annehmen, dass Elin alles andere als erfreut war über die Warterei. Weil sie nicht wusste, wie sie sich sonst dafür entschuldigen sollte, schenkte Elin Lara ein Grinsen, von dem sie hoffte, dass es schelmisch wirkte. »Ich scheine mich langsam daran zu gewöhnen, dass Ruby ihr Umfeld nicht immer mit allen Informationen versorgt.«

»Lass sie das bloß nicht hören«, warnte Lara. »Sonst nutzt sie das noch mehr aus.«

»Keine Sorge. Ich kann ja einen Fragenkatalog entwerfen«, schlug Elin spaßeshalber vor, »und den dann durchgehen, wenn wir uns in Zukunft verabreden.«

Aber damit erreichte sie das Gegenteil von dem, was sie erhofft hatte. Das Lächeln verschwand aus Laras Gesicht. »Wie auch immer du eure zukünftigen Verabredungen abwickeln möchtest«, sagte sie, stand auf und stellte sich vor eines der Fenster. Reglos betrachtete sie irgendeinen Punkt in der Ferne. Nur am Heben und Senken des Brustkorbs erkannte Elin, dass Lara nicht zur Statue erstarrt war.

Das ist wohl das Zeichen, dass sie ihre Ruhe haben will, dachte Elin. Doch da hörte sie Lara flüstern: »Ich mag die Abende im Spätsommer. Die erinnern mich an —«

»Ja?«, hakte Elin nach, als Lara schwieg.

»Nichts.« Lara drehte sich wieder um. »Ich geh noch mal raus«, teilte sie für jeden in dieser Wohnung Anwesenden hörbar mit. Bevor Elin etwas erwidern konnte, war sie verschwunden.

»Sei mir nicht böse«, flüsterte Simon etwas später, »aber die Kleine passt in ein Boot so gut wie du in ein Rüschenkleid.« Kopfschüttelnd sah er zu, wie Ruby sich am Rudergerät abmühte.

Elin musste ihm recht geben. Ruby legte einen Rhythmus an den Tag, der eher nach unmotivierten Zuckungen aussah als nach gleichmäßigen oder flüssigen Bewegungen. Sie flüsterte zurück: »Nach ihrem Gesichtsausdruck zu urteilen wird sie nicht unglücklich sein, dass sie für das Team nicht in Frage kommt.«

»Es gibt ja noch andere Möglichkeiten, im Verein mitzuwirken«, schlug Simon vor. »Aber ich kann unmöglich zum Trainer gehen und deine kleine Freundin als Sportskanone anpreisen.«

Elin nickte. »Ich glaube, das reicht«, sagte sie laut und ging auf Ruby zu.

Die stoppte mitten in der Vorwärtsbewegung, richtete ihren Oberkörper auf und arbeitete sich mühsam vom Trainingsgerät herunter. Völlig außer Atem presste sie heraus: »Das war wohl nix.« Ihr Versagen schien ihr jedoch nichts auszumachen, denn sie schüttelte gleichmütig ihre Arme und Beine aus und machte ein paar Dehnübungen. Anschließend fuhr sie sich durchs Haar – das dadurch zwar nicht mehr ganz so verwuschelt war wie vorher, aber immer noch aussah, als sei eine Sturmbö hindurchgefegt.

Noch ehe Elin Worte des Trostes oder der Aufmunterung sagen konnte, klatschte Ruby einmal in die Hände und schaute Elin und Simon erwartungsvoll an: »Was machen wir jetzt?« Offenbar hatte sie keinerlei Aufheiterung nötig.

Und Elin wusste natürlich, worauf Ruby wartete. Es grenzte fast an ein Wunder, dass sich das Mädchen bis jetzt zurückgehalten hatte. Schmunzelnd schlug sie vor: »Wir können hinausgehen. Dann siehst du, wie richtiges Rudern aussieht.«

Wie so oft in den letzten Tagen wurde Elin beinahe wehmütig, als sie Ruby betrachtete. Wie deren Augen aufleuchteten beim Gedanken an Kim. Von Erschöpfung war nichts mehr zu sehen. Wann war Elin zuletzt so aufgeregt gewesen wie Ruby in diesem Augenblick? Wann zuletzt so verliebt?

Elin wusste, dass sie Ruby zärtlich anlächelte. Aber sie konnte es nicht zurückhalten, und sie wollte es auch nicht. Es war ihr egal, dass ihr Cousin sie musterte – irritiert, neugierig, auf eine Reaktion wartend. Sie drehte den Kopf zu ihm, ohne das Lächeln zu unterbrechen.

Simon zog daraufhin einen Mundwinkel zur Seite und verdrehte die Augen. Dann meinte er ergeben: »Na, dann sollten wir uns beeilen, Mädels. Das Training dauert nämlich nicht mehr lange.«

Sie konnten sich den Achter mit Steuerfrau noch etwa fünfzehn Minuten anschauen. Wobei Simon das gesamte Team, Ruby die Steuerfrau und Elin Ruby beobachtete. Elin kam es vor, als würde Ruby jede von Kims Bewegungen mitmachen, jeden Befehl, der durch die Lautsprecher drang, als Echo wiederholen.

»Kim! Jetzt konzentrier dich ein bisschen«, schrie der Trainer durch ein Megaphon. »Die anderen müssen sich darauf verlassen können, dass du die Anweisungen punktgenau gibst.«

Elin konnte sehen, wie sich Ruby versteifte. Es sah aus, als überlege sie sich gerade die schlimmsten Foltermethoden für den Trainer, weil er ausgerechnet Kim zur Schnecke machte.

»Halt dich zurück«, raunte Elin ihr zu. »Sonst bekommt sie richtig Ärger. Und du dann auch.«

»Pfff«, machte Ruby nur, wandte den Blick wieder zu Kim – und zurück auf Elin. »Sie schaut *dich* an«, warf sie Elin vor. Dabei zitterte ihre Unterlippe sichtbar.

Ruckartig drehte nun auch Elin den Kopf Richtung Ruderboot, zu Kim. Die anscheinend tatsächlich immer wieder in ihre Richtung schielte. »Das kannst du aus der Entfernung gar nicht beurteilen«, versuchte sie Ruby zu beruhigen. »Wenn, dann schaut sie zu uns allen.«

Neben ihr fluchte der Trainer: »Das wird nichts.« Er rief dem Team zu: »Wir brechen ab, bevor ihr mir den letzten Nerv raubt!«

Die jungen Sportlerinnen stiegen etwas kleinlaut aus dem Boot. Allen voran Kim. »Es tut mir leid«, übernahm sie sofort die Verantwortung. Diesmal schaute sie unverkennbar in Elins Richtung. »Ich war heute nicht bei der Sache.«

Dafür erntete sie vom Trainer einen missbilligenden Blick und von ihren Kameradinnen ein aufmunterndes Schulterklopfen. Ruby ihrerseits blitzte Elin an. Die wiederum fragte sich, was das Ganze überhaupt sollte. Für den Moment hatte sie genug davon, sich mit den sprunghaften Gefühlen von Teenagern herumschlagen zu müssen.

»Es reicht«, sagte sie laut. Als sie sah, wie Ruby zusammenzuckte, fügte sie in etwas gemäßigterem Ton hinzu: »Ich muss morgen früh raus.«

»Elin, warte noch«, mischte sich der Trainer ein. »Ich habe Kim zum Training mitgenommen, muss aber noch woanders hin ... und du wohnst ja quasi bei ihr um die Ecke. Also – vielleicht könntest du sie ja nach Hause fahren?«

Elin wartete auf Protest von Kim. Aber die machte nur ein teilnahmsloses Gesicht und sagte in ebensolchem Tonfall: »Wenn es dir nichts ausmacht.«

Beinahe hätte Elin ihr die Gelassenheit abgekauft. Wenn sie das leichte Flattern der Augenlider nicht gesehen und das Vibrieren in der Stimme nicht gehört hätte.

Selbstverständlich stimmte sie zu. Vor allem, weil Ruby mit angehaltenem Atem auf die Antwort wartete.

Trotzdem fühlte sich Elin nicht wohl dabei. Nachdenklich schaute sie zu, wie das Ruderteam die Gerätschaften wegräumte. Irgendetwas machte Kim nervös, das spürte sie deutlich.

Ob es an ihr, Elin, lag? Wegen der Begegnung in der Schule?

Sie betrachtete Ruby. Wie sie dastand, die Arme um sich selbst geschlungen, die Lippen leicht geöffnet – und die Augen fest auf Kim gerichtet.

Seufzend folgte Elin ihrem Blick. Wenn es tatsächlich so war, dass sie, Elin, Kim beunruhigte, dann könnte sie nicht länger für Ruby die Liebesbotin spielen. Dann wären nur noch Tipps möglich.

Während der Autofahrt warf Elin immer wieder im Rückspiegel einen Blick auf Kim. Seit diese sich auf die Rückbank geschwungen und die genaue Adresse genannt hatte, schwieg sie.

Elin schielte zum Beifahrersitz, auf Ruby. An deren Nerven schien das Schweigen am meisten zu zerren. Stockstreif saß sie da.

Das Einzige, was sich bewegte, waren die Hände, die sie immer wieder am Jeansstoff trockenrieb.

An einer roten Ampel beobachtete Elin beide jungen Frauen etwas genauer. *Na prima. Die zwei tun gerade so, als wären sie einer Serienmörderin in die Hände gefallen.* Die eine schien die Häuserreihe auf der linken Seite auswendig zu lernen und die andere die auf der rechten.

Elin wandte sich wieder nach vorn und hypnotisierte die rote Ampel vor sich. Als könnte die ihr sagen, ob Kim ein Problem mit ihr hatte.

Nach ein paar weiteren Minuten Fahrt hatte Elin die Nase voll. Diesmal schaute sie offen in den Rückspiegel, nicht verstohlen wie zuvor. »Also, Kim«, begann sie ruhig, »ich habe gehört, dass du noch nicht sehr lange in Rostock wohnst?«

Ruby stellte die Handbewegungen ein und drehte sich Elin leicht zu. Was sie vermutlich nur deshalb tat, um Kim wenigstens aus den Augenwinkeln sehen zu können.

Diese schaute jedoch weiterhin zum Fenster hinaus. Nur am Versteifen des Oberkörpers merkte Elin, dass sie die Frage gehört hatte. Es dauerte, bis sie sich endlich zu einer Antwort entschloss: »Ja.«

Beinahe hätte Elin aufgestöhnt. Wieso lieferte sie die beiden jungen Frauen nicht einfach zu Hause ab und ließ es gut sein?

Das hörbare Schlucken vom Beifahrersitz brachte sie dann doch dazu, die nächste Frage zu stellen: »Und wo hast du vorher gewohnt?«

»Kiel«, kam es einsilbig zurück.

Elin wartete. Vielleicht schaffte es Ruby, auch etwas zu sagen. Als die eine Minute später immer noch keinen Laut von sich gegeben hatte, erbarmte sich Elin erneut: »Tatsächlich? Kiel ist schön. Da war ich schon öfter. Wo genau in Kiel hast du denn gewohnt?«

»Im Baumweg«, erwiderte Kim fast trotzig. Endlich sah sie nach vorn.

Im Rückspiegel traf Elins Blick auf Kims. Da war eine Verletzlichkeit in den braunen Augen, auf die Elin nicht vorbereitet war.

Bevor sie jedoch in irgendeiner Form reagieren konnte, kam plötzlich Leben in Ruby. »Die Straße kenn ich von meinem Aushilfsjob«, plapperte sie drauflos. »Wir liefern da immer mal Spenden an ein Kinderheim.« Sie schaffte es tatsächlich, sich umzudrehen und Kim anzuschauen.

Jetzt wurde Elin doch neugierig. Sie holte Luft, um eine weitere Frage zu stellen. Doch als sie sah, wie blass Kim auf einmal war, schluckte sie sie hinunter. Hatte Ruby womöglich den Nagel auf den Kopf getroffen? Hatte Kim in diesem Kinderheim gelebt – vielleicht sogar für mehrere Jahre?

Das würde vieles erklären, dachte Elin. Zum Beispiel die Tatsache, dass Kim viel erwachsener war als Gleichaltrige. Auch ihre Art, für sich und andere Verantwortung zu übernehmen, passte dazu. In diesem Fall war es kein Wunder, wenn sie sich nur auf sich selbst verließ und keine Konfrontation scheute.

Allein die Vorstellung, dass sie, Elin, ohne ihre geliebten Eltern hätte aufwachsen müssen ... Ihre Hände begannen zu zittern. Bevor sie sich jedoch von dem unangenehmen Thema ablenken konnte, ließ ein lauter Knall sie zusammenfahren. Ein Ruck ging durch das Auto, und dann war Stille. Mitten in einer Seitenstraße hatte sich ihre Roberta entschlossen, stehenzubleiben.

Elin schlug auf das Lenkrad. »Na wunderbar.« Zum Glück funktionierte wenigstens die Warnblinkanlage noch.

»Was ist los?«, fragten Kim und Ruby wie aus einem Mund.

»Meine Süße hier«, Elin machte eine ausladende Geste, die das ganze Wageninnere einbezog, »will nicht mehr.«

»Woran liegt es?«, fragte Kim, wieder völlig gelassen. Die Schatten ihrer Vergangenheit waren nicht mehr zu sehen.

»Keine Ahnung. Das Alter, nehme ich an.« Elin stieg aus und zückte ihr Handy. Nach dem fünften Läuten wurde sie langsam ungeduldig. *Komm schon, Simon, geh ran,* schimpfte sie in Gedanken mit ihrem Cousin. Wie konnte er sie abholen, wenn sie ihn nicht erreichte?

»Du kannst es doch reparieren«, meinte Ruby, als stelle sie eine unumstößliche Tatsache fest. Sie und Kim waren ebenfalls ausgestiegen.

Elin schnitt ein Gesicht und lauschte weiter dem Freizeichen. Warum glaubte jeder automatisch, dass man sich als Handwerkerin mit allem auskennen musste? Sie ging ja auch nicht zum Augenarzt, wenn sie Zahnschmerzen hatte. Sicher, solange es sich um offensichtliche Probleme handelte, konnte sie die beheben. Den Auspuff anschweißen, rostige Stellen ausbessern, vielleicht auch die eine oder andere motorische Ursache erkennen und reparieren. Aber sie befürchtete, dass das Problem diesmal schwerwiegender war und einen Spezialisten erforderte.

Nach dem gut und gern zwanzigsten Klingeln gab sie auf. »Dann eben nicht.« Nachdenklich kratzte sie sich mit dem Handy am Kopf und erklärte schließlich: »Ich organisier euch ein Taxi. Und dann ruf ich den Pannendienst.«

»Aber ... ich ... ich kann doch ...«

Erstaunt sah Elin auf. Kam dieses Gestotter, das nun hilflos erstarb, tatsächlich von Kim? Bei Ruby hätte es sie nicht verwundert. Aber Kim, die junge Frau, die sonst so tough durchs Leben ging ...? *Vielleicht hätte ich sie doch nicht so ausfragen sollen ...* Aber noch ehe Elin diesen Gedanken zu Ende gedacht hatte, ging ihr ein Licht auf. Kim hatte nicht mit ihr ein Problem, sondern mit Ruby. Beziehungsweise damit, mit Ruby allein zu sein.

Die Erkenntnis war so schockierend, dass Elin den Anruf bei der Taxizentrale wie ferngesteuert tätigte. Auf ihre knappe Nachricht »Es ist in zehn Minuten hier« wurden Kims Augen zu denen eines scheuen Rehs.

Ruby wiederum stand wie zur Salzsäule erstarrt da. Panik strahlten jetzt beide aus. *Das wird dann wohl eine sehr lange Fahrt werden für die zwei,* erkannte Elin. In Gedanken entschuldigte sie sich bei ihnen. Aber da sie sich schließlich auch um ihr eigenes Problem kümmern musste, rief sie erst einmal den Pannendienst an, der – wie immer, wenn sie ihn brauchte – in frühestens einer halben Stunde hier sein konnte. Manchmal hatte Elin den Eindruck, als würden sämtliche Fahrzeuge Rostocks dann bocken, wenn auch ihrer Roberta danach war.

Zehn Minuten später sah sie dem abfahrenden Taxi hinterher. Anfangs hatte sie noch versucht, ein Gespräch in Gang zu bringen, um die Wartezeit zu überbrücken. Vergebens: Nicht mal einsilbige Antworten hatte sie bekommen. Also hatten sie zu dritt schweigend die Straße hinuntergeschaut. Jetzt saßen Ruby und Kim auf der Rückbank – jede dicht an die Tür gedrängt. Elin hatte zwar beobachtet, wie Ruby sich offenbar ein Herz gefasst hatte und etwas mehr in die Mitte gerückt war, als Kim einstieg. Aber als diese sich so nah an der Tür niedergelassen hatte, dass sie sie so gerade eben zumachen konnte, war auch Ruby wieder nach außen gerückt. Mit Tränen in den Augen, wie Elin erkannte. Am liebsten hätte sie ihre junge Freundin tröstend in den Arm genommen, so intensiv spürte sie selbst deren Schmerz.

Mensch, Kim, dachte sie, *was macht dir so zu schaffen?*

Was, wenn Kim um Rubys Gefühle wusste und ihr deshalb aus dem Weg gehen wollte? Dann stand Ruby ein Liebeskummer bevor, der für eine Siebzehnjährige den Weltuntergang bedeuten könnte.

Aufseufzend lehnte sich Elin an ihr Auto. Sie würde weiterhin für Ruby da sein. Mehr konnte sie in diesem Fall wohl auch nicht tun. Allerdings würde es schwer werden, weil es für deren Mutter nur einen einzigen Grund für den Liebeskummer ihrer Tochter geben würde: Elin selbst. Zumindest war nicht anzunehmen, dass Ruby dann noch das Missverständnis aufklären würde.

»Hast du jetzt endlich kapiert, dass du ein neues Auto brauchst?«, fragte Simon, nachdem Elin zu Hause von der Panne berichtet hatte.

»Das ist noch nicht so raus.« Elin weigerte sich, den Tatsachen ins Auge zu blicken. Sie hing an ihrem Auto. Schließlich hatte sie es sich als Belohnung für die bestandene Meisterprüfung gekauft, es hatte sie auf dem Weg in die Selbständigkeit begleitet und war ein fester, nicht wegzudenkender Teil ihres Arbeitsalltags.

»Wie oft willst du an dem Gefährt denn noch rumbasteln?«, stichelte Simon. »In den letzten sieben Monaten hast du mehr Zeit damit in der Garage verbracht als auf der Straße. Mit dem Geld für die Ersatzteile hättest du schon längst einen Neuwagen kaufen können.«

Ann mischte sich ein: »Da muss ich Simon recht geben. Du musst das Auto endlich verschrotten lassen.«

»Nein!«, rief Elin entsetzt. Allein der Gedanke: ihre Roberta in einer Schrottpresse ... Niemals. Bis jetzt hatte sie die nötigen Ersatzteile schließlich stets auftreiben und das Auto wieder zum Laufen bringen können. Obwohl es, das musste sie zugeben, immer schwerer wurde, weil dieses Modell schon lange nicht mehr gebaut wurde. Und ob es eine Werkstatt gab, die ihr helfen konnte, war fraglich.

»Komm schon, Elin«, meinte Simon beschwörend. »Morgen ist Samstag. Geh in ein paar Autohäuser und sieh dir wenigstens das eine oder andere Auto an. Ja?« Er klopfte ihr auf die Schulter. »Du musst dich ja nicht gleich entscheiden.«

»Hm.« So ganz überzeugt war Elin nicht.

Da fiel ihrem Cousin plötzlich ein: »Hast du nicht Kim und Ruby im Auto gehabt? Was hast du denn mit denen gemacht?«

»Ich habe sie in ein Taxi gesteckt«, murmelte Elin. Wieder übermannte sie das mulmige Gefühl, das sie bei der Abfahrt des Taxis verspürt hatte.

Frei nach Schiller zitierte Ann: »Damit hast du deine Schuldigkeit getan und kannst gehen.«

»Möchte man meinen«, erwiderte Elin und erzählte von ihrer Befürchtung: »Aber ihr hättet die Berührungsängste zwischen den beiden miterleben sollen, vor allem bei Kim. Die normalerweise die Coolness in Person ist. Aber als ich sie zusammen ins Taxi gesetzt habe, ist sie fast in Ohnmacht gefallen. So benimmt man sich nicht, wenn man einander gleichgültig ist ... Allerdings auch nicht, wenn man himmelhoch jauchzend verknallt ist. Also, falls Kim auch etwas für Ruby empfinden sollte – warum reagiert sie dann so panisch?«

»Was ist, wenn sie das nicht will?«, sinnierte Ann. »In eine Frau verliebt sein, meine ich?«

Derselbe Gedanke war Elin auch schon sauer aufgestoßen: dass Kim sich dagegen wehren könnte, lesbisch zu sein. Sie seufzte. »Dann wartet auf Ruby auch ein steiniger Weg, der womöglich zu keinem guten Ende führt.«

»Und unsere Elin mittendrin«, warf Simon von der Seite ein. »Aber wenn du Glück hast, ist Kim wirklich nur von der schüchternen Truppe.«

»Ich weiß nicht«, erwiderte Elin. »Ich habe sie eigentlich ganz anders kennengelernt.«

»Wie selbstbewusst bist du denn, wenn es um die Liebe geht?«, konterte Ann. »Wenn ich daran denke, wie du dich anstellst, wenn dir eine Frau gefällt ... Und dabei behaupte ich, dass du in keine von denen, die so die letzten Jahre gekommen und gegangen sind, wirklich verliebt gewesen bist.« Sie hob die Hand, als Elin etwas zu ihrer Verteidigung sagen wollte, und schloss im Brustton der Überzeugung: »Nicht einmal in Maret.«

Elin sah hilfesuchend zu ihrem Cousin. Schließlich kannte der sie schon länger. Doch er stellte sich auf Anns Seite: »Das sehe ich auch so.«

»Schön, dass ihr euch einig seid«, sagte Elin beleidigt. Sie erhob sich aus ihrem Sessel. »Wisst ihr was? Ich geh schlafen. Vielleicht habe ich ja im Traum eine zündende Idee oder leuchtende Erkenntnis, was meine zwei Probleme betrifft.«

»Dann kannst du vielleicht auch träumen, ob du schon für irgendeine Wohnung einen Besichtigungstermin machen möchtest«, sprach Simon ihr drittes Problem an.

- ■ ■ ■ -

Für Elin fühlte es sich wie Verrat an, als sie am nächsten Tag durch die Autohäuser zog. Außerdem war sie sich sicher, dass es kein Auto geben könnte, das so zu ihr passte wie Roberta. Das ließ sie die Verkäufer, die ihr behilflich sein wollten, auch bei jeder Gelegenheit wissen. Vermutlich landete sie in jedem Geschäft ziemlich schnell auf der schwarze Liste der besonders uneinsichtigen Kundinnen. Nach dem vierten Versuch war sie schon nahe daran aufzugeben, aber da sie sich vorgenommen hatte, zumindest sieben Geschäfte abzuklappern, setzte sie ihre Tour fort.

Der fünfte Laden hatte wenigstens Fahrzeuge im Angebot, für deren Kauf Elin keinen Kredit aufnehmen müsste. Zudem standen zwei gebrauchte Pritschenwagen im Hof, die ihr ganz gut gefielen.

Das war viel vertrauenerweckender als beispielsweise Laden Nummer zwei: In dem war sie zugegebenermaßen nur so lange gewesen, weil sie den arroganten Verkäufer ärgern wollte, der bei ihrem Anblick die Nase gerümpft hatte. Seine Miene hatte ausgedrückt: »Wie soll sich eine wie die unsere Luxusautos leisten können?«

Also hatte sie sich gleich zu drei verschiedenen Modellen ein Angebot machen lassen – mit allem an Sonderausstattungen, was die Listen hergaben. Nur um nach eineinhalb Stunden nachdenklich mit dem Kopf zu wackeln und festzustellen, dass das Angebot im

Autohaus zwei Straßen weiter wesentlich attraktiver gewesen war.

Hier, in diesem Geschäft, wurde sie jedenfalls sehr freundlich begrüßt. Der Mitarbeiter, laut Namensschild Sven Rudolph, versprach, dass sich sofort jemand um sie kümmern würde. Während Elin sich im Verkaufsraum umschaute, überlegte sie, warum ihr der Schriftzug auf dem Namensschild so bekannt vorkam. Wann waren ihr zuletzt Menschen begegnet, die Namensschilder trugen? Das konnte noch nicht sehr lange her sein.

»Wie kann ich Ihnen ...?«

Und schon hatte Elin ihre Antwort.

»Hallo, Elin«, sagte Lara Heldt, nachdem sie sich von der Überraschung erholt hatte. Oder dem Schock.

Elin wusste auch bei sich selbst nicht, was es war. Allerdings brauchte sie eine Spur länger, um sich wieder in der Gewalt zu haben. Wenn sie auch mit vielem gerechnet hätte – damit nicht. Wobei sie sich bisher keine Gedanken darüber gemacht hatte, was Lara beruflich machte. Anscheinend hatte sie Lara lieber als Rubys Mutter gesehen, ebenso wie Lara ihrerseits sie als Rubys Freundin betrachtete. Das waren die Rollen, die sie einander zugeordnet und die sich in den letzten Tagen verfestigt hatten. Das Aufeinandertreffen als Autoverkäuferin und Kundin war eine völlig neue Situation.

Und es war gerade deshalb irgendwie prickelnd.

»Hast du dein Auto nicht mehr in Gang gebracht?«, fragte Lara und machte damit klar, dass sie die ursprüngliche Rollenverteilung bevorzugte.

Elin war sich nicht sicher, ob das auch auf sie zutraf. Aber sie respektierte den Wunsch. Vielleicht war es auch besser so – obwohl sie tief drinnen eine gewisse Enttäuschung spürte, dass Lara sie so schnell auf ihren Platz verwies. Mit einem übertriebenen Seufzer konstatierte Elin schließlich: »Ruby hat wohl schon alles erzählt.«

»Ja, und ...« Lara stockte. Irgendetwas schien ihr auf der Seele zu brennen, denn sie verknotete die Finger ineinander und hob den Blick zur Decke, als suche sie dort nach den richtigen Worten. »Sie hat auch erzählt, dass du sie sofort in ein Taxi gesteckt hast und allein auf den Pannendienst gewartet hast.«

Das war wohl Laras Art, sich dafür zu bedanken, dass Elin die Panne nicht für ein Schäferstündchen genutzt hatte.

Augenblick: »Und sonst hat sie nichts erwähnt?« *Oder niemanden?*

»Nein«, sagte Lara langgezogen. »Hätte sie das tun sollen?«

Das Misstrauen, das Elin entgegenwehte, war fast greifbar. *Sie denkt von mir wirklich nur das Schlechteste,* folgerte Elin voll Bitterkeit. Die Tatsache an sich war nicht neu – aber trotzdem hatte sie plötzlich den brennenden Wunsch, es wäre nicht so. Sie schluckte ihn hinunter und sagte so gleichmütig wie möglich: »Nicht wirklich. So spannend war das Training auch nicht.«

Der lockere Spruch vollbrachte das Wunder, dass sich Laras eben noch versteinerte Miene entspannte. »Du meinst den Teil, als du und dein Cousin verzweifelt versucht habt, vielleicht doch ein wenig sportliches Talent in meiner Tochter zu finden?« Plötzlich funkelten ihre Augen fröhlich – Rubys Bericht war wohl sehr plastisch ausgefallen. »Dabei weiß sie genau, dass ihre Begabungen eher im musischen Bereich liegen. Aber sie fand es süß, dass ihr euch bemüht habt, ihr das schonend beizubringen.«

Wenn Lara immer so wäre, immer so lächelte wie in diesem Augenblick, wäre Elin verloren. Die Wärme, die dieses Lächeln in ihrer Herzgegend auslöste, machte sie vollkommen wehrlos. Zu allem Überfluss war Laras Blick jetzt auch noch an Elins Gesicht hängengeblieben, verweilte dort und ließ Elin eine gefühlte Ewigkeit nicht mehr los.

Elin war auf dem besten Wege, sich in dem unerwartet leuchtenden Grün zu verlieren und alles um sich herum zu vergessen, als Lara leicht zurückzuckte. Ein wenig hoffte Elin, sie würde nun das Gesprächsthema wieder aufgreifen, so dass sie selbst sich unauffällig aus ihrer Erstarrung lösen konnte. Aber Lara verhielt sich weiterhin so, als seien sie und Elin allein auf der Welt. Wie in Trance ließ sie ihren Blick weiterwandern.

Elin war es, als berühre dieser Blick jeden Millimeter ihres Körpers. Die Art, wie Lara sie betrachtete, diese Selbstvergessenheit ließ sie immer unsicherer werden, bis sie nicht mehr wusste, wohin sie nun schauen sollte. Ihr Puls begann zu rasen. Sie schluckte hart, um die Trockenheit in ihrem Hals zu vertreiben.

Da drehte sich Lara wie aus heiterem Himmel um und deutete zu einem Schreibtisch, der in einem abgegrenzten Bereich des Verkaufsraums stand. »Gehen wir hinüber.«

Was war das denn, fragte sich Elin im Stillen. Wenn sie es nicht besser wüsste ... Sie holte tief Luft und zwang ihre Gedanken, sich auf den Grund ihres Hierseins zu fokussieren. Dennoch benötigte sie noch ein paar Sekunden, bevor sie sich in der Lage fühlte, Lara zu folgen.

Als Elin sich schließlich in den Besucherstuhl vor Laras Schreibtisch setzte, hatte sie sich wieder völlig unter Kontrolle. Nur ihre Stimme klang noch etwas rau, als sie sagte: »Also, Lara ...« Um noch ein wenig Zeit zu gewinnen, rückte sie etwas näher zum Schreibtisch heran. »Wie du dir sicher denken kannst, bin ich jetzt auf der Suche nach einem möglichen Ersatz für mein Auto.«

Lara atmete hörbar durch. Auch bei ihr hatten die letzten Minuten Spuren hinterlassen. Zumindest zeugten die noch sporadisch vorhandenen roten Flecken auf ihren Wangen davon.

In einem intuitiven Versuch, die Atmosphäre zu entkrampfen, zog Elin einen Mundwinkel nach außen und deutete ein unsicheres Schulterzucken an. Fast gleichzeitig machte Lara dieselbe Geste. Anschließend lehnten sie sich beide, ebenfalls fast synchron, zurück und lächelten sich an. Erleichtert registrierte Elin, wie die Spannung nachließ.

Lara kehrte zum unverfänglichen Beratungsgespräch zurück: »Begeistert bist du davon aber nicht, oder?«

»Du wirst mich sicher für albern halten, aber eigentlich will ich kein neues Auto. Am liebsten würde ich mit meinem bis zum Sankt-Nimmerleins-Tag fahren«, gab Elin zu. Auch wenn Simon und Ann sie regelmäßig deswegen auslachten – sie stand zu dieser Macke.

»Dich für albern halten?« Lara schien nachzudenken. »Nein, das nicht.«

Überrascht setzte sich Elin auf. »Ehrlich?«

»Ja«, meinte Lara gleichmütig. »So, wie du dich zu Gefühlen und so ausgelassen hast, überrascht mich das nicht.«

Elin beugte sich vor und verschränkte die Arme auf der Schreibtischplatte. »Siehst du, das versuche ich meinem Cousin und seiner Frau schon seit Monaten klarzumachen. Aber die haben schon mit einer Zwangseinweisung gedroht«, übertrieb sie nur geringfügig. »Und wenn ich jetzt keinen triftigen Grund nenne, warum ich mir immer noch kein neues Gefährt kaufe, machen sie die Drohung womöglich wahr.«

»Na gut, Elin.« Lara zog die Tastatur zu sich heran und wandte sich dem Bildschirm zu. »Was kann ich tun, um das zu vermeiden?«

»Mit mir nach einem triftigen Grund suchen«, schlug Elin vor. Erst mit Verspätung fiel ihr ein, dass Laras Job darin bestand, Autos zu verkaufen – und nicht darin, einen Autokauf zu verhindern.

Doch Lara schob tatsächlich die Tastatur wieder von sich, lehnte sich in ihrem Stuhl zurück und kaute nachdenklich auf dem Daumennagel. »Du fährst doch so einen alten VW-Pritschenwagen?«

Das Bild der daumennagelkauenden Lara nahm Elin gefangen. Sie musste sich zwingen, wenigstens zu nicken, um die Frage zu beantworten.

Unversehens schnellte Lara nach vorn, griff nach dem Telefon, drückte auf eine Kurzwahltaste und wartete, bis sich offenbar jemand am anderen Ende der Leitung meldete. »Sven. Genau dich brauch ich«, flötete sie. »Kannst du bitte kurz nach vorn kommen? Danke.« Mit einem feinen Lächeln auf den Lippen legte sie den Hörer wieder zurück. »Mein Kollege, der gleich kommt, hat ein Faible für so alte Autos. Vielleicht kann er dir ja helfen«, teilte sie mit.

Es dauerte nur wenige Sekunden, da kam der Mitarbeiter herein, der Elin vorhin begrüßt hatte. Ausführlich erklärte Elin ihm die Sachlage, und gemeinsam erörterten sie die möglichen Ursachen für den Totalausfall ihres Autos. Am Ende entwickelten sie tatsächlich einen Plan, wie sie den Wagen wieder in Schuss bringen könnten.

»Das geht aber nur hier in der Werkstatt«, warnte Sven. »Das heißt, es wird bestimmt was kosten, und vor allem wird es dauern.«

»Egal«, erwiderte Elin strahlend.

Erst nachdem Sven sich verabschiedet hatte, wandte sie sich zu Lara. »Ich weiß gar nicht, wie ich dir danken soll . . .« Am liebsten wäre sie Lara um den Hals gefallen. Ihr Körper machte schon Anstalten, sich zu erheben, doch in letzter Sekunde hielt sie sich zurück. »Bekommst du jetzt keinen Ärger?«, fragte sie stattdessen, denn ein wenig machte sie sich deswegen tatsächlich Sorgen.

»Weil ich dich daran gehindert habe, ein Auto zu kaufen?« Lara winkte lässig ab. »Kein Problem. Ich hab in den letzten Wochen so viele verkauft, da kann mein Chef das schon verschmerzen.«

»Darf ich dich dann wenigstens einladen? Auf ein Glas Wein? Oder Essen? Oder ein Eis?«

Lara schreckte zurück, als hätte Elin sie zu einem Banküberfall überreden wollen. Was Elin ihrerseits wie vom Blitz getroffen zusammenfahren ließ. Jetzt hätte sie die Einladung gern zurückgenommen. Aber sie war nun einmal ausgesprochen – und Elin erwartete eine Antwort.

Die folgte in Form eines kaum sichtbaren Kopfschüttelns. Lara zog die Tastatur zu sich heran und meinte zum Bildschirm gewandt: »Das halte ich für keine gute Idee.«

Das war eine glatte Abfuhr. In Elin grummelte es. Doch zwischen dem Zurückschrecken und dem Kopfschütteln, da war sie sich sicher, hatte Lara überlegt, die Einladung anzunehmen. Der Gedanke beruhigte sie.

Betont langsam drückte sich Elin vom Besucherstuhl hoch und schaute auf Lara hinunter. Die schien gerade ein höchst lukratives Angebot durchzulesen, so sehr konzentrierte sie sich auf den Monitor. Die Hand lag auf der Maus, ohne sie auch nur einen Millimeter zu bewegen. Ihr Gesicht sah wieder aus wie in Stein gemeißelt. Nur unter dem linken Auge erkannte Elin das Zucken eines einsamen Muskels – jedes Mal, wenn Elin ausatmete und die Atemluft dabei auf Laras Haut treffen musste. Und ganz verstohlen bebten die Nasenflügel. Elin stellte sich vor, dass ihr Duft dafür verantwortlich war, der Lara gerade in die Nase stieg.

Sie nickte zufrieden in sich hinein. Jetzt fand sie es nicht mehr schlimm, dass sie für Lara unsichtbar war. Denn ganz ausblenden konnte Lara sie augenscheinlich nicht.

※ ※ ※ ※ ※

Barfuß, die Hosenbeine hochgekrempelt, watete Elin den Strand entlang. Jede Welle, die kühles Meerwasser an ihre Waden spülte, brachte ein bisschen mehr Ordnung in ihre unsteten Gedanken.

Seit fast einer Stunde war sie schon hier und versuchte, aus Laras Verhalten schlau zu werden. Worüber sie sich dabei am meisten ärgerte, war sie selbst und die Tatsache, dass sie sich mittlerweile zu oft und zu intensiv mit dieser Frau beschäftigte. Dabei war es doch im Grunde ganz einfach: *Sie weigert sich, mich zu mögen, weil sie denkt, dass ich Rubys Zukunft im Wege stehe.*

Elin schaute auf ihre Unterarme. Die feinen Härchen darauf richteten sich auf, als sie daran dachte, wie Laras Augen über ihren Körper gewandert waren. »Dabei wollte sie bestimmt nur herausfinden, was ihre Tochter an mir findet«, redete sie sich ein. Der Blick, den sie anfangs als zärtlich wahrgenommen hatte, kam ihr in der Erinnerung inzwischen eher abschätzig vor. Und trotzdem reagierte ihr Körper immer noch wie elektrisiert.

Wieso konnte sie ihren Verstand nicht auf den Quasi-Rauswurf konzentrieren? Aber so sehr sie sich auch bemühte, letztendlich blieb sie immer daran hängen, wie Lara sie hatte ignorieren wollen und es nicht geschafft hatte. Und wieso konnte sie nicht daran denken, wie Lara sie vor ein paar Tagen weggestoßen hatte? Stattdessen durchlebte sie immer wieder den Moment, als Lara sie an sich gezogen und gestreichelt hatte.

Elin drehte sich Richtung Meer und starrte auf den Horizont.

Warum redete sie nicht einfach mit Lara – erklärte ihr, welcher Art die »Beziehung« war, die sie und Ruby hatten? Das wäre doch die schnellste Lösung.

Aber was brächte die Wahrheit gerade jetzt? Außer, dass Lara erfuhr, dass ihre Tochter ihr die gesamte Zeit etwas vorgemacht und Elin sie dabei unterstützt hatte?

Sie stampfte so heftig in den Sand, dass er in die Höhe stob und ihr der Wind einzelne Körner ins Gesicht wehte. Ungeduldig wischte sie sie weg.

Sie war zwar nur Rubys Komplizin, aber das würde ihr nicht helfen. Denn sie war die Ältere. Von ihr würde, nein, musste Lara erwachsenes Handeln erwarten. Und sie war die Fremde. Auf ihre Tochter wäre Lara vielleicht eine Zeitlang sauer – Elin würde sie bestimmt nicht verzeihen.

Möglicherweise würde Lara auch nicht einmal glauben, dass Elin die Wahrheit sagte. In diesem Fall würde sie nach den Gründen für die vermeintliche Lüge suchen. Und Elin fiel nur ein naheliegendes Ergebnis ein: *Dass ich scharf auf sie bin. Was natürlich nicht stimmt.* Das kleine Teufelchen, das ihr zuflüsterte: »Bist du dir sicher?«, überhörte sie geflissentlich.

Die nächste Welle war so hoch, dass ihre Jeans nass wurde. Doch Elin merkte es nicht. Gerade war ihr klargeworden, was sie sich am meisten wünschte – unabhängig davon, was Lara glaubte oder nicht: Laras Verzeihen. Und in der Folge Laras Zuneigung.

Von einer der kleinen Gruppen und Pärchen, die den Strand bevölkerten, vernahm Elin helles Lachen und meinte verliebtes Gurren zu hören. Es ging ihr auf die Nerven. Im Augenblick wollte sie mit liebestollen Jugendlichen nichts zu tun haben – zumal eine solche der Grund dafür war, dass sie wieder einmal einen ihrer einsamen Spaziergänge brauchte. Darum hatte sie Ruby vorhin am Telefon auch auf morgen vertröstet. Heute wollte sich Elin nicht anhören, wie die Taxifahrt gewesen war. Ob Kim etwas gesagt hatte oder nicht. Sie hatte sich kurz angebunden mit ihrer Wohnungssuche herausgeredet und aufgelegt.

Was ihren Ärger aber nur noch mehr ansteigen ließ. Denn normalerweise war sie ehrlich zu sich und zu anderen. Aber seit sie Ruby kannte, schien ihr auch diese Tugend abhandengekommen zu sein. Dazu kam, dass sie sich unausgeglichen fühlte wie lange nicht.

»Pass auf, dass du dich nicht verliebst«, hatte Ann sie heute Morgen gewarnt, als sie noch einmal vom gestrigen Tag gesprochen hatten.

»Verlieben? Ich?«, hatte Elin entrüstet erwidert. »In wen denn?«

Ann hatte in ihrer unnachahmlichen Art das Gesicht verzogen und gemeint: »Egal. Bei jeder der in Frage kommenden Frauen sind Probleme vorprogrammiert.«

Die Begegnung im Autohaus mit Lara und Elins Reaktion auf sie hatten das bestätigt. Das Schlimme war, dass Elin sich nicht nur unausgeglichen fühlte, sondern zugleich auch so lebendig wie selten. Daher hatte sie so eine Ahnung, dass es mit dem Zurückziehen nichts werden würde, obwohl Ann es ihr wieder einmal geraten hatte.

Manchmal war Elin richtig wütend auf das Meer. Und zwar immer dann, wenn es ihr Antworten lieferte, die sie eigentlich nicht hören wollte.

Schnaubend drehte sie ihm den Rücken zu. Aber das leise Rauschen, das aus dem Hintergrund drang, umschmeichelte sie. Es nahm in ihrem Kopf so viel Raum ein, dass die Gedanken von vorhin und auch ihr Ärger immer kleiner wurden. Schließlich drehte sie sich gemächlich um und setzte sich in den Sand.

Ann würde bestimmt schimpfen, weil Elin den halben Strand mitbringen würde, aber das war ihr im Augenblick einerlei. Sie zog die Beine an und umklammerte sie mit beiden Armen. Das Kinn auf die Knie gelegt, verfolgte sie das Tanzen der Sonnenstrahlen auf der Meeresoberfläche. Sie wusste zwar, dass sie das eigentliche Problem verdrängte. Irgendwann würde sie sich damit beschäftigen müssen. Aber nicht jetzt, da sie sich gerade so schön entspannte und diese angenehme Ruhe in ihrem Kopf herrschte. Sie schloss die Augen und legte die Stirn auf die Knie.

So verging eine weitere halbe Stunde, in der sie sich ausschließlich auf die Melodie des Meeres und seine Gerüche konzentrierte und ihr mit jedem Atemzug ein wenig leichter ums Herz wurde. Bis sie endlich so weit mit sich im Reinen war, dass sie aufstehen konnte. So gut es ging, klopfte sie sich die Jeans sauber und schüttelte die Hosenbeine aus.

»In ein Taxi oder einen Bus kann ich mich so wohl nicht setzen«, stellte sie fest, als ihr einfiel, dass sie kein Auto zur Verfügung hatte. Das bedeutete einen langen Fußmarsch zu ihrer Wohnung. Aber im Grunde war ihr das nur recht. Sie bewegte sich in letzter Zeit viel zu wenig. Das musste sich ändern – dazu war sie mit einem Mal hochmotiviert. Bestimmt würde sie sich dann auch nicht mehr so viel mit Dingen beschäftigen, die sie aus dem Tritt brachten.

Da Elin den Strand nicht als Lügnerin verlassen wollte, rief sie Per Dornhagen an. Sie wusste, dass in einem seiner Mietshäuser eine Wohnung frei war, die vielleicht etwas für sie sein könnte, nicht weit weg von ihrer derzeitigen Wohnung. »Sie haben Glück«, meinte Herr Dornhagen auf Elins Anfrage, »wir haben noch keinen Nachmieter gefunden.«

Zufrieden machte sich Elin schließlich auf den Rückweg. Genau genommen war das bisherige Ergebnis des Tages nicht schlecht. Sie konnte dank Lara Roberta vor der Schrottpresse retten. Sie hatte in zwei Stunden einen Termin für eine Wohnungsbesichtigung. Und sie hatte den Vorsatz getroffen, sich in Zukunft mehr zu bewegen – und sich gefühlsmäßig aus allem herauszuhalten, was Ruby, Kim und Lara betraf. Damit, so hoffte sie, war sie für alles gewappnet, was demnächst über sie hereinbrechen könnte.

Am frühen Abend stand Elin vor dem Wohnkomplex, in dem sie möglicherweise zukünftig leben würde. Sie kannte zwar die Gegend, im Gebäude selbst war sie aber noch nie gewesen.

Zurzeit wohnte sie in einem ruhigen Haus. Das war ihr wichtig; sie brauchte Ruhe und Harmonie um sich. Mit Simon und Ann zusammen funktionierte das zu nahezu hundert Prozent. Direkt neben ihnen wohnte außerdem ein Unternehmer, der den Großteil des Jahres unterwegs war und, wenn er da war, auch keine Partys feierte, sondern sich von der letzten Reise erholte. Dieser paradiesische Zustand dürfte die längste Zeit gedauert haben, wurde Elin nun klar. Obwohl sie Ruhe liebte, hatte sie auch gern jemanden um sich, den sie mochte, mit dem sie sich austauschen konnte. Egal wie perfekt die neue Wohnung sein würde und wie nett die Nachbarn – Simon und Ann würden ihr fehlen. Und das Problem war, dass sie das mit dem Kontakteknüpfen nicht besonders beherrschte.

Es sei denn, es handelte sich um Lara oder Ruby Heldt. Bei diesen beiden Frauen war es ihr seltsamerweise leichtgefallen. Und auch bei Kim hatte es funktioniert.

Mit einem leichten Stirnrunzeln schaute Elin auf die Uhr. Per Dornhagen war inzwischen schon sechs Minuten über die Zeit. Sie fragte sich, warum er sich unbedingt selbst um die Besichtigung kümmern wollte, wo er doch augenscheinlich sehr beschäftigt war. Bestimmt hätte er auch einen Makler schicken können. Der wäre vielleicht auch pünktlich gewesen.

Wenn ihr Per Dornhagen nicht so sympathisch wäre, würde sie langsam ärgerlich werden. Aber dem Mittsechziger mit seinem bereits schütteren Haar, dem leichten Bauchansatz und dem mitunter verschämten Grinsen konnte sie nicht böse sein. Auch wenn von ihm immer noch weit und breit nichts zu sehen war.

Elin ging ein paar Schritte die Straße entlang und kaufte sich in der Bäckerei auf der anderen Straßenseite einen schwarzen Kaffee. Gerade als sie sich damit auf der kleinen Mauer niedergelassen hatte, die das Grundstück abgrenzte, sah sie Per Dornhagen im Laufschritt auf sich zukommen, atemlos und mit seinem typischen ver-

schämten Lächeln. »Ich hoffe, Sie warten noch nicht zu lange.«
»Schon okay«, erwiderte Elin ebenfalls lächelnd und hüpfte von der Mauer.

Nach weiteren fünfunddreißig Minuten hatte Elin jeden Raum der Wohnung angeschaut. Den Pferdefuß hatte sie dabei schon beim Betreten gefunden, hatte sich aber dennoch ein Gesamtbild verschaffen wollen.

»Die Dachschrägen nehmen einfach zu viel Platz weg«, erklärte sie Per Dornhagen die Absage dann im Bistro um die Ecke. Außerdem waren ihr die Wände zu hellhörig. Das Gespräch aus einer der Nachbarwohnungen hatte sie fast Wort für Wort mitverfolgen können.

Per Dornhagen schien nicht wirklich überrascht. Er versuchte auch nicht, Elin vom Gegenteil zu überzeugen. »Das ist schade«, meinte er nur. Dann fragte er wie nebenbei: »Wie läuft es eigentlich mit dem Aufzug in Biestow?«

Elin hatte gerade einen Schluck von ihrer Cola nehmen wollen, doch die Frage kam so unvermutet, dass sie das Glas wieder zurückstellte. Irgendetwas musste dahinterstecken; das war nicht nur oberflächlicher Smalltalk. Warum sollte Per Dornhagen sonst einen nicht vorhandenen Fussel vom Ärmel seines Hemdes entfernen?

»Hat sich jemand beschwert?«, erkundigte sie sich vorsichtig. »Luise Reiher zum Beispiel?«

»Frau Reiher beschwert sich grundsätzlich über alles und jeden«, bestätigte Per Dornhagen die Vermutung schmunzelnd. »Wenn ich da allem nachgehen würde, müssten meine Tage mehr als dreißig Stunden haben. Das war übrigens auch der Grund für meine Verspätung – sie hat mir einen langen Vortrag darüber gehalten, dass unbedingt rollstuhlgerechte beziehungsweise rollatorgerechte Anbauten am Haus nötig sind. Ich konnte mich leider nicht schnell genug verabschieden.«

Das konnte Elin sich lebhaft vorstellen. Aber worauf wollte er dann mit seiner Frage hinaus? »Wenn Sie wissen möchten, wann ich fertig werde ...«

»Nicht doch«, unterbrach Per Dornhagen, »es dauert, so lange es dauert.« Er druckste ein wenig herum, räusperte sich schließlich hörbar und fragte frei heraus: »Sie kennen Lara Heldt und ihre Tochter?«

Die Anspannung in Elin wuchs. »Was hat das mit dem Aufzug zu tun?«

»Mit dem Aufzug nichts. Aber wissen Sie – Lara ist fast wie eine Tochter für mich. Und Ruby demzufolge wie meine Enkelin.«

Elin drückte den Rücken an ihre Stuhllehne; das gab ihr Halt. Sie zog eine Augenbraue nach oben und wartete, dass Per Dornhagen weitersprach.

»Ich weiß, dass Luise Reiher herumerzählt, dass Lara und ich ... Sie wissen schon.« Ein kurzes Augenzwinkern, dann fuhr er vollkommen ernst fort: »Was mich betrifft, ist es mir egal. Bei Lara ist das etwas völlig anderes. Sie müssen wissen, dass sie nicht viel zu lachen gehabt hat, seit sie bei ihrer verstorbenen Tante eingezogen ist. Oder davor. Das ist auch der Grund, warum ich ihr helfe, wo ich kann – und wenn sie mich lässt. Leider kommt das nicht sehr oft vor. Aber wenn ich merke, dass sie unter diesen Lügengeschichten leiden muss, dann muss ich etwas unternehmen.«

Luise Reiher! Du Miststück! Am liebsten wäre Elin auf der Stelle nach Biestow gefahren und hätte die Alte zur Rede gestellt. Diese selbsternannte, einzig wahre Richterin über moralisches Wohlverhalten sollte ihren Hexenbesen nehmen und damit vor der eigenen Tür kehren. Elins Backenzähne mahlten so heftig aufeinander, dass Per Dornhagen es hören musste.

Doch auf einmal erstarrte sie. Ihr Magen zog sich schmerzhaft zusammen. War sie denn besser als Luise Reiher? War eine mit Absicht verschwiegene Wahrheit nicht auch als Lüge zu werten?

»Warum erzählen Sie mir das?« Fast hätte Elin die Frage nicht stellen können, weil ihre Stimmbänder zu versagen drohten. Aber sie musste wissen, was Per Dornhagen von ihr wollte. Vielleicht konnte sie ja etwas für Lara tun ... Auch wenn sie sich dabei wie jemand vorkam, der am Sonntag in der Kirche sein schlechtes Gewissen mit einer großzügigen Spende reinwaschen wollte.

In ihre Selbstzerfleischung hinein erklärte Per Dornhagen: »Ich hatte letztens ein interessantes Gespräch mit Ruby. Sie hat so nebenbei erwähnt, dass Sie sich öfter mal privat treffen.« Er lächelte Elin freundschaftlich an.

Die düsteren Gedanken in ihr hatten diesem Lächeln nichts entgegenzusetzen. Sie wichen zurück.

»Daher ist es mir wichtig, dass Sie kein falsches Bild von Lara bekommen«, bekannte Per Dornhagen. »Und was Ruby selbst angeht ...«

Elin fuhr in die Höhe. »Was hat sie Ihnen denn erzählt?«

»Nichts Genaues. Aber wenn ich sie richtig verstanden habe, dann bedeuten Sie ihr sehr viel.«

Voller Unbehagen rückte Elin auf ihrem Platz hin und her. Was hieß das – sie bedeute Ruby sehr viel? Dass Ruby auf einmal mehr für sie empfand als Freundschaft? *Nein,* machte Elin sich klar. Gestern hatte Ruby nur Augen für Kim gehabt.

Unterdessen fuhr Per Dornhagen fort: »Wie gesagt – Ruby ist für mich wie eine Enkelin.« Seine Stimme klang ein wenig schärfer als vorher. Er wirkte jetzt beinahe wie ein Kriminalbeamter, der eine Verdächtige mit den Indizien konfrontiert.

Elin richtete sich kerzengerade auf. »Und als solche darf sie mich nicht mögen?«

»Doch, natürlich«, erwiderte Per Dornhagen. »Ich möchte nur sichergehen, dass sie dadurch nicht in eine Zwickmühle gerät.«

»Und warum sollte das passieren?«, konterte Elin.

»Vielleicht weil ich das Gefühl habe, dass sie ein schlechtes Gewissen hat. Ihrer Mutter gegenüber, meine ich. Sie hat da nämlich so ein paar Andeutungen gemacht, dass es zwischen Ihnen und Lara gewisse Spannungen gibt, die sie sich nicht erklären kann. Und die ihr Sorgen machen.« Per Dornhagen musterte Elin, als warte er nur auf einen Fehler. Inzwischen war sie wohl von einer Verdächtigen zur Angeklagten aufgestiegen, denn das Ganze kam ihr wie ein Kreuzverhör vor.

Um keine Schwäche zu zeigen, lehnte sie sich langsam zurück und fragte, jedes Wort betonend: »Glauben Sie nicht, dass das eine Sache zwischen mir und Lara ist?«

»Ich habe Ihnen doch gesagt, Frau Petersen, wie ich zu Lara stehe.« Per Dornhagen lehnte sich ebenfalls zurück. »Darum muss ich Sie fragen: Haben Sie ein Problem mit ihr? Und wenn ja, welches?«

Ohne über die Antwort nachzudenken, platzte Elin heraus: »*Ich* habe doch kein Problem mit *ihr.*«

Per Dornhagen musste ihr Erschrecken bemerkt haben. Er kratzte sich am Kinn, runzelte die Stirn und schwieg. Die Schärfe verschwand aus seinem Blick, so dass er nun wieder der sympathische Mann war, den Elin kannte.

Trotzdem war ihr die impulsive Reaktion peinlich. »Also, es ist so, dass Lara und ich bei ein paar Dingen unterschiedlicher Meinung sind«, versuchte sie sich herauszureden. »Aber ansonsten ...«

»Dann macht Ruby sich anscheinend umsonst Sorgen.« Per Dornhagen griff nach seinem Bier, prostete Elin zu und trank das Glas fast bis zur Hälfte leer. Anschließend sagte er: »Aber jedenfalls ist es mir wichtig, dass die Leute kein falsches Bild von Lara haben. Sie ist nämlich eine wunderbare Frau und Mutter.«

»Das weiß ich doch«, versicherte Elin sofort. Und um das Gespräch in eine andere Richtung zu lenken, fragte sie rasch: »Wieso verbreitet Luise Reiher eigentlich solche Gerüchte?«

»Ach, da gibt es viele Gründe. Unter anderem hat sie darauf spekuliert, dass ich ihrem Sohn die Wohnung von Laras Tante nach deren Tod geben würde.«

Elin atmete verstohlen auf, erleichtert, dass das heikle Thema vom Tisch war. »Richtig, der Bankdirektor.«

Die übrigen Gäste in dem Bistro schauten erschrocken auf, als Per Dornhagen laut loslachte. »Bankdirektor ist gut«, prustete er. »Lukas Meier leitet eine kleine Filiale der Sparkasse. Sonst nichts.«

Elin stimmte in das Lachen ein. Doch ihre innere Verkrampfung löste sich nicht zur Gänze. Dass sich Per Dornhagen als Laras und Rubys Beschützer fühlte, könnte sich unter Umständen auf eine mögliche Zusammenarbeit auswirken.

- ■ ■ ■ -

Elin hatte das Wohnzimmer noch nicht richtig betreten, da griff Ann schon nach der Fernbedienung und schaltete den Fernseher aus, ohne den strafenden Blick ihres Mannes zu beachten. »Wie war's? Hast du die Wohnung? Wenn ja – ab wann kannst du da rein?«, ratterte sie überfallartig herunter.

In Anbetracht der vergangenen Stunden war Elin nach allem anderen als Konversation. Doch sie zwang sich, einigermaßen ruhig zu antworten: »Der Reihe nach: Ganz okay. Nein. Die Antwort erübrigt sich.«

Ann sah sie forschend an. »Du musst aber doch nicht genervt sein deswegen. Es gibt bestimmt noch andere Wohnungen. Bis das Kind da ist, ist ja noch Zeit.«

»Es wird übrigens ein Mädchen«, erklärte Simon im Brustton der Überzeugung.

»Das ist noch nicht raus«, widersprach Ann mit einem warmen Lächeln. »Der Ultraschall dazu kann erst in zwei Monaten gemacht werden.«

Simon beugte sich zu seiner Frau, legte eine Hand auf ihren Bauch und behauptete noch einmal: »Es wird ein Mädchen. Sie wird den blonden Lockenkopf von uns Petersens haben und die wunderschönen braunen Augen von dir, Liebling.«

Die beiden versanken in stummer Zwiesprache und schienen Elin völlig vergessen zu haben. Sie tauschten liebevolle Blicke aus und gaben sich schließlich einen zärtlichen Kuss. Dieses herzerwärmende Familienstilllleben erhellte Elins düstere Stimmung. Lächelnd machte sie einen Schritt nach hinten und dann noch einen, um sich unauffällig zurückzuziehen. *Es ist wirklich Zeit, dass ich ausziehe.* Das erkannte sie in diesem Moment klar und deutlich.

Da hielt Simon sie auf: »Jetzt setz dich doch noch ein bisschen zu uns.«

Seine Frau nickte beifällig. »Dann kannst du uns erzählen, was mit der Wohnung war. Und ob du ein neues Auto gefunden hast.«

Elin wollte über ihren Streifzug durch die Autohäuser und damit über ihre Begegnung mit Lara eigentlich nicht reden. Reichte es nicht, wenn ihre Mitbewohner wussten, dass sie ihr Auto nicht aufgeben musste? Außerdem hatten Ann und Simon so schon sehr wenig Zeit für sich. Aber als sie deren erwartungsvolle Gesichter sah, ging sie schließlich doch zu ihrem angestammten Platz – dem großen Sessel gegenüber der Couch. *Den nehme ich auf alle Fälle mit,* dachte sie beim Hinsetzen. Es kam also nur eine Wohnung mit entsprechend viel Platz in Frage. Sie nahm sich vor, darauf bei ihren nächsten Besichtigungen besonders zu achten.

Bei ihrem Bericht streifte sie die Tatsache, dass Lara in einem Autohaus arbeitete und ihr bei Robertas Rettung geholfen hatte, tunlichst nur am Rande. Doch ihre Hoffnung, dass die beiden nichts von ihrem inneren Aufruhr merken würden, zerstörte sich in dem Augenblick, als sie Anns fragenden Blick auffing. Als Elin nur ratlos zurückschaute, verzichtete Ann darauf, ihre Fragen auszusprechen.

Simon bekam davon nichts mit. »Dann fährst du halt dein Vehikel weiter«, brummte er abwesend und sprach dann das Thema an, das ihn am meisten interessierte: »Und nun zur Wohnungsbesichtigung. Wie war es mit Per Dornhagen?«

Das war die Frage, vor der sich Elin gefürchtet hatte, seit sie sich vorhin auf den Heimweg gemacht hatte. Sie versuchte, die Antwort mit einer Neckerei zu umgehen: »Möchtest du denn bis ins kleinste Detail wissen, warum es mit der Wohnung nicht geklappt hat?«

Leider zog der Ablenkungsversuch nicht. Unmissverständlich verlangte Simon: »Ich möchte wissen, ob ihr euch über eine mögliche Zusammenarbeit unterhalten habt.«

Elin schluckte das kurze Unbehagen hinunter. Es gab ein Problem, das war nicht von der Hand zu weisen. Allerdings war sie inzwischen zu der Überzeugung gelangt, dass es nicht groß genug war, um sich darüber Sorgen zu machen. Entsprechend gefasst begann sie: »Er hat gemeint, dass er sich das durchaus vorstellen kann.«

Sie stockte. Wie viel sollte sie über den Teil des Gesprächs erzählen, der Ruby und Lara betraf? Sie kam zu dem Schluss, dass Simon und Ann über Per Dornhagens Vaterrolle Bescheid wissen sollten.

»Aber er ist Geschäftsmann«, sagte sie abschließend. »Darum glaube ich nicht, dass er da irgendetwas vermischen wird. Außerdem hat er schon Vertragspartner. Und mit den meisten von denen ist er auch zufrieden. Es gibt da nur zwei mögliche Objekte – und bei denen laufen die Verträge erst in einem halben Jahr aus. Dann will er noch einmal auf uns zukommen.«

Beunruhigt registrierte Elin, wie die Gesichtsfarbe ihres Cousins von blass zu rot wechselte. Sie meinte sogar ein leises Zähneknirschen zu vernehmen. Simon hatte offenbar alle Mühe, sich zu beherrschen. Damit hatte sie nicht gerechnet.

Ann schien es auch mitbekommen zu haben, denn sie rückte noch näher an ihn heran. Es half nicht.

»Elin Petersen«, polterte Simon unvermittelt los. »Bis jetzt habe ich die Geschichte mit der Kleinen ja noch witzig gefunden. Aber jetzt, wo es um unsere Firma geht, hört für mich der Spaß auf. Morgen sprichst du mit dieser Ruby, verstanden!« Er schlug mit der Faust auf die Armlehne. »Wenn sie ihrer Mutter und Per

Dornhagen nicht baldigst die Wahrheit sagt, mach ich das! Das kannst du mir glauben.«

Elin sprang auf. »Sag mal, spinnst du? Noch kann ich selbst entscheiden, mit wem ich wann worüber rede. Da brauch ich keinen Möchtegerndiktator. Hast *du* verstanden?«

»Selbst entscheiden kannst du dann, wenn es nur um dich geht«, gab Simon zurück. Seine Stimme war gefährlich laut geworden.

»Und das tut es immer noch, Simon. Wenn dieser Kerl ein Problem hat, dann wohl mit mir – privat. Und falls er deshalb auf eine Zusammenarbeit verzichten will: bitte!« Elin wollte nur noch weg. Aber sie zwang sich, stehen zu bleiben und die Reaktion ihres Cousins abzuwarten. Aus dessen Augen schossen mittlerweile Blitze. Noch nie zuvor hatte sie ihn so erlebt – und das wegen etwas, das noch gar nicht passiert war.

Simons Stimme überschlug sich fast, als er Elin anfuhr: »Wie schön, dass du das so gelassen angehst. Aber du erlaubst schon, dass ich das – privat und beruflich – anders sehe.«

Elin hielt den Atem an, um sich an einer unüberlegten Antwort zu hindern. Wenn sie jetzt etwas Falsches sagte, könnten dadurch tiefe Gräben aufgerissen werden, und das war dieser Streit nicht wert. Sie presste die Luft durch die Zähne hinaus. Dennoch gelang es ihr nur mit Mühe, die Beherrschung nicht vollends zu verlieren. Anspannung und Wut ließen sie inzwischen am ganzen Körper zittern. »Ich habe keine Lust, mich von dir ankeifen zu lassen«, knurrte sie. »Du kannst mit mir reden, wenn du wieder normal bist.« Mit einer abgehackten Kehrtwendung zog sie sich in ihr Zimmer zurück.

Dort wurde sie von einem Gefühl überrollt, als drücke ihr jemand die Kehle zu. Panisch stürzte sie zum Fenster und riss es weit auf. Endlich, nach mehreren keuchenden Atemzügen, bekam sie wieder normal Luft.

Sie ging zum Bücherregal und suchte nach einem Buch, das ihr den inneren Frieden wieder zurückbringen konnte. Mit der Fingerkuppe fuhr sie die Buchrücken entlang. Bei einem Bildband hielt sie an, strich darüber und zog ihn schließlich heraus. Island. Dort war ihre Mutter geboren. Dort lebten ihre Eltern, seit beide in Rente waren. Dort wünschte sie sich im Augenblick hin. Zu den tosenden Wasserfällen, in denen sich das Sonnenlicht mitunter in einem kräftigen Regenbogen bündelte. Das Buch an die Brust gedrückt, legte sich Elin auf ihr Bett und schloss die Augen. In Gedanken machte sie sich auf die Reise.

Sie war noch nicht weit gekommen, als ein leises Klopfen sie zurückholte, das nach Schuldbewusstsein klang. Simon – dessen war sich Elin sicher. Geräuschlos legte sie den Bildband zur Seite. Erst wollte sie ihren Cousin zappeln lassen, doch dann siegte die Zuneigung, die sie mit ihm schon von Kindesbeinen an verband.

Lächelnd schob sie sich auf dem Bett nach oben und sagte laut: »Komm rein, Simon.«

Die Tür öffnete sich zaghaft. Mit dem Grinsen eines kleinen Jungen, der bei einer Missetat ertappt worden war, trat Simon ins Zimmer.

»Was war das vorhin?«, fragte sie, um ihm eine Brücke zu bauen.

»Ich habe Angst«, flüsterte Simon. »Eine Scheißangst.« Seine Stimme klang verzweifelt.

Erschrocken zog Elin die Beine an. »Weswegen?«

»Ich werde Vater, Elin«, brach es aus Simon hervor.

Daraufhin konnte Elin nicht anders: Sie musste schmunzeln. Das war es also. Sie klopfte neben sich auf das Bett.

Simon verstand die Aufforderung und setzte sich zu ihr. Tonlos fragte er: »Was, wenn ich als Vater total versage? Ich will meiner Tochter das Beste bieten und kann es womöglich nicht. Vielleicht wird sie sich für mich schämen. Weil ich nur ein einfacher Handwerker bin.«

»Simon«, unterbrach Elin ihn. »Ich schätze, du hast so was wie die Schwangerschaftsdepression eines werdenden Vaters. Zumindest hat Mama das so genannt, als sie mir erzählt hat, wie Papa so drauf war, als sie mich erwartet hat. Und glaub mir, er hat sich großartig entwickelt. Genau so ein wundervoller Vater wirst du auch werden, und deine Tochter wird so was von stolz auf dich sein.«

Simon grinste Elin schief an. »Meinst du?« Er hob leicht die Achseln und richtete sein Augenmerk auf das Fußende des Bettes. Er war nicht überzeugt, das merkte Elin.

»Meine ich«, erklärte sie mit fester Stimme. Sie betrachtete ihren Cousin von der Seite. Wie verletzlich er aussah. Seine Angst war fast greifbar.

Elin und Simon unterhielten sich bis spät in die Nacht. Ann hatte zwischendurch kurz den Kopf zur Tür hereingesteckt, um »Gute Nacht« zu sagen.

»In einem halben Jahr, sagst du, könnten wir eventuell die zwei Objekte von Herrn Dornhagen übernehmen?«, murmelte Simon sehr viel später. Er wirkte schon wieder geknickt.

Elin sprach aus, was er nicht sagte: »Das ist gerade die Zeit, in der du lieber bei deiner neugeborenen Tochter sein willst.« Sie zwinkerte ihm zu. »Wer weiß: In ein paar Wochen entscheidet sich, ob unser Vertrag mit dem Gymnasium verlängert wird. Wenn nicht, wird es bei mir relativ ruhig. Da könnte ich im Fall der Fälle diese Aufträge übernehmen.«

»Oder wir stellen noch einen Mitarbeiter ein«, befand Simon.

»Wenn, dann eine weitere Mitarbeiterin«, widersprach Elin halbherzig. »Aber nun sieh zu, dass du in dein eigenes Bett kommst.« Sie zeigte auf die Uhr des Radioweckers.

Sofort sprang Simon auf. Von oben lächelte er Elin an. »Danke«, sagte er leise.

Elin nickte ihm verstehend zu.

- ■ ■ ■ -

Das Gespräch mit Simon hatte Elin noch sehr lange beschäftigt. Denn je mehr sie über Simons Sorgen nachgedacht hatte, desto öfter hatte sie auch an Lara denken müssen. An ihren Wunsch, Ruby die besten Chancen im Leben zu ermöglichen. Es war Laras Bild, das Elin vor Augen gestanden hatte, bevor sie eingeschlafen war.

Als die ersten Sonnenstrahlen anklopften, zog Elin sich die Decke über den Kopf. Wenigstens ein paar Minuten wollte sie noch liegen bleiben. Schließlich war heute Sonntag und sie gegen vier Uhr morgens immer noch wach gewesen.

Die Stimme des Gewissens machte ihr jedoch klar, warum sie tatsächlich nicht aufstehen wollte. Nicht aus Müdigkeit, denn müde fühlte sie sich nicht. Es war eher das Verhalten eines Kindes, das sich unter der Decke versteckt und hofft, nicht entdeckt zu werden. In Elins Fall war es der Tag, der sie nicht entdecken sollte.

Aber das war natürlich Unsinn. Sie musste sich dem Tag stellen und dem Gespräch mit Ruby, die ihr so dringend von der Taxifahrt mit Kim erzählen wollte.

Also redete Elin sich Mut zu, schlug die Decke zurück und schwang sich mehr oder weniger energiegeladen aus dem Bett. Eine ausgiebige Dusche später saß sie Ann gegenüber am Frühstückstisch.

»Mein Göttergatte hat irgendetwas vor sich hingebrummt und sich wieder umgedreht«, erklärte Ann, als Elin auf das dritte, unberührte Gedeck schaute.

»So ein Faulbär«, grummelte Elin. »Ich war es aber nicht, die zu keinem Ende gefunden hat.«

»Habt ihr denn wenigstens alles klären können?«, fragte Ann beiläufig. Zumindest gab sie sich offensichtlich alle Mühe, so zu klingen. Aber die nervöse Art, wie sie ihr Milchglas in den Händen drehte, entlarvte sie: Ann platzte fast vor Neugierde.

Da Elin annahm, dass man Schwangere lieber nicht reizte, antwortete sie ohne zu zögern: »Ja. Alles ist gut.«

»Und was war? Warum hat Simon so überreagiert?«, hakte Ann nach, diesmal mit unverhohlenem Interesse.

»Das soll er dir selbst erzählen.« Elin sah es wirklich nicht als ihre Aufgabe, Ann von Simons Sorgen zu erzählen. Was, wenn er gar nicht wollte, dass seine Frau davon erfuhr?

Ann maulte: »Ihr immer mit eurer Geheimniskrämerei. Dabei bin ich extra wach geblieben, bis Simon ins Bett kam. Aber nichts. Kein Wort.«

»Er wird schon mit dir reden«, versuchte Elin, Ann zu versöhnen.

Es schien zu funktionieren, denn Ann biss in ihr Marmeladebrötchen und hakte das Thema damit wohl ab. Trotzdem hatte Elin das Gefühl, dass ihr noch etwas auf dem Herzen lag.

»Und was ist mit dir?«, bestätigte Ann die Vermutung im nächsten Moment. »Wirst du auch mit mir reden?«

Elin verschluckte sich an ihrem Müsli. »Worüber?«, krächzte sie, nachdem der Hustenanfall vorüber war.

»Lass mich überlegen.« Ann tippte sich ans Kinn. »Warum du gestern durch das Thema Autokauf so schnell durchgehechelt bist, zum Beispiel. Und warum du immer aussiehst wie so ein Erdmännchen, wenn das Gespräch auf Lara und – Schrägstrich – oder Ruby kommt.«

»Wie ein Erdmännchen?«, rief Elin entrüstet. »Habe ich etwa einen flachen Kopf und Glupschaugen?«

Ann prustete los. »Sorry. Nein, das hast du natürlich nicht. Aber ich muss eben immer an diese putzigen Tierchen denken, wie die sich nach Feinden umschauen. So wirkst du dann irgendwie auch.«

Elin war sprachlos. Nicht wegen des Vergleiches – sondern wegen der Tatsache, dass Ann womöglich recht haben könnte.

Die kam auf ihr eigentliches Anliegen zurück: »Was ich mich jetzt frage: Warum tust du das? Willst du dich selbst beschützen oder die beiden?«

Alles zusammen, schoss es Elin durch den Kopf. Sie erschrak über die Deutlichkeit, in der diese Erkenntnis kam. Aber es stimmte: Sie wollte beschützen – und zwar alle. Ruby vor einer unglücklichen Liebe; Lara vor den Bosheiten ihres Umfeldes; sich selbst vor ... ja, wovor eigentlich?

Das war die Frage, die Elin irgendwann klären musste. Aber nicht heute. Denn sie befürchtete, dass sie für die Antwort noch nicht bereit sein könnte. Also ging sie auf den Teil ein, der ihr am unverfänglichsten erschien. »Ich mach mir halt Sorgen, dass Ruby am Ende mit einem gebrochenen Herzen dastehen wird. Weil, irgendwie ...« Elin sah die leuchtenden Augen der jungen Frau vor sich. »Ruby ist so verliebt. Aber Kim ... ich kann sie einfach nicht einschätzen.«

Ann kaute nachdenklich auf der Unterlippe. Schließlich meinte sie mit einem Augenzwinkern: »Vielleicht musst du nur ein wenig abwarten, und die Kleine verliebt sich in *dich*.«

»Warum nicht?«, gab Elin gespielt gleichmütig zurück. »Dann wäre die Lüge gegenüber Lara wenigstens vom Tisch.«

Nach Anns Lächeln zu urteilen, fand sie Idee durchaus beachtenswert. Doch plötzlich verschwand das Lächeln wieder aus ihrem Gesicht. »Dafür hättest du dann aber andere Probleme«, bemerkte sie seufzend.

Elin schluckte. Sie war wieder an dem Punkt angelangt, den sie doch eigentlich umschiffen wollte. »Sei so lieb, Ann«, bat sie, »und lass uns das Thema wechseln.«

Einen Augenblick lang sah es aus, als wollte Ann nicht darauf ein-

gehen. Aber dann rang sie sich doch ein »Wenn du meinst« ab.
»Mir ist das im Augenblick einfach zu viel, Ann«, gestand Elin. »Ich brauch wenigstens eine kurze Verschnaufpause.«

Ann stand auf und räumte ihr Geschirr in die Spülmaschine. »Und dann willst du dich heute mit Ruby treffen?«, fragte sie dabei.

Das hatte Elin in den letzten Minuten völlig verdrängt. Sie schaute auf die Uhr. Zehn Minuten nach neun. Um zwei war sie mit Ruby verabredet. »Meinst du denn immer noch, dass ich Ruby von nun an sich selbst überlassen soll? Dass sie jetzt selbst schauen soll, dass das mit ihr und Kim etwas wird?«

Ann zog es dankenswerterweise vor, Elin nicht daran zu erinnern, dass sie eigentlich das Thema hatte wechseln wollen. Sie lehnte sich mit dem Rücken gegen die Anrichte und schaute Elin nachdenklich an. »Elin, du bist doch eigentlich eine Frau der Tat. Und auf einmal reagierst du nur noch auf das, was andere wollen oder dir raten, anstatt das Zepter selbst in die Hand zu nehmen. Hör doch einfach auf, dich ständig zu fragen, was für die anderen das Beste ist. Dadurch tust du niemandem einen Gefallen, weil du es eh nicht allen recht machen kannst. Werd dir endlich klar, was *du* willst. Was ist das Beste für Elin Petersen?«

Diese Frage schlug ein wie ein Blitz. Ohne auch nur eine Sekunde darüber nachzudenken, sagte Elin: »Nachts wieder ruhig schlafen können. Mich am Tag nicht so oft fragen, was gewesen wäre wenn. Lara in die Augen schauen können und dabei vergessen, was sie in mir sieht.« Mit jedem Wort wuchs die Verzweiflung in ihr. »Ich will einfach wieder richtig Luft bekommen und nicht ständig an sie denken.«

Anns verständnisvoller Blick trieb Elin beinahe die Tränen in die Augen. Als hätte der Seelenstriptease gerade eben nicht gereicht.

Ann schien zu spüren, dass Elin krampfhaft nach der Gelassenheit suchte, die sie üblicherweise auszeichnete. Sanft fragte sie: »Und hast du eine Idee, wie du das schaffen kannst?«

Elin rechnete es Ann hoch an, dass sie zumindest versuchte zu lächeln. Dadurch fiel es auch ihr selbst leichter, Zuversicht auszustrahlen. »Du hast doch gesagt, ich soll das Zepter selbst in die Hand nehmen«, überlegte sie. Der Gedanke gefiel ihr. Sie brachte sogar einen Scherz zustande: »Also – hab ich nicht noch ungefähr fünfzig Wochen Urlaub?«

»Ach. Willst du die Fäden aus der Ferne ziehen?«, ging Ann darauf ein.

»Warum nicht? Ihr könnt mich Charly nennen, und Lara, Ruby und Kim sind meine Engel«, flachste Elin. Auch dieser Gedanke gefiel ihr. Und das Schöne war, dass sie ihn nicht weiter verfolgen musste. Er blieb einfach im Raum stehen, ohne tiefgründige Fragen aufzuwerfen.

»Das könnte klappen«, stimmte Ann angemessen zu, um gleich darauf theatralisch aufzuseufzen. »Aber leider bist du selbständig, Elin. Da ist nichts mit gesetzlichem Urlaubsanspruch.«

»Da ist ja noch das Wochenende, das mir dein Herr Gemahl schuldet.« Dieser Gedanke gefiel Elin am besten. Für zwei oder drei Tage weg von hier und in ihrem Inneren klar Schiff machen. Aber vorher musste sie noch ein paar Dinge regeln.

· ■ ▮ ■ ·

Fünf Minuten vor zwei stand Elin am vereinbarten Treffpunkt am Stadthafen. Auch um zwei wartete sie noch. Genauso wie zwölf Minuten danach. Sie begann sich zu fragen, ob Unpünktlichkeit das Motto der letzten Tage war.

Mit jeder Sekunde wuchs in ihr die Hoffnung, dass Ruby sie versetzte und sie dadurch nicht mit ihr reden müsste. Denn das wollte Elin auch heute nicht. In den letzten Stunden hatte sie für ihren Geschmack schon viel zu viel geredet. Aber da sie es Ruby versprochen hatte, setzte sich Elin auf eine der vielen Bänke, die für die Spaziergänger bereitstanden, und wartete.

Wenigstens war das Wetter schön und die Luft klar. Zufrieden hielt Elin ihr Gesicht in die Sonne und atmete tief die herbe Meeresluft ein. Erst der unverkennbare Klang von Rubys Stimme holte sie aus ihrer Versunkenheit.

»Elin, ehrlich, es tut mir sooo leid«, entschuldigte sich das Mädchen schon von weitem. »Aber Mamas Fahrrad hat irgendwie einen Platten, dann musste ich schauen, wie die Busse so fahren. Und dann habe ich noch das Handy zu Hause vergessen.«

Elins Mundwinkel zuckten belustigt. Sie sah die Schüler am Gymnasium vor sich, wie sie bereits am frühen Morgen ihre Smartphones förmlich hypnotisierten und fast nur noch darüber kommunizierten. Eine Siebzehnjährige, die ihr Handy vergaß – das musste beinahe einer Amputation gleichkommen.

Um ihre Erheiterung zu verstecken, erhob Elin sich umständlich von ihrem Platz. »Schon gut«, sagte sie. »Lass uns ein wenig spazieren gehen.«

Ruby wirkte nur mäßig begeistert. »Hier gibt es überall so tolle Cafés. Können wir uns nicht in eines davon setzen?«

»Das hätten wir machen können«, stimmte Elin zu. »Aber ich sitze hier schon ziemlich lange herum, wie du dir denken kannst. Da muss ich mir jetzt die Beine vertreten.«

»Ja, ja«, brummte Ruby vor sich hin. »Du bist ja noch schlimmer als Mama. Wenn sie nicht mit dem Fahrrad unterwegs ist, will sie laufen. Am besten direkt am Meer, und das bei Wind und Wetter.«

»Ja? Ist das so?« Elin hörte selbst, wie sanft ihre Stimme klang. Sie dachte daran, wie sie Lara das erste Mal gesehen hatte. Genau an diesem Café gingen sie gerade vorbei. Elin rieb sich die Oberarme. Sie durfte sich nicht davon blenden lassen, was sie mit Lara vielleicht verband. Sie musste daran denken, was sie trennte.

»Wenn du endlich fertig bist mit Schweigen – können wir dann über Freitag reden?«, klang es hinter ihrem Rücken vorwurfsvoll.

Irritiert drehte Elin sich um. Sie hatte gar nicht bemerkt, dass Ruby stehen geblieben war, die Hände in die Hüften gestemmt.

Elin schüttelte den Kopf und ging die paar Schritte zurück. »Was soll das werden?«, fragte sie, griff nach Rubys Unterarmen und zog sie von deren Hüften weg. »Wenn du dich wie ein trotziges Kind benehmen willst, dann geh ich lieber. Denn darauf habe ich heute absolut keinen Bock.«

Ruby zog den Mundwinkel zur Seite – es sollte wohl ein Lächeln sein. »Ich weiß auch nicht, was mit mir los ist«, gab sie leise zu. »Aber seit Freitag krieg ich nichts mehr auf die Reihe. Und dann nervt mich Mama ständig wegen dir, weil sie glaubt, dass du zu alt für mich bist.«

»Wenigstens glaubt sie nicht, dass ich unter deiner Würde bin«, warf Elin ein.

Sofort verteidigte Ruby ihre Mutter: »So etwas würde Mama nie im Leben denken. Selbst wenn du die Königin von England wärst, würde sie unsere Freundschaft nicht gutheißen.«

Das glaubte Elin sogar. Und trotzdem brachte sie nur ein leichtes Grinsen zustande. »Wenn ich die Queen wäre, hätte deine Mutter allen Grund zu sagen, dass ich zu alt für dich bin.«

Das löste bei Ruby einen Lachanfall aus. »Stimmt«, presste sie heraus.

Elin wartete, bis sich die junge Frau wieder beruhigt hatte. Dann stellte sie die Frage, die nach dem Gespräch mit Simon gestern Abend unumgänglich war: »Wenn deine Mutter nur mit meinem Alter ein Problem hat – wieso erzählst du ihr nicht endlich von Kim?«

Was auch immer Ruby hatte sagen wollen, blieb ihr im Hals stecken. Kreidebleich und mit tellergroßen Augen starrte sie Elin an. Es war, als habe ihr die Frage die Heiterkeit aus dem Gesicht gerissen. »Ich schaff das nicht«, flüsterte sie, setzte sich in Bewegung und marschierte davon.

Genau das hatte Elin erwartet. Ruby ging zu gern den Weg des geringsten Widerstandes. Vielleicht hatte Lara sie zu sehr verhätschelt. Und genau genommen hatte Elin dasselbe getan, indem sie ihrem Flehen immer wieder nachgab. Doch damit war jetzt Schluss. Es war an der Zeit für Ruby Heldt, erwachsen zu werden und, wie Ann es heute Elin geraten hatte, ihr Schicksal selbst in die Hand zu nehmen.

Mit diesem Vorsatz folgte Elin Ruby. Abwartend blickte sie sie von der Seite an, aber Ruby fixierte den Weg vor sich und schwieg – bis es Elin reichte. Sie legte eine Hand auf Rubys Schulter. Die blieb stehen, den Blick immer noch zu Boden gerichtet.

In festem Ton sagte Elin: »Dann sag deiner Mutter wenigstens die Wahrheit, was uns beide betrifft.«

»Das hab ich doch versucht«, rief Ruby unvermittelt aus. »Ich hab Mama gesagt, dass wir zwei Freundinnen sind, sonst nichts. Und dass du mir sehr viel bedeutest, weil du mir so viel beibringst. Weil ich doch in Liebesdingen so gar keine Erfahrung habe. Sie hat aber nur gemeint, dass sie dich für – warte, wie hat sie das ausgedrückt? – charakterstärker gehalten hätte.«

Elins Kinnlade klappte hinunter. Sie musste mehrmals den Kopf schütteln, bevor sie die Sprache wiederfand: »Hast du deiner Mutter unsere Freundschaft genau so erklärt?«

»Ja. Warum?«, fragte Ruby stirnrunzelnd.

Elins Gehirn schien aus lauter Watte zu bestehen, sie konnte keinen klaren Gedanken fassen. »Weil deine Mutter jetzt erst recht denkt, dass ich ...« Sie winkte ab. Bloß nicht schon wieder darüber nachdenken, was Lara dachte. Mit einem leisen Seufzen fragte sie stattdessen: »Wie war denn nun die Heimfahrt mit Kim?«

Auf diese Frage schien Ruby die ganze Zeit gewartet zu haben. Sie begann über das ganze Gesicht zu strahlen. »Ich hab es hinbekommen, Elin«, rief sie aufgeregt. Elin hatte Mühe, dem in rasendem Tempo vorgetragenen Wortschwall zu folgen: »Kim hat ja erst nichts gesagt. Irgendwann habe ich sie einfach wegen Kiel gefragt. Wegen dem Kinderheim. Und sie hat tatsächlich geantwortet.« Ruby unterbrach sich kurz – bestimmt dachte sie an Kim und spürte deren Schmerz nach, denn in ihren Augen stand plötzlich eine tiefe Trauer. »Sie hat dort gelebt, seit sie zwölf ist, weil ihre Eltern kurz nacheinander gestorben sind. Ihre Verwandten wollten sie nicht haben. Warum, das hat sie mir nicht verraten. Aber ich tippe mal, dass sie nicht ganz einfach gewesen ist.« Sie schien Elin vollkommen ausgeblendet zu haben und inzwischen mehr zu sich selbst zu sprechen. »Ich war mit zwölf auch ziemlich schräg drauf. Da wollte ich unbedingt Zeit mit meinem Vater und seiner Familie verbringen. Mama hat da einiges aushalten müssen.«

Elin erschrak, als Ruby sich unvermutet an ihrem Arm festkrallte.

»Dabei hab ich sie total lieb, Elin. Das musst du mir glauben. Ich hab auch noch nie ein richtiges Geheimnis vor ihr gehabt – das war auch nicht nötig, weil sie immer auf meiner Seite steht. Wenn sie nur nicht diese Panik hätte, dass ich eines Tages ohne Ausbildung dastehe wie sie. Und jeden Job annehmen muss, den mir irgendwer anbietet. Und dann vielleicht behandelt werde wie ein Mensch zweiter Klasse.« Sie schaute Elin aus großen, verzweifelten Augen an und fuhr mit brüchiger Stimme fort: »Ich hab solche Angst ... dass sie so traurig guckt wie vor ein paar Jahren, wenn ich ihr die Wahrheit sage. Damals, da sind wir zufällig ihren Eltern begegnet – und die haben sich einfach weggedreht. Ich hab Mama noch nie weinen sehen. Aber da hat sie Tränen in den Augen gehabt. Und irgendwie – dass ich mit ihr nicht über Kim rede – das ist doch wie wegdrehen. Oder?«

Rubys Worte waren wie ein scharfes Schwert, das sich in Elins Eingeweide bohrte und sich dort langsam drehte. Elin ließ den Schmerz zu. Sie fand, dass sie das Lara schuldig war. Als die Qual nachließ, sah sie endlich klar, verstand Laras Aussage, dass nicht alle Eltern ihre Kinder liebten: weil sie selbst nicht geliebt worden war. Aber Lara war nicht so. Sie war eine Mutter, die ihr Kind niemals im Stich ließ. Das musste Elin respektieren, und das tat sie auch. Ebenso wie sie akzeptierte, dass sie Lara noch etwas anderes schuldig war.

Ein paar Meter vor ihnen sah Elin eine Bank. »Setzen wir uns«, sagte sie leise.

Schon beim Hinsetzen wandte sie sich Ruby direkt zu. Sie nahm die Hände der jungen Frau in ihre. »Was Kim betrifft, Ruby, da bist du auf dem richtigen Weg. Wenn sie dir schon so etwas erzählt ... wo sie doch sonst fast nichts von sich preisgibt.«

»Ja, nicht?«, unterbrach Ruby sie mit verhaltener Euphorie, die sich langsam wieder steigerte. »Ich glaube auch, dass sie mich mag. Sonst hätte sie doch nichts gesagt. Bestimmt mag sie mich. Vielleicht sogar mehr.«

»Immer langsam«, versuchte Elin, sie zu bremsen. »Von mögen zu mehr ist ein großer Schritt. Geh im Augenblick einfach mal davon aus, dass sie deine Freundschaft will.«

»Klar. Aber du glaubst doch auch, dass ich wenigstens eine klitzekleine Chance habe?«, fragte Ruby hoffnungsvoll.

»Lern sie doch erst einmal besser kennen«, schlug Elin vor. Möglicherweise hatte Simon recht damit, dass Kim gerade eine Trennung hinter sich hatte. Oder – und das wäre weitaus schwieriger – sie musste sich erst noch eingestehen, dass sie lesbisch war.

»Da trifft es sich ja gut, dass wir zusammen in dieser Projektgruppe sind.« Ruby schien wie unter Strom, so aufgedreht war sie auf einmal. Die Trauer von eben war spurlos verschwunden.

Lächelnd betrachtete Elin sie. Die strahlenden Augen, die rosa gefärbten Wangen – Ruby leuchtete förmlich wie eine kleine Sonne. Das Glück ihrer Hoffnungen konnte und wollte Elin ihr nicht nehmen, auch wenn sie immer noch nicht davon überzeugt war, dass Rubys Liebe sich so schnell erfüllen würde. Wenn überhaupt. Aber das musste Ruby nun selbst herausfinden.

»Weißt du, Ruby, was ich denke?« Elin wartete nicht auf die Antwort, sondern sprach die entscheidenden Worte gleich selbst aus: »Du brauchst mich nicht mehr. Darum kannst du dich ja von mir quasi entlieben, und deine Mutter kann, wenigstens was das betrifft, ruhig schlafen.« Und sie selbst hoffentlich auch.

»Das ... du ...« Schon war Rubys Freude wieder wie weggewischt. Ihre Augen schimmerten düster. »Aber was soll ich Mama denn sagen?«

»Die Wahrheit«, sagte Elin rau.

Ruby schluckte schwer. »Und was, wenn sie mir nicht verzeiht? Weil ich erst jetzt damit rausrücke?«

Sie übertrieb, davon war Elin überzeugt. Dass Lara nicht begeistert sein würde, war zwar anzunehmen – aber sie war eine intelligente Frau, die ihre eigene Rolle durchaus realistisch einschätzen und Rubys Beweggründe verstehen konnte. Außerdem liebte sie ihre Tochter über alles. Daher sah Elin auch keine Gefahr, dass Lara Ruby lange böse sein konnte.

Das wusste mit Sicherheit auch Ruby. Sie hatte nur die Angst eines Teenagers, der ein Vergehen eingestehen musste.

Elin kannte das Gefühl: von damals, als sie vor ihren Eltern gestanden hatte, das Schreiben ihres Klassenlehrers in der Hand mit der Benachrichtigung, dass sie wiederholt die Schule geschwänzt hatte. Ihre Eltern waren nicht wütend gewesen, sondern enttäuscht, weil Elin ihnen nicht vertraut hatte. Weil sie ihnen nichts von Nadjas Reaktion auf ihre Liebeserklärung erzählt hatte – dem Grund, weswegen sie sich nicht mehr in die Schule gewagt hatte. Natürlich hatte sie dann Hausarrest bekommen; schließlich war das seit ewigen Zeiten die Standardstrafe, wenn Kinder etwas angestellt hatten. Aber das wog nicht so schwer wie die Traurigkeit, mit der ihre Eltern sie an jenem Tag angesehen hatten.

Von daher konnte Elin durchaus verstehen, warum Ruby Angst hatte. Und um ein Haar hätte sie deshalb einen Rückzieher gemacht. Aber das wäre ein Fehler gewesen, das wusste sie.

Also sagte sie sehr bestimmt: »Deine Mutter hat die Wahrheit verdient. Wenn du nicht endlich damit rausrückst, machst du es nur schlimmer – Punkt eins.« Sie machte eine kurze Pause. Als Ruby ertappt und ziemlich betreten zu Boden schaute, musste Elin grinsen. Die junge Frau wusste genau, dass Elin recht hatte, und war wohl gerade dabei, sich eine Strategie zurechtzulegen.

»Punkt zwei«, fuhr sie fort: »Du hast ja jetzt Kontakt zu Kim. Darum solltest du dich in nächster Zeit sowieso mit ihr beschäftigen, wenn du ihr noch näher kommen willst. Ich denke auch, dass sie das braucht, weil sie sich vielleicht noch nicht so ganz gefunden hat.«

Ruby sah irritiert auf. »Wie meinst du das?«

»Es kann sein, dass sie sich noch dagegen wehrt, auf Frauen zu stehen.«

»Aber ... sie ist doch lesbisch. Das hast du doch selbst gesagt.« Verwirrt starrte Ruby Elin an.

»Ich weiß«, sagte Elin beruhigend, »aber das heißt noch nicht, dass sie das selbst schon richtig akzeptiert hat. Wie gesagt, lern sie kennen. Das kannst du nur, wenn du dich zuerst einmal um eine Freundschaft bemühst. Und – um uns allen einen Gefallen zu tun – vergiss dabei die Schule nicht.«

»Willst du mir deshalb nicht mehr helfen?«, fragte Ruby beinahe vorwurfsvoll. »Weil du dich von Mama hast anstecken lassen?«

»Sie hat ja recht«, machte Elin deutlich. »Du musst für dich Verantwortung übernehmen und das nicht auf mich abwälzen. Dann wirst du auch endlich mutiger.«

Da rückte Ruby zu Elin heran und umarmte sie. »Danke trotzdem«, flüsterte sie erstickt. »Ob du es glaubst oder nicht: Du bist die beste Freundin, die ich jemals gehabt habe.« Ihre Augen waren glasig, dennoch versuchte sie zu lächeln. »Dabei wolltest du das nie sein – das weiß ich, Elin. Es ist ja sowieso ein Wunder, dass du da so lange mitgemacht hast. Aber ich lass dich dann ab jetzt in Ruhe. Versprochen.«

Elin schluckte. *Beste Freundin* – so hatte sie noch nie jemand genannt. Und das nur, damit Elin sie nun mit ihrer schweren Herausforderung allein ließ ... Sie wusste, dass sie das Richtige getan hatte. Trotzdem hatte sie das Gefühl, als habe sie gerade einen schändlichen Verrat begangen.

· ■ ■ ■ ·

Am Montag tat Elin etwas, was überhaupt nicht zu ihr passte: Sie bat Simon, ihre Schicht am Gymnasium zu übernehmen. Sie wusste, dass das feige war, aber sie brauchte diesen einen Tag Pause von Ruby und Kim. Außerdem wollte sie die Gelegenheit nutzen und die Reparatur am Aufzug in Biestow beenden. Denn nur so lief sie nicht Gefahr, Lara zu begegnen. Auch das war feige, aber Elin war heute nach Feigheit – und vor allem war ihr nicht nach Gesellschaft.

Die Arbeit ging ihr nicht so leicht von der Hand wie sonst, aber irgendwann war die Reparatur tatsächlich erfolgreich beendet. Nun musste sie den Aufzug nur noch einem eingehenden Test unterziehen, und ihr Auftrag wäre erledigt.

Sie wollte gerade damit beginnen, da rief eine Männerstimme aus dem Erdgeschoss: »Hallo!« Und noch einmal: »Halloho!« Nach dem dritten »Hallooo!« fühlte Elin sich angesprochen und ging die Treppe hinauf, der Stimme nach. Im Hausflur traf sie auf einen alten Mann, der in der Tür zu Luise Reihers Wohnung stand und sich am Türrahmen festhielt.

»Herr Reiher?«, fragte Elin. Das heißt, es war mehr eine Feststellung – vor allem, weil der Dackel Edmund-Erwin hinter dem alten Mann hervorgetippelt kam und an Elins Füßen schnupperte.

Kurt Reiher legte den Kopf schief. »Sie sind die Handwerkerin. Das passt ausgezeichnet.«

»Elin Petersen«, stellte Elin sich vor. Sie mochte es nicht besonders, wenn sie nicht mit Namen angesprochen wurde. Wobei die Bezeichnung »die Handwerkerin« bei Kurt Reiher nicht abwertend klang wie bei seiner Frau. Auch Edmund-Erwin beschloss jetzt offenbar, dass Elin ungefährlich war, denn er zog sich ohne sein übliches Knurren in die Wohnung zurück.

In die Augen von Kurt Reiher trat ein vergnügtes Blitzen. »Ich habe schon viel von Ihnen gehört«, erwiderte er, dann bewegte er sich mühsam einen Schritt zur Seite. »Meinen Sie, Sie könnten mir bei etwas helfen?«

Diese höflich vorgetragene Bitte konnte Elin einfach nicht abschlagen. Freundlich fragte sie zurück: »Wo drückt denn der Schuh?«

»Ich habe gerade eine Sportübertragung angeschaut – Leichtathletik, müssen Sie wissen –, und mittendrin hat es auf einmal einen Knall gegeben, und jetzt ist das Bild weg. Dabei stehen einige Entscheidungen an.«

Wieder jemand, der meinte, Elin könnte alles zwischen Tür und Angel reparieren, egal worum es sich handelte. Solche Bitten erfüllte sie in der Regel nur bei Verwandten oder guten Bekannten. Alle anderen sollten nach ihrem Dafürhalten die Hilfe der entsprechenden Experten in Anspruch nehmen, die wollten ja schließlich auch leben. »Ich kann mir das Ganze mal anschauen«, antwortete sie gedehnt, »vielleicht ist es nur eine Sicherung. Aber um keine falschen Hoffnungen zu wecken: Ich bin keine gelernte Fernsehtechnikerin.«

Kurt Reiher machte nun endgültig Platz. »Schon klar. Aber wenn Sie wenigstens nach den Sicherungen schauen könnten ... Ich tu mir da ein bisschen schwer, müssen Sie wissen.« Er deutete auf seine Beine.

Es war in der Tat eine durchgebrannte Sicherung, wie Elin sofort feststellte. »Ich habe zufällig eine passende im Wagen«, erklärte sie Kurt Reiher.

Der strahlte über das ganze Gesicht. »Wunderbar. Lassen Sie die Tür einfach offen stehen. Mich alten Mann wird schon niemand klauen.«

Als Elin zurückkam und das Wohnzimmer wieder betrat, befahl Kurt Reiher gerade: »Eddie, Zeitung.«

Perplex schaute Elin zu, wie Edmund-Erwin zu dem niedrigen Regal mit dem Fernseher lief, aus dem untersten Fach eine Fernsehzeitschrift zog und sie seinem Herrchen brachte. »Wow«, kommentierte sie beeindruckt. »Ich wusste gar nicht, dass Dackel so etwas können.«

»Das würde er auch nicht – wenn es nach meiner Frau ginge. Sie hat ihn nur, weil irgendeine Bekannte auch einen hat. Oder war es eine Verwandte?« Kurt Reiher kratzte sich am Kopf. »Egal – bei mir hat Eddie jedenfalls eine tragende Rolle, wie Sie sehen.« Er tätschelte dem Dackel den Kopf und half ihm hoch auf die Couch.

Elin prustete los. Vergessen war der düstere Beginn des Tages. Dieser alte Mann und sein Hund sorgten dafür, dass aus dem Mühlstein auf ihrer Seele Kieselsteine wurden.

»Soll ich Ihnen verraten, warum der arme Kerl den Namen Edmund-Erwin trägt?«, fuhr Kurt Reiher fort, dem es sichtlich Spaß machte, Elin aufzuheitern.

Elin grinste breit und nickte.

»Der erste Mann meiner Frau hieß Edmund, der zweite Erwin. Beide sind sie tot. Und weil sie ihre verstorbenen Ehemänner niemals vergessen will, hat sie dem Hund diesen Namen gegeben«, erklärte Kurt Reiher mit einem Zwinkern.

Elin wusste nicht, ob sie den Kopf schütteln oder laut loslachen sollte. Dass Kurt sich über diese für ihn doch ziemlich demütigende Art des Gedenkens amüsieren konnte, sprach eindeutig für ihn. Aber eines war klar: Die beiden Reihers passten zusammen. »Das ist auch eine Methode der Namensgebung«, gab sie trocken zurück.

Kurt Reiher wollte noch etwas sagen, da sprang Edmund-Erwin von der Couch und lief Richtung Wohnungstür. Nahezu gleichzeitig drehte sich ein Schlüssel im Schloss, und Luise Reihers schrille Stimme drang durch den Flur: »Ei, Edmund-Erwin. Hast du das Frauchen vermisst?«

Elin hätte sich am liebsten die Haare gerauft. Wieso hatte sie sich bloß auf das Geplänkel mit Kurt Reiher eingelassen? Sie könnte längst weg sein. Jetzt saß sie in der Falle. Wenn sie etwas überhaupt nicht wollte, dann war das eine Auseinandersetzung mit Luise Reiher.

»Was machen Sie hier?«, fauchte die auch sofort, als sie Elin gewahr wurde.

»Sie wechselt eine Sicherung«, sprang Kurt Reiher ein. »Der Fernseher geht nicht mehr.«

»Na und? Dann musst du halt ein paar Stunden ohne die Flimmerkiste auskommen. Lukas kommt nachher noch, der hätte eine mitbringen können«, blaffte Luise Reiher nun ihren Mann an. Auf eine Erwiderung wartete sie nicht, sondern wandte sich gleich wieder Elin zu und keifte: »Bestimmt hat diese Lara Heldt etwas damit zu tun. Weil ich mich bei Per Dornhagen über das Fahrrad beschwert habe. Wahrscheinlich unterstellt sie mir jetzt, dass ich für den platten Reifen verantwortlich bin.« In ihrer typischen Art griff sie sich an die Brust. »Ich möchte nicht wissen, welche Lügen sie über mich bei ihrem *Freund* Dornhagen sonst noch verbreitet hat. Und der hat Sie jetzt vorgeschickt. Geben Sie es zu!«

»Luise!«, fuhr Kurt Reiher dazwischen. »Jetzt hör aber auf.«

»Ich höre ganz bestimmt nicht auf. Diese Person«, Luise Reiher zeigte auf Elin, »ist doch nur hier, um zu spionieren. Um uns auszuhorchen.«

»Es reicht!« Irgendetwas in Elin explodierte. Die vergangenen Wochen, der gestrige Tag, ihre aufgestauten Gefühle – all das zerbarst in einer Millisekunde in ihr. Das Blut rauschte in ihren Ohren. Zum ersten Mal in ihrem Leben sah sie rot. »Wofür halten Sie sich eigentlich, Frau Reiher? Glauben Sie, die Welt dreht sich nur um Sie? Ich habe Neuigkeiten für Sie: Der Rest der Menschheit hat Besseres zu tun, als sich mit Ihnen zu beschäftigen!« Inzwischen schrie sie beinahe. »*Sie* haben ein Problem mit Lara Heldt? Lara ist eine der liebenswertesten Frauen, die ich je kennengelernt habe. Sie können ihr doch gar nicht das Wasser reichen! Haben Sie sich denn irgendwann einmal gefragt, was für Schwierigkeiten Lara hatte, so als junge Mutter? Natürlich nicht! Sie haben sich lieber das Maul zerrissen, anstatt vielleicht einmal Ihre Hilfe anzubieten. Und jetzt unterstellen Sie Lara etwas, was nur zu einer Frau in diesem Haus passt: zu Ihnen, Frau Reiher. Lara würde so etwas nie tun, weil sie es nicht nötig hat. Weil sie es nämlich gewöhnt ist, ihre Dinge selbst zu regeln. Und das macht sie nicht hinterrücks. Wenn sie mit jemandem ein Problem hat, dann sagt sie das einfach.«

Sie wollte noch viel mehr loswerden, aber auf einmal war ihre Wut verraucht. Nun erwartete sie den Ausbruch von Luise Reiher.

Doch die stand nur mit offenem Mund mitten im Wohnzimmer. Sie hatte sogar vergessen, sich an die Brust zu fassen.

Langsam und kraftlos trat Elin zu der alten Frau, griff nach deren Hand und übergab ihr die Sicherung. Anschließend drehte sie sich zu Kurt Reiher, sagte: »Ich hoffe, Ihr Fernseher geht dann auch wieder«, und wandte sich zur Wohnungstür.

Bevor sie die Tür hinter sich schloss, hörte sie noch, wie Kurt Reiher zu seiner Frau sagte: »Die junge Frau hat recht, Luise. Deine Boshaftigkeit kann doch keiner auf Dauer ertragen. Mach nur so weiter, und du kannst zu Eddies Namen bald einen Kurt hinzufügen.«

Elin hatte es geschafft: Der Aufzug in Biestow war wieder voll einsatzfähig. Das bedeutete, dass sie keine Veranlassung mehr hatte, das Gebäude zu betreten. Warum bekam sie es dann nicht hin, ihren Ersatzwagen, den sie von einem befreundeten Tischler geliehen hatte, zu starten und wegzufahren?

Seit gefühlten Stunden saß sie hier und behielt über die Rückspiegel den Hauseingang im Visier. Immer abwechselnd: Innenspiegel – linker Außenspiegel – rechter Außenspiegel. Aber nichts rührte sich. Nicht einmal ein Motorradfahrer bog um die Ecke. Die Straße wirkte verwaist. In einem Western würde jetzt ein vertrockneter Busch vom Wind vorbeigeweht.

Was mach ich denn hier, fragte sich Elin, *worauf warte ich denn jetzt noch? Falsche Frage,* erkannte sie dann. Es müsste heißen: *auf wen.* Sie rührte sich deshalb nicht vom Fleck, weil sie sich einen abschließenden Blick auf Lara erhoffte. Das wäre die Art Abschied, die sie brauchte, um wieder zum Tagesgeschäft übergehen zu können – der Vorhang, sozusagen, der fiel.

Als hätte die Welt, das Schicksal oder was auch immer nur auf diese Erkenntnis gewartet, kam nun plötzlich Leben in die Geisterstraße. Ein silberfarbener Kleinwagen fuhr auf einen für die Mieter vorgesehenen Parkplatz. Am Steuer saß Lara.

Elin genoss es, ihr beim Aussteigen zuzusehen. Zuerst kamen nacheinander die Beine zum Vorschein, die in einer olivfarbenen Leinenhose steckten. Als Nächstes erhob sich Laras Körper aus dem Auto. Sie zog die Hose zurecht und reckte die Arme nach oben. Dadurch schob sich der Saum ihrer gelb-goldenen Bluse nach oben, ein Streifen nackter Haut war zu sehen, und die sanften Rundungen von Laras Brüsten traten deutlicher hervor. Fast schien es, als streckten sie sich Elin entgegen.

Elin sog scharf die Luft ein und nahm die Schirmmütze ab, weil es darunter plötzlich unerträglich heiß wurde. Mit der Mütze fächelte sie sich Luft zu. Dabei vergaß sie, ihre Umgebung im Blick zu behalten.

Auf einmal verdunkelte sich die Scheibe. Jemand klopfte daran. Elin brauchte nicht hinzusehen, um zu wissen, wer es war. Sie gurtete sich ab, atmete tief durch und stieg aus.

»Bist du neuerdings zur Bürgerwehr abkommandiert?«, fragte Lara stirnrunzelnd.

Elin fuhr sich durchs Haar, tat so, als müsse sie ihre Frisur in Ordnung bringen, um Zeit zu gewinnen. Ihre Wangen glühten. Was hatte sie nur dazu getrieben, Lara so offen zu beobachten? Während sie nach den Haaren nun auch ihre Kleidung ordnete, murmelte sie: »Ich bin mit dem Aufzug fertig.« Als würde das auch nur eine der Fragen, die Elin in Laras Augen las, beantworten.

»Und weil du dich nicht von ihm trennen kannst, sitzt du in diesem Wagen?«

Mit dem kühlen Blech im Rücken, an das sie sich lehnte, bekam Elin die Unsicherheit langsam unter Kontrolle. »Genau. Ich bau nämlich immer eine emotionale Bindung zu den Dingen auf, die ich repariere.« Dabei war ihr eigentlich nach allem anderen als nach Scherzen zumute. Viel eher hätte sie weinen können – und wusste nicht einmal, warum. Sie drehte sich zum Haus. Lara sollte ihren inneren Tumult nicht bemerken.

Die sagte: »Um den Trennungsschmerz ein wenig aufzuschieben – was hältst du davon, auf ein Wasser oder so mit raufzukommen?«

Erstaunt wandte Elin sich Lara wieder zu. Ihre Hände waren plötzlich feucht. Ob es an dem Vorschlag an sich lag? Oder an der Art und Weise, wie Lara ihn ausgesprochen hatte? Es hatte ein wenig so ausgesehen, als müsse sie sich zur Gleichgültigkeit zwingen, denn sie starrte an Elin vorbei und schien mit angehaltenem Atem auf die Antwort zu warten.

Die Frage war nur: Wollte sie unbedingt, dass Elin die Einladung annahm – oder das Gegenteil?

Um sich keinen falschen Hoffnungen hinzugeben, entschied sich Elin für Variante zwei.

»Ich will dich nicht stören«, gab sie so gefasst wie möglich zurück.

»Oh ja!« Lara hatte wieder diesen Raubkatzenblick. »Um dir zu zeigen, wie sehr du mich störst, lade ich dich ein.«

»Sorry«, nuschelte Elin. Wo war bloß ihr Verstand geblieben? »Ich bin im Augenblick etwas durch den Wind.«

»Wegen Ruby ... wegen gestern, vermute ich.« Lara seufzte leise. Noch ehe Elin das richtigstellen konnte, wandte Lara sich dem Hauseingang zu. »Lass uns oben weiterreden.«

Lara bestand darauf, die Treppe zu nehmen. »Das geht nicht gegen dich und deine handwerklichen Fähigkeiten, Elin. Aber ich brauche etwas Bewegung«, begründete sie ihren Wunsch.

Elin atmete verstohlen auf. Sie hatte den Moment gefürchtet, in dem sie zusammen mit Lara den Aufzug betrat. Die Treppe war harmloser, da musste Elin nicht auf engstem Raum mit Lara zusammenstehen. Oder ihre Nase vor deren betörendem Duft schützen. Oder die Augen schließen, um Lara nicht zu sehr anzustarren. Sie fragte sich, ob Lara ähnliche Motive hatte, verwarf den Gedanken aber sofort wieder. Lara führte ganz einfach einen Gast in ihre Wohnung; mehr war ihren ruhigen, gleichmäßigen Schritten nicht zu entnehmen. Und Elin folgte ihr, anstatt den Rückzug anzutreten – was vielleicht besser gewesen wäre.

Aber es war doch nur dieses eine Mal. Danach würde sie Lara nicht wiedersehen. Außerdem war Elin durchaus neugierig, was Lara von gestern wusste.

»Setz dich schon mal«, forderte Lara sie auf, noch ehe sie die Wohnungstür hinter sich geschlossen hatte. Vor einem niedrigen Schränkchen ging sie in die Hocke, öffnete es und kramte darin herum.

Elin betrachtete Laras Rücken. Sah durch den Stoff der Bluse hindurch, wie sich die Muskeln anspannten, wenn Lara sich streckte. Endlich hatte Lara offenbar gefunden, was sie suchte, denn sie erhob sich wieder – in den Händen ein Paar Hausschuhe. Sie legte sie auf den Boden, lehnte sich gegen die Garderobe, streifte die Sandale von ihrem linken Fuß ab und zog sich den Hausschuh über. Danach folgte das rechte Bein.

Elin konnte ihren Blick nicht von ihr losreißen. Beim ersten Fuß konnte sie noch ernst bleiben, doch beim zweiten bekam sie einen Lachkrampf. Sie deutete auf Laras Füße. »Entschuldige«, krächzte sie. »Aber . . . du und so etwas.«

Lara folgte Elins Blick und wackelte augenscheinlich mit den Zehen, denn die Tigerkrallen an ihren Füßen bewegten sich. »Was ist damit?«, fragte sie mit einem unschuldigen Augenaufschlag.

Elin hätte sie küssen können.

Der Wunsch traf sie so unvorbereitet, dass ihr Herz für einen Augenblick stehen blieb – nur um dann mit doppelter Geschwindigkeit weiterzuschlagen. Dadurch musste Elin noch mehr lachen. Gleichzeitig gab sie sich alle Mühe, den hysterischen Anfall niederzukämpfen. Sie brauchte drei Anläufe, bis sie mit Tränen in den Augen hervorbrachte: »Nichts, Frau Heldt. Die Pantoffeln passen perfekt zu Ihrem Outfit.«

Lara nickte. »Ja, nicht wahr?«

Es brauchte nur ein kleines Lächeln von Lara, und in Elin war alles ruhig. So plötzlich, wie die Hysterie gekommen war, war sie verschwunden.

»Vor zwei Jahren war Ruby als Austauschschülerin in Spanien«, erzählte Lara. »Das war von Januar bis März. Und da hat sie mir vorher diese Teile geschenkt. Sie war nämlich noch nie so lange weg. Außerdem hat sie gemeint, dass ich etwas gegen meine chronisch kalten Füße brauche. Das ist dann, als ob sie da wäre, hat sie behauptet.« Lara schaute auf ihre Füße, und ihr Gesicht strahlte eine eigentümliche Wärme aus. Ihr ganzer Körper wirkte weich. Elin wusste, wo Lara in Gedanken war: bei jenem besonderen Tag.

»Und soll ich dir was sagen?«, fuhr Lara fort. »Es hat geholfen. Und tut es auch heute noch. Darum ziehe ich sie immer noch ab und zu an – wenn ich mir einbilde, dass ich sie brauche.«

Elin meinte, zwischen den Worten Hinweise herauszuhören, die weit über die Geschichte hinausgingen. Vorsichtig fragte sie: »Hast du denn gerade kalte Füße?«

»Ich bekomme die oft«, antwortete Lara. »Und manchmal helfen diese Dinger.« Sie schaute auf die rechte Tigerkralle, hob sie an und drehte sie hin und her. »Aber leider nicht immer.«

»Und jetzt?« Elin hielt den Atem an.

Noch immer war Laras Aufmerksamkeit auf ihren Fuß gerichtet. »Das kann ich noch nicht sagen. Aber ich denke, dass es gut ist, wenn ich in solchen Momenten an meine Tochter erinnert werde«, murmelte sie. Dann hob sie abrupt den Kopf und wandte sich Richtung Küche.

Für einen Wimpernschlag hatte Elin sich eingebildet, Traurigkeit in Laras Augen zu erkennen. Aber schon räusperte sich Lara und sagte ganz sachlich: »Ich kümmere mich um das Wasser.« Damit verschwand sie in der Küche.

Der Zauber des Augenblicks war gebrochen. Elin blinzelte und folgte Lara.

Die drückte ihr umgehend zwei Gläser in die Hand. »Stellst du die bitte auf den Couchtisch?«

Elin war froh, etwas tun zu können. Dadurch fühlte sie sich nicht ganz so sehr als Fremdkörper. »Also, ich laufe zu Hause meistens barfuß rum«, erklärte sie im Hinsetzen – nur, um etwas zu sagen.

»So hat halt jede ihre Eigenheiten«, sagte Lara aus der Küche. Elin hörte sie mit irgendwelchen Gerätschaften herumhantieren. Auf einmal war Stille. »Jetzt hab ich dich gar nicht gefragt: Ist Wasser okay?«

»Ja, doch. Absolut.«

Lara nahm offenbar ihre Tätigkeit wieder auf. »Ich hab neuerdings so eine Sodamaschine. Du kannst dir also aussuchen, ob du lieber viel oder wenig Sprudel haben willst.«

»Wenig«, gab Elin zurück.

Ein leichtes Blubbern drang aus der Küche, übertönt von Laras Frage: »Willst du auch irgendetwas hinein? Ich kann Zitrone anbieten.«

»Nein, danke. Wasser pur reicht mir.« Elin schüttelte den Kopf, halb belustigt, halb befremdet. Das Ganze erinnerte sie an die Kaffeekränzchen ihrer Großmutter: »Der Kuchen schmeckt vorzüglich, Frau Petersen.« Oder: »Ich muss um die Uhrzeit mit dem Koffein vorsichtig sein.« Alles im immer gleichbleibend übertrieben freundlichen Tonfall vorgetragen. Vor zwanzig Jahren hatte sich Elin darüber amüsiert – und jetzt steckte sie selbst drin.

Mit dem Unterschied, dass die Floskeln heute wohl als Einleitung zu einem wesentlich tiefgründigeren Gespräch dienten. Warum sonst zitterten Laras Hände, als sie das Wasser schließlich einschenkte?

Angespannt wartete Elin darauf, dass Lara sagte, was sie sagen wollte. Aber zunächst geschah nichts. Lara setzte sich wortlos hin, rückte nach links, überschlug die Beine, stellte sie wieder parallel nebeneinander hin und rückte nach rechts.

Endlich schien sie die richtige Sitzposition gefunden zu haben. Aber sie blieb immer noch stumm.

Was willst du mir sagen, fragte Elin in Gedanken. Aber mehr als ein Hüsteln brachte auch sie selbst nicht zustande.

Stunden vergingen. Die in Wahrheit höchstens wenige Minuten waren. Elin kam es ein bisschen so vor, als seien sie Gegner, die einander belauerten und auf einen Fehler des Gegenübers warteten. Dann endlich beugten sie und Lara sich fast gleichzeitig vor, griffen nach ihren Gläsern und umfassten sie mit beiden Händen. Ohne sich aus den Augen zu lassen, nahmen sie einen Schluck; und noch einen; und noch einen. Bis Lara ihr Glas mit einem Kopfschütteln abstellte.

»Wir sollten doch in der Lage sein, uns wie zwei Erwachsene zu unterhalten. Meinst du nicht auch?«

Ein heißer Strahl fuhr mitten durch Elins Körper. Warum auch immer, schließlich hatte Lara nichts Außergewöhnliches gesagt. Elin versuchte, sich nichts anmerken zu lassen. Doch irgendwo tief in ihr braute sich ein Mix aus intensiven Gefühlen zusammen, der sie in ihre Teenagerzeit zurückkatapultierte – während sie zugleich auch als die erwachsene Frau fühlte, die sie war. Beides verschmolz zu einem wilden Wirbel, der sie für einen Moment fast überwältigte.

Dann plötzlich war es, als risse eine finstere Wolkendecke auf, und ein Sonnenstrahl drängte sich hindurch. Auf einmal sah Elin klar, konnte sich ohne jeden Zweifel die Wahrheit eingestehen: Sie hatte sich in Lara verliebt.

Die Gewissheit traf sie nicht mit Pauken und Trompeten, nicht bei irgendeiner denkwürdigen Gelegenheit wie einem Neujahrsfeuerwerk oder einer gemeinsam verbrachten Nacht. Nicht einmal während eines tiefgründigen Gesprächs, das allmählich, begleitet von zärtlichen Blicken, in einen Flirt überging. Nein. Bei einem schlichten Glas Wasser mit wenig Kohlensäure klarte sich alles in ihr auf. Gerade deshalb fühlte es sich so echt an, so wahrhaftig und beständig.

Seit Jahren, eigentlich fast ihr ganzes Leben lang hatte Elin sich gewünscht, dieses Gefühl wirklich kennenzulernen. Und nun – wusste sie nicht, wohin damit. Denn Lara empfand natürlich nicht dasselbe. Elin war fast ein wenig überrascht, dass ihr das keine Angst machte; dass die Wärme in ihr überwog. Lächelnd gab sie zurück: »Wenn du mir sagen kannst, warum wir damit Probleme haben, gebe ich dir die Antwort.«

»Ich denke, dass du das genau weißt.« Lara schaute Elin frontal ins Gesicht. »Du und Ruby – ihr habt ein Geheimnis vor mir. Und egal, was es ist: Meine Tochter will es nur mit dir teilen.«

»Bist du eifersüchtig?«, entfuhr es Elin.

Lara reagierte mit dem arroganten Lächeln, das Elin nur zu gut kannte. »Du überschätzt dich«, konterte sie.

Unvermittelt verschwand das warme, sichere Gefühl in Elin. Doch es ließ den Wunsch, nein, den festen Willen zurück, hinter diese Maske der Arroganz zu schauen und die wirkliche Lara ans Licht zu bringen. Sie lachte innerlich auf. *Nein, Lara, so einfach kommst du mir nicht davon. Diesmal nicht.* »So, tu ich das?«, fragte sie sarkastisch. »So wie du dich von Anfang an mir gegenüber verhalten hast?«

»Den Grund habe ich dir schon oft genug gesagt.«

»Das bedeutet aber nicht, dass ich ihn verstehen muss.« Vor Elins geistigem Auge zogen die Bilder all ihrer Begegnungen vorüber. Und sie dachte an Ruby und deren wilden Wunsch, Kim näherzukommen – ein Gefühl, für das Elin vielleicht erst heute vollstes Verständnis hatte. »Mein Gott, Lara! Deine Tochter ist siebzehn. In dem Alter ist man eben verliebt, ob man will oder nicht. Das trifft dich mit voller Wucht. Und du kannst überhaupt nichts dagegen tun.«

»Das weiß ich alles«, warf Lara ein. Ihr Gesicht wirkte inzwischen wie das einer Marmorstatue.

»Ist es, weil Ruby in eine Frau verliebt ist?«

»Blödsinn. Das kann ich durchaus verstehen«, platzte Lara heraus. Fast gleichzeitig sprang sie auf und verschwand in der Küche.

Zurück blieb eine vollkommen ratlose Elin. Was in aller Welt passierte hier gerade? Aber noch ehe eine Antwort Gestalt annehmen konnte, kam Lara zurück und stellte ein Kännchen mit Zitronensaft auf den Tisch.

Elin erwartete, dass Lara sich daraus bedienen würde. Doch sie nahm einfach wieder Platz. »Ich weiß, dass die Hormone in diesem Alter verrücktspielen«, fuhr sie fort, als hätte es keine Unterbrechung gegeben. »Es ist nur schwer, wenn es um die eigene Tochter geht. Da überwiegen die Sorgen, dass sie alles um sich vergisst, nur weil ihre Gedanken ständig um ein und dasselbe Thema kreisen.«

»War das bei dir so?«, kam Elin nicht umhin zu fragen.

»Nein. Ich habe mir nur eingebildet, dass es an der Zeit war, die Jungfräulichkeit zu verlieren. Damit ich dazugehöre.«

Elin wollte sich nicht vorstellen, wie sich Lara als Mädchen von einem Jungen hatte anfassen lassen – und tat es dennoch. Ein schlaksiger, pickeliger Schüler, der Laras Rock nach oben schob und alles andere war als zärtlich, schließlich ging es nur um das eine.

Mitten in Elins unerfreuliches Kopfkino hinein meinte Lara bitter: »Das hat sich dann in dem Augenblick erledigt, als der Schwangerschaftstest positiv ausgefallen ist.«

Am liebsten hätte sich Elin zu Lara auf das Sofa gesetzt, aber sie blieb, wo sie war. Bestimmt wollte Lara keinen Trost. Ihre Körperhaltung drückte Abwehr aus. Nur in ihren Augen stand Schmerz.

»Deine Eltern . . .«, flüsterte Elin.

». . . wollten, dass ich abtreibe.« Plötzlich wirkte Lara wie eine stolze Königin. »Aber das kam für mich nie in Frage. Ich habe sofort gewusst, dass ich dieses Kind zur Welt bringen will. Egal, was das für mich bedeutet.« Sie sah Elin an und hielt ihren Blick fest, als wolle sie sie hypnotisieren. »Weißt du, woher Rubys Name kommt?«

Wie in Trance schüttelte Elin den Kopf.

»Für mich kommt er von Dilruba. Das kommt aus dem Hindi und heißt so viel wie: die Herzensräuberin.« Lara lächelte zärtlich, wurde aber sofort wieder ernst. Sie nahm das Kännchen und goss daraus etwas Zitronensaft in ihr Wasser. Dann drehte sie das Glas und beobachtete, wie sich Zitrone und Wasser langsam vermischten. »Wenigstens kann meine Tochter von dir nicht schwanger werden«, sagte sie ohne jegliche Betonung.

»Das wäre so oder so unmöglich«, sagte Elin rasch, »weil in der Richtung nichts läuft zwischen Ruby und mir.« Lara sollte niemals denken, dass Elin mit Ruby schlief. Das war das Mindeste an Wahrheit, das sie verdiente.

Irgendwie hatte Elin gehofft, dass Lara mit Erleichterung reagieren würde. Dass sie nun vielleicht sogar als Frau mit Elin reden könnte und nicht als Rubys Mutter, und sei es nur für wenige Augenblicke. Aber die Hoffnung erfüllte sich nicht. Lara erwiderte ebenso tonlos wie zuvor: »Das geht mich nichts an.«

Und ob es dich etwas angeht, schrie es in Elin. Sie hatte alle Mühe, nach außen hin ruhig zu bleiben. Doch es gelang ihr, auf Laras Aussage einzugehen und, wenn auch ein wenig provozierend, zu fragen: »Will nicht jede Mutter, dass ihre Tochter bis in alle Ewigkeit Jungfrau bleibt?«

Daraufhin hob Lara endlich wieder den Kopf. Um ihre Lippen war ein leichtes Lächeln erkennbar, das Elins Herz schon fast gewohnheitsmäßig höher schlagen ließ. Das Schmunzeln verstärkte sich sogar noch, als Lara meinte: »Das stimmt natürlich. Genauso wie Kinder sich einreden, dass ihre Eltern das letzte Mal bei deren Zeugung Sex hatten.«

Elin griff sich theatralisch an den Hals. »Stimmt das denn nicht?«

Unvermittelt war das Lächeln aus Laras Gesicht verschwunden, als bereue sie eine unüberlegte Äußerung. Jetzt strich sie sich über ihre Stirn, die Schläfen, die Nase. Elin erkannte schnell, warum: Sie wollte die feine Röte auf ihren Wangen verstecken.

Wo war denn plötzlich Laras Selbstbewusstsein? Wieso räusperte sie sich wie ein Mädchen, dem etwas fürchterlich peinlich war? Fast erwartete Elin, dass Lara auch wie ein junges Mädchen loskichern würde. Aber stattdessen straffte Lara die Schultern und beantwortete Elins eigentlich als Scherz gedachte Frage: »Meine Tochter kann da unbesorgt sein.«

Es dauerte, bis Elin den Sinn verstand. »Du meinst —«

»Genau, Elin.« Lara setzte sich kerzengerade. »Wenn du das lächerlich findest, dann leg los.«

»Wieso sollte ich das lächerlich finden?« Im Gegenteil. Elin war noch nie in ihrem Leben so ernst gewesen wie in diesem Augenblick. Ja, Lara wirkte meistens kalt und abwesend. Von daher war es durchaus glaubhaft, dass sie in den letzten achtzehn Jahren — ungefähr — das Leben einer Nonne geführt hatte. Aber es gab auch noch diese andere Lara. Eine Frau, die mitunter eine Zärtlichkeit ausstrahlte, von der Elin schwindelig wurde; bei der manchmal eine Leidenschaft aufblitzte, die Elin den Atem raubte.

Leise sagte Lara nun: »Vielleicht, weil das nicht normal ist. Eine Frau in meinem Alter, die gleich beim ersten Mal schwanger wird und sich danach von keinem Mann mehr anfassen lässt.«

Elin überlegte, wohin das Gespräch sie führen sollte. Denn sie hatte das Gefühl, als ginge Lara diesen Weg mit voller Absicht weiter. »Was soll ich dazu sagen?«, meinte sie gedehnt. »Mich zum Beispiel halte ich für sehr normal. Und dabei habe ich mich noch nie von einem Mann anfassen lassen.«

»Ist das so?« Wieder zeigte sich eine sanfte Röte auf Laras Wangen. Diesmal versteckte sie sie jedoch nicht hinter vorgehaltener Hand.

In Elins Brustkorb begann es zu hämmern wie kräftige Paukenschläge. »Was? Dass ich normal bin?«

»Das auch«, erwiderte Lara und stockte, als habe sie es sich anders überlegt. Doch dann setzte sie sich aufrecht hin und schaute Elin offen und ohne eine Spur von Unsicherheit ins Gesicht. »Aber eigentlich habe ich das mit den Männern gemeint.«

Elin wollte schon eine flapsige Antwort geben, aber auf einmal erschien ihr das Thema zu bedeutend. Also sagte sie, ohne zu lächeln: »Ich weiß schon sehr lange, dass ich lesbisch bin, falls du das wissen willst.«

»Hast du dich denn anfangs nicht dagegen gewehrt?« In Laras Augen stand jetzt offene Neugierde.

Langsam ahnte Elin, worum es Lara ging. »Hast du es?«, gab sie aufs Geratewohl zurück.

Lara verzog keine Miene. »Wer spricht denn von mir?«

»Wir – vermute ich.«

Lara lächelte unergründlich. »Nehmen wir an, dass es so ist – dann wiederhole ich das von vorhin: Wenn du das lächerlich findest, dann leg los.«

Der Versuch, das Lächeln zu erwidern, misslang Elin. »Ich finde es absolut nicht lächerlich, Lara«, sagte sie leise. »Ich finde es eher traurig, dass du dich mehr als achtzehn Jahre versteckt hast ... so rein hypothetisch.«

Wie aus heiterem Himmel griff Lara mit einer geschmeidigen Bewegung nach ihrem Wasserglas. Ehe Elin sich versah, wechselte sie das Thema: »Ruby hat ein Problem. Du kennst es, da bin ich mir sicher. Ich will jetzt nicht, dass du ihr Vertrauen missbrauchst. Ich möchte dich nur bitten, ihr nicht wehzutun, falls du etwas damit zu tun hast.«

Elin schnappte nach Luft. Diese Wechselbäder der Gefühle wurden ihr langsam zu viel. Eben noch hatte sie sich Lara so nahe gefühlt wie noch nie – und schon zog diese wieder eine dicke Mauer zwischen ihnen auf. Ob Elin jemals ganz dahinterblicken könnte? So leichthin wie möglich fragte sie: »Wenn ich verspreche, dass ich nichts damit zu tun habe, wirst du mich dann begnadigen?«

Aufreizend langsam stellte Lara das Glas wieder ab und lehnte sich zurück. »Seit einigen Tagen unterhalten wir uns – mal mehr, mal weniger – wie zwei erwachsene Frauen. Das spricht dafür, dass du zumindest auf Bewährung bist.«

Obwohl Lara freundschaftlich lächelte, konnte Elin die unterschwellige Drohung heraushören. Sie ließ einen dicken Kloß in ihrem Hals entstehen, der sich kaum hinunterschlucken ließ. Entsprechend heiser klang ihre Stimme, als sie fragte: »Und wann komm ich da raus?«

»Wenn ich mir sicher bin, dass du nicht mit den Gefühlen meiner Tochter spielst.« Lara zog ihre Bluse gerade, während sie hinzufügte: »Und damit auch mit meinen.«

· ■ ■ ■ ·

Nachdenklich stocherte Elin am Abend auf ihrem Teller herum. Den Duft der Pasta nahm sie fast nicht wahr. Nur am Rande stieg ihr ein Hauch von Oregano und Knoblauch in die Nase.

»Wenn du die Gabel noch weiter drehst, hast du die Spaghetti gleich alle in einem dicken Knäuel drauf«, hörte sie Anns belustigte Stimme.

Elin reagierte nicht. Sie schaffte es einfach nicht, von ihrem Teller aufzuschauen. Stattdessen formulierte sie Anns Satz in Gedanken um: *Wenn sich deine Gedanken noch weiter drehen, hast du sie gleich alle in einem dicken Knäuel im Kopf.* Elin zog einen Mundwinkel zur Seite. *Ein Knäuel, das sich nicht mehr auseinanderwickeln lässt.*

Vielleicht sollte sie endlich aufhören, darüber nachzudenken, was Lara gemeint hatte. Zumal diese, unmittelbar nach ihrer Anspielung auf Elins Spiel mit ihren Gefühlen, das Thema auf die politische Situation in Deutschland gelenkt hatte. Wie ungerecht es doch war, »dass so viele Menschen keine Arbeit haben, nur weil ein paar reiche Säcke den Hals nicht vollkriegen«, hatte Lara geschimpft. Und dass eine adäquate Schulbildung daher umso wichtiger sei. Während sie weitere Gründe dafür aufzählte, hatte sie an Elin vorbei auf das Bücherregal geschaut.

Elin wusste nicht mehr, was sie darauf erwidert hatte. Sie wusste nur, dass sie sich sehr schnell verabschiedet hatte. Sonst hätte sie Lara womöglich geschüttelt, sie an sich gezogen, geküsst – mit all der Sehnsucht, die sie plötzlich überfallen hatte.

Unvermutet spürte Elin eine Hand, die sich um ihre legte und die Drehbewegung der Gabel stoppte. Nun schaute sie doch auf, direkt in Anns besorgtes Gesicht.

»Es ist also doch passiert«, sagte diese ruhig.

Elin senkte den Blick sofort wieder. Sie wollte Ann nicht antworten.

»Was ist passiert?«, mischte Simon sich von der Seite ein.

Ann ließ Elins Hand los und wandte sich an ihren Mann: »Lässt du uns allein, Schatz?«

Simon schaute zwischen den beiden Frauen hin und her. Schließlich hob er die Achseln, nahm seinen Teller und das Besteck und stand auf. »Ich esse im Wohnzimmer fertig«, erklärte er unnötigerweise.

Nachdem Simon die Küche verlassen hatte, erhob sich Ann ebenfalls und drückte die Küchentür langsam zu. Elin hörte das leise Klacken. Es hallte in ihren Ohren.

»Also?«, meinte Ann auf dem Weg zurück zum Tisch, setzte sich wieder und schaute Elin erwartungsvoll an. »Welche der Frauen ist es?«

Elin öffnete den Mund, um zu sagen, dass das völlig irrelevant sei.

»Warte«, kam Ann ihr zuvor. »Lass mich raten.« Sie lehnte sich zurück.

Elin erwiderte ihren forschenden Blick mit all der Gelassenheit, die sie aufbringen konnte.

»Die Mutter«, stellte Ann schließlich fest. »Habe ich recht?«

Elin verzog das Gesicht. »Die Mutter ... Wie das klingt. Sie heißt Lara. Und – ja, du hast recht.«

»Und nun?«, fragte Ann.

»Werde ich morgen die Malerin begutachten, die sich auf deine Annonce beworben hat«, wich Elin aus. Denn über alles Weitere wollte sie sich keine Gedanken mehr machen; das nahm sie sich in diesem Moment fest vor. Es brachte sowieso nichts. Lara empfand etwas für sie, dessen war sich Elin inzwischen sicher – die Frage war nur, was das war. Elin tippte auf eine Mischung aus Misstrauen und Sympathie. Also war es am besten, ihre eigenen Gefühle unter Verschluss zu halten. Das konnte doch nicht so schwer sein.

»Willst du nicht um sie kämpfen?«, wollte Ann wissen.

»Kommt darauf an, wie gut sie ist«, erwiderte Elin grinsend.

Ann blinzelte irritiert. Schließlich schnaubte sie verärgert auf und stupste mit ihrem Fuß leicht an Elins Schienbein. »Elin! Du weißt genau, wen ich meine.«

»Vielleicht«, räumte Elin ein. »Aber sei mir nicht böse – das muss ich erst einmal mit mir selbst ausmachen. Ob ich das überhaupt will.«

Verblüfft schaute Ann sie an. »Wie kann man das nicht wollen? Willst du denn bis ans Ende deiner Tage allein durchs Leben gehen? Jeder braucht doch jemanden.«

»Das mag ja sein.« Elin war inzwischen dazu übergegangen, die Spaghetti mit einem Messer zu zerkleinern, weil das Aufwickeln ein sinnloses Unterfangen geworden war. Als sie damit fertig war, sprach sie weiter: »Ich bin mir nur nicht sicher, ob jemand gerade mich braucht.«

»Die alte Leier wieder«, stöhnte Ann. »Bloß weil es bisher noch mit keiner Frau auf Dauer geklappt hat, bist du doch nicht beziehungsunfähig.«

»Da bin ich mir nicht so sicher. Es hat doch immer an mir gelegen, wenn wieder eine Beziehung in die Brüche gegangen ist«, stellte Elin klar.

»Wer sagt das?«, fragte Ann. »Deine Verflossenen? Die eine, die dich nach Strich und Faden belogen und betrogen hat? Die andere, die plötzlich festgestellt hat, dass sie doch eher auf Männer steht? Oder die, die es nicht verstehen konnte, dass du mit deiner Ausbildung nur als – wie hat sie es genannt – Hilfsarbeiterin arbeitest? *Dabei müsstest du doch nur ein weiterführendes Studium anfangen. Und dann hättest du alle Chancen dieser Welt.* Waren das nicht Marets Worte?«

»Sie hat sich eben mehr Ehrgeiz von mir erhofft«, verteidigte Elin ihre Exfreundin halbherzig.

»Ach. Und sich deshalb mit diesem Töchterchen von und zu herumgetrieben?«

Elin zuckte nur mit den Schultern und schob sich demonstrativ eine große Gabel voll Spaghetti in den Mund. Sie wollte das Thema beenden.

Ann aber offenbar nicht, denn sie redete unbeeindruckt weiter: »Keine von denen war die Richtige für dich, Elin. Sie alle wollten aus dir etwas machen, was du nicht bist. Nur darum hat es nicht funktioniert.«

Elin legte das Besteck wieder weg. Plötzlich hatte sie keinen Appetit mehr. »Das ist es doch«, begehrte sie auf. »Ich habe sie einfach nicht wirklich geliebt. Denn sonst hätte ich mich mehr angepasst. Schließlich geht es in Beziehungen darum, Kompromisse zu schließen.«

»So ein Quatsch«, entgegnete Ann. »Kompromiss heißt doch nur, den Partner nicht verändern zu wollen und darauf zu vertrauen, dass der Partner es bei einem selbst auch nicht macht. Und dabei immer nach Dingen zu suchen, die einen verbinden. Die man gemeinsam unternehmen kann. Alles andere sind faule Kompromisse. Eine Freundin hat mal zu mir gesagt: Wenn in einer Beziehung beide immer einer Meinung sind, heißt das nur, dass einer seine Meinung aufgegeben hat. Und genau das haben deine Verflossenen von dir erwartet, behaupte ich.«

»Aber wenn . . .«, versuchte Elin einen neuerlichen Einwand.

Den Ann sofort beiseitewischte: »Nix aber wenn. Wenn ich mich verliebe, dann in den Menschen, den ich kennenlerne und immer besser kennenlernen möchte. Aber doch nicht in den, den ich daraus formen möchte. Du hast dich nie verstellt, Elin, aber deine Exen haben das bewusst oder unbewusst von dir verlangt. Darum konntest du die Damen am Ende auch nicht lieben. Denn das ist das, was sich im Laufe einer wirklich guten Beziehung entwickeln wird: Liebe.«

Damit traf Ann mehr ins Schwarze, als Elin zugeben wollte. Ja, sie wollte Lara wirklich kennenlernen, aber umgekehrt war das offensichtlich nicht der Fall. Es hatte also keinen Sinn, sich länger damit auseinanderzusetzen.

Sie zeigte auf Anns Bauch: »Der Beweis eurer Liebe kommt dann in gut fünf Monaten zur Welt – wenn ich mich recht erinnere.«

Ann zeigte sofort die gewünschte Reaktion. Ihr Gesicht begann zu leuchten. »Der Termin ist der achtundzwanzigste Februar.«

Elin hatte das Datum, seit sie von Anns Schwangerschaft erfahren hatte, mindestens zweimal pro Tag zu hören bekommen. Ihr Plan war, spätestens Mitte Januar auszuziehen. So hätten Simon und Ann genügend Zeit, die Wohnung kindergerecht vorzubereiten.

»Wann ist denn der Termin mit dieser Sandra Falk morgen eigentlich genau?«, kam Elin wieder auf das Bewerbungsgespräch zurück. Die Erleichterung, dass das heikle Thema Lara vom Tisch war, ließ sie redselig werden.

»Um zwei«, antwortete Ann, während sie liebevoll ihren Bauch streichelte, der sich bereits leicht zu runden begann.

»Und warum kann Simon sich nicht darum kümmern?«, fragte Elin. »Das hab ich immer noch nicht ganz verstanden.« Es ärgerte sie, dass ihr Cousin ihr dieses Gespräch aufgehalst hatte. Dabei waren sie sich doch einig gewesen, dass er das übernehmen würde.

»Weil wir morgen den Termin im Waldorfkindergarten haben. So eine Art Vorgespräch.«

Elin schüttelte verständnislos den Kopf. »Ist es dafür nicht zu früh? Du bist gerade mal im vierten Monat.«

»Aber die Wartelisten in den Kindergärten sind elend lang«, meinte Ann in einem Tonfall, als erkläre sie einem kleinen Kind etwas zum hundertsten Mal. Sie konnte offenbar nicht nachvollziehen, dass Elin das nicht kapierte. »Wenn wir uns nicht jetzt darum kümmern, bleibt unser Kind auf der Strecke. Der richtige Kindergarten macht eine Menge aus, wenn es um die Zukunft geht.«

»Und ich dachte, die Zukunft eines Kindes hängt vom richtigen Elternhaus ab«, gab Elin zurück. »Von den Werten, die einem dort mitgegeben werden. Der Liebe. Dem Verständnis. Also all dem Zeugs, das deinen Charakter formt.«

»Na ja, wenn es nur das wäre.« Ann stand auf und begann, das Geschirr zusammenzustellen. »Aber was nutzen dir die besten Werte, wenn du keinen entsprechenden Lebenslauf vorzuweisen hast?«

Elin erhob sich ebenfalls und half dabei, die Spülmaschine einzuräumen. Als die Küche wieder sauber war, lehnte sie sich an die Anrichte, schob die Hände in die Hosentaschen und fragte bemüht ernst: »Was mir einfällt: Hast du dich vorhin nicht darüber aufgeregt, dass Maret von mir was weiß ich nicht alles erwartet hat? Und jetzt baust du bei deinem Kind selbst schon alle möglichen Erwartungen auf. Dabei ist das arme Kind noch nicht einmal auf der Welt.«

Mit einem Naserümpfen drehte Ann sich um. Im Hinausgehen sagte sie: »Bekomm selbst Kinder, dann weißt du, dass das zwei verschiedene Paar Schuhe sind, Elin.«

Ich und Mutter? Das konnte Elin sich im Leben nicht vorstellen. Stattdessen sah sie Lara vor sich. Wie sie für ihre Tochter kämpfte. Wie eine Löwin.

Seufzend machte sie sich auf den Weg in ihr Zimmer. Dort nahm sie das Buch zur Hand, das sie sich vorhin auf dem Heimweg gekauft hatte. Die Verkäuferin hatte gemeint, dass es sehr lustig sei, und Elin war nach Frohsinn. Wenn sie ihn auch gerade nicht empfinden konnte – vielleicht halfen lustige Geschichten.

▪ ▫ ▪ ▫ ▪

Am nächsten Morgen fühlte Elin sich ausgeruht wie schon seit Tagen nicht. Sie hatte nicht sehr lange gelesen, weil sie zu müde gewesen war, aber sie war endlich wieder mit einem Lächeln auf den Lippen eingeschlafen. Zumindest glaubte sie das, weil sie auch mit einem Lächeln aufgewacht war. Heute würde bestimmt ein guter Tag werden. Mit dem entsprechenden Elan schwang sie sich aus dem Bett.

»Du denkst ja daran, dass Sandra Falk um zwei kommt, Elin?« Simon sah nur kurz zu ihr, als sie in die Küche trat, und schaute dann wieder besorgt seine Frau an.

Elin folgte seinem Blick. »Du bist ganz schön blass um die Nase, Ann.«

»Ach, mir ist nur etwas schlecht«, meinte Ann. »Aber das kommt und geht.«

»Bist du dir sicher?« Elin stand auf. Heute war sie mit dem Küchendienst dran, was in Anbetracht von Anns Gesichtsfarbe wohl auch gut so war.

»Jetzt hört auf, mich wie eine Schwerbehinderte zu behandeln«, fauchte Ann.

Sofort hoben Elin und Simon die Hände.

»Dann bleibt es bei Pizza heute Abend?« Elin hoffte, Ann dadurch zu besänftigen.

Doch die moserte zurück: »Wann wirst du endlich lernen, etwas Ordentliches zu kochen?« Ihre Lippen waren nach wie vor ein schmaler Strich. Der Beruhigungsversuch war offensichtlich gescheitert. Aber das war inzwischen nichts Neues mehr: Ann brauste immer öfter auf, nur um wenig später ein Häufchen Elend zu sein.

Daher beschloss Elin, sie nicht mit Samthandschuhen anzufassen. Ein wenig verschnupft antwortete sie: »Wenn die Pizzeria, der Chinese, der Grieche und die Dönerbude auf einmal dichtmachen.« Schließlich wusste Ann genau, dass Elin keinesfalls vorhatte, mit dem Kochen anzufangen. Auch dann nicht, wenn sie wieder allein lebte.

»Und wie, bitte, willst du an Vitamine kommen?« Anns Stimmlage hatte sich noch eine Spur verschärft. Dabei war das nun wirklich nicht ihr Problem.

»Ann, bitte.« Elin trocknete sich die Hände ab. »Ich werde schon nicht an irgendwelchen Unterversorgungen zugrunde gehen. Versprochen.«

»Und zur Not gibt es Pillchen«, warf Simon ein. Dafür erntete er einen vernichtenden Blick von seiner Frau.

Elin sah es und schluckte. So wenig sie derartige Unstimmigkeiten mochte, so sehr würde sie sie vermissen. In ein paar Monaten würde sie morgens am Frühstückstisch sitzen, ohne dass irgendjemand sie bemutterte. Die Tage dieser kleinen, im Grunde liebevollen Kabbeleien waren unweigerlich gezählt. Bevor ihr das die Laune verderben konnte, lenkte sie die Aufmerksamkeit wieder auf das Ursprungsthema: »Was muss ich eigentlich über diese Frau Falk wissen?«

»Hättest du die Bewerbungsunterlagen gelesen, dann wüsstest du es«, erwiderte Simon in singendem Tonfall.

»Wieso hätte ich das tun sollen?«, gab Elin zurück. »Schließlich sollte die Dame ja dich unterstützen, Simon, und nicht mich.«

»Das heißt aber nicht, dass ich allein für ihre Einstellung zuständig bin.«

»Weshalb ich ja gefragt habe, ob ich etwas über die Bewerberin wissen muss.«

Ann schlug mit der flachen Hand auf den Tisch. »Bevor ihr mir den letzten Nerv raubt – Sandra Falk hat bisher in so einer großen Baufirma gearbeitet, möchte dort aber weg, weil ihr das zu eintönig und zu sehr Fließbandarbeit ist. Ihre Malerausbildung hat sie mit ausgezeichnetem Erfolg abgeschlossen. Was noch?« In Gedanken schien sie die Bewerbungsunterlagen durchzugehen. »Ach ja. Sie ist neunundzwanzig und eindeutig von deiner Fraktion, Elin.«

»Aha.« Elin betrachtete ihre Hände. »Und was bringt dich zu der Überzeugung?«

»Das Foto, das sie mit den Unterlagen mitgeschickt hat.« Ann drehte sich mitsamt dem Stuhl zu Elin. »Sie hat ganz kurze schwarze Haare. Die Augenbrauen sind sicher nicht gezupft. Dann ist ihr Gesicht eher kantig. Und auch so –«

Elin sah, dass Simon sein Grinsen hinter der Morgenzeitung versteckte. Sie selbst verdrehte nur ein wenig die Augen, als sie Ann ins Wort fiel: »Dir ist aber schon bewusst, dass sie sich mit dem Foto um eine Stelle bei uns – einem Hausmeisterbetrieb – bewirbt und nicht bei einer Modeboutique?«

Das Zeitungsblatt vor Simons Gesicht vibrierte leicht. Dahinter war leises Glucksen zu hören.

Ann nahm ihrem Mann die Zeitung weg und sah ihn strafend an. »Natürlich weiß ich das. Ich bin ja nicht doof. Aber wenn du sie nachher siehst, wirst du das auch sagen.«

Elin schaffte es, immer noch ernst zu bleiben, obwohl dieses Gespräch inzwischen groteske Züge annahm. Denn offenbar musste Sandra Falk für Ann lesbisch sein. Und Elin ahnte auch, warum das so war: »Hast du sie uns deshalb vorgeschlagen? Weil hauptsächlich Simon mit ihr zusammenarbeiten wird – und du dich dann wohler fühlst?«

»So ein Blödsinn«, nuschelte Ann. Sie griff nun selbst nach der Zeitung und blätterte die einzelnen Seiten geräuschvoll um.

Elin wartete einen Augenblick. Als Ann beim nächsten Umblättern eine Ecke des Blattes abriss, beschloss sie, es gut sein zu lassen, und wandte sich an ihren Cousin. »Die Bewerbungsunterlagen sind also in der Lagerhalle, Simon?«

»Klar«, rief der pflichteifrig. »Vielleicht kannst du ja vorher aufräumen, damit die Dame keinen schlechten Eindruck bekommt. Schließlich waren wir schon seit einigen Tagen nicht mehr dort.«

Elin verzog das Gesicht. »Wozu auch? *Ich* habe keine zusätzliche Halle mit einem winzig kleinen Büro gebraucht. Alles, was ich brauche, habe ich entweder bei meinen Objekten deponiert oder im Wagen. Den Bürokram macht Ann von hier aus. Von mir aus hätten also unsere drei Garagen gereicht.« Und deswegen fühlte sie sich auch nicht für die Sauberkeit der Lagerhalle zuständig, die Simon, obwohl er sie als Einziger regelmäßig nutzte, gern als ihren »Betriebsstandort« bezeichnete.

Simon schaute etwas hilflos erst zu seiner Frau, dann zu Elin. »Schon klar . . . Sei aber so gut und fahr trotzdem etwas früher hin, Elin. Damit du noch sauber machen kannst, falls es nötig ist.«

Das tat Elin dann auch. Am Gymnasium war sie früher fertig geworden als erwartet. Und ansonsten stand heute nichts auf dem Plan, was sie nicht auch noch zwei Stunden später erledigen könnte. Ein erhebendes Gefühl.

Also fegte sie nun den Boden und räumte anschließend verwaist herumliegendes Werkzeug in Regale, fein säuberlich sortiert – wie sie es von ihrem Ausbilder einst gelernt hatte. Aus dem Hintergrund drangen die Klänge der *Moldau* zu ihr. Elin liebte dieses Stück, das so deutlich schilderte, wie aus ein paar Wassertropfen ein Strom erwuchs, der sich durch die Landschaft schlängelte und sich schließlich mit der Elbe vereinigte. Immer, wenn sie es hörte, hatte sie die Bilder ganz klar vor Augen.

»Entschuldigung.«

Elin fuhr erschrocken herum. Beinahe wäre ihr die Zange aus der Hand gefallen, die sie gerade in das Regal rechts von der Bürotür legen wollte. Ihr Herz setzte einen Schlag aus, und wie Luise Reiher griff sie sich an die Brust. Als in ihr alles wieder einigermaßen im Fluss war, kam sie sich furchtbar albern vor. »Tut mir leid, Frau Falk«, sagte sie, um endlich seriös zu wirken. »Wenn ich am Arbeiten bin, vergesse ich irgendwie immer die Zeit.« Ruhig legte sie die Zange an ihren Platz und streckte der Bewerberin die Hand entgegen.

»Geht mir genauso«, erwiderte diese und ergriff Elins Hand – ein wenig unsicher, wie es schien. Doch der Händedruck war fest und warm. Der erste Pluspunkt. In dieser Hinsicht dachte Elin wie ihr Vater: »Wer dir nicht ordentlich die Hand geben kann, der will dich nicht kennenlernen.«

Elin lächelte Sandra Falk offen an. »Lassen Sie uns ins Büro gehen.« Sie musste schmunzeln, weil Sandra Falk sich verstohlen umsah. Der potentielle Arbeitgeber stand also offenbar auf dem Prüfstand. Das fand Elin durchaus legitim, denn es zeugte davon, dass die Bewerberin nicht unkritisch jeden x-beliebigen Job annahm. Der zweite Pluspunkt.

Im Laufe des folgenden Gesprächs sammelte die Bewerberin noch zahlreiche weitere Pluspunkte. Am Ende war Elin sich sicher, dass sie dafür plädieren würde, Sandra Falk einzustellen. Aber natürlich wollte sie das nicht über Simons Kopf hinweg entscheiden – oder über Anns. Auf deren Reaktion war Elin besonders gespannt. Denn Ann hatte sich definitiv geirrt; sie war wieder einmal irgendwelchen Klischees aufgesessen. Eine Frau, die mit einem Motorrad unterwegs war, in einer entsprechenden Lederkluft auftauchte und maskulin wirkte, konnte nach diesen Vorstellungen nicht heterosexuell sein. Jetzt musste Elin die Frau ihres Cousins davon überzeugen, dass Simon nicht in Gefahr war. Die Tatsache, dass Sandra Falk in einer festen Beziehung war, wie Elin nebenbei erfahren hatte, konnte dabei helfen.

Für heute einigten sie sich darauf, dass Elin ihr am nächsten Tag Bescheid geben würde.

• ■ ■ ■ •

Zwei Wochen später zeigte Elin ihrer neuen Mitarbeiterin die einzelnen Objekte, die sie betreute. Das Gymnasium hob sie sich bis zum Schluss auf. »Ich habe mir gedacht, dass wir hier morgen gemeinsam die Schäden des Dauerregens beseitigen«, erklärte sie, den Blick auf den Eingangsbereich gerichtet, wo einzelne Grüppchen von Schülern sich miteinander unterhielten. Mehr oder weniger jedenfalls; einige spielten auch bloß mit ihren Smartphones herum. Aber die meisten schienen aufgeregt, lachten, bildeten eine Traube aus jugendlichen Emotionen.

Elin richtete den Blick auf einen Punkt jenseits des Schulgeländes, an dem sich die Häuserreihen und der graue Himmel scheinbar berührten. Sie verstand sich selbst nicht mehr. Vor nicht allzu langer Zeit hatte sie für die Schüler kaum einen Blick übrig gehabt, sondern ihre Aufgabe einzig darin gesehen, ihre Arbeit zu erledigen. Alles andere war nebensächlich gewesen, unwichtig. Erst Rubys Verlorenheit hatte sie aus dieser Gleichgültigkeit gerissen. Und nun?

Elin redete sich ein, dass das anhaltend schlechte Wetter an ihrer düsteren Stimmung schuld war. Das war die einfachste Erklärung, die kein weiteres Nachdenken erforderte. Sie weigerte sich fast trotzig, andere Möglichkeiten in Betracht zu ziehen – zum Beispiel, dass sie Lara nicht mehr gesehen hatte, seit sie die Aufzugsreparatur in Biestow beendet hatte. Oder auch, dass Ruby sie nicht mehr um Rat fragte.

Dabei war es doch genau das gewesen, was sich Elin gewünscht hatte: endlich wieder ihre Ruhe zu haben. Und nun musste sie feststellen, dass sie die junge Frau vermisste. Sie war in ihr altes Leben zurückgekehrt – und sie hasste es. Warum war das vorher nicht der Fall gewesen? Diese Frage stellte sie sich seit Tagen. Und wenn sie ehrlich war, dann war die Antwort eindeutig: weil sie nicht gewusst hatte, wie einsam sie war.

»Wann fangen Sie denn üblicherweise an?«

Elin zuckte leicht zusammen. Sie war so in Gedanken gewesen, dass sie Sandra Falk völlig vergessen hatte. Entschuldigend lächelte sie ihre Mitarbeiterin an. »Ach ja ... Das wollte ich vorhin schon sagen: Unter uns Handwerkerinnen können wir uns doch duzen.«

»Ja, gern.« Sandra nickte Elin unverbindlich lächelnd zu.

»Gut.« Elin zwang sich, nicht wieder zur Schulpforte zu linsen, sondern sich auf Sandra zu konzentrieren. »Wo war ich?«, murmelte sie.

»Bei morgen«, erwiderte Sandra. »Wann ich hier sein soll.«

»Genau«, sagte Elin, trotz aller Bemühungen immer noch etwas abwesend. Es war ihr zwar egal, was Sandra von ihr halten mochte; in deren Arbeitsvertrag stand nirgendwo, dass ihre Chefin für sie ein offenes Buch sein musste. Aber ganz allmählich wurde es Elin selbst peinlich, dass sie so wenig bei der Sache war. »Es reicht«, sagte sie laut. Auf Sandras fragenden Gesichtsausdruck hin improvisierte sie rasch: »Wenn du um halb acht hier bist.«

»Schließt du denn nicht das Tor auf?«, fragte Sandra.

»Doch, klar. Ich bin ja auch schon etwas eher hier.« Und diese halbe Stunde wollte Elin für sich haben. In Ruhe alles vorbereiten, ohne dass ihr jemand über die Schultern schaute oder sie mit Fragen löcherte.

Ich könnte dich erwürgen, Simon, schimpfte Elin nicht zum ersten Mal in den letzten Tagen innerlich mit ihrem Cousin. Der hatte darauf bestanden, dass Sandra heute einen ersten Einblick bekam, damit sie morgen anfangen konnte. Dabei hatte er sicher nicht erst seit heute Morgen gewusst, dass er selbst sich mit Kunden und dem Steuerberater treffen würde. Auch die Termine, die bei ihm in den nächsten Tagen noch anstanden, kamen nicht aus heiterem Himmel. Simon hatte sie ausgetrickst, und sie konnte nichts mehr dagegen tun.

Pflichtbewusst bot Sandra an: »Wenn du möchtest, kann ich auch früher.«

Elin wollte gerade verneinen, als ein Motorengeräusch ihren Blick zum Schulparkplatz lenkte. Diesen silberfarbenen Kleinwagen kannte sie. Ihr Magen verkrampfte sich. Atemlos beobachtete sie, wie Lara ihr Auto schwungvoll in eine fast zu enge Parklücke lenkte und die Fahrertür dann nur einen Spaltbreit öffnete – gerade so weit, dass sie sich hinauszwängen konnte. Die Verrenkungen, die sie dabei vollzog, waren so abenteuerlich, so überhaupt nicht ladylike, so . . . süß.

Elin bekam ganz weiche Knie.

Doch sofort versteifte sie sich. Lara war unerreichbar für sie. Emotional und auch räumlich. Das hatte Elin während der letzten zwei Wochen zur Genüge mit sich selbst ausdiskutiert. Dabei hatte sie sich gerade in den ersten Tagen nach dem letzten Gespräch alle möglichen Vorwände überlegt, um Lara wie zufällig über den Weg zu laufen.

Einmal hatte es sogar beinahe funktioniert. Es war der Tag, an dem Sven Rudolph ihr Bescheid gegeben hatte, dass ihr Auto abholbereit war. Erwartungsvoll war sie im Autohaus angekommen und musste erfahren, dass Lara eine Viertelstunde vor ihrem Eintreffen nach Hause gefahren war. An diesem Tag hatte Elin aufgehört, sich Szenarien auszudenken.

Jetzt presste sie die Zähne fest aufeinander, um nicht bitter aufzulachen. Denn es war wohl nicht zu leugnen: Irgendwo, tief drinnen, hatte sie sich Hoffnungen gemacht. Hoffnungen, die jeder Grundlage entbehrten. Lara hatte sich immer nur Sorgen um ihre Tochter gemacht, und nachdem sie nun wusste, dass die unbegründet waren, musste sie sich auch nicht mehr mit Elin beschäftigen.

Elin atmete kurz durch und wandte sich wieder Sandra zu, die immer noch mit bemerkenswerter Geduld auf eine Antwort wartete. »Entschuldige, ich bin heute etwas neben der Spur.« Mit einem Ohr lauschte sie dem Rhythmus, den Laras Schritte auf dem Kiesweg zum Haupteingang verursachten.

Das knirschende Geräusch schien lauter zu werden. Kam Lara näher?

Um Sandra zu zeigen, dass sie nun ihre volle Aufmerksamkeit hatte, trat Elin einen Schritt auf sie zu und schenkte ihr ein strahlendes Lächeln. »Also: Du musst nicht früher kommen.« Gleich würde sie einen Krampf in den Gesichtsmuskeln bekommen. Für ihr Gegenüber musste ihr Lächeln ziemlich seltsam wirken, aber Elin wollte verhindern, dass sich ihre wahren Empfindungen auch nur ansatzweise in ihren Zügen abzeichneten.

Wenn du so weitergrinst, denkt sie noch, dass du etwas von ihr willst. So ein Missverständnis hatten wir schließlich schon lange nicht mehr.

Plötzlich wurde ihr bewusst, dass die Schritte verstummt waren. Die Stille hatte etwas Gespenstisches. Ihr Herz begann zu rasen, und ihr Lächeln verschwand. Sie drehte den Kopf. Einige Meter entfernt stand Lara auf dem Kiesweg, als sei sie mitten in der Bewegung eingefroren. Einzig der Stoff ihrer Bluse und die Enden der Hosenbeine bewegten sich im leichten Wind.

Ohne wirklich zu wissen, was sie da sagte, erklärte Elin: »Das, was am Anfang zu tun ist, pack ich allein. Da würden wir uns nur gegenseitig im Weg stehen.« Das Ende des Satzes erstarb in einem Murmeln.

Sollte sie hinübergehen und Lara begrüßen? Sie wusste es nicht. Vielleicht, wenn Lara ein Zeichen gäbe – noch weiter auf Elin zuging oder die Hand zum Gruß hob? Aber nichts dergleichen geschah. Lara warf einen kurzen Blick auf Sandra und schaute dann Elin an. Wie gern hätte Elin gewusst, was in Laras Augen stand, aber dafür war sie zu weit weg.

In diesem Moment kam wieder Leben in Lara. Ohne ein Wort oder einen weiteren Blick drehte sie sich um und marschierte aufrecht, mit hocherhobenem Haupt, auf den Eingang zu.

»Kennst du diese Frau?« Sandra war wohl inzwischen neugierig geworden. Auch ihre Augen folgten nun Lara.

Die pneumatische Tür öffnete sich, und das Innere des Gebäudes sog Lara förmlich in sich hinein.

»Nicht wirklich.« Elin hörte selbst die Resignation, die aus ihren Worten klang.

»Na, dann.« Sandra trat abwartend von einem Bein auf das andere. »Wenn wir dann soweit alles geklärt haben ... ich wollte mich noch mit meinem Bikerclub treffen.«

»Ja, klar. Einen groben Überblick hast du jetzt. Morgen gehen wir dann so richtig in die Materie.«

»Prima.« Sandra zog den Reißverschluss ihrer Lederjacke hoch, nickte Elin zum Abschied zu und eilte auf den Parkplatz, zu ihrem Motorrad.

Elin ihrerseits ging zum Schulgebäude. Sie sollte noch einmal nach der Eingangstür schauen. Ob sie sich auch vorschriftsmäßig öffnete und schloss. Doch auf halbem Weg zum Eingang machte sie wieder kehrt. Wem wollte sie etwas vormachen? In Wahrheit hoffte sie doch nur, dass Lara über sie stolperte. Aber Lara war eine kluge Frau. Sie würde es sofort merken.

Elin seufzte leise auf. Wie viel einfacher war ihr Leben gewesen, als sie nicht verliebt gewesen war. Da hatte sie sich nie so leer gefühlt wie jetzt. Ohne den üblichen Schwung schloss sie ihr Auto auf. Als sie sich hinter das Lenkrad zwängte, kam sie sich vor wie eine uralte Frau.

»Das geht vorbei«, erklärte sie ihren Augen, die ihr traurig aus dem Rückspiegel entgegenschauten.

Sie seufzte noch einmal auf. Schließlich steckte sie den Schlüssel ins Schloss, um den Motor zu starten. Das leise Brummen und die sanften Vibrationen brachten Elin wieder ins Gleichgewicht.

» ■ ■ ■ ■ «

»**W**enn du nicht gleich damit aufhörst, schreie ich.« Elin funkelte ihren Cousin vom Fond des Wagens an. Warum bloß hatte Ann darauf bestanden, heute am Steuer zu sitzen? Nur deshalb hatte Simon Zeit, sie mit der Suche nach dem besten Radiosender zu quälen.

»Du sagst ja nicht, was du hören willst«, beschwerte sich Simon.

»Alles, nur nicht dieses Durcheinander.«

Betont schwungvoll drückte Simon den Ausschaltknopf. »Besser?«

»Viel besser. Jetzt besteht keine Gefahr mehr, dass ich Madonna für die Sprecherin des Sportkanals halte, die die Börsenkurse vorliest und dabei *Am Brunnen vor dem Tore* singt.«

Simon drehte sich zu Elin um. »Was bist du heute wieder witzig.«

»Könnt ihr beiden bitte damit aufhören«, mischte sich Ann vom Fahrersitz her ein. Ein Knarzen war zu hören, als sie einen Gang hochschaltete.

»Schönen Gruß vom Getriebe«, murmelte Elin und warf Simon einen bösen Blick zu. Was machte sie eigentlich hier?

Seufzend sagte Ann: »Hör mal, Elin, wir haben dich nicht gezwungen, mitzukommen.«

»Aber ihr habt auch nicht lockergelassen«, gab Elin zurück.

»Du weißt genau, warum wir das gemacht haben.«

»Ja, ja. Ich muss mal wieder raus, unter Leute.« Elin hielt die Daumen in die Höhe. »Party feiern – yeah.«

Ann setzte den Blinker und reihte sich in die Rechtsabbiegerspur ein. »Warst nicht du diejenige, die sich ständig gefragt hat, ob ihre kleine Freundin wohl inzwischen bei ihrer Angebeteten weitergekommen ist?«, gab sie dabei zu bedenken.

Simon ergänzte: »Damit sie weiß, ob ihre Hilfe gefruchtet hat oder sie womöglich von vorn anfangen muss?«

»Und für die deshalb der heutige Abend die Gelegenheit ist, besagter Angebeteten auf den Zahn zu fühlen?«, schloss Ann.

Elin schnitt eine Grimasse. »Das stimmt ja alles. Aber jetzt tut es mir leid, dass ich mich hab breitschlagen lassen, mitzukommen. Allein der Gedanke, dass ich mir in einem stickigen Lokal die Selbstbeweihräucherung der Vereinsvorstände anhören muss ...« Sie schüttelte sich.

»Was willst du dann?« Ann musterte Elin im Rückspiegel. »Deine kleine Freundin selbst fragen?«

»Dann bin ich wieder zu nah dran«, gab Elin kleinlaut zu. Sie hatte sich selbst versprochen, genau das nicht zu tun, damit Lara nicht wieder auf falsche Gedanken käme.

»Also bleibt nur Kim. Und die triffst du eben heute Abend.« Für Ann schien damit alles geklärt.

Simon, der das Thema offenbar ebenfalls als abgeschlossen betrachtete, klopfte Elin leicht auf den Oberschenkel und erkundigte sich: »Wie sieht es eigentlich mit deiner Wohnungssuche aus?«

Elin schaute ihn teils beleidigt, teils belustigt an. »Willst du mich denn sofort loswerden?«

»Nicht mehr ganz so schnell wie gestern Abend«, entgegnete Simon, ohne eine Miene zu verziehen.

»Du hast dir den Anpfiff verdient, mein Freund. Denn inzwischen begleitet mich Sandra schon seit vier Tagen bei der Arbeit.« Elin gurtete sich ab und rutschte in die Mitte der Rückbank, um Simon direkt anschauen zu können. »Hatten wir denn nicht vereinbart, dass du dich um sie kümmerst? Stattdessen –«

»Jetzt hör endlich auf, deswegen zu schmollen, Cousinchen. Ab morgen ist sie dann eh bei mir, damit ich ihr die Objekte zeigen kann, für die sie zuständig sein soll.«

Umständlich legte Elin den mittleren Gurt an. »Trotzdem finde ich es nicht fair, dass ich die ganze Einarbeitungsphase an der Backe hatte.«

»Da hast du wenigstens Ansprache gehabt«, sagte Simon ohne jeglichen Spott. »Denn wenn ich mich nicht täusche, hattest du davon nicht viel – seit du nichts mehr mit der Kleinen und ihrer Mutter zu tun hast.«

Elin weigerte sich, darauf einzugehen. »Pfff«, machte sie nur.

»Also?«, drängte Simon.

»Also was?«

»Was tut sich an der Wohnungsfront?«

Elin verzog das Gesicht zu einem halbherzigen Lächeln. »Ich bin noch dabei, einen Schlachtplan zu entwickeln.«

»Sehr witzig«, brummte Simon. »Was ist das Problem?«

Elin dachte an die Wohnungen, die sie in den letzten Tagen besichtigt hatte. Von denen sich jede schon nach einer Minute disqualifiziert hatte: »Zu kleine Wohnräume. Da hat mein Lieblingssessel nicht genug Platz.«

Inzwischen waren sie am Ziel angekommen. Ann stellte den Motor ab und drehte sich zu Elin herum. »Kann es sein, dass du dich damit nur rausredest?«

»So ein Quatsch.« Jetzt gelang Elin das Lächeln. »Ich habe eben meine Vorstellungen. Und ein großes Wohnzimmer gehört dazu.«

»Und was noch?«, fragte Simon.

»Ruhige Lage, helle Räume, keine Dachschrägen, gut isoliert, nicht in der Pampa«, zählte Elin auf. Unversehens erschien das Bild von Laras Wohnung vor ihrem inneren Auge und Lara selbst, wie sie dastand, mit dem Rücken zu ihr und den Blick in weite Ferne gerichtet. Wie immer, wenn Elin an Lara dachte, fühlte es sich an, als hätte sie einen Schluck vom Whiskey ihres Vaters getrunken. Erst brannte es in der Kehle, dann breitete sich eine wohlige Wärme in ihrem Körper aus. Diese Wärme schwang in ihrer Stimme mit, als sie weitersprach: »Große Fenster, durch die ich den Sonnenaufgang beobachten kann. Wenn ich hinausschaue, möchte ich mehr sehen als nur Häuserwände und Dächer. Ich möchte in die Natur schauen.«

Ann grinste. »Am besten mit einer gewissen Frau zusammen.«

Aber Elin war zu sehr in ihren Erinnerungen versunken, um zurückzusticheln. »Wenn du es sagst.«

»Ich versteh dich nicht, Elin«, bemerkte Ann. »Warum klingelst du nicht einfach mal bei ihr?«

Elin räusperte sich. »Zu früh. Zu spät. Zu aussichtslos – such es dir aus.«

»In dem Fall wähle ich Möglichkeit Nummer vier«, mischte Simon sich ein. »Zu feige. Nämlich du, Cousinchen.«

»Du musst es ja wissen, Casanova«, gab Elin zurück, inzwischen leicht genervt. »Wenn ich mich recht erinnere, war es Ann, die bei euch den ersten Schritt gemacht hat.«

Mit einem schelmischen Lausbubengrinsen behauptete Simon: »Ich hab doch nur so schüchtern getan, damit sie mich bemerkt.«

»Klar doch.« Ann bedachte ihren Mann mit einem spöttischen Blick. »Du und nur so getan. Du hast den Mund kaum aufgekriegt.«

Immer noch grinsend gab Simon seiner Frau einen Kuss auf die Wange. »Wisst ihr, schüchterne Männer ziehen bei euch Frauen irgendwie. Fragt mich nicht warum. Aber es ist so.«

»Simon Petersen, der Frauenversteher«, murmelte Elin.

Im Rückspiegel sah sie, wie Ann grinsend die Augen verdrehte, bevor sie ausstieg.

Elin wollte es ihr gleichtun, aber Simon blieb sitzen und setzte seine Ausführungen unbeeindruckt fort: »Wenn das potentielle Paar zwei Frauen sind, wird es schwierig. Vor allem, wenn die eine ein Angsthase ist und die andere von nichts eine Ahnung hat.« Er drehte sich um und knuffte Elin leicht gegen das Knie. »Ich glaube, ich sollte mich demnächst nach einem neuen Auto umschauen.«

Für einen kurzen Augenblick fand Elin die Vorstellung, dass ihr Cousin mit Lara sprach, vielleicht sogar das eine oder andere aus ihr herauskitzelte, gar nicht so unattraktiv. Aber sie verwarf den Gedanken sofort wieder. Für ihr Liebesleben war sie allein verantwortlich. Und wenn es nach Elins Herz ging, sollte Lara darin die Hauptrolle spielen – egal, wie sehr sich ihr Verstand dagegen wehrte. In ihrem Kopf lief ein Film ab, in dem sie selbst in das Autohaus ging, Lara von ihrem Stuhl hochzog und in den Arm nahm. Sie küsste. Streichelte.

Sie senkte die Augenlider. Die Umgebung verschwamm und verschwand dann ganz. Dafür wurde in ihrem Inneren alles weiter und klarer, als durchflute sie ein Sonnenstrahl. Doch wie so oft beim Gedanken an Lara folgte unmittelbar darauf der Fels, der sich auf ihren Brustkorb legte und ihr das Atmen schwermachte. Sie presste die Augen fest zusammen und spannte alle Muskeln an. Dadurch wich der Druck von ihrem Herzen.

Aber für wie lange? Bei nächster Gelegenheit würde er wiederkommen, vielleicht nicht so heftig wie diesmal, aber unausweichlich. Sie konnte Lara nicht so einfach vergessen. Weil sie nicht wusste, was es war, das sie vergessen musste. Diese Ungewissheit, ob aus ihnen womöglich ein Paar hätte werden können, wenn nicht..., ließ sie nicht los.

Wie gern hätte Elin die Uhr zurückgedreht bis zu dem Tag, an dem Lara ihr das Horoskop vorgelesen hatte. Heute würde sie den Termin mit dem Rektor verschieben, um mit Lara mehr Zeit zu verbringen. Sie würde Lara um ein Wiedersehen bitten und nicht darauf warten, dass sie sich per Zufall in Rubys Schule trafen.

Aber da das keine Option war, blieben ihr im Grunde nur zwei Möglichkeiten: sich an die Sehnsucht gewöhnen oder mit Lara reden. *Und mich dann an die Sehnsucht gewöhnen.* Elin verzog das Gesicht.

»Wenn du die Luft noch weiter anhältst, erstickst du.«

Simons Stimme holte sie aus ihrer Starre. Sie riss die Augen auf und blinzelte. »Misch dich bitte nicht ein«, warnte sie ihn. »Das mit Lara bekomme ich schon selbst auf die Reihe. Ich muss nur etwas Gras über das Missverständnis wachsen lassen.« Und dann konnte sie immer noch entscheiden, welche der beiden Möglichkeiten die bessere war.

»Schon klar, Cousinchen.«

Erst jetzt merkte Elin, dass Simon immer noch seine Hand auf ihrem Knie liegen hatte. Jetzt drückte er leicht zu und zog den Arm anschließend zurück.

Elin runzelte die Stirn. »Du glaubst mir nicht?«

»Doch, doch.« Das gleichzeitige Kopfschütteln signalisierte allerdings das genaue Gegenteil. »Sobald du in die Gänge kommst, kriegst du immer alles auf die Reihe. Du brauchst nur manchmal so furchtbar lange. Da ist dann das Gras schon so hoch, dass einmal drübermähen nicht ausreicht.«

Mit einem leisen Schnauben stieg Elin endlich aus dem Auto. Schließlich waren sie hier, um zu feiern, und nicht, um sich zu unterhalten. Das hatten sie in den letzten Tagen für ihren Geschmack viel zu oft gemacht. Es war wirklich an der Zeit, dass sie eine Wohnung fand, damit ihr nicht ständig jemand Ratschläge unterbreitete, um die sie nicht gebeten hatte. Das machte die Sache schließlich auch nicht besser.

Als sie das leise Stimmengewirr aus dem Gasthof hörte, in dem der Verein zum Essen, Trinken und anschließenden Tanzen geladen hatte, fasste Elin einen Entschluss: Den morgigen Samstag würde sie für die Wohnungssuche nutzen und noch ein paar Besichtigungstermine vereinbaren, damit sie sich in Kürze für eine Wohnung entschließen konnte. Das war das Problem, um das sie sich vorrangig kümmern sollte. Dann hatte sie auch für alles andere den Kopf frei. Solange ihr jeder etwas einreden oder vorschreiben wollte, hatte es keinen Sinn, Entscheidungen zu treffen.

Wie Elin befürchtet hatte, zog sich der Abend in die Länge. Warum war sie nicht wenigstens selbst gefahren? Dann hätte sie nach dem Hauptgang gehen können. Jetzt saß sie hier fest und musste sich die Berichte zu den Trainingsergebnissen und den Erfolgen der Mannschaften anhören. Als sich dann auch noch herausstellte, dass am Ende ein neuer Vorstand gewählt werden sollte, wäre Elin am liebsten geflohen. Sie warf ihrem Cousin einen vernichtenden Blick zu – schließlich hätte er sie warnen können. Dem fiel das jedoch nicht auf, da er dem Trainer konzentriert zuhörte. Auch alle anderen hingen dem Redner an den Lippen.

Sie linste zu Kim und korrigierte sich: alle bis auf Kim. Die schaute immer wieder zu Elin. Dabei schien es ihr egal zu sein, dass Elin sie nun ertappt hatte, denn sie hielt ihrem Blick stand, statt sich peinlich berührt wegzudrehen.

Elin war irritiert. So offensiv hatte Kim sie noch nie gemustert. Das konnte nur bedeuten, dass die junge Frau irgendetwas von ihr wollte. War das nun gut oder schlecht? Zumindest erleichterte es das Vorhaben, mit Kim zu sprechen, dachte Elin. Sie musste nur auf die passende Gelegenheit warten.

Zum Glück dauerte der Bericht des Trainers nicht sehr lange. Sobald er geendet hatte, stand Elin auf. »Ich verzichte auf den Nachtisch und geh ein wenig spazieren«, sagte sie so laut, dass es auch an den Nachbartischen noch zu hören sein musste. Wenn Kim tatsächlich etwas mit ihr besprechen wollte, würde sie nun wohl reagieren.

Tatsächlich: Das Mädchen sprang so schnell auf, dass sie dabei beinahe das Colaglas vor sich umgestoßen hätte. Es war nur der Reaktionsschnelle ihrer Sitznachbarin zu verdanken, dass das Glas stehen blieb. Kim zuckte nur entschuldigend mit den Schultern und lief mit federnden Schritten auf Elin zu. »Ich hoffe, du hast nichts dagegen, wenn ich mitkomme«, sagte sie etwas atemlos.

Als Kim sich an ihr vorbei ins Freie drängte, erkannte Elin, dass ihre Augen fast nur noch aus den Pupillen zu bestehen schienen. Von dem üblichen leuchtenden Blau war kaum etwas zu sehen. Offenbar war die junge Frau nervöser, als es aus der Entfernung den

Anschein gehabt hatte.

Nachdenklich folgte Elin ihr zum Fluss. Kim musste etwas Schwerwiegendes auf dem Herzen liegen. Ob es mit Ruby zu tun hatte? Wegen etwas anderem würde Kim doch wohl kaum mit ihr reden wollen, oder? Elin war gespannt.

Die ersten Meter legten sie allerdings schweigend zurück. Manchmal bildete Elin sich ein, dass Kim den Mund öffnete, um etwas zu sagen – und ihn wieder schloss, bevor ein Wort daraus dringen konnte. Nach jedem fünften Schritt sah Elin aus dem Augenwinkel, dass Kim den Kopf zu ihr drehte und dann sofort wieder geradeaus schaute.

Eins, zwei, drei, vier, fünf, zählte Elin. Der nächste Seitenblick folgte. Doch diesmal behielt Kim Elin im Auge.

Als hätten sie sich abgesprochen, blieben sie gleichzeitig stehen.

»Du bist doch auch lesbisch?« Kim klang gelassen, als sie die Frage stellte. Die Coolness hätte Elin ihr sogar abgenommen, wenn Kim in den letzten Minuten nicht so offensichtlich herumgedruckst hätte.

Schon das Wörtchen »auch« in der Frage klang nach vorsichtigem Herantasten an etwas Größeres. Elin suchte in der Körpersprache der jungen Frau nach Hinweisen darauf, was es wohl sein könnte. Aber sie sah nur das gewohnte Bild: tief in den Hosentaschen vergrabene Hände, der Kopf etwas schräg, die Brauen leicht zusammengezogen. Alles in allem eine junge Frau, die keine Schwäche zeigte, sondern im Gegenteil ihr Schicksal selbst in die Hand nahm. Die nichts auf die lange Bank schob, sondern die Dinge ansprach, sobald es vonnöten war. Was also wollte sie zur Sprache bringen, das sie so viel Überwindung zu kosten schien?

Um sie dazu zu bringen, sich etwas mehr zu öffnen, lächelte Elin Kim an und nickte.

Kim erwiderte das Lächeln nur ansatzweise. Ansonsten schwieg sie.

Also begann Elin zu erzählen: »Das weiß ich, seit ich sechzehn bin. Eigentlich schon länger, aber meine Schwärmerei für Romy Schneider habe ich darauf zurückgeführt, dass sie in dem Jahr gestorben ist, in dem ich geboren bin. Und dass man bei diesen Augen und dieser Stimme einfach Herzklopfen bekommen muss.«

»Aber da hast du es noch nicht gewusst?«

»Nein.« Elin setzte sich wieder in Bewegung. Im Vorbeigehen griff sie in das üppig wachsende Springkraut und pflückte eine der Blumen. Während sie den süßlichen Duft einatmete, ließ sie für Kim die Erinnerung an damals aufleben: »Gewusst hab ich es, als ich Nadja das erste Mal gesehen habe, beziehungsweise ihre Stimme gehört. Das war Gänsehaut pur. Mir ist gleichzeitig heiß und kalt geworden.« Elin betrachtete die Blüte in ihren Fingern. »Ich glaube, ich hab sie angestarrt, als käme sie von einem anderen Planeten.«

»Und dann?«

»Dann hab ich versucht, ihr aus dem Weg zu gehen, weil mir meine Gefühle Angst gemacht haben. Aber das war verlorene Liebesmüh. Sie war für mich das Licht, und ich war die Motte.«

»Hast du ihr das gesagt?«

»Ja.«

Kim blieb wieder stehen. »Wie hat sie denn reagiert?«

Sollte Elin das erzählen? Wie Nadja sie ausgelacht und vor der ganzen Klasse lächerlich gemacht hatte? Welcher Spießrutenlauf darauf in der Schule gefolgt war? »Sagen wir es so: Sie hat meine Gefühle nicht erwidert.«

»Und wie hat sie dir das klargemacht?«

Elin stutzte. Die unverhohlene Neugierde, die aus Kims Worten herausklang, war beunruhigend. »Sie war unsensibel und hat mich dadurch sehr verletzt.«

»Hmm.« Kim nahm die Hände aus der Jackentasche und fuhr sich mit gespreizten Fingern durchs Haar. »Aber du hast es ja überwunden.«

In entschlossenem Ton verlangte Elin zu wissen: »Sag mal, Kim, worum geht es hier eigentlich?« Sie hatte eine Ahnung, die ihr überhaupt nicht gefiel.

»Es geht um Ruby.« Aus den Baumkronen löste sich ein Blatt und schwebte herunter. »Sie ... na ja ... ich glaube, dass sie ein wenig in mich verknallt ist.« Ein leichter Luftzug hob das Blatt direkt vor Kims Gesicht an. Es tanzte. Kim schnaubte und schlug es mit der Hand weg, bevor sie fortfuhr: »Ich mag sie ja ... so als Freundin. Sie ist ja auch süß, das streite ich gar nicht ab, aber mehr?«

Mit verärgertem Schwung warf Elin die Blume, die sie festgehalten hatte, in den Fluss. Wieso hatte sie Ruby überhaupt geholfen?

Wo es doch von Anfang an ein unsicheres Unterfangen gewesen war. Aber nein, sie hatte ihr immer wieder Mut gemacht und womöglich die Hoffnung noch vergrößert. Und sich vielleicht sogar getäuscht, was Kims Sexualität anging. In Zukunft sollte sie sich wirklich am besten aus allem heraushalten und andere Menschen meiden, so gut es ging.

Kim aber hatte offenbar noch nicht alles gesagt, was sie sagen wollte, denn plötzlich straffte sie die Schultern und holte tief Luft. »Du bist doch ihre Freundin?«

Elin drehte sich ihr langsam wieder zu. »Ja«, sagte sie gedehnt.

»Weißt du, ich hab mich neulich erst von meiner Ex getrennt.«

Eine Exfreundin? Es war zwar nur ein schwacher Trost, aber wenigstens hatte Elin sich nicht getäuscht: Kim war lesbisch. Was Ruby allerdings nicht half, da Kim nichts von ihr wollte.

Elin kickte einen Stein zur Seite. Sie sah ihm hinterher, bis er irgendwo im Gebüsch verschwand. Wäre es doch immer so leicht, Hindernisse aus dem Weg zu räumen.

Unterdessen rieb Kim mit der Schuhsohle über den Weg. In das knirschende Geräusch hinein gestand sie: »Bei meiner Ex war ich, glaube ich, so wie diese Nadja. Und ... na ja ... das möchte ich Ruby nicht antun.«

Elin spürte, wie alle Farbe aus ihrem Gesicht wich. Das durfte nicht wahr sein. »Du willst mich jetzt aber nicht bitten, dass ich für dich mit Ruby rede?«

»Doch.« Kim trat etwas näher zu Elin heran. »Weil – inzwischen habe ich dich ja öfter gesehen. Hier, beim Training ... in der Schule ... wie du so mit Ruby umgegangen bist. Sie hat mir viel von dir erzählt. Was für eine tolle Freundin du bist. Also, wenn eine ihr das schonend beibringen kann, dann du.«

Elin schüttelte den Kopf. »Was ist mit euch Teenies los? Bekommt ihr denn gar nichts selbst auf die Reihe?«, brach es aus ihr heraus. Sie machte sich nicht die Mühe, ihre Erschütterung zu verbergen. »Ich hab es satt, dass ich ständig Kohlen aus dem Feuer holen soll, die ich da nicht hineingeworfen hab.« Bei den letzten Worten hatte sie sich zum Gehen gewandt in der kurzzeitigen Absicht, einfach davonzustürmen, aber nun machte sie doch wieder kehrt. Einen Meter vor Kim stellte sie sich in Positur. Sie wollte der jungen Frau in die Augen schauen. Doch die wich aus.

Jetzt ärgerte Elin sich über ihre überzogene Reaktion. War es nicht ein Zeichen von Sensibilität, dass Kim nicht selbst mit Ruby reden wollte, um sie nicht zu verletzen? War es nicht auch ein Hinweis darauf, dass Kim viel für Ruby empfand – auch wenn es nicht das war, was Ruby erhoffte?

Und dennoch: »Es ist nun wirklich nicht meine Aufgabe, Ruby reinen Wein einzuschenken. Das siehst du hoffentlich ein.«

Die junge Frau kaute auf der Unterlippe. »Aber du kümmerst dich dann um sie?«

Elin neigte den Kopf ein wenig nach vorn, um Kim besser ins Gesicht schauen zu können. »Wie meinst du das?«

»Nun, du bist doch für sie da, wenn sie wegen mir unglücklich ist.« Kim kräuselte die Lippen. In einer anderen Situation hätte Elin gedacht, sie kämpfe gegen ein Lächeln. Hier war es wohl eher der Kampf gegen das schlechte Gewissen. »Schließlich sind wir ja in der gleichen Lerngruppe«, fuhr Kim fort, »und da zählen nur gemeinsame Leistungen. Wenn sich eine von uns da nicht ganz einbringen kann, leidet das Team.«

Es fiel Elin schwer zu glauben, dass es Kim nur um die Noten ging. Andererseits – Kim war die Steuerfrau eines Ruderteams. Dort gab sie genau die Anweisungen, die nötig waren, um zu gewinnen. Vermutlich wusste sie also auch, wie sie die Lerngruppe lenken musste, um sie zum Erfolg zu führen. So gesehen ergab ihre Bitte Sinn.

Elin dachte an Lara. Auch diese wollte zu hundert Prozent, dass ihre Tochter auf Kurs blieb.

»Also, was ist?« Kim hatte sich wieder gefangen, von Unsicherheit war nichts mehr zu sehen. »Wenn ich selbst mit Ruby rede: Kann ich ihr dann sagen, dass sie dich anrufen kann?«

»Sofern sie das will«, gab Elin zu bedenken.

»Doch, doch. Das will sie«, entgegnete Kim überzeugt. Im nächsten Moment zuckte sie fast unmerklich zurück. Es schien, als sei sie vor ihrer hastigen Antwort erschrocken.

Elin schob es auf jugendlichen Übereifer und darauf, dass Kim sie so dringend zur Zustimmung bewegen wollte. Dabei wäre das nicht nötig: »Ruby weiß doch, dass sie mich jederzeit anrufen kann.«

Kim hob einen Stein auf und warf ihn in hohem Bogen in den

Fluss. »Und? Hat sie das in letzter Zeit getan?«

»Das hat seine Gründe.« Und die gingen Kim nichts an.

Ein weiterer Stein flog in den Fluss. »Wenn du dich also nicht bei *ihr* meldest, werde ich ihr sagen, dass sich diese Gründe trotzdem erledigt haben.« Damit drehte Kim sich unvermittelt um und lief zurück zum Gasthof, ohne auf Elins Antwort zu warten.

Elin starrte in das Wasser, das in raschem Tempo an ihr vorbeifloss. Bestimmt war es kalt. Wie in diesem Fluss musste es in ihr aussehen. Vor wenigen Stunden hatte sie noch gedacht, dass sie sich langsam um ihr eigenes Leben kümmern könnte – und nun stand ihr Glück wieder auf dem Abstellgleis. Bis keine Gefahr mehr bestand, dass es mit dem Unglück anderer kollidierte. Denn in diesem Fall würde ein Trümmerfeld zurückbleiben, aus dem nichts Gutes mehr entstehen konnte.

»**W**ieso hab ich mich bloß von Ruby einspannen lassen?«, schimpfte Elin zu Hause, während sie sich ein Glas mit kalter Milch eingoss.

Simon griff an ihr vorbei in den Kühlschrank und holte ein Bier heraus. »Weil du nicht nein sagen kannst.«

»Nach dieser Geschichte werde ich es können.« Elin fasste sich an den Hals. Dort war der Puls am heftigsten zu spüren. Sie hatte das Gespräch mit Kim immer noch nicht verdaut.

Über eine Stunde war sie danach noch am Fluss spazieren gegangen. Aber es hatte nicht geholfen. Jedes Mal, wenn sie gedacht hatte, sie sei wieder einigermaßen im Gleichgewicht, hatte sie Rubys Gesicht vor sich gesehen, das sie schmerzerfüllt anschaute.

Ann nahm Elin das Glas aus der Hand und meinte: »Vor ein paar Wochen hättest du dich noch zurückziehen können. Jetzt ist es zu spät.«

»Das weiß ich auch.« Elin schloss den Kühlschrank und legte die Stirn auf die geschlossene Tür.

In ihrem Bauch rumorte es. Das Stechen, Ziepen und Grummeln verstärkte sich, bis sie von einem leichten Schwindel ergriffen wurde. Sie konnte doch nichts für Kims Gefühle. Und dennoch machte sie sich Vorwürfe.

Seufzend drehte sie sich um.

Ihren Cousin schien das Ganze nicht sonderlich zu beeindrucken. Seine ganze Aufmerksamkeit war auf seine Bierflasche gerichtet: Er setzte die Daumen am Verschluss an, drückte leicht, und mit einem leisen *Plopp* flog die Kappe nach vorn. Überraschenderweise hakte er dann doch noch nach: »Wieso das denn?«

»Weil Elin schon zu tief in der Geschichte drinsteckt, Schatz«, übernahm Ann die Erklärung.

Simon lehnte sich gegen die Anrichte. »Ich versteh dein Problem nicht, Elin. Du bist Rubys Freundin – okay. Aber warum machst *du* so ein Drama aus *ihrem* Privatleben?«

»Mein Problem ist, dass es für Ruby ein Drama sein wird«, murrte Elin. Sie wollte nach ihrem Milchglas greifen, merkte, dass Ann es leergetrunken hatte, und verdrehte die Augen.

Simon hatte gerade die Bierflasche an die Lippen gesetzt. Nun nahm er sie ohne zu trinken wieder herunter. »Na und? Sie wird sich bei dir ausheulen. Und in ein paar Wochen wird sie sich in jemand anderes verlieben. So ist das mit siebzehn.«

»Das kann auch nur ein Kerl sagen«, protestierte Ann und boxte ihrem Mann auf den Oberarm. »Klar wird sie darüber hinwegkommen. Aber erst einmal wird sie todunglücklich sein. Auch *so* ist das nämlich mit siebzehn.«

Elin zog einen Küchenstuhl heraus und ließ sich darauf niedersinken. Am liebsten hätte sie mit dem Kopf auf die Tischplatte geschlagen, immer und immer wieder, aber stattdessen seufzte sie nur tief: »Ich wandere aus.«

»Das machst du nie im Leben«, sagte Ann ungerührt.

Elin stützte ihren Kopf in beide Hände. »Am Donnerstag haben wir den Termin am Gymnasium. Ich geh mal davon aus, dass ich da nicht mehr sehr lange arbeiten werde.«

»Und was soll dir das bringen?«, fragten Ann und Simon gleichzeitig.

»Abstand.« Elin richtete sich auf. »Wenn ich nicht vor Ort bin, muss ich Rubys Unglück nicht jeden Tag mit anschauen.«

Ann trat neben Elin, legte ihr einen Arm um die Schultern und meinte teilnahmsvoll: »Das ja. Aber geh mal davon aus, dass dich die Kleine nach Feierabend mit Beschlag belegen wird.«

»Vielleicht. Vielleicht auch nicht.« Elin stöhnte leise auf: »Ich hab das Gefühl, als ob ich wieder genau am Anfang stehe. Ruby hat Liebeskummer, und ich soll ihr da raushelfen.«

»Ach, Cousinchen, du packst das schon«, sagte Simon ermutigend, bevor er die Bierflasche wieder zum Mund hob und endlich einen tiefen Schluck trank.

»Natürlich.« Elin sah ihn von unten her an. »Jedenfalls hab ich beschlossen, dass ich nächstes Wochenende zu Mama und Papa fahren werde. Deine Wettschulden kannst du auch später mal einlösen. Aber ich muss einfach mal wieder nach Island.«

»Wieso fährst du nicht schon dieses Wochenende?«, fragte Ann.

»Weil ich vorher alles geklärt haben möchte. Die Sache am Gymnasium. Das mit Kim und Ruby. Sonst hätt' ich keine Ruhe. Tja, und dann wollte ich mir am Mittwoch noch eine Wohnung anschauen.«

»Echt jetzt?« Simon schwang sich neben Elin auf einen Stuhl. Auch Ann setzte sich hin.

Elin schmunzelte, als ihr zwei große Augenpaare entgegenblickten. »Ja. Ich hätte sie ja gern schon morgen angeschaut, aber da werden wohl noch ein paar Renovierungsarbeiten durchgeführt. Am Mittwochmorgen kann ich bei Herrn Dornhagen den Schlüssel holen und mich dann nach Herzenslust und so lange ich will umsehen. Die Pläne, die er mir geschickt hat, sehen jedenfalls schon mal gut aus. Und auch die Gegend –«

Ann rückte mit dem Stuhl noch näher an den Tisch heran. »Wieso hast du nichts davon erzählt? Soll ich mitkommen?« Sie schien Feuer und Flamme.

»Ihr wart zu sehr damit beschäftigt, meine Freizeitaktivitäten zu planen. Da blieb keine Zeit für so unwichtige Sachen«, antwortete Elin mit einem süffisanten Lächeln. »Und ja, Ann – du kannst gern mitkommen. Du gibst sonst eh keine Ruhe.«

Das tat Ann tatsächlich nicht, und Elin war froh darüber. Gerade heute, da wieder eine Arbeitswoche begonnen hatte.

Den ganzen Vormittag hatte sie darauf gehofft, Ruby irgendwo zu sehen – und war gleichzeitig froh darüber, dass das nicht passiert war. Denn dadurch musste sie sich nicht entscheiden, ob sie mit der jungen Frau reden sollte oder nicht.

Und jetzt gerade war das Risiko, dass sie diesem Dilemma ausgesetzt würde, eher gering. Denn es war nicht anzunehmen, dass Ruby plötzlich im Waschraum der Lehrerinnen stehen würde.

Elin schob sich unter einem der Waschbecken hervor. »Manchmal möchte man meinen, dass die sich zu Hause nie kämmen«, schimpfte sie, während sie das Abflussrohr von einem dicken Haarknäuel befreite. Sie kontrollierte noch einmal, ob sie alles erwischt hatte, um eine neuerliche Verstopfung zu verhindern. Schließlich nahm sie wieder die vorherige, halb liegende Position ein und beendete die Reparatur am Abfluss. Dabei nahm sie die Überlegungen bezüglich Ruby und Kim wieder auf.

Wer wusste schon, ob Ruby nicht womöglich auf sie losgehen würde? Noch ein Grund, warum es gut war, dass die junge Frau bisher nirgends zu sehen gewesen war.

Ächzend erhob sie sich neuerlich vom Boden. Sie drehte den Wasserhahn auf und wartete, ob das Wasser ablief. In immer kleiner werdenden Kreisen bewegte es sich auf den Abfluss zu – und wurde dort ordnungsgemäß nach unten gezogen. Der Fehler war behoben.

Elin ließ das Wasser noch ein Weilchen weiter laufen, um auf Nummer sicher zu gehen. Oder vielleicht auch, um die Ruhe hier noch etwas länger genießen zu können.

Eigentlich, erkannte sie, wäre sie nicht enttäuscht, wenn sie nicht mehr an diesem Gymnasium arbeiten müsste. Hier waren ihr definitiv zu viele Menschen, zu viel Hektik, zu viele Probleme. Und durch Ruby zu viel Vermischen von Beruf und Privatem. Mit etwas mehr Schwung als nötig warf Elin die Rohrzange in den Werkzeugkoffer.

Sollte ihr Ruby allerdings tatsächlich eine Szene machen wollen, war es unerheblich, ob das hier oder irgendwo anders passierte. Das eine hätte berufliche Folgen, die sie in Kauf nehmen würde. Aber die privaten Folgen waren in jedem Fall unvorhersehbar. Was sollte sie also tun?

Elin beschloss, die nächsten zwei Tage abzuwarten. Morgen, am Dienstag, würde ohnehin Simon am Gymnasium sein, damit sie andere Termine wahrnehmen konnte; in drei Häusern mussten die Heizungsanlagen gewartet werden. Am Mittwoch stand die Wohnungsbesichtigung an, von der sie sich viel versprach. Und danach – das nahm sich Elin fest vor – danach würde sie Ruby anrufen. Sofern die sich nicht vorher meldete.

Elin hatte viel mehr Zeit für die Wohnungsbesichtigung als gedacht, weil Simon kurzerhand beschlossen hatte, sie auch noch am Mittwochvormittag am Gymnasium zu vertreten. Sie vermutete, dass Ann ihn dazu gedrängt hatte, um ihr noch einen weiteren Tag Verschnaufpause zu gönnen. Dafür war sie den beiden sehr dankbar. Zumal sie sich die Wohnung dadurch schon am Morgen anschauen konnte und die Gelegenheit hatte, jeden Quadratzentimeter zu inspizieren. Sie maß alle Wände genau ab und verglich die Ergebnisse mit den Angaben in den Unterlagen, die sie von Per Dornhagen bekommen hatte.

Ann hielt sich bei alledem glücklicherweise zurück. Entweder weil sie Elin bei ihrer Entscheidungsfindung noch nicht stören wollte oder weil sie gedanklich anderweitig beschäftigt war. So oder so – Elin wusste, dass Anns Schweigen nicht von Dauer sein konnte.

Und tatsächlich. Kaum hatte Elin die letzte Messung beendet, sagte Ann: »Eigentlich kannst du jetzt ja mit Lara reden.« Und noch ehe die verblüffte Elin reagieren konnte, fuhr sie schon fort: »Wenn du mich fragst, dann solltest du die Wohnung nehmen.«

Ann und ihre Art, immer mehrere Dinge auf einmal zu klären. Wie sollte man da das richtige Thema aufgreifen, wenn man nie wusste, ob Ann nicht in Gedanken schon wieder woanders war? Auf Verdacht, mit dem Wohnungsthema richtig zu liegen, sagte Elin: »Du hast recht.« Zugegebenermaßen war es auch das einzige Thema, über das sie im Augenblick reden wollte.

»Du wirst also mit Lara reden?«, fragte Ann.

Knapp daneben. »Nein. Ich werde die Wohnung nehmen«, erklärte Elin.

»Wie? Du willst nicht mit ihr reden?« Ann baute sich vor Elin auf und hinderte sie dadurch daran, den Balkon zu begutachten, den sie als einziges noch nicht in Augenschein genommen hatte.

Möglichst beiläufig erwiderte Elin: »Das werde ich machen, wenn alles andere geklärt ist.«

Ann musterte sie mit durchdringendem Blick. »Simon hat recht: Du bist ein Feigling, Elin.«

»Nennen wir es doch lieber Realistin«, schlug Elin vor. Auch wenn sie zugeben musste, dass sie wahrscheinlich übervorsichtig war. Aber sie wollte alles richtig machen.

Lara war die erste Frau, die sie wirklich lieben könnte. Nicht nur ein bisschen verliebt sein. Sie wollte von Lara so viel mehr als ihre körperliche Hingabe. Sie wollte ihre Gedanken teilen und ihre Sorgen. Bei Wind und Wetter mit ihr am Strand entlangspazieren. Mit ihr lachen, ihre Sorgenfalten verschwinden lassen. Sie trösten, wenn sie wegen ihrer Eltern traurig war. Sich vor sie stellen, wenn ihr jemand Böses wollte. Elin wollte an Laras Leben teilhaben, bei Tag und bei Nacht. Und selbstverständlich wollte sie auch das mit der körperlichen Hingabe. Mehr als ihr im Augenblick guttat, denn ihr Blut begann bei der bloßen Vorstellung, Lara im Arm zu halten, förmlich zu kochen. Ihre Fingerspitzen bewegten sich unwillkürlich, weil sie in Gedanken Laras Lippen nachzeichnete.

Ein leichter Stoß an ihre Hüfte riss sie aus ihrer Versunkenheit. Sie sah in Anns grinsendes Gesicht. »Wenn Realistinnen so aussehen wie du gerade, dann besteht noch Hoffnung für diese Welt.«

»Du weißt genau, worum es mir geht«, entgegnete Elin. Sie schob Ann zur Seite und trat auf den Balkon. Hier könnte sie sich wohlfühlen. Sie legte ihre Hände auf die Brüstung und atmete tief durch.

Ann stellte sich neben sie und legte eine Hand auf Elins. »Pass nur auf, dass du nicht den richtigen Zeitpunkt verpasst.«

»Und der wäre deiner Meinung nach?«

»Vor drei Wochen«, antwortete Ann unumwunden.

»Sehr witzig.«

»Wenn dir der nicht passt – dann ... gleich nachdem du mit Ruby geredet hast.«

»Oder sie mit mir.«

»Oder auch das. Jedenfalls solltest du nicht wieder so lange warten, bis es zu spät ist.«

»Erst muss ich sicher sein, dass Ruby mir keine Vorwürfe

macht«, murmelte Elin.

»Wieso sollte sie das tun?«, fragte Ann verständnislos. »Du kannst doch nichts dafür, wenn diese Kim nichts von ihr will.«

»Tja, Ann.« Elin zog ihre Hand fort. »Du vergisst, dass es um eine Siebzehnjährige geht. Die suchen immer jemanden, den sie für ihr Unglück verantwortlich machen können. Wir waren da nicht anders.«

»Hm. Stimmt.« Ann zog einen Mundwinkel zur Seite. »Da ist schon die eine oder andere Freundschaft dran zerbrochen.«

Elin beugte sich etwas über das Geländer und betrachtete die Grünflächen, die direkt vor dem Haus angelegt waren. Sie hielten den Verkehrslärm der Straße auf Abstand und sorgten für eine friedvolle Atmosphäre, ein weiterer Pluspunkt für diese Wohnung. »Und da Ruby nun einmal Laras Tochter ist, wird es schwierig«, seufzte sie. Sie stellte sich vor, wie das Ganze im Winter wirken würde. Die Büsche, vom Schnee nach unten gedrückt. Schneemänner, die Wache schoben. Das Bild gefiel ihr.

Dennoch war sie sich nicht sicher. Die Hauptstraße war zu nahe. Wirkliche Natur konnte sie nur zwischen den Häuserreihen erkennen, wo das Meer hindurchblitzte.

Sie ging zurück in die Wohnung. Mitten im großzügig geschnittenen Wohnzimmer blieb sie stehen.

Worauf wartete sie eigentlich noch? Seit Wochen schaute sie sich Wohnungen an, und bei jeder fand sie einen Makel. Sie wollte die perfekte Wohnung. Aber gab es das denn? Sie selbst war schließlich auch nicht perfekt. Das bedeutete doch, dass sie eine Wohnung brauchte, die in ihrer Unvollkommenheit perfekt zu ihr passte.

Sie deutete auf die Stelle vor sich: »Hier kommt mein Sessel hin.« Damit war die Entscheidung gefallen.

»Sehr gut, Elin«, sagte Ann begeistert und hakte sich bei Elin ein. »Was für ein Glück, dass Herr Dornhagen diese Wohnung für dich freigehalten hat. Jetzt brauchst du nur noch die restlichen Möbel.« Im Geiste schien sie bereits eine Liste der anzuschaffenden Möbelstücke durchzugehen.

Elin selbst interessierte die weitere Einrichtung wenig. Sie hatte hier ihren Platz gefunden. Alles Weitere würde sich schon ergeben.

Da sie nichts sagte, bemerkte Ann in etwas mürrischem Ton: »Du kannst dich an der Planung ruhig beteiligen, Elin.«

Um ihren guten Willen zu zeigen, überlegte Elin und meinte schließlich: »Einen Wohnzimmerschrank, Esstisch, Stühle und Couch – mehr brauche ich nicht.«

»Du willst doch nicht wirklich das alte Zeug aus deinem Zimmer mitbringen?« Ann starrte sie ungläubig an.

»Ich will nicht, ich werde«, berichtigte Elin. Plötzlich hatte sie den Drang, so schnell wie möglich hier einzuziehen. Damit sie ebenso schnell den nächsten Schritt machen konnte. So musste es wohl sein, wenn ein Stein ins Rollen geriet. Bis er bewegt wurde, dauerte es eine Ewigkeit – aber dann konnte ihn nichts mehr aufhalten.

Bei diesem Gedanken setzte Elins Herz einen Schlag aus. Genau genommen war diese Vorstellung eher beunruhigend als ermutigend: Was, wenn sie nun einen Weg einschlug, von dem sich später herausstellte, dass sie ihn eigentlich nicht wollte – wenn eine Richtungsänderung schon nicht mehr möglich war? Anns Entgeisterung war wohl ein erster Hinweis darauf, dass sie die Dinge möglicherweise überstürzte. »Ich werde aber erst schauen, ob die Möbel überhaupt hier reinpassen«, lenkte Elin ein.

»Die passen nicht«, stand für Ann fest. »Morgen machen wir einen Streifzug durch die Möbelhäuser, und fertig.«

»Und wann soll ich deiner Meinung nach arbeiten? Außerdem habe ich den Termin am Gymnasium, falls du das vergessen hast.« Elin erinnerte sich mit leichtem Unbehagen an das letzte Mal, als sie mit Ann durch die Möbelhäuser getourt war. Damals hatte Elin ein Bett gebraucht. Der Einkaufstrip hatte Stunden gedauert, weil Ann an jedem in Frage kommenden Bett etwas auszusetzen oder nachzufragen hatte.

Ann jedoch schien das erfolgreich verdrängt zu haben, denn sie ließ sich von ihrem Vorhaben nicht abbringen. »Ihr habt doch jetzt Sandra«, wischte sie Elins Einwand beiseite. »Die kann für dich einspringen. Und der Termin ist um vier. Bis dahin sind wir längst fertig.«

Elin seufzte resignierend. Sie fragte sich, warum sie sich in diesen Belangen nie gegen Ann durchsetzte. Doch eigentlich war die Antwort ganz simpel: Elin hasste Einkaufen, und Ann liebte es. Dadurch ergänzten sie sich im Grunde ganz gut und schafften es, alles Notwendige in einem akzeptablen Zeitraum zu erledigen. Für heute hatte Elin allerdings genug vom Umzug und allem, was damit verbunden war.

Angesichts von Elins halbherziger Zustimmung rieb Ann sich die Hände. »Prima. Und was machen wir nun mit dem angebrochenen Tag?«

Elin grinste. Der Moment ihrer Rache für die eben erlittene Niederlage war gekommen. »Ich möchte mal wieder nach Nienhagen.« Sie schaute auf den Boden, damit Ann ihr Gesicht nicht sehen konnte.

»Bist du verrückt?«, fragte Ann, erwartungsgemäß entrüstet. »Das kannst du knicken.«

Elin bemühte sich um einen unschuldigen Augenaufschlag. »Ich weiß nicht, was du hast. Es ist doch wunderschön dort.« Natürlich wusste sie genau, dass Ann eine vollkommen andere Vorstellung von »wunderschön« hatte. Genauso wie Elin eine andere Vorstellung davon hatte, wie eine Einkaufstour auszusehen hatte.

»Klar doch«, murrte Ann. »Ich kann mich nur erinnern, dass du mich beim letzten Mal stundenlang den Strand entlanggeschleppt hast und dann auch noch unbedingt in den Gespensterwald wolltest. Ein Baum nach dem anderen. Das war so was von langweilig. Vor allem, weil du die ganze Zeit fast kein Wort gesagt hast.«

»Dafür hast du genug geredet«, gab Elin zurück. Sie merkte, wie ihre Mundwinkel zu zucken begannen. »Vor allem geschimpft.«

»Ich hatte Blasen, Elin. Daumennagelgroß! Wenn du dich erinnerst.«

»Ich hab von Anfang an gesagt, zieh ordentliche Schuhe an. Aber auf mich hört ja keiner.« Elin schaute auf die Uhr. Sie hatte ihren Spaß gehabt, aber jetzt war es an der Zeit aufzubrechen. Nach Nienhagen wollte sie nämlich tatsächlich noch. Ohne Ann. Auch wenn sie ihr das nicht so direkt ins Gesicht sagen mochte.

Ann blitzte Elin triumphierend an. »Da ich heute wieder nur Sandalen anhabe, ist der Fall für mich sowieso erledigt.« Offensichtlich glaubte sie, Elin damit erfolgreich ausgetrickst zu haben. Elin ließ ihr die Genugtuung.

So ein Tempo hatte Elin beim Marschieren schon lange nicht mehr vorgelegt. Aber heute war ihr danach, sich auszupowern. Die Lungen sollten brennen. Und das Herz sollte endlich wieder einmal rasen, um den Körper schnell genug mit Blut zu versorgen.

Doch es hatte nicht geholfen. Das Rennen hatte sie zwar körperlich erschöpft, aber das Gedankenkarussell drehte sich munter weiter. Nun saß sie im weißen Sand und dachte in Ruhe nach.

Das Wohnungsthema war abgehakt. Und nun? Wie sollte es weitergehen?

Wobei das im Grunde nicht einmal die Frage war. Sie hatte sich ja schließlich etwas vorgenommen. Nun sollte sie es auch in die Tat umsetzen.

»Elin Petersen«, knurrte sie leise, »wie lange willst du dich noch wie ein ängstlicher Teenager aufführen?« Es war doch ganz einfach: Sie musste nur die richtigen Worte finden. Wie sie beim Anschließen einer Lampe die richtigen Drähte miteinander verband.

Der Gedanke gefiel ihr nicht besonders. Denn wenn man die falschen Drähte verband, gab es einen Kurzschluss. Das konnte ihr als Elektrikerin zwar nicht passieren – und selbst wenn, gab es immer die Möglichkeit, den Kurzschluss zu beheben. Aber bei Gesprächen war sie alles andere als ein Profi. Sie könnte das Falsche sagen und wäre dann womöglich nicht in der Lage, die Folgen zu verhindern.

Kurz war sie daher versucht, ihre Entscheidung zu revidieren. Dann fiel ihr ein, dass, wenn sie gar nichts unternahm, das Licht niemals leuchten würde. Also öffnete sie ihre Bauchtasche, holte ihr Handy heraus und wählte Rubys Nummer.

Sofort plapperte Rubys Stimme los: »Oh! Das tut mir leid. Ich weiß zwar nicht, was ich gerade mache, aber ich kann nicht ans Telefon. Ich hör aber den AB ab. Also ... sprechen Sie nach dem Piep.«

Das war eine recht eigenwillige Bandansage, stellte Elin fest. »Hallo, Ruby«, sagte sie zur virtuellen Ruby. »Ich bin's, Elin. Hör mal, ich muss mit dir reden. Am liebsten schon heute Abend, weil – in der Schule ist es irgendwie schlecht. Vielleicht kannst du dich ja bei mir melden, damit wir uns irgendwo treffen. Wir können ja ...«

Piep!, machte es, noch ehe Elin einen Treffpunkt vorschlagen konnte. Aber das war nicht so wichtig. Wenn Ruby anrief, konnten sie das noch klären. Die Hauptsache war, dass sie den ersten Schritt gemacht hatte.

Mit sich zufrieden hob Elin das Gesicht zum Himmel. Dort zogen vereinzelte Wolken dahin. Als Kind hatte sie es geliebt, gemeinsam mit ihrer Mutter in den Formen Figuren zu erkennen und einander mit ihrer Phantasie zu übertrumpfen. Das Spannende war, dass jede Wolke alles darstellen konnte. Die, die genau über der Fähre nach Dänemark stand, war ein feuerspeiender Drache. Elin nannte ihn Luise.

Sie lachte leise auf. Es war ihr egal, ob die anderen Strandspaziergänger es hören konnten; das Gefühl von Freiheit, dass sie hier draußen empfand, konnte ihr keiner nehmen. Sie inspizierte die anderen Wolken. Die eine, die gerade an Luise vorbeisegelte, war Roberta. Sie zog sogar eine Rauchwolke hinter sich her. Daneben türmte sich Per Dornhagen auf – der Bauchansatz war unverkennbar. Und hinten am Horizont sah sie ein Pärchen, das sich umarmte.

An dieser Formation blieb Elins Blick hängen. Sie sah zu, wie sie näher und näher kam – so konzentriert, dass sie alles andere ausblendete. Erst als es aussah, als würde das Paar auseinanderdriften, hatte sie wieder Augen für ihre Umgebung, hörte das Rauschen der Brandung und das Lachen und Rufen anderer Spaziergänger und spielender Kinder.

Und Laras Stimme, die fragte: »Darf ich mich zu dir setzen?«

Natürlich musste sie sich verhört haben. Seit Tagen hatte sie diese samtig weiche Stimme im Ohr, immer dann, wenn sie am wenigsten damit rechnete. Flüsternd, ernst, dann wieder mit einem Lächeln darin. Und manchmal auch dunkel vor Erregung. Aber das waren alles nur Wunschträume. Ihre überreizten Gedanken, die ihr Streiche spielten.

Nur diesmal hörte sie sie tatsächlich.

Elin wagte nicht aufzuschauen. Sie wollte die Enttäuschung vermeiden, falls es sich doch um eine Einbildung handelte.

»Darf ich nicht?«

Endlich richtete Elin sich auf. »Entschuldige«, sagte sie so gefasst, dass es sie selbst überraschte. »Klar darfst du.« Sie versuchte das fast schmerzhafte Klopfen ihres Herzens zu ignorieren und schaute Lara endlich an.

Der Anblick ließ sie noch etwas tiefer im weichen Sand versinken. Lara stand vor ihr in einer schwarzen Sporthose und einem schlichten weißen Top. Die Temperaturen waren inzwischen alles andere als sommerlich – was sich an Laras Körper ziemlich eindeutig bemerkbar machte. Elin musste schlucken. Mit Mühe schaffte sie es, nicht daraufzustarren. Sie hob den Blick etwas höher. Aber auch das beruhigte ihren Puls nicht. Die leichte Kuhle zwischen Hals und Schlüsselbein, die sanfte Rundung der Schultern – Elin wollte diese Stellen so gern berühren. Sie ballte die Hände zu Fäusten, um das Gefühl von nackter Haut unter ihren Fingerspitzen zu verdrängen.

Der schmerzhafte Druck der Nägel in die Handfläche sorgte endlich dafür, dass sie sich von ihren Phantasien losreißen konnte. Sie schaute auf den Platz neben sich, dann wieder in Laras Gesicht. »Wenn du magst, können wir auch zu einer der Bänke gehen. Ich meine, nicht, dass du nachher auch überall Sand hast. Der ist so schwer rauszukriegen.«

»Kein Problem«, bremste Lara den Redeschwall. Sie band den Pulli los, den sie sich um die Hüften geknotet hatte, und zog ihn über. »Ich bin mit dem Fahrrad da, da kann ich so viel Sand mit mir führen, wie ich will. Der schüttelt sich beim Fahren schon von selbst aus.«

Dankbar stellte Elin fest, dass der Pulli alles verdeckte, was ihr vorhin den Atem geraubt hatte. Um sich nicht schon wieder im Gedanken daran zu verlieren, sagte sie das Nächstbeste, was ihr einfiel: »Schön, dich zu sehen.«

»Gleichfalls.« Lara zog ein Bein an und legte den Kopf so auf das Knie, dass sie Elin anschauen konnte. »Ich wundere mich, dass du um die Uhrzeit hier unterwegs bist.«

Elin drehte sich ihr zu. Der Sand knirschte leicht. »Auch unsereins hat ab und zu frei.«

»Um am Strand zu sitzen?«

»Nein – oder nicht nur«, antwortete Elin und malte Figuren in den Sand. »Ich bin auf der Suche nach einer Wohnung. Besser gesagt, ich habe sie heute gefunden.«

Ohne eine Miene zu verziehen, verfolgte Lara Elins Bewegungen. »Hier? Am Ostseestrand?« Ein Windhauch wehte ihr eine Haarsträhne ins Gesicht. Sie ignorierte es.

Wie gern hätte Elin jetzt die Hand ausgestreckt und Lara die Strähne hinter das Ohr geschoben. Rasch drehte sie sich weg. Sie schob ihre Hände unter die Beine und betrachtete die Fähre, die am Horizont immer kleiner wurde. Erst nach ein paar Sekunden konnte sie antworten: »So sehr mir die Gegend auch gefällt – eine Wohnung hier liegt dann doch weit über meinem Budget.«

»Es ist wirklich wundervoll hier«, sagte Lara.

»Wundervoll«, bestätigte Elin. Allerdings meinte sie nicht nur die Gegend.

»Und trotz der vielen Leute auch friedlich. Findest du nicht auch?«

Laras Frage klang, als ob sie keine Antwort erwartete. Dennoch sagte Elin leise: »Ja.«

Danach schwiegen beide und starrten aufs Meer hinaus. Das heißt – Elin warf immer wieder kurze Seitenblicke auf Laras Profil. Manchmal ertappte Lara sie dabei. In diesen kurzen Augenblicken lächelten sie sich an. Offen und ehrlich. Ohne Hintergedanken. Ein Lächeln, das ausdrückte: »Wir verstehen uns.«

Elin wunderte sich ein wenig, dass ihr diese Stille nicht unangenehm war, wie es sonst so häufig mit Lara der Fall gewesen war. Aber heute war es anders. Sie fühlte sich wohl, spürte keinen Zwang, etwas sagen zu müssen.

Und Lara schien es ebenso zu gehen. Elin wusste nicht wieso, aber sie wusste es.

Sie wandte sich Lara ganz zu. Irgendwo, weit weg von ihnen, tollten Kinder im Sand. Ein Mann warf eine Frisbee-Scheibe, die ein rothaariger Hund aus der Luft fing und dem Mann zurückbrachte. Links von ihm stand ein Pärchen, das sich angeregt unterhielt – oder vielleicht stritten sie sich auch. All das waren unscharfe Bilder. Lara war hingegen klar und deutlich, sogar ihre Gefühle meinte Elin erkennen zu können. Sie wirkte in sich ruhend. Als hätte sie alles, was sie belastete, für den Augenblick hinter sich gelassen.

Irgendwann, es musste mehrere Minuten später sein, hob Lara den Arm und deutete auf die Wolkenformation, die auch Elin bereits aufgefallen war. Sie hatte sich weiterbewegt, aber ihre Form weitgehend beibehalten. »Das sieht aus wie ein Drache«, stellte sie fest. Ihre Stimme klang heiter und sorglos.

Lächelnd sagte Elin: »Luise.«

Laras Lippen kräuselten sich. »Jetzt, wo du's sagst.« Ihr Finger wanderte wenige Zentimeter nach unten: »Da ist auch ihr Hund.«

Elin folgte der Geste nur kurz, dann blieb ihr Blick an Laras Finger haften und wanderte von dort den Arm hinauf bis zum Hals. Eine Ader war zu sehen, in der das Blut pulsierte. Elin war fasziniert von dem Gedanken, dass sie Laras Herzschlag beobachten konnte.

»Edmund-Erwin«, sagte Lara. Ihr Kehlkopf bewegte sich mit jeder Silbe.

Zum ersten Mal lachte Elin nicht, als sie den Namen hörte. Zu sehr war sie in ihre Betrachtung versunken. So merkte sie zu spät, dass Lara längst nicht mehr in den Himmel, sondern auf sie schaute, den Kopf etwas schiefgestellt, als suche sie die Antwort auf eine Frage. Schuldbewusst drehte Elin sich weg.

»Wenn nicht hier«, fragte Lara, »darf man dann fragen, wo du eine Wohnung gefunden hast? Wo der Markt im Augenblick nicht so viel hergibt.«

Damit durchschnitt sie die Verbundenheit, die bis eben zwischen ihnen bestanden hatte. Das verletzte Elin. Es war irrational, aber sie fühlte sich um die gemeinsame Zeit betrogen. Ihr Schulterzucken geriet vielleicht eine Spur zu heftig, als sie antwortete: »Herr Dornhagen hat mir geholfen.«

Lara nickte. »Stimmt. Per hat so etwas erwähnt.«

Langsam kroch Kälte durch Elins Gliedmaßen. »Du redest mit Per Dornhagen über mich?«

»Das trifft es nicht ganz.«

»Was trifft es denn?«

»Er redet mit mir über dich.«

Der durchdringende Schrei einer Möwe ließ Elin zusammenzucken. Oder vielleicht waren es viel eher Laras Worte. »Und was erzählt er so?«, fragte sie rau.

In einer ungeduldigen Geste fuhr sich Lara durchs Haar. »Dass du Ruby fehlst. Dass sie unglücklich ist, weil sie nicht mehr mit dir reden kann – was auch immer ihr geredet habt.«

Damit zerstob Elins Hoffnung, dass Ruby mittlerweile mit der

Sprache herausgerückt war. In Laras Augen war ihre Tochter immer noch in Elin verliebt. Warum hatte Lara sie dann angesprochen? Sie hätte doch nur weiterfahren müssen, Elin hätte sie gar nicht bemerkt. »Hör mal —«, setzte sie an.

Lara schüttelte kaum sichtbar den Kopf. Ihre Augen waren geschlossen, als sie sagte: »Lass gut sein, Elin.«

Aber Elin konnte es nicht gut sein lassen. Erst Kim und nun Per Dornhagen — beide behaupteten, dass sie, Elin, schuld sei an Rubys Unglück. Sie musste wissen, ob Ruby das so darstellte. Nicht mutwilligerweise, sondern weil sie die Dinge einfach nicht zweifelsfrei und ohne Missverständnisse erklären konnte — wie sie schon mehrfach bewiesen hatte. »Hat Ruby dir denn dasselbe erzählt?«

Laras kurzes, freudloses Auflachen vermischte sich mit dem neuerlichen Schrei der Möwe. »Das kann ich dir leider nicht beantworten, weil meine Tochter seit Tagen nicht mit mir spricht.«

Ehe sie darüber nachdenken konnte, was sie da tat, rückte Elin näher an Lara heran. Nur noch wenige Zentimeter trennten sie. »Willst du darüber reden?«

Lara wich etwas zurück.

Sofort rutschte Elin wieder an ihre ursprüngliche Position. Mehr zu sich selbst als zu Lara sagte sie: »Dumme Frage. Warum solltest du ausgerechnet mit mir darüber reden wollen?«

»Tja, warum sollte ich das?« Gedankenverloren griff Lara in den Sand und ließ ihn durch die Finger rieseln. Ein kleiner Hügel entstand. Sie griff danach und begann von vorn.

Elin hielt den Atem an, um Lara bei ihren Überlegungen nicht zu stören. Nichts als das Rauschen des Meeres war zu hören. Die meisten Spaziergänger schienen verschwunden. Sogar die Möwe schwieg.

Schließlich kam Lara offenbar zu einer Entscheidung. Während sie ein weiteres Sandtürmchen aufschüttete, begann sie: »Wir hatten einen bösen Streit. Ruby war so unkonzentriert. Die Noten sind noch schlechter geworden. Und da bin ich so richtig sauer geworden.« Sie unterbrach ihre Tätigkeit, warf den Rest des Sandes fort und wischte sich die Hand an der Hose ab. »Jedenfalls ist sie dann in ihr Zimmer abgerauscht, und seither spricht sie nur das Nötigste mit mir.«

In Elin wuchs der Ärger wie Laras Sandtürme. Wie konnte Ruby ihrer Mutter so wehtun? Es war wirklich höchste Zeit, mit der jungen Frau zu reden. Gepresst sagte sie: »Sie wird sich beruhigen.«

»Klar wird sie das.« Lara machte Anstalten, sich zu erheben. Sie hatte sich schon vom Boden hochgedrückt, da ließ sie sich unversehens wieder fallen. »Und warum ärgerst du dich jetzt?«

»Weil ich nicht verstehen kann, dass Ruby so stur sein kann.«

Lara lachte, und diesmal klang es echt. »So ist meine Tochter. Wenn sie beleidigt ist, kann sie schon einmal mehrere Tage nicht mit mir reden.«

»Und wie hältst du das aus?«, fragte Elin ungläubig. Sie konnte sich nicht vorstellen, wegen irgendetwas tagelang beleidigt zu sein. Nur weil man einmal stritt, hieß das doch nicht, dass dann komplette Funkstille herrschen musste.

Lara hob eine Schulter. »In der Regel kommt sie irgendwann und entschuldigt sich.« Nun stand sie doch auf. »Diesmal muss sie aber erst meine Entschuldigung annehmen.«

Elin wollte die Unterhaltung nicht beenden. Wenn es eine Möglichkeit gab, noch etwas Zeit mit Lara zu verbringen, dann jetzt. Also erhob sie sich ebenfalls. Gleichzeitig, fast im selben Takt, klopften sich beide die Hosenbeine sauber. Rasch, um Laras möglichem Abschied zuvorzukommen, setzte Elin an: »Du hast also etwas zu ihr gesagt —«

»Ich würd' mich ganz gern bewegen«, unterbrach Lara. »Wenn du magst, kannst du mich ja begleiten.«

· ■ ■ ■ ·

Der Gespensterwald hatte auf Elin schon immer eine besondere Wirkung gehabt. Einerseits war es tatsächlich ein wenig unheimlich, durch die Baumreihen zu gehen. Kahle Stämme, von denen sich die ersten Äste erst Meter über dem Boden abzweigten. Je tiefer man in den Wald hineinging, desto dunkler wurde es. Und ruhiger. Das war die andere Seite des Gespensterwaldes: Im Herbst, wenn die Blätter bunt waren und die Sonne alle Farben warm leuchten ließ, war es Friede pur. Blätterrauschen. Vogelgezwitscher. Laub, das einen gehen ließ wie auf Federn.

Noch waren nicht viele Blätter von der satten, goldenen Farbe, die Elin so mochte. Aber das spielte heute keine Rolle, weil sie ausschließlich auf die Frau neben sich konzentriert war. Auf deren Atemzüge. Auf das Geräusch, das die Räder ihres Fahrrades auf dem Waldboden verursachten.

Inzwischen waren sie weit weg vom Strand. Sie hatten begonnen, sich Geschichten über den Wald zu erzählen. »Vielleicht treffen wir ja auf einen Geist«, flüsterte Lara.

Elin schenkte ihr ein leises Lachen. Für sich selbst führte sie die Geschichte fort: *Vielleicht kann der Geist dafür sorgen, dass ich ein paar Antworten bekomme.* Sie war sich zwar nicht sicher, ob sie darauf wirklich vorbereitet war, aber dennoch spürte sie das Bedürfnis nach Klarheit. Denn bei all ihren Überlegungen Ruby betreffend war eine Frage immer noch ungeklärt: Was empfand Lara? Und je nachdem, wie die Antwort ausfiel, würde sie das Ende ihrer Hoffnungen bedeuten.

»Achtung!«, rief es plötzlich von hinten. Gleichzeitig läutete eine Klingel. Rasch trat Elin einen Schritt zur Seite, so dass der Fahrradfahrer zwischen ihr und Lara hindurchbrausen konnte.

»So viel zum Thema Gespenster«, sagte Elin und lachte. Alles in diesem Wald war bizarr; ihre Gedanken hatten sich dieser Atmosphäre vermutlich schon angepasst. Sie nahm sich vor, einfach abzuwarten, was Lara zu sagen hatte, ohne sich den Kopf über die Folgen zu zerbrechen.

Lara stimmte in das Lachen ein. »Apropos unheimliche Wesen«, sagte sie fröhlich, »was hast du eigentlich mit Luise Reiher angestellt? Sie ist neuerdings so freundlich zu Ruby. Und sogar zu mir.«

Unschuldig fragte Elin: »Und was soll ich damit zu tun haben?«

Lara grinste breit. »Nun, das hat an dem Tag angefangen, als du das letzte Mal bei uns im Haus warst. Am Morgen war Frau Reiher noch bissig wie eh und je. Und am Abend hat sie Ruby gefragt, wie es ihr so geht und was die Schule macht. Als sie mich dann noch freundlich gegrüßt hat, war ich nahe dran, ihr an die Stirn zu fassen. Um zu schauen, ob sie Fieber hat.«

Die Vorstellung einer freundlichen Luise Reiher war geradezu absurd. Aber wieso sollte Lara das erfinden? Elins Standpauke – so unbeabsichtigt sie auch gewesen war – hatte offenbar ein Wunder bewirkt. »Per Dornhagen hat mir das eine oder andere über diese

Frau erzählt«, bemerkte Elin. »Vielleicht habe ich deshalb die richtigen Worte gefunden. Außerdem glaube ich, dass ihr Mann ihr auch das Passende gesagt hat.«

»Anscheinend. Denn so habe ich sie noch nie erlebt.« Lara blieb an einer Weggabelung stehen und wandte sich fragend an Elin. »In welche Richtung?«

»Geradeaus«, entschied Elin. Nach wenigen Metern erkundigte sie sich: »Ist Frau Reiher jetzt eigentlich zu allen anderen Mietern auch netter?«

»Keine Ahnung«, murmelte Lara. »Mich freut es jedenfalls, dass sie zu Ruby nicht mehr so biestig ist.«

Elin nickte. »Ich verstehe.«

»So, tust du das?«

»Klar.« Elin nickte wieder, diesmal heftiger. »Als Mutter willst du eben für dein Kind nur das Beste. Und dazu gehört, dass sie nicht angefeindet wird.«

»Vor allem nicht von ihrer Großmutter.«

Das konnte nicht sein. Elin musste sich verhört haben. Sie griff in die Lenkstange von Laras Fahrrad, um sie zum Stehenbleiben zu zwingen. »Von ihrer Großmutter?«, hakte sie nach.

Lara zog die Augenbrauen zusammen. »Ja. Ich dachte, du wüsstest es.«

»Woher sollte ich das wissen?« Elin war immer noch fassungslos.

»Weil Per dir von Luise Reiher erzählt hat.« Lara musterte sie. »Jetzt sag nicht, dass du hier im Geisterwald entgeistert bist?«

»Wenn schon, dann bin ich im Gespensterwald entgespenstert«, murmelte Elin. Aber keine von beiden lachte.

Lara legte ihre Hand auf Elins, die immer noch auf dem Lenker ruhte. »Jetzt schau nicht so beleidigt.«

Allmählich war Elin überfordert. Erst diese Nachricht, die sie erst einmal verdauen musste, und jetzt auch noch der unerwartete Hautkontakt. Sie war nahe daran, einfach davonzulaufen. Stattdessen krampfte sie ihre Finger fester um die Lenkstange und stierte auf Laras Hand, die ihre eigene regelrecht gefangen hielt. Dabei übte Lara keinerlei Druck aus. Ihre Hand lag federleicht auf Elins, eigentlich kaum zu spüren. Dennoch gab sie Elin keine Chance, sich zu befreien.

Lara musste das Chaos, das in ihr herrschte, gespürt haben, denn sie zog sich zurück. Nicht ruckartig, wie sie es sonst tat. Diesmal hob sie ihre Hand gerade so weit, dass die Wärme noch auf Elins Haut zu spüren war.

Elin hoffte, dass es ewig dauern würde. Und zugleich, dass es möglichst schnell vorbei wäre. Diese subtile Zärtlichkeit – es war einfach zu viel. Sie konzentrierte sich auf ihre Finger, zwang sie dazu, sich von der Lenkstange zu lösen, und nahm ihren Arm so langsam wie möglich zurück.

Um ihre Aufmerksamkeit in eine andere Richtung zu lenken, sagte sie das Erstbeste, das ihr einfiel: »Lukas Meier?«

Sie bekam keine Antwort. Lara starrte abwesend ins Leere.

»Lara?« Elin war froh, dass ihre Stimme normal klang.

Lara blinzelte. »Was? Ach so ... Ja, stimmt. Lukas Meier ist Rubys Vater.« Sie hatte wieder zu ihrem gewohnten Selbstbewusstsein gefunden.

Elin hätte sich über Laras Aussetzer gewundert, wenn die Familienverhältnisse sie nicht so sehr beschäftigt hätten. Außerdem sah sie die einmalige Gelegenheit, mehr über Lara zu erfahren, neue Einblicke in ihre Seele zu gewinnen. Antworten darauf, warum Lara so war, wie sie war. Vielleicht würde sie ja noch mehr von sich preisgeben.

Sie packte die Gelegenheit beim Schopf: »Warum, um Gottes willen, lebst du dann ausgerechnet in diesem Haus? Und hast dadurch auch noch Lukas Meier quasi vertrieben?«

Lara schob das Fahrrad abrupt wieder an und marschierte mit Riesenschritten los. »Es war nicht Rache, falls du das denkst«, stellte sie klar, ohne sich zu vergewissern, dass Elin ihr folgte.

Die setzte sich gerade in Bewegung, da rief wieder jemand hinter ihr: »Aufpassen!« Diesmal liefen zwei Jogger an ihr vorbei. Elin wartete, bis die beiden auch Lara überholt hatten, dann schloss sie zu ihr auf.

»Das habe ich keinesfalls gedacht«, erklärte sie. »Ich will nur verstehen, wie du in diesem Haus gelandet bist.«

»Willst du die kurze oder die lange Version?«

Elin hatte Mühe, mit Lara auf Augenhöhe zu bleiben, weil diese unversehens das Tempo verschärft hatte. »Welche dir lieber ist«, sagte sie etwas außer Atem.

»Meine Eltern haben mich rausgeworfen, und meine Tante hat

mich aufgenommen.«

Mehr sagte Lara nicht. Sie hatte sich offenbar für die Ultra-Kurzversion entschieden. Elin respektierte es, obwohl sie so gern so viel mehr hätte wissen wollen: wie Eltern ihr Kind vor die Tür setzen konnten, zum Beispiel. War es, weil Lara Ruby bekommen wollte? Oder weil sie überhaupt schwanger geworden war? Welche Diskussionen, Streitereien waren dem Rauswurf vorausgegangen? All diese Fragen hätte Elin gern gestellt. Aber sie tat es nicht.

»Das muss die Hölle für dich gewesen sein«, flüsterte sie stattdessen.

Lara schwieg. Die einzige Reaktion, die sie zeigte, war, ihre Schritte zu verlangsamen.

Elin musste sich wohl damit abfinden, dass das Thema für Lara erschöpft war. Für sie jedoch war es das noch lange nicht. Sie versuchte, sich Lukas Meier vorzustellen. Bis vor wenigen Minuten war er für Elin nur der perfekte Sohn gewesen, sonst nichts. Ein gesichtsloser Mann, der den ganzen Stolz seiner verschrobenen und ziemlich unsympathischen Mutter darstellte. Ein Mann, der sie nicht interessiert hatte. Doch jetzt war er plötzlich wichtig. Weil er Rubys Vater war. Weil Lara mit ihm geschlafen hatte, obwohl sie es mit einer Frau – einem Mädchen – hätte tun sollen.

Elin strich sich über die Schläfe – hauptsächlich deshalb, damit sie verstohlen zu Lara linsen konnte. Mit welcher Erhabenheit sie das Fahrrad durch den Wald schob. Vieles an dieser Haltung musste antrainiert sein. Vermutlich, um im Sog der Geschehnisse nicht unterzugehen.

Elin bemerkte, wie Lara die Stirn runzelte und an der Unterlippe kaute. Ihre Bewegungen verlangsamten sich zusehends. Da war etwas, worüber Lara angestrengt nachdachte. Schließlich schien sie zu einer Entscheidung gekommen zu sein, denn sie nahm das Gespräch wieder auf.

»Es war nur teilweise die Hölle«, erklärte sie, als habe es keine Pause gegeben. »Meine Tante war sehr streng. Sie hatte ihre Regeln, und daran musste ich mich halten. Ohne Kompromisse. Aber sie hat sich um mich gekümmert. Und vor allem hat sie sich um Ruby gekümmert.« Lara schaute Elin kurz an. »Sie hat meine Tochter vergöttert, musst du wissen. Schon allein deswegen werde ich sie immer in bester Erinnerung behalten. Egal, wie sie zu mir war,

Ruby musste bei ihr nie darunter leiden, dass ich sie zur Welt gebracht habe.«

»Bei ihr?«, hakte Elin nach. »Heißt das, dass Ruby bei anderen leiden musste?«

»Was denkst du?«, fragte Lara mit ironischem Unterton zurück.

Elin fröstelte es. Sie schlang die Arme um ihren Körper. Tonlos zählte sie auf: »Ihr Vater. Luise Reiher. Deine Eltern ...«

»Lukas war feige. Er hat das gemacht, was seine Mutter verlangt hat. Und die war der Meinung, dass ihr Sohn niemals Rubys Vater sein konnte. Schließlich hätte ich, das Flittchen, mit der halben Schule geschlafen. Und da Lukas über ein kleines Vermögen verfügte, müsste er als Vater herhalten. Wegen der Alimente. Das hat sie jedenfalls rumerzählt.«

»Was für eine Schlange«, zischte Elin. Sie umklammerte sich selbst immer fester. »Ihr Sohn, der Bankdirektor. Klar doch, dass er auch noch vermögend sein muss.«

»Das stimmt schon«, bemerkte Lara. »Sein Vater kam bei einem Polizeieinsatz ums Leben. Da hat er als Halbwaise eine stattliche Rente bekommen.«

»Na und?« Elin konnte ihren Zorn auf Luise Reiher nicht bremsen, und sie wollte es auch gar nicht. Inzwischen waren sie so tief in den Wald gelangt, dass es um sie herum immer düsterer wurde. Das passte perfekt zu ihrer Verfassung. Warum war sie letztens bloß nicht noch viel deutlicher geworden? Sie war noch viel zu freundlich zu Luise Reiher gewesen. »Deswegen hat er dich trotzdem geschwängert«, presste sie zwischen zusammengebissenen Zähnen heraus.

»Das musste sie auch akzeptieren, nachdem der Vaterschaftstest vorlag«, sagte Lara. Sie grinste leicht, wie Elin bei einem Seitenblick verwundert feststellte.

Wenn Lara mit der ganzen Sache so locker umgehen konnte, musste Elin das doch auch gelingen. Sie gab ihre verkrampfte Haltung auf, ließ die Arme fallen und versuchte ebenfalls ein Lächeln, als sie fragte: »Und dann?«

Lara lachte kurz auf. »Dann hat sie einen Dauerauftrag eingerichtet und klargemacht, dass ich nicht denken soll, dass dieses Kind jemals zu ihrer Familie gehören wird. Sie wollte nichts damit zu tun haben und ihr Sohn auch nicht. Basta.«

Die Worte hallten im Wald nach. Elin kam es vor, als würde jeder einzelne Stamm Silbe für Silbe reflektieren, und jedes Mal schien sich die Lautstärke zu steigern. Basta. *Basta. BASTA.*

Da holte Lara tief Luft. »Also, eigentlich bin ich ja zum Fahrradfahren hier. Ich werd dann mal wieder.« Sie schwang sich auf ihren Drahtesel. Die Räder machten genau drei Umdrehungen, bevor sie wieder bremste. Einen Fuß auf dem Pedal, den anderen auf dem Boden, sagte sie, ohne sich umzudrehen: »Ich fahr diesen Weg nachher auch wieder zurück.« Dann radelte sie endgültig los.

Elin lächelte ihr nach. Sie würde keinesfalls vom Weg abkommen.

- ■ ■ ■ -

Elin machte bewusst kleine Schritte. Immer wieder musste sie Joggern oder Radfahrern ausweichen. Sie hatte aufgehört zu zählen, wie viele es waren. Sie hatte auch aufgehört, immer wieder auf die Uhr zu schauen. Inzwischen waren mehr als vierzig Minuten vergangen, und Lara war noch immer nicht zurückgekommen.

Elin gab auf. Es hatte keinen Sinn, noch tiefer in den Wald zu gehen. Hier drinnen hatte sie plötzlich das Gefühl zu ersticken. Sie musste hinaus, Richtung Steilküste, ans Licht und an die weite, klare Luft.

Das Blätterrauschen, das Vogelgezwitscher, die gelegentlichen Schritte und Stimmen anderer Waldbesucher – alles klang mit einem Mal nach höhnischem Gelächter. Wie hatte sie annehmen können, dass Laras Worte ein Versprechen gewesen waren? Dass Lara nur etwas Zeit brauchte, bevor sie die Unterhaltung weiterführen konnte? Vielleicht schämte sich Lara, weil sie Elin so viel erzählt hatte. Nach vierzig Minuten Fahrradfahren sah sie das ganze Gespräch bestimmt in einem anderen Licht. Bereute es womöglich sogar.

Elin warf einen letzten Blick den Weg hinunter, der sich vor ihr wie ein Trichter verschmälerte. Dann drehte sie sich um. Es war an der Zeit zurückzugehen.

Ein Klingelton ließ sie innehalten. Automatisch trat sie einen

Schritt zur Seite, bevor ihr klarwurde, dass es ihr Handy war. Das Display zeigte Rubys Namen.

Möglicherweise war das Gespräch mit ihr wichtiger als ein weiteres mit Lara. »Schön, dass du zurückrufst, Ruby«, meldete sich Elin versöhnt.

»Du hast so dringend geklungen«, gab Ruby zurück. Sie klang nicht so aufgedreht wie sonst, sondern vielmehr ... misstrauisch. Diesen Unterton hatte Elin noch nie bei ihr gehört.

Beunruhigt verließ sie den Weg und lehnte sich an einen Baumstamm, um sich ganz auf Ruby konzentrieren zu können. »Ja, ich muss mit dir sprechen«, wiederholte sie, was sie Ruby schon auf den Anrufbeantworter gesprochen hatte.

»Ich bin ganz Ohr«, klang es zurück. Begleitet von einem leisen Flüstern, das abrupt aufhörte. Kein Ton war mehr zu hören. Nicht einmal Atemgeräusche.

»Bist du noch dran, Ruby?«, fragte Elin vorsichtshalber.

»Ja«, gab Ruby gepresst zurück. »Also, was gibt's?«

»Nicht hier am Telefon. Das hab ich doch gesagt.« Das Telefonat geriet immer eigenartiger. Ruby war so kurz angebunden. Und immer wieder war zwischendurch absolute Stille, so als halte sie das Mikrofon zu.

»Stimmt. Heute Abend passt. Da hab ich Zeit«, sagte Ruby – und wieder war nichts mehr zu hören.

»Wir können uns ja am Haedgehafen treffen«, schlug Elin vor, »wie beim letzten Mal.«

»Nein. Ich kann nicht weg«, lehnte Ruby ab. »Um acht bei mir zu Hause? Vorher geht es nicht.«

»Aber deine Mutter ...« Elin wollte Lara nicht in deren vier Wänden begegnen. Nicht ausgerechnet heute.

»... wird nicht da sein«, fiel Ruby ihr ins Wort. Na, immerhin. Dann legte sie einfach auf.

Was war das denn nun gewesen? Für einen kurzen Moment hatte Elin sich eingebildet, aus dem Telefon Flüstern und leises Lachen zu hören, bevor Ruby das Gespräch beendete. Aber das musste von dem jungen Pärchen gekommen sein, das gerade an ihr vorbeiging. Lachen passte nicht zu Rubys Verhalten.

Vorsichtshalber horchte Elin den jungen Leuten hinterher. Aber sie schwiegen, hielten sich nur an den Händen und warfen sich ab und zu verliebte Blicke zu.

In einiger Entfernung trat nun auch eine weitere Gestalt in ihr Blickfeld, eine Frau, die ein Fahrrad schob. Es sah mühsam aus. Offensichtlich hatte das Rad einen Platten.

Elin konnte nicht verhindern, dass sie zu strahlen begann. Es musste an der Sonne liegen, die auf einmal viel intensiver als vorhin durch die Baumwipfel schien und sie vergessen ließ, dass sie eben noch der Düsternis des Waldes hatte entfliehen wollen. Denn wie könnte Elin über Lara strahlen, die da so erschöpft und humpelnd auf sie zugestapft kam? Doch Elin musste sich eingestehen: Sie konnte. Weil sie sich unbeschreiblich darüber freute, dass es einen ganz profanen Grund für Laras Fernbleiben gab. Eine Fahrradpanne. Und dass das vielleicht bedeutete, dass Lara doch noch Zeit mit ihr verbringen wollte.

»Warte. Ich helfe dir«, rief sie. Mit klopfendem Herzen rannte sie Lara entgegen.

»Mit dem Rad kommt einem die Strecke gar nicht so weit vor«, erklärte Lara etwas zerknirscht, als Elin sie erreicht hatte. Sie hob ein Bein und fasste sich an die Ferse.

Erschrocken fragte Elin: »Hast du dich verletzt?«

»So was in der Art.« Lara stellte den Fuß wieder ab und verzog gequält das Gesicht. »Ich hab mir Blasen gelaufen.«

»Moment.« Fieberhaft nestelte Elin am Reißverschluss ihrer Bauchtasche herum. »Seit ich mal mit meiner Mitbewohnerin hier gewandert bin, hab ich immer Pflaster dabei. Setzen wir uns dort drüben hin, dann kann ich dich verarzten.« Sie zeigte auf einen breiten Baumstumpf etwas abseits des Weges, der bequem zwei Personen Platz zum Sitzen bot. Beherzt packte sie Laras Fahrrad und schob es dorthin.

Auf einmal hatte sie das Bedürfnis, alles gleichzeitig zu tun. Sie legte das Rad auf den Boden, bückte sich, schaute nach dem Plattfuß und überlegte, ob sie ihn an Ort und Stelle reparieren konnte. Und vergaß sogleich, sich eine Antwort zu geben. Stattdessen holte sie die versprochenen Pflaster aus der Tasche und musterte sie von allen Seiten, um zu prüfen, ob sie noch in Ordnung waren. Sie war nervös und wusste nicht warum.

Nein, das war nicht wahr. Sie wusste warum, aber sie wollte sich über den Grund keine Gedanken machen. Denn dann müsste sie auch daran denken, dass sie in wenigen Augenblicken vor Lara knien, ihren nackten Fuß in Händen halten und ein Pflaster daraufkleben würde.

Na und? Das war doch nichts Weltbewegendes. Sie hatte es schließlich selbst vorgeschlagen.

Warum stand sie dann kurz vor einer Panikattacke?

»Ich mach das selbst«, erklärte Lara aus dem Hintergrund. Sie hatte sich bereits auf dem Baumstumpf niedergelassen.

Elin drehte sich um und ging auf sie zu.

Das war der Vorteil, wenn man kein Teenager mehr war: Man konnte gelassen wirken, obwohl man es nicht war. Man konnte seine Nervosität verbergen, obwohl man beinahe Fluchtgedanken hatte. Man konnte so tun, als würde es einen kaltlassen, wenn die Frau, die man liebte, mit abgewinkeltem Bein vor einem saß und stirnrunzelnd die Wunden am Fuß begutachtete.

Sie hockte sich neben Lara. »Wozu? Da musst du dich doch viel zu sehr verrenken.« Ihr Herzrasen hatte sie mittlerweile unter Kontrolle. Es nahm ihr nicht mehr die Luft zum Atmen. Sie schaffte es sogar, nach Laras Hand zu greifen und sie von dem verletzten Fuß wegzuziehen.

Doch Lara widersprach. »Das mach ich schon seit was weiß ich wie vielen Jahren. Wegen einer kleinen Blase muss man schließlich nicht gleich zum Arzt.« Sie wollte nach dem Pflaster greifen.

Elin ließ es nicht zu. »Ich bin ja auch kein Arzt. Das ist keine kleine Blase. Und jetzt hör auf, dich zu wehren«, schimpfte sie. Dabei hatte Lara natürlich recht. Es war absolut unnötig, dass Elin das machte. Aber sie musste es tun. Weil sie nur einmal – ein einziges Mal – Lara so nah sein wollte, wie es die nächsten Augenblicke versprachen. Ob sie danach jemals wieder eine Chance bekäme, stand in den Sternen. Daher konnte Elin nicht nachgeben. Sie brauchte diese Erinnerung, sie war lebenswichtig.

Aufseufzend hielt Lara ihr den Fuß hin.

Die folgenden Momente erforderten alles an Selbstbeherrschung, das Elin aufbringen konnte. Sie holte kurz Luft und kniete sich auf den Waldboden. Dann nahm sie Laras Fuß, der immer noch in der Luft schwebte, in die Hände und legte ihn sich in den Schoß. »Er ist ja ganz kalt«, bemerkte sie und hoffte, dass Lara das leichte Zittern in ihrer Stimme nicht bemerkte.

»Bestimmt nicht kälter als deine Hände.« Das war kein Vorwurf, sondern eine reine Feststellung. Entspannt saß Lara da, lehnte sich zurück und stützte sich mit den Händen ab, die Augen geschlossen. Elin redete sich ein, dass sie ihre Berührung mit allen Sinnen genießen wollte.

Aber das war Wunschdenken, rief sie sich gleich darauf zur Ordnung. Und sie sollte jetzt ihre Arbeit erledigen und ihre Finger daran hindern, weiterzuwandern. Von der Ferse über die Achillessehne – wie gern hätte sie jeden Millimeter nachgezeichnet – hinauf zur Wade, zum Knie ...

»So, fertig«, sagte Elin hastig. Sie schob Laras Fuß zur Seite und sprang auf. Dabei vermied sie es, Lara anzusehen.

Dem gedämpften »Danke« nach zu urteilen, begann Lara, Strumpf und Schuh anzuziehen.

»Keine Ursache«, murmelte Elin. Sie senkte das Gesicht Richtung Bauchtasche und kramte angestrengt darin herum. Ein sinnloses Unterfangen, denn sie wusste, dass sie nichts dabeihatte, um einen Fahrradschlauch zu reparieren.

Schließlich stand Lara neben ihr. Mitsamt ihrem kaputten Gefährt. »Wir können dann«, erklärte sie unnötigerweise.

Elin deutete auf das Rad und schlug vor: »Wir laden das Teil am besten auf mein Auto, und ich fahr dich nach Hause.« Ob es eine gute Idee war – darüber wollte sie nicht nachdenken.

Es erübrigte sich ohnehin, als Lara erwiderte: »Nicht nötig.« Sie ging los. »Ich wollte nicht mit dem Rad durch die Stadt fahren. Daher bin ich mit Pers Geländewagen hier.«

Elin wusste nicht, ob sie enttäuscht oder erleichtert sein sollte. Sie wusste auch nicht, was sie noch sagen sollte. All die Worte, die sie sich in den letzten vierzig Minuten zurechtgelegt hatte, waren verschwunden. Die Fragen hatten sich in Luft aufgelöst, waren vom Wald verschluckt worden.

Und auch Lara schwieg.

Sollte der Tag so enden – schweigsam?

Nein, dachte Elin und schloss kurz die Augen. Der Tag würde mit Reden enden. Die Frage war nur, ob er auch gut enden würde.

Fünf Uhr. Noch hatte Elin Zeit, bis sie zu Ruby aufbrechen musste. Sie fragte sich, was Lara heute Abend vorhatte, wenn sie um acht nicht zu Hause war. Eine Verabredung? Vielleicht hatte das Einlenken von Luise Reiher auch bei Lara Wunder gewirkt. Womöglich hatte es dafür gesorgt, dass Lara endlich an ihre eigenen Bedürfnisse dachte. Diese Überlegungen gefielen Elin ganz und gar nicht.

Dann durchfuhr sie plötzlich eine andere Idee: Vielleicht hatte Lara sie heute deshalb angesprochen. Sie war definitiv anders gewesen als sonst – offener, weicher.

Elin wollte diesen Gedanken nicht weiterspinnen. Er barg zu große Gefahren, konnte zu große Hoffnungen heraufbeschwören. Um sich davon abzulenken, fuhr sie ins nächstbeste Möbelhaus. Eigentlich hatte sie vorgehabt, noch ein wenig am Strand zu bleiben; aber das bedeutete zu viel Ruhe, zu viele Gelegenheiten zum Grübeln. Jetzt brauchte sie Unruhe, Lärm und ständig wechselnde Reize.

Sie hatte die Schlafzimmerabteilung noch nicht richtig betreten, das fragte schon jemand, ob er helfen könnte. Elin nahm dankend an.

»Wonach suchen Sie genau?«, fragte der Verkäufer.

Es war eigenartig, sich mit einem Mann darüber zu unterhalten, was sie von einem Schlafzimmer erwartete. Aber es war genau die richtige Form der Zerstreuung. Sie amüsierte sich heimlich darüber, dass der Verkäufer sichtlich nervös wurde, wenn sie sich laut fragte, ob das jeweilige Bett auch für mehr tauge als nur zum Schlafen. An Lara dachte sie dabei kein einziges Mal. Lara und diese Kaufhausbetten hatten keinerlei Verbindung zueinander.

Nach einer Weile erlöste sie den Verkäufer. »Sie haben mir sehr geholfen«, sagte sie zu ihm und meinte es ehrlich. Die restliche Zeit würde sie in einem Baumarkt überbrücken und sich nach Neuheiten umschauen.

Als dort eine Stimme aus dem Lautsprecher verkündete, dass das Geschäft in fünfzehn Minuten schließen würde, fuhr ihr der Schreck in alle Glieder. Über all den interessanten Werkzeugen hatte sie die Zeit vergessen, und jetzt würde sie es nicht mehr pünktlich zu Ruby schaffen. Das war ihr noch nie passiert. Sie angelte ihr Handy heraus und wählte Rubys Nummer.

»Oh! Das tut mir leid. Ich weiß zwar nicht, was ich gerade mache ...«

Elin drückte den Aus-Knopf. Es ärgerte sie, dass sie Ruby nicht erreichte. Und es ärgerte sie, dass sie zu spät kommen würde – mindestens zehn Minuten, wie ein Blick auf die Uhr ergab. »Vielleicht rede ich mich mit der akademischen Viertelstunde heraus«, überlegte sie laut.

Die Frau, an der sie gerade vorbeilief, schaute sie irritiert an.

»Bei einer Verabredung«, sagte Elin über die Schulter. Sie sah gerade noch, dass die Frau den Kopf schüttelte. Vermutlich erklärte sie Elin gerade in Gedanken für verrückt.

Es war ihr einerlei. Sie musste sich beeilen. Allerdings gestaltete sich das denkbar schwierig. Der Kassenautomat in der ersten Ebene funktionierte nicht, sie musste hoch in die zweite und wieder zurück. Im Parkhaus brauchte das Auto vor ihr länger, bis sich endlich die Schranke öffnete. Und am Ende war die Hauptstraße aufgrund einer Baustelle gesperrt, und Elin musste einen Umweg fahren. Das alles kostete sie weitere zehn Minuten.

Entsprechend erhitzt und außer Atem klingelte sie schließlich bei Ruby. Aber nicht, ohne vorher noch einen vernichtenden Blick auf die Wohnungstür von Luise Reiher zu werfen. Hätte die alte Frau genau in diesem Moment die Tür geöffnet, wäre es Elin nur recht gewesen, wenn Blicke töten könnten.

Ein Lichtstreif erschien im Treppenhaus, der signalisierte, dass Ruby die Tür geöffnet hatte. Elin wandte sich dorthin und zuckte erschrocken zusammen. »Lara ... wieso ... ich meine ...«

»Was machst du denn hier?«, fragte Lara. Es waren die Worte, die Elin nicht zustande gebracht hatte.

»Ich bin mit Ruby verabredet.« Elin schaute an Lara vorbei in die Wohnung, um ihr nicht ins Gesicht sehen zu müssen. »Hat sie das nicht erwähnt?«

»Ich hab dir doch erzählt, dass sie kaum mit mir spricht«, erinnerte Lara. Sie stieß die Tür ganz auf und machte den Weg frei.

Elin seufzte. »Schon klar ... Aber warum hat sie mir dann erzählt, dass du heute nicht zu Hause bist?«

Lara zog eine Augenbraue nach oben.

Ach, verflixt. Rasch setzte Elin hinzu: »Jetzt nicht, dass du etwas Falsches denkst. Ich muss nur etwas mit ihr klären.«

»Beruhig dich«, meinte Lara kopfschüttelnd. »Und um deine Frage zu beantworten: Ich wollte ins Kino. Aber die von den Stadtwerken haben sich für halb acht angekündigt, um die Wasseruhren abzulesen. Eigentlich sollte meine Tochter sich darum kümmern. Aber dann ...«

Elin war sich sicher, dass Ruby bei ihrem Telefonat schon von dem Termin gewusst hatte. »Ist sie einfach gegangen?«, fragte sie.

»Was soll das denn nun ...? Ich weiß, dass ich zu spät bin, aber dann gleich abzuhauen ...«

»Wenn zu spät eineinhalb Stunden bedeutet?«

Jetzt sah Elin Lara doch an. Besser gesagt, sie starrte entgeistert. »Eineinhalb Stunden?«

»Sie ist um sieben fort. Keine Ahnung wohin. Aber sie hat einen Anruf bekommen, ist aufgesprungen und hat nur gerufen: Ich schlaf bei einer Freundin. Und weg war sie.«

»Und da hast du gedacht, dass sie bei mir übernachtet«, mutmaßte Elin.

»Nein. Auf keinen Fall.« Lara schlurfte an Elin vorbei Richtung Wohnzimmer.

Erst jetzt bemerkte Elin die Tigerpantoffeln. Seltsamerweise gab ihr das ein kleines Quäntchen Sicherheit. Daher schaffte sie es, einigermaßen gleichmütig zu klingen, als sie fragte: »Auf keinen Fall? Wieso das?«

Lara war vor der Couch stehen geblieben. »Sie hat bei unserem Streit nicht besonders nett über dich gesprochen«, gestand sie.

Elin klappte die Kinnlade hinunter. Ihr schwante nichts Gutes. »Wann war der Streit?«, fragte sie leise.

»Am Montagabend.« Unbeweglich stand Lara da und blickte ins Leere. Als habe ihr Geist ihren Körper verlassen, sei in die Vergangenheit gereist und durchlebe den Streit von neuem.

Elin rührte sich ebenfalls keinen Zentimeter von der Stelle. Sie wartete, dass Lara weitersprechen würde. Und wenn es Stunden dauern sollte.

»Sie kam völlig aufgelöst von der Schule nach Hause«, begann

Lara schließlich tonlos. »Ich hab sie gefragt, was los ist. Da hat sie mich nur noch angefaucht. Dass ich von nichts eine Ahnung habe. Und dann ... hat sie noch ein paar Dinge über dich gesagt, die ich nicht wiederholen will.«

Elin ging zum Sessel und ließ sich hineinplumpsen. »Hasst sie mich?«, fragte sie vorsichtig.

»Es klang so.« Nun setzte sich auch Lara – allerdings nur an den äußeren Rand der Sitzfläche. Sie musste sich dadurch so verrenken, dass ihre Knie beinahe den Boden berührten. Fast unhörbar flüsterte sie: »Das ist meine Schuld.«

»So ein Blödsinn«, widersprach Elin.

»Doch«, behauptete Lara lauter und mit einer Vehemenz, die keinen Widerspruch zuließ. »Du hast dich doch nur wegen mir von Ruby zurückgezogen – oder vielleicht nicht?«

Elin schaute verschämt zu Boden. Es stimmte, auch wenn ihre Motivation eine andere war, als Lara dachte. Sollte sie das klarstellen? Dann müsste sie aber ihre Deckung aufgeben und, was noch viel schwerer wog, ihre eigenen Gefühle offenlegen. Das schaffte sie nicht. Nicht heute. Nicht so unvorbereitet. Also nickte sie – und schwieg.

»Siehst du«, meinte Lara traurig. »Ich habe es ziemlich verbockt. Eigentlich hatte Ruby doch wunderschöne Gefühle für dich – und durch mich sind daraus hässliche geworden.« Wieder starrte sie ins Leere. »Und dadurch habe ich uns alle verletzt.«

Überrascht rückte Elin nach vorn. »Uns alle?«

»Eigentlich hatte ich gehofft ...« Lara atmete durch und setzte sich richtig hin. »Egal. Das hat sich jetzt erledigt.«

· ■ ■ ■ ·

»Ich kann bald nicht mehr«, sagte Elin mehr zu sich selbst. Sie stützte ihre Ellbogen auf den Knien ab und barg ihr Gesicht in den Händen. Wie so oft in den Gesprächen mit Lara fühlte sie sich wie auf einem Schleudersitz – so als könne sie jeden Moment in den freien Fall katapultiert werden, und es gab weit und breit kein Auffangnetz. Aber jetzt gerade schienen die kurzen Phasen der Sicherheit dazwischen gar nicht mehr zu existieren. Die Rätsel, die permanent in Laras Worten mitschwangen, wurden immer unerträglicher. Sobald Elin dachte, der Lösung nahe zu sein, kam wieder irgendeine kryptische Andeutung, und sie musste von vorn anfangen. Verzweifelt fragte sie: »Kannst du nicht endlich einmal klar und deutlich sagen, was Sache ist? Woran ich mit dir bin?«

»Das weißt du ganz genau, denke ich«, flüsterte Lara.

»Nein ... ja ... vielleicht.« Elin schaute über ihre Handflächen hinweg zu Lara. »Ach, ich weiß doch auch nicht.«

Lara schaute sie an. Eine gefühlte Ewigkeit lang. Ihr Blick füllte jeden Winkel von Elins Körper aus, bis Elin vergaß, wo sie war, wer sie war, und nur noch diesen Blick wahrnahm. Traurigkeit und Hoffnungslosigkeit lagen darin, aber auch die Überzeugung, das Richtige zu tun. Allerdings schien Lara das Richtige nicht zu gefallen. Sie hatte sich nur damit abgefunden. Und Elin wusste, dass es ihr selbst definitiv nicht gefallen würde.

Endlich wandte Lara den Blick ab, stand langsam auf und ging zum Fenster. Sie schaute hinaus in die Dämmerung und begann leise zu sprechen: »Als ich damals Ruby zur Welt gebracht habe, hab ich mir geschworen, dass ich nie etwas tun werde, was sie verletzt. Sie soll bei mir immer an erster Stelle stehen.« Ihr Rücken hob und senkte sich, wie bei einem tiefen Seufzer.

Elin spürte ihm nach.

»Ich hab mir auch geschworen, dass ich niemals mit jemandem zusammen sein werde, den meine Tochter ablehnt. Egal, was das für mich bedeutet.« Lara sah Elin kurz an und wandte ihr Gesicht dann wieder dem Fenster zu. »Du musst wissen, dass meine Eltern immer nur an das gedacht haben, was für sie selbst gut ist.« Ein bitteres Lachen. Dann kam Lara zurück und setzte sich auf die Armlehne des Sessels, in dem Elin saß.

Elin blieb beinahe das Herz stehen, als sie Lara so dicht neben sich spürte.

»Weißt du, was ich mir alles hab anhören müssen?«, fragte Lara viel zu laut.

Elin schüttelte den Kopf.

»*Was sollen die Leute von uns denken?* Das war die erste Frage. Dann kam: *Ist dir klar, was du uns damit antust? Dein Vater arbeitet sich für dich den Buckel krumm, und wie dankst du es ihm? Wir haben genug Arbeit mit der Firma — da ist keine Zeit für ein Baby. Wenn du es unbedingt bekommen willst, dann schau selbst zu, wie du es groß bringst.* Und die Krönung war: *Komm dann aber nicht bei uns angekrochen — für uns bist du gestorben.*« Den letzten Teil spie Lara förmlich aus. Es war eine Mischung aus dem Hass, den ihre Mutter damals versprüht, und der Wut und Verzweiflung, die Lara selbst empfunden haben musste. Elin bekam eine Gänsehaut. Sie spürte das alles so deutlich, als seien es ihre eigenen Empfindungen. Es war zu viel. Sie musste von Lara weg, so weit es nur ging. Und wollte gleichzeitig immer näher zu ihr hin.

In all diesem Durcheinander aus Müssen und Wollen hörte sie plötzlich die Worte: »Küss mich.«

Elin erstarrte. Auch die Gedanken stoppten. Die Welt schien plötzlich stehen geblieben zu sein. Nur ein Wort brachte Elin noch zustande: »Was?«

»Küss mich, Elin. Nur einmal. Bitte«, hauchte Lara.

Sie blieb auf der Sessellehne sitzen, stocksteif, und näherte sich Elin keinen Zentimeter. Sie schaute Elin nicht einmal an. Sie bat nur um einen Kuss.

War das nicht die Erfüllung aller Träume, die Elin in den letzten Wochen geträumt hatte?

Doch Elin wusste, dass es nicht so war. Sie schluckte. Es war das Gegenteil. Der Kuss sollte das Ende sein.

Darum wollte sie ihn Lara verwehren. Darum *sollte* sie ihn ihr verwehren.

Stattdessen drehte sie sich zu Lara und zog sie auf ihren Schoß.

Langsam hob sie die Hand, fuhr mit den Fingerkuppen Laras Arm entlang. Gebannt verfolgte sie die Spur, die sie zeichnete, sichtbar durch die feinen Härchen, die sich unter der zarten Berührung aufrichteten. Jetzt könnte Elin noch gehen. Lara sagen, dass es keinen Sinn hatte.

Aber sie setzte die Bewegung fort.

Sie lächelte, weil eine Haarsträhne in Laras Gesicht hing. Zärtlich schob sie sie Lara hinter das Ohr. Wie oft hatte sie sich schon vorgestellt, das zu tun?

Lara erwiderte das Lächeln. Unsicher. Fast schüchtern.

Plötzlich wusste Elin nicht mehr, was sie tun sollte. In ihrem Leben hatte es zahlreiche Frauen gegeben. Aber jetzt war sie nervös wie beim ersten Mal. Und dabei ging es nur um einen Kuss. »Ich weiß nicht, ob das eine gute Idee ist«, sagte sie rau.

Aber Lara wiederholte nur: »Küss mich.« Sie griff nach Elins Hand. Ohne Elins Blick loszulassen, legte sie sich die Hand selbst in den Nacken. Dann verharrte sie.

Elin sah das Flackern in Laras Augen. Furcht war darin zu lesen. Und dennoch ließ Lara nicht los. Ihre Hand hielt Elins fest, verstärkte ihren Druck sogar noch sanft.

Der Moment, in dem sich Elin noch hätte wehren können, war verstrichen. Wie in Zeitlupe zog sie Lara zu sich heran.

Lara sah sie weiterhin unverwandt an, gewährte ihr freien Blick in ihr Herz. Und was Elin sah, verursachte ihr fast körperliche Schmerzen. Sie hielt in der Bewegung inne.

»Du liebst mich«, flüsterte sie.

Ihre Gesichter waren sich so nahe, dass Elin die Wärme ihres eigenen Atems auf Laras Haut spürte. Lara senkte kurz den Blick. Dann nickte sie.

»Aber du wirst mich fortschicken.« Elin schob sich unter Lara hervor und stand auf. Unwillkürlich ballte sie die Hände zu Fäusten. Ihr ganzer Körper versteifte sich.

»Du verstehst das nicht . . .«, wisperte Lara.

»Doch, doch«, sagte Elin. »Ich verstehe dich sehr gut.« Das tat sie wirklich. Rein rational. Aber nachvollziehen, wirklich begreifen konnte sie es nicht. »Ruby wird doch bald achtzehn. Meinst du nicht, dass es Zeit für dich ist, an dich zu denken?«

»Das tu ich gerade«, sagte Lara. Sie erhob sich von ihrem Platz.

Elin vergaß, einen Schritt zurückzutreten. So stand Lara nun direkt vor ihr. Ihre Körper berührten sich fast. Ganz leicht berührte Lara Elins Hand. Die Fäuste lockerten sich.

»Weißt du, was du da von mir verlangst?«, fragte Elin heiser. Sie wusste, dass sie Lara küssen würde. Und sie wusste, dass sie danach verloren wäre.

»Ich verlange es nicht«, flüsterte Lara. »Ich bitte dich darum, Elin.«

»Ich werde mehr wollen, Lara.« Elin ließ Lara nicht mehr aus den Augen. Sie merkte, dass Lara auf ihre Lippen starrte.

»Das weiß ich.«

»Und du?«, fragte Elin.

»Das weiß ich nicht.« Lara lächelte. »Ich habe keine Ahnung. Ich weiß nur, dass ich dich küssen möchte. Schon vom ersten Tag an.«

»Zwischen Ruby und mir war nie etwas.« Elin wusste nicht, warum sie das gerade jetzt sagen musste. Vielleicht wollte sie die letzte Chance nutzen, die sie noch sah, um Klarheit zu schaffen. Damit Lara es sich vielleicht doch noch anders überlegte. Gleichzeitig wusste sie, dass es sinnlos war. Auch die Wahrheit würde nichts ändern.

»Das hat sie mir erzählt.« Lara seufzte. »Aber das hat keine Bedeutung mehr. Denn am Montag hat sie gesagt, dass sie nie wieder etwas mit dir zu tun haben möchte.«

Elin murmelte nur: »Aber jetzt ist sie nicht hier.«

»Jetzt ist sie nicht hier«, wiederholte Lara. »Wenn es dir zu viel ist, dann geh, Elin. Ich kann es dir nicht verdenken.« Sie lachte ein kleines, freudloses Lachen. »Ich wollte einfach nur spüren, wie es ist ... von jemandem geliebt zu werden. Im Arm gehalten zu werden.«

»Das kann ich dir in einem einzigen Kuss nicht zeigen.« Dafür würde es viel mehr brauchen. Ein Leben.

Da stellte Lara plötzlich grinsend fest: »Wir haben eine Nacht.«

Hinter dem Grinsen sah Elin Laras Angst. Wie viel Überwindung mochte es sie gekostet haben, Elin zu bitten? Wie drängend musste ihr Wunsch sein? Eine Nacht statt eines ganzen Lebens ...

Seufzend akzeptierte Elin.

Sie strich mit den Händen über Laras Haar. Umfasste Laras Kopf. Legte ihren Mund auf Laras. Sie verbrannte innerlich.

Dabei war es anfangs kein leidenschaftlicher Kuss. Es war vielmehr ein sanftes Streicheln, das sie endlos lange auskosten wollte. Vielleicht war sie doch in der Lage, Lara in einem Kuss ihre Liebe zu zeigen?

Noch ehe sie diese Frage für sich klären konnte, begann Lara, sie leidenschaftlicher zu küssen.

Elin spürte die Unerfahrenheit, mit der Lara ihren Mund in Besitz nahm, und hörte auf, sich Fragen zu stellen. Es gab sowieso nur eine Antwort. »Ja«, seufzte sie in Laras Mund. Sie zog Lara ganz fest an sich heran. Gleichzeitig drängte sich Lara an sie.

Es war wie nachts an einem Lagerfeuer zu stehen. Die Flammen erreichten nur den ihnen zugewandten Teil des Körpers. Dort züngelten sie in jeden einzelnen Winkel, während der Rücken der Kälte ausgesetzt war. Nur dort, wo Laras Hände Elin berührten, brannte es lichterloh. Sie wollte die Kälte vertreiben. Aber das ging nur, wenn Lara sie überall berührte.

Sie schob Lara von sich weg, keuchend, als hätte sie gerade den höchsten Gipfel der Welt erklommen. Lara anzuschauen, das wagte sie nicht. Es reichte, dass sie Laras Spiegelbild im Fenster sah – die Hand an den Bauch gedrückt, als wolle sie die Gefühle darin festhalten. Doch sie wusste auch so, wie aufgewühlt Lara war. Denn ihr selbst ging es nicht anders.

»Wenn du ...« Elin stockte. Erst nach mehreren Versuchen brachte sie heraus: »Wenn du mich jetzt nicht fortschickst, werde ich bleiben.«

»Bleib. Bitte«, sagte Lara. Hätte sie unsicher geklungen, hätte ihre Stimme vibriert, dann wäre Elin vielleicht doch gegangen. Aber Lara wirkte nicht wie jemand, der zweifelte. Lara wusste, was ihre Worte bedeuteten.

Sie musste Elin kein weiteres Mal bitten. Es war alles gesagt, alle Bedenken waren angemeldet und beiseitegewischt worden. Elin wollte nur noch eines: mit Lara eins sein. Auch wenn sie es morgen und noch weit darüber hinaus bereuen würde.

Es war aber nicht Elin, die die Lücke zwischen ihnen wieder schloss. Es war Lara. Ohne zu zögern, schmiegte sie sich an Elin. »Du weißt aber, dass ich ...« begann sie.

Elin legte ihr den Zeigefinger auf den Mund und schüttelte den Kopf. Lara musste ihre Unerfahrenheit nicht aussprechen. »Es ist nicht wichtig«, flüsterte Elin. »Lass dich einfach fallen.«

Und das tat Lara. Wortlos zog sie Elin in ihr Schlafzimmer. Mit jedem Schritt atmeten sie beide flacher, angespannter, und es war hörbar, wie sehr sie sich um Beherrschung bemühten – und wie wenig es ihnen gelang. Elin war sicher, dass Lara auch ihre Herzschläge deutlich hören musste.

Als sie im Schlafzimmer ankamen, schien Lara der Mut zu verlassen. Unvermittelt versteifte sie sich. Sie wollte offenbar mit aller Kraft Selbstbewusstsein zeigen, doch alles, was Elin wahrnahm, war ihre Befangenheit.

Sie lächelte Lara zärtlich an. Dann streckte sie langsam die Hand aus und umkreiste mit einem Finger den obersten Knopf von Laras Bluse. »Darf ich?«, fragte sie heiser. Dabei ließ sie Laras Blick nicht los, um keine Gefühlsregung zu verpassen. Um zu wissen, ob es Lara zu viel würde. Ob sie aufhören sollte.

Lara nickte. »Ich stell mich ganz schön an, nicht wahr?«

Elin gab ihr einen sanften Kuss. Währenddessen öffnete sie den Knopf. »Es ist alles gut«, sagte sie an Laras Mund. »Alles ist gut.« Der nächste Knopf folgte, der übernächste – bis die Bluse vollends geöffnet war. Elin schluckte hart, als sie sie langsam auseinanderschob. Die leicht gebräunte Haut, die sich darunter zeigte ... der Spitzenstoff des BHs ... und vor allem der Gedanke, was er verbarg. Elin sog scharf die Luft ein.

»Was ist?«, fragte Lara, als Elin innehielt. »Gefall ich dir nicht?«

Elin schüttelte den Kopf. Selbstvergessen ließ sie den Zeigefinger um Laras Nabel kreisen. »Du bist perfekt.«

Unter Elins Berührung hob und senkte sich Laras Bauch immer rascher.

Elin musste inzwischen all ihre Kraft aufwenden, um sich zurückzuhalten. Erst recht, als Lara sich kurzerhand ihrer Bluse entledigte und auf einmal im BH vor ihr stand. Lara wollte auch die Hose öffnen, aber Elin hielt ihre Hände fest und bat leise: »Lass mich das machen.«

Lara zögerte kurz, dann gab sie nach.

Das Geräusch beim Aufziehen des Reißverschlusses war, als fahre Lara mit den Nägeln über Elins Haut. Das Gefühl war so real, dass Elin erschauerte. Sie wusste nicht, wie lange sie dem Sturm in sich noch standhalten konnte.

Dennoch schaffte sie es irgendwie, Lara die Hose nach unten zu schieben, ohne dabei zu sterben.

Nun kniete sie vor Lara, den Kopf in Höhe ihres Schoßes. Wie gern hätte sie ihr Gesicht darin vergraben. Sie musste alle Muskeln anspannen, um sich nicht zu vergessen.

Ihr Streicheln war inzwischen nicht mehr sanft, das wusste Elin. Auch als sie aufstand und dabei mit ihrem Mund über Laras Bauch strich, war die Liebkosung eher drängend als zärtlich. Aber Lara schien es zu gefallen. Sie stöhnte immer öfter leise auf.

Und offenbar hatte sie auch ihre Scheu verloren. Denn obwohl sie nur noch mit Slip und BH bekleidet vor Elin stand, wich sie deren Blicken nicht aus.

In Laras Augen sah Elin, wie sehr Lara darauf wartete, von ihr berührt zu werden. Rasch zog sie sich ebenfalls aus. Sie ertrug keinen Stoff mehr auf ihrer Haut. Sie wollte von Lara bedeckt werden.

»Du bist wunderschön«, hörte sie Lara flüstern.

Elin merkte, dass sie rot wurde. Von wunderschön war sie weit entfernt. Sah Lara denn ihre Makel nicht?

Da erklärte Lara in bestimmtem Ton: »Du musst nicht verlegen werden.«

Elin sparte sich eine Erwiderung. Sie hätte sowieso keinen Ton hervorgebracht. Stattdessen zog sie Lara in ihre Arme. Ein Blitz fuhr durch sie hindurch, als ihre Haut auf Laras traf. Als weiche Spitze über ihre Brüste rieb. Sie konnte nicht mehr. Ihre Hände zitterten, als sie den Verschluss des BHs öffnete.

Es dauerte viel zu lange, bis es ihr gelang. Es dauerte auch viel zu lange, bis sie mit Lara auf das Bett sank. Aber dafür genoss sie dann jeden Augenblick, in dem sie Lara zeigen durfte, wie es sich anfühlte, geliebt zu werden.

· ■ ■ ■ ·

Elin lag auf ihrem Bett. Die Hände hinter dem Kopf verschränkt, starrte sie auf die Zimmerdecke. Doch was sie sah, waren Eindrücke der vergangenen Stunden. Sie ließ sie in sich nachklingen, horchte in sich hinein. Ihr Körper stand immer noch in Flammen – oder schon wieder.

So intensiv hatte sie noch nie eine Frau geliebt, und so intensiv war sie noch nie geliebt worden. Lara hatte sie mit so viel Neugierde und Lust berührt, dass Elin vollkommen die Kontrolle über sich verloren hatte. Anfangs war Lara unsicher gewesen, hatte immer wieder gefragt, ob es gut für Elin sei. Aber mit jeder Berührung war sie mutiger geworden, bis sie Elin vollständig erkundet hatte.

Elin legte die Hände auf ihren Schoß. Dort meinte sie Laras zaghaftes Streicheln noch zu spüren. Es hatte sie an den Rand des Wahnsinns gebracht, weil Lara es eine schiere Ewigkeit lang ausgekostet hatte, sich durch ihre Feuchtigkeit zu tasten. Dabei hatte sie die entscheidenden Stellen kaum berührt. Elin hatte sich mit aller Macht zwingen müssen, Lara nicht zu drängen. Da hatte Lara die Kreise schließlich immer enger gezogen.

Die Explosion hallte immer noch in Elin nach. Ebenso wie ihr eigener spitzer Aufschrei.

In dieser Nacht hatten sie zahlreiche Male miteinander geschlafen. Elin konnte nicht sagen, wie oft sie bebend in Laras Armen gelegen hatte. Oder wie oft sie beruhigend Laras schweißnassen Körper gestreichelt hatte, nachdem sie Lara bis zur Ekstase geliebt hatte.

Sie hatten auch viel geredet in dieser Nacht. Von ihren Träumen. Erfahrungen. Ängsten. Ein Thema hatten sie dabei umschifft: eine gemeinsame Zukunft. Denn die schien es, in Laras Augen, nicht zu geben.

Also hatte Elin das genommen, was Lara ihr hatte geben wollen – und danach war sie gegangen. Denn sonst hätte sie womöglich gar nicht mehr gehen können.

Darum lag Elin nun hier allein, auf ihrem Bett, in ihrer eigenen Wohnung. Und hätte heulen können.

»Elin«, drang es leise durch die geschlossene Zimmertür. Es folgte ein zögerliches Klopfen. »Du musst langsam aufstehen.«

Seufzend richtete Elin sich auf und antwortete tonlos: »Ich komme.« Eigentlich fühlte sie sich nicht in der Lage, Ann gegenüberzutreten. Aber sie fühlte sich auch nicht in der Lage, allein vor sich hinzugrübeln. Also wählte sie das kleinere Übel. Es bedeutete zumindest Ablenkung.

Sie war auch froh, dass sie Ann versprochen hatte, heute mit ihr nach geeigneten Möbeln für die neue Wohnung zu schauen. In den nächsten Stunden würde sie also keine Zeit zum Grübeln haben. Und das war gut so.

Über den Geschäftstermin am Nachmittag machte sie sich keine Gedanken. Für heute wollte sie die Frau sein, die sich unsterblich verliebt hatte und nun nach einem Weg suchte, ihre Hoffnungen aufrechtzuerhalten. Sie wollte nicht die Hausmeisterin sein, bei der an erster Stelle zumeist die Arbeit stand.

»Du hast noch die Klamotten von gestern an«, stellte Ann sofort fest, als Elin aus ihrem Zimmer kam.

Elin sah an sich hinunter. Dachte daran, wie sie diese Kleider vor ein paar Stunden hastig ausgezogen und viel zu bald danach sehr schleppend wieder angezogen hatte. Und wieder an das, was dazwischen geschehen war ... »Ich geh unter die Dusche«, verkündete sie.

Die Dusche hatte gutgetan. Eiskalt und dann wieder so heiß, wie sie es ertragen konnte. Ihre Kleider hatte sie sofort in die Waschmaschine gestopft. Anns fragende Blicke hatte sie dabei ignoriert. Die Fragen würden kommen, das wusste Elin, aber noch wollte sie keine Antworten geben – noch konnte sie es gar nicht.

»Was ist los?«, fragte Ann erwartungsgemäß eine Tasse Kaffee und ein Marmeladenbrot später.

»Nichts«, gab Elin zurück.

»Klar doch.« Ann musterte Elin eine ganze Weile. Schließlich konstatierte sie: »Du bist die halbe Nacht weg. Und wenn du nach Hause kommst, schleppst du dich wie eine alte Frau in dein Zimmer.« Sie schaute Elin erwartungsvoll an.

Die hob nur die Achseln.

»Es hat sich jedenfalls so angehört, als würdest du eine Zentnerlast mit dir rumtragen«, setzte Ann den Versuch fort, etwas aus Elin herauszulocken.

»Mehrere«, gab Elin widerstrebend zu.

»Hast du mit Ruby gesprochen?«, hakte Ann sofort nach.

»Das war nicht nötig.« Elin rieb sich den Nacken. »Ich hab von Lara alles erfahren, was ich wissen muss.«

»Wie soll ich das verstehen?«

Statt einer Antwort sagte Elin: »Wenn dein Kind da ist, Ann – was wird sich für dich ändern? Abgesehen davon, dass du gewisse Einschränkungen haben wirst.«

Ann zog die Augenbrauen zusammen. »Ich verstehe die Frage nicht.«

»Das Kind wird für dich doch an oberster Stelle stehen. Oder?« Elin brauchte die Bestätigung, dass Lara nicht die einzige Mutter war, die für ihr Kind das eigene Glück opferte.

Ann legte die Hände auf ihren Bauch. »Natürlich«, strahlte sie.

»Und wenn du auf jemanden triffst, den dein Kind nicht mag, wirst du dich mit demjenigen auch nicht mehr treffen. Oder?«, fragte Elin weiter.

»Geht es dir mit Lara so?«, fragte Ann leise. »Ruby gibt dir wegen Kim die Schuld?«

»Ja. Sie hasst mich deswegen, und Lara will mich nicht mehr sehen.«

Ann stand auf, zog ihren Stuhl schräg vor Elins und setzte sich wieder. Sie hielt Elins Blick fest, als sie mit Nachdruck fragte: »Was ist passiert, seit wir uns gestern nach der Wohnungsbesichtigung verabschiedet haben?«

Da gab Elin sich einen Ruck und erzählte Ann alles. Währenddessen rieb sie ihren Nacken immer fester.

»Wow«, entfuhr es Ann, als Elin geendet hatte. »Das ist starker Tobak. Dass sie mit dir geschlafen hat, wo sie doch gewusst hat ...«

»Ich hab es genauso gewusst«, fiel Elin ihr ins Wort. »Und es war jede Sekunde wert.«

»Wenn du meinst.« Ann erhob sich wieder. »Wirst du dann jetzt abwarten, bis die Kleine sich wieder beruhigt hat, und dann einen neuen Anlauf wagen?«

»Ich werde gar nichts machen, weil es an Lara liegt. Sie muss wissen, wann sie bereit ist für eine Beziehung. Beziehungsweise«, Elin grinste bei dem Wortspiel, obwohl ihr nicht wirklich nach Scherzen zumute war, »wann sie genug Rücksicht auf ihre Tochter genommen hat.«

»Und so lange willst du warten? Dir ist schon klar, dass das ewig dauern kann, oder?«

Elin lächelte. Unvermutet sah sie mit einem Mal völlig klar. »Nach letzter Nacht ... Ann – ich werde warten. Da kannst du Gift drauf nehmen.«

Ann schüttelte den Kopf. »Aber du weißt, was du jetzt tun musst, ja?«

»Möbel kaufen?«

»Halleluja! Die gute alte, sarkastische Elin ist wieder da«, versetzte Ann mit triefender Ironie. »Aber ich lass mich nicht ärgern.«

»Dann ist gut.« Elin grinste sie schief an. »Lass uns losfahren. Du hast ja noch mindestens vier Stunden Zeit, um mir Löcher in den Bauch zu fragen.«

»Und die werde ich auch nutzen, Elin«, verkündete Ann.

Elin betrachtete schmunzelnd den Küchenboden.

Ann merkte es, denn sie sagte mit fester Stimme: »Wenn du dir einbildest, dass du mich irgendwie abbügeln kannst, hast du dich getäuscht, Elin. Wir werden zusammen einen Plan entwickeln, wie wir Lara dazu bringen, sich ganz auf dich einzulassen.«

»Einzulassen«, murrte Elin. »Das klingt ja, als wäre ich hochgradig gefährlich.«

Ann schwieg und ging ihre Jacke holen. Erst auf dem Weg in die Garage nahm sie das Gespräch wieder auf: »Für Lara bist du gefährlich – nehme ich mal an. Besser gesagt für ihr heiles Familienleben.«

Während der Autofahrt dachte Elin darüber nach. Ann hatte recht. Für Lara stand das auf dem Spiel, was sie sich in den letzten siebzehn Jahren mit Ruby aufgebaut hatte.

»Ich werde wohl Ruby besänftigen müssen«, sagte sie wenig später, vor einer futuristischen Wohnzimmereinrichtung, zu Ann.

»Wir schauen erstmal selbst«, wimmelte diese zunächst einen Mitarbeiter ab, bevor der seine Hilfe anbieten konnte. Dann wandte sie sich wieder Elin zu. »Das wirst du wohl müssen.«

»Was hältst du von der Schrankwand?« Elin deutete auf eine schlichte Kombination aus verschiedenen Teilen in Esche. Keine Schnörkel. Wenige Aussparungen, in denen sich irgendwelcher Nippes ansammeln konnte.

»Sie passt zu dir«, antwortete Ann. »Was ich mich die ganze Zeit frage, ist, warum ihr euch nicht einfach bei dir trefft. Dann muss Laras Tochter dir auch nicht begegnen, und alle sind zufrieden.«

Elin verzog das Gesicht. Genau diesen Vorschlag hatte sie Lara auch gemacht – im Wissen, wie die Antwort lauten würde. »Weil Lara sich nach wie vor Sorgen um Rubys schulische Leistungen macht. Da kann sie sich nicht so einfach mit mir treffen.«

»Und wenn Ruby davon nichts erfährt?«

Auch das hatte Elin angesprochen und dafür einen strafenden Blick von Lara geerntet. »Lara ist gegen Heimlichkeiten. Entweder ganz – also offiziell – oder gar nicht. Ihre Tochter verdient die Wahrheit, sagt sie.«

»Oh.« Ann schaute Elin mitleidig an. »Da kommt die ganze Aktion von Ruby nicht so wirklich gut, oder? Du musst Lara die Wahrheit sagen.«

»Nicht ich«, machte Elin sofort klar. »Das ist Rubys Sache. Ruby muss ihr erklären, welcher Teufel sie geritten hat, ihr Kim zu verschweigen.«

»Und du bist sicher, dass sie das jetzt noch machen wird – wo aus ihnen beiden nichts wird?«

Elin hob die Achseln. Sie war sich ganz und gar nicht sicher. Darum musste sie auch unbedingt mit Ruby reden.

. ▪ ▪ ▪ .

»Also, Herr und Frau Petersen«, begann Direktor Hübner gemächlich. »Es tut mir sehr leid, aber die Entscheidung ist gefallen. Auch die Schulen müssen sparen . . .«

Elin schaltete ab. Sie wollte sich keine fadenscheinigen Erklärungen anhören, warum ihr Vertrag zum Jahresende auslaufen würde. Ein Blick auf Simon zeigte ihr, dass es ihm genauso ging. Egal was ihr Gegenüber sagte, das Ergebnis blieb dasselbe.

»Ich hoffe, dass Sie das verstehen können«, schloss Herr Hübner. »Wir werden Sie aber gern weiterempfehlen, und Sie können uns selbstverständlich jederzeit als Referenz nennen.«

»Das ist sehr freundlich von Ihnen«, sagte Simon. »Wir werden bestimmt darauf zurückkommen.«

Elin setzte ein unverbindliches Lächeln auf. »Geben Sie mir dann bitte Bescheid, wann die neue Hausmeisterfirma sich alles mal anschauen möchte – wegen der Übergabe.«

Herr Hübner erhob sich und ging zur Tür. Der Rauswurf begann also genau in dieser Sekunde. »Das hat noch Zeit, Frau Petersen. Ich denke, dass es frühestens Anfang Dezember so weit sein wird.« Er stieß die Tür auf. Für ihn war damit offenbar alles geklärt.

Draußen fragte Simon: »Wollen wir einen trinken gehen? Mir wär jetzt nach einem Bier und einem Schnaps.«

»Alkohol ist keine Lösung«, erwiderte Elin. »Außerdem hatten wir doch damit gerechnet.«

»Das schon. Aber ein wenig mehr Bedauern hätte ich mir schon erwartet«, knurrte Simon.

Elin legte ihm den Arm um die Schultern. »Nicht traurig sein. Wir finden einen anderen Spielplatz. Mit netteren Spielkameraden.«

»Ha, ha. Du bist nur so gelassen, weil du hier eines deiner Probleme zurücklassen kannst.«

»Vorher muss ich mit diesem Problem aber noch reden«, murmelte Elin. Sie ließ ihren Arm fallen.

»Dann ruf es an«, schlug Simon abwesend vor.

»Hab ich versucht. Ruby geht nicht ran. Von Sandra hab ich vorhin erfahren, dass die elften Klassen zu ein paar Sporttagen nach Berlin gefahren sind.« Das Mitleid mit Ruby ließ Elins Stimme rau klingen. Egal wie furchtbar es für sie selbst war, dass Lara sie wegen Ruby nicht mehr sehen wollte – Ruby musste zwei Tage mit Kim verbringen, der Frau, die ihre Gefühle nicht erwiderte. Das war bestimmt die Hölle.

»Sie kommt darüber hinweg«, sagte Simon, als hätte er Elins Gedanken gelesen. »Und dann wird sie dich auch wieder mögen.«

»Ich hoffe nur, dass das passiert, bevor das Schuljahr rum ist und sie es womöglich in den Sand setzt.«

»Sicher«, behauptete Simon im Brustton der Überzeugung. Dann winkte er Sandra zu, die gerade aus dem Schuppen mit den Gartengeräten trat. »Wir sind hier, Sandra.«

Die Angesprochene kam auf Elin und Simon zu. »Der Auftrag ist weg, stimmt's?«, stellte sie bereits aus einiger Entfernung fest.

Simon tat gelassen: »Ja. Ist aber nicht so schlimm. Wir haben auch so genug zu tun.« Er schaute auf die Uhr: »Vor allem ich. Ich habe Ann versprochen, mit ihr heute in ein paar Erstlingsgeschäfte zu gehen. Sorry, Elin, mit dem Bier wird es wohl doch nichts mehr.«

»Sag bloß, dass deine Frau noch nicht genug vom Shoppen hat?«, witzelte Elin.

»Du hast sie eben zu wenig gefordert«, gab Simon zurück.

»Ich gehör eben zu den Frauen, die gleich wissen, was sie wollen. Ein Geschäft – die Möbelstücke angeschaut, die ich brauche – fertig.«

»Das ist schön für dich.« Simon seufzte laut auf. »Meine Frau muss in der Regel in zehn Geschäften Vergleiche anstellen, nur um dann alles im ersten zu kaufen. Und ich muss hinter ihr herdackeln.« Er hob die Schultern und nickte ihr und Sandra zu, bevor er sich auf den Weg zum Parkplatz machte.

Elin schaute ihm grinsend hinterher. Doch das Grinsen verging ihr in dem Augenblick, als aus derselben Richtung Lara auftauchte.

Sie wirkte aufgelöst. In ihrem Gesicht stand nackte Panik.

Als sie Elin sah, hielt sie ruckartig an, als sei sie gegen ein Hindernis gerannt. Sie schien unschlüssig, was sie tun sollte.

Auch Elin überlegte: Sollte sie auf Lara zugehen? Aber ihre Beine fühlten sich plötzlich wie festzementiert an. Selbst wenn sie es gewollt hätte, sie hätte sich keinen Millimeter von der Stelle rühren können.

Lara atmete unterdessen sichtlich durch, setzte sich wieder in Bewegung und kam zu Elin heran. »Weißt du, wo meine Tochter ist?«, fragte sie atemlos. »Eigentlich müsste sie schon längst zu Hause sein. Und hier im Sekretariat geht keiner ans Telefon.«

An Elins Stelle erklärte Sandra: »Die Elftklässler sind auf Stufenfahrt.«

Lara fuhr zusammen. Ihre Augen verdunkelten sich. Diese Information schien sie völlig unvorbereitet zu treffen. Warum, war Elin völlig schleierhaft, denn dieser Termin stand bestimmt nicht erst seit Anfang dieser Woche fest.

»Ich hab auch gehört, dass ein Teil der Schülerinnen das Wochenende mit dranhängen«, teilte Sandra weiter mit, scheinbar ungerührt von Laras verstörtem Zustand.

Die drehte sich nun ganz zu Sandra und blitzte sie verärgert an. »Ich kann mich nicht erinnern, dass ich Sie gefragt hätte.«

Elin schluckte. Natürlich konnte sie Laras Sorge um ihre Tochter nachvollziehen. Aber was konnte die arme Sandra dafür? Wenn Lara auf irgendjemanden sauer sein wollte, dann doch wohl am ehesten auf Ruby – oder höchstens noch auf Elin. Sie versuchte Deeskalationsstrategien anzuwenden: »Vielleicht hat Ruby vergessen, dich daran zu erinnern.« Was allerdings noch nicht erklärte, warum diese überhaupt daran hätte erinnert werden müssen.

Lara wandte sich von Sandra ab und Elin zu. »Vergessen? Klar doch.« Von ihrem vorherigen bissigen Tonfall war nichts mehr zu hören. Nun klang sie nur noch unglücklich – und gleichzeitig beinahe zärtlich.

»Kann ich dir irgendwie helfen?«, bot Elin leise an. Am liebsten hätte sie Lara in den Arm genommen.

Lara schien den Wunsch zu spüren. Und zu teilen. Sie machte einen halben Schritt auf Elin zu.

In diesem Moment schaltete sich Sandra wieder ein. Wie aus

weiter Ferne drang ihre Stimme an Elins Ohr: »Wir sind ja so weit durch. Wenn dir noch etwas einfällt, ruf mich einfach an.«

Elin nickte, ohne sich von Lara abzuwenden.

Diese erstarrte unversehens. Sie schaute von Elin auf Sandra und wieder zurück. »Kein Problem. Ich bin schon weg«, sagte sie, drehte sich auf dem Absatz um und verschwand.

Elin blieb mit einem Gefühl zurück wie nach einem Schlag in den Magen. Eben noch war diese Sanftheit in Laras Stimme gewesen, die offene Körpersprache. Und urplötzlich wurde sie wieder zur eiskalten Löwin. Warum? Hatte Elin – neben dem schon vorhandenen – ein noch viel schwerwiegenderes Verbrechen begangen, dessen sie sich nicht bewusst war?

»Sie ist eifersüchtig«, bemerkte Sandra, nachdem Elin mehrere Sekunden lang geschwiegen hatte. Mit einem Mal schien sie es nicht mehr so eilig zu haben.

Elin schüttelte den Kopf. »Wieso sollte sie das sein?«

»Weil sie scharf auf dich ist.« Sandra kramte in ihrer Jackentasche herum und fuhr fort, als stelle sie eine Selbstverständlichkeit fest: »Das hab ich schon beim letzten Mal gemerkt.«

»Beim letzten Mal?« Elin konnte sich beim besten Willen nicht daran erinnern, wann das gewesen sein sollte.

»Als du mir hier alles gezeigt hast.« Inzwischen hatte Sandra ein Bonbon hervorgeholt und wickelte es bedächtig aus. »Damit sie mir nicht wirklich mal die Augen auskratzt: Kannst du ihr bitte sagen, dass ich von dir nichts will?« Sie grinste Elin an, während sie sich das Bonbon in den Mund schob. Ein paar Augenblicke lutschte sie hingebungsvoll, dann setzte sie hinzu: »Und du von mir auch nichts. Weil du außer ihr sowieso niemanden siehst.«

Auch Stunden später fragte Elin sich immer noch, wie Sandra aus nur zwei Begegnungen solche Rückschlüsse ziehen konnte. Sie hatte sich doch noch mit Simon getroffen, um durch die Kneipen Rostocks zu ziehen und »sich den Frust von der Seele zu feiern«, wie Simon es nannte.

»Sie hat doch recht«, behauptete er jetzt auf Elins entsprechende Frage hin. Seine Aussprache war bereits etwas schwerfällig. »Außerdem is' sie nicht doof. Sie merkt, wenn sie angezickt wird.«

»So schlimm war es auch wieder nicht«, widersprach Elin sofort. Auch wenn Lara tatsächlich etwas überreagiert hatte – und ob es wirklich aus Eifersucht war, dessen war sich Elin immer noch nicht sicher: Simon sollte keinesfalls ein falsches Bild von Lara bekommen.

»Wenn du's sagst«, murmelte der, in Gedanken offenbar schon wieder woanders. Er bedeutete dem Barkeeper, dass er noch einmal zwei Bier bringen sollte.

Elin winkte umgehend ab: »Mir bitte keines mehr. Ich hätte lieber eine Cola.«

»Du bist ein Weichei, Cousinchen. Nie kann man mit dir so wirklich einen trinken gehen.«

»Zu dem Zweck hättest du dich mit einem Kerl selbständig machen müssen«, gab Elin ungerührt zurück. »Ich muss mich nicht betrinken, um zu feiern. Und überhaupt ... wenn ich ausspannen will, dann fahre ich nach Island. Nächste Woche bin ich weg.« Es war höchste Zeit, einige Tage von hier zu verschwinden.

Simon wackelte mit dem Kopf. »Ist es wegen Lara?«

»Das werde ich gerade dir auf die Nase binden«, grummelte Elin. Sie wandte sich an den Barkeeper: »Könnten wir die Dartpfeile haben? Ich würde diesen Typen hier gern zum Schweigen bringen.«

Simon lachte schallend los. »Wann hast du mich denn zuletzt besiegt, Elin?«

»Soweit ich mich erinnern kann: letzte Woche.« Elin grinste über Simons verblüfftes Gesicht, als sie die Pfeile entgegennahm. Dann ging sie zur Dartscheibe, visierte das Ziel an und ließ den ersten Pfeil in einer geschmeidigen Bewegung los. Die anderen beiden folgten derselben Flugbahn.

»Dreimal sechzig«, sagte sie laut und grinste Simon an. »Du bist dran.«

»Wolltest du nicht gleich nach Island?«, fragte der etwas sauertöpfisch.

»Erst am Samstag«, entgegnete Elin. »Und bis dahin kann ich noch viele Treffer landen.«

Vollkommen übermüdet machte sich Elin am nächsten Tag an die Arbeit. Simon und sie hatten bis spät in die Nacht hinein Darts gespielt. Ihr Cousin war danach wesentlich weniger nüchtern gewesen als sie selbst, so dass sie ihn mehr oder weniger in die Wohnung hatte tragen müssen.

Irgendwann zwischendurch hatte er Elin anvertraut, dass er und Ann nun die Bestätigung hatten: »Es wird ein Mädchen«, hatte er gesagt und es dann in regelmäßigen Abständen wiederholt. »Und sie wird Emma heißen.«

Genauso oft hatte er Elin erzählt, dass er für seine Tochter alles tun würde. »Wenn ihr irgendjemand etwas antut, Elin«, hatte er gelallt, »ich schwör dir: Den bring ich um.« Es hatte zwar komisch ausgesehen, als er sich leicht schwankend auf die Brust geschlagen hatte, aber Elin hatte gespürt, wie ernst es ihm war.

Nachdenklich hatte sie gefragt: »Wann wirst du aus der Verantwortung deiner Tochter gegenüber draußen sein?«

»Niemals!«, hatte Simon ausgerufen, ohne auch nur eine Sekunde darüber nachzudenken.

Niemals ... Es war Elin durch Mark und Bein gegangen.

Sie rieb sich die Oberarme. Auch jetzt noch, bei der Erinnerung, fröstelte es sie, obwohl der Gedanke an Lara gleichzeitig warm durch sie hindurchrieselte. Letzte Nacht hatte sie sich noch vor der Antwort gedrückt – jetzt ging es nicht mehr. Sie hatte keine andere Wahl. Sie durfte nicht warten, bis sich Lara irgendwann ein für allemal auf Rubys Seite stellte und dann vielleicht nichts mehr von Elin wissen wollte.

Zum wiederholten Mal an diesem Morgen wählte Elin Rubys Nummer. Aber wie schon die vorigen Male meldete sich nur eine Computerstimme: »Der gewünschte Gesprächspartner ist zurzeit nicht erreichbar, wird aber per SMS über ihren Anruf informiert.«

Beim ersten Versuch war Elin noch beunruhigt gewesen, weil Ruby ihre etwas eigenwillige, dafür aber sehr charmante Bandansage gelöscht hatte. Inzwischen war sie verärgert. Es war anzunehmen, dass Ruby wusste, wer mit ihr sprechen wollte. Daher konnte die Abfuhr nur Lara und Elin gelten.

Mit viel mehr Schwung als nötig knallte sie die Tür zum Geräteschuppen zu. »Weißt du, was du deiner Mutter damit antust?«

Lara anrufen konnte sie nicht, weil sie deren Telefonnummer nicht hatte. Den Gedanken, im Autohaus vorbeizufahren, verwarf sie sofort wieder. Damit hätte sie Lara vermutlich nur noch mehr aufgewühlt. Sie war sicher, dass Lara vor Sorge vergehen, aber nichts unternehmen würde, um ihrer Tochter Zeit zu lassen.

Wieder holte sie ihr Telefon heraus und starrte eine Weile auf das Display. Schließlich gab sie sich einen Ruck. Aber diesmal wählte sie nicht Rubys Nummer; sie rief Sandra an.

»Wie weit bist du mit der Fassade?«, fragte sie, ohne sich groß mit einer Begrüßung aufzuhalten.

»In einer halben Stunde müsste ich fertig sein«, gab Sandra etwas außer Atem zurück.

Elin nickte beifällig. »Das passt ausgezeichnet. Also, Sandra – die Sache ist die ... Ich müsste dringend weg.«

»Schon klar, Chefin. Ich übernehme deine Nachmittagstermine.« An Sandras Stimme hörte Elin deutlich, dass diese alles andere als begeistert war.

Aber darauf konnte sie keine Rücksicht nehmen. Sie musste Ruby ausfindig machen. Auch wenn das bedeutete, dass sie ihren Urlaub auf Island noch einmal für ein paar Tage nach hinten verschieben musste. Ihre Eltern würden es verstehen, wenn sie die Gründe erfuhren.

Zufrieden mit ihrer Entscheidung ging Elin ins Sekretariat.

»Frau Lohmeier«, begann sie mit einem strahlenden Lächeln, »meinen Sie, ich könnte Sie auch einmal um etwas bitten?«

Frau Lohmeier schaute Elin über ihre Brillengläser hinweg an. »Kommt darauf an«, gab sie zurück, ohne das Lächeln zu erwidern.

Elin verkniff es sich, die Schulsekretärin daran zu erinnern, wie oft sie wegen vermeintlicher Katastrophen ihren Feierabend hatte hinauszögern müssen. Aber sie behielt die Option im Hinterkopf.

»Die elfte Stufe ist doch gestern zu einer Art Stufenfahrt aufgebrochen ...« Sie machte eine Pause und wartete die Reaktion ab.

»Jaaaa?«, fragte Frau Lohmeier gedehnt. Gegen Ende hin wurde ihre Stimme wie bei einem Notsignal immer höher.

»Ich muss ganz dringend mit Ruby Heldt sprechen.«

Sofort entgegnete die Sekretärin: »Ich darf Ihnen ihre Telefonnummer nicht geben.« Damit wandte sich wieder dem Stapel Briefe zu, der vor ihr auf dem Schreibtisch lag.

»Nein, nein«, wiegelte Elin rasch ab. »Die Telefonnummer habe ich. Sie hat das Telefon aber abgestellt. Es wäre also ganz lieb von Ihnen, wenn Sie mir sagen könnten, wo Ruby und die anderen untergebracht sind.«

Es folgte eine ausführliche Diskussion darüber, was Frau Lohmeier durfte und was nicht. Doch letztendlich siegte Elins Überzeugungskraft. Mit einem Notizzettel in der Hand, auf dem die Adresse stand, verließ sie die Schule. Die erste Hürde war genommen. Aber die nächste könnte zum Stolperstein werden: Sie musste Lara davon überzeugen, mit ihr zu kommen, um mit Ruby zu reden. Es war endgültig Zeit, Farbe zu bekennen.

Elins Handflächen waren ganz feucht, als sie die Fahrertür ihrer guten alten Roberta aufschloss. Sie wischte die Hände rasch an den Hosenbeinen trocken, bevor sie einstieg. Nach einem tiefen Atemzug und einem lauten »So!« startete sie den Motor und fuhr los.

Als sie am Autohaus ankam, hatten sich die letzten Zweifel in Luft aufgelöst. Denn während sie hinter einem LKW hatte herschleichen müssen, hatte ihr auf einmal Anns Frage in den Ohren geklungen: »Was ist das Beste für Elin Petersen?« Seither wusste Elin, dass sie das Richtige tat. Denn das Beste für sie war, für Klarheit zu sorgen. Nur so konnte sie offen um Lara kämpfen.

Entsprechend selbstbewusst betrat Elin die Verkaufshalle. Sie musste nicht lange suchen, denn Lara saß an ihrem Schreibtisch. Sie starrte scheinbar konzentriert auf den Monitor ihres Computers. Trotzdem sah Elin an ihrer ganzen gedrückten Körperhaltung, wie sehr Lara litt.

»Lara?«

Beim Klang ihrer Stimme erstarrte Lara kurz, bevor sie sich ihr langsam zuwandte.

Elin musste nach der Stuhllehne greifen, weil ihre Beine wegzuknicken drohten. Aus Laras Augen war jeglicher Glanz verschwunden.

»Womit kann ich dir helfen?«, fragte Lara müde.

In einem Ton, der keinen Widerspruch duldete, sagte Elin: »Sieh zu, dass du hier Feierabend machst, und dann brechen wir auf.« Sie begann die Prospekte auf Laras Schreibtisch einzusammeln und in den Aufsteller daneben einzusortieren. Hauptsächlich, um Lara nicht anschauen zu müssen und den Anschein der Bestimmtheit aufrechtzuerhalten.

»Lass das, Elin!«, sagte Lara in Elins übertriebenen Elan hinein.

Elin legte den Stapel, den sie gerade in den Händen hielt, langsam zurück.

»Kannst du mir sagen, was das soll?« Lara lehnte sich zurück. Zwischen ihren Augenbrauen bildete sich die steile Unmutsfalte, die sie Elin so oft zeigte.

Noch nie hatte sich Elin über diesen Anblick so sehr gefreut. Sie ging auf Lara zu, drehte sie mitsamt des Stuhls etwas nach rechts und lehnte sich schließlich vor ihr gegen den Schreibtisch. »Wir beide fahren nach Berlin, sobald du hier klar Schiff gemacht hast«, gab sie bekannt.

Lara griff nach Elins Hüfte.

Automatisch erhob sich Elin – Laras Händen entgegen. Aber sie konnte die Berührung nicht auskosten, weil Lara sie zur Seite schob und irgendetwas am Computer machte. Elin hörte nur ein paar Klicks und schließlich die Frage: »Und was machen wir *beide* in Berlin?«

»Mit deiner Tochter ein ernstes Wort reden.« Elin zog den Notizzettel heraus und legte ihn vor Lara auf den Tisch. »Hier steht drauf, wo die Jahrgangsstufe abgestiegen ist. Also!« Sie tippte an Laras Schulter, um den Worten mehr Nachdruck zu verleihen – aber auch, um Lara zu spüren. »Und sag jetzt nicht, dass du es für keine gute Idee hältst, Lara. Wir müssen endlich ein paar Dinge aus der Welt schaffen. Und das geht nur gemeinsam.« Sie hatte das Tippen eingestellt und angefangen, mit den Fingern kleine Achten auf Laras Schultern zu malen.

Laras Stirnrunzeln vertiefte sich.

Und Elins Erleichterung ebenfalls. Lara würde mitkommen. Dessen war sie sich sicher. Sie warf das, wie sie hoffte, entscheidende Argument in die Waagschale: »Sieh es so, Lara. Schlimmer als es jetzt zwischen euch beiden ist, kann es eh nicht mehr werden.« Gleich darauf musste sie schmunzeln, weil Lara auf der Unterlippe kaute und dabei überhaupt nicht wie eine strenge Mutter aussah.

Allerdings brauchte Lara lange, um zu einer Entscheidung zu kommen. Viel zu lange für Elins Geschmack. Denn je länger sie Lara betrachtete, desto unwiderstehlicher wurde der Anblick von Laras Mund. Wie sich die Lippen unter den Zähnen bewegten ... Elin dachte daran, an welchen Stellen sie diese Lippen überall gespürt hatte. Die Erinnerung war so real, dass sie beinahe aufgestöhnt hätte. Ihre Wangen glühten. Sie fächelte sich unauffällig Luft zu.

Zum Glück schien Lara davon nichts zu merken. Sie schaute immer noch nachdenklich auf die Tischplatte. »Du hast recht«, sagte sie endlich. »Ich muss mit Ruby reden.«

Unvermutet schaute sie auf. Elin fuhr zusammen. Jetzt hatte Lara sie doch noch bei ihren Träumereien ertappt.

Zum Glück ignorierte Lara es. Sie straffte die Schultern und offenbarte, ohne mit der Wimper zu zucken: »Aber allein.«

Damit war Elins romantische Stimmung verflogen. »Oh nein«, widersprach sie. »Ich werde mitkommen. Denn es geht nicht nur um dich, Lara. Wenn deine Tochter mich plötzlich ablehnt, muss ich das mit ihr klären. Weil das, was sie mir vorwirft, völlig aus der Luft gegriffen ist.«

»Was sie dir vorwirft, ist unwichtig, Elin«, erwiderte Lara. Sie fuhr den Computer herunter und begann den Schreibtisch aufzuräumen. Es wirkte fast, als sähe sie alles um sich verschwommen, denn sie führte jeden Handgriff äußerst konzentriert durch. Dabei murmelte sie: »Sie ist nicht wegen dir einfach so weggefahren. Sondern wegen mir. Weil ich mit dir geschlafen habe, obwohl ich ihre Einstellung kenne, was dich betrifft.«

Elin packte Lara an den Schultern und drehte sie zu sich herum. »Sie kann doch gar nicht wissen, dass ich bei dir gewesen bin.«

Lara schüttelte einmal kurz den Kopf. Während sie sich aus Elins Griff wand und ihre Tätigkeit wieder aufnahm, sagte sie leise: »Doch. Sie war wohl morgens im Haus und ist dabei über Luise Reiher gestolpert. Die hat ihr brühwarm erzählt, dass du bei mir bist.«

Elin biss die Zähne zusammen. Schon wieder Luise Reiher. Konnte diese Frau sich nicht endlich aus ihrer aller Leben heraushalten? »Und woher weißt du davon?«, fragte sie mit mühsam unterdrückter Wut.

»Nun, sie hat auch mir bei der ersten Gelegenheit erzählt, dass meine Tochter sofort kehrtgemacht hat, nachdem sie von ›dieser Schande‹ erfahren hat. Denn sie, also Luise Reiher, hat sehr wohl mitbekommen, was du für eine bist.« Lara machte eine kurze Pause und wandte den Kopf zu Elin. Unverhofft erschien ein zärtliches Lächeln auf ihrem Gesicht. »Und wie wir uns manchmal anschauen.«

Der Schatten von Luise verblasste. In Elin wurde alles weit und hell. Wie von selbst kamen die Worte über ihre Lippen: »Ich liebe dich, Lara.«

Lara schloss die Augen, wie um den Satz in sich nachklingen zu lassen. Die Hände auf der Stuhllehne abgestützt, flüsterte sie, ohne die Augen zu öffnen: »Ich kann nicht.«

»Darum müssen wir beide mit deiner Tochter reden«, erklärte Elin mit fester Stimme, ging zum Garderobenständer und nahm Laras Jacke. »Es kann doch nicht sein, dass sie bestimmt, mit wem du zusammen bist.« Sie hielt Lara die Jacke hin. Im nächsten Moment zog sie den Arm etwas zurück. Denn die wichtigste Frage hatte sie sich selbst noch gar nicht gestellt: »Du willst doch mit mir zusammen sein?«

Lara griff nach ihrer Jacke, zog Elin mit derselben Bewegung zu sich heran und antwortete mit einem Kuss, der Elin beinahe den Boden unter den Füßen wegzog. Plötzlich gab es nur noch Laras Zunge, die federleicht und fordernd zugleich über ihre Lippen strich. Sie drängte sich dem Kuss entgegen.

»Ähem«, hüstelte jemand aus dem Hintergrund. »Ich will ja nicht stören, aber im Verkaufsraum ist jemand, der sich für einen Neuwagen interessiert.«

Lara seufzte, gab Elin frei und wandte sich dem Störenfried zu. »Ich muss weg, Sven. Meinst du, du kannst das für mich übernehmen?«

Sven Rudolphs Miene war ein einziges Fragezeichen.

»Ich muss zu meiner Tochter«, fügte Lara erklärend hinzu. »Ich hoffe, dass sie mich ein kleines bisschen verstehen kann.« Nun suchte sie Elins Blick. »Wenn nicht – dann ... Sie ist mein Kind«, sagte sie mit einem entschuldigenden Schulterzucken.

Elin schaute immer wieder zu Lara hinüber. Seit ihrem Aufbruch vor einer Stunde hatte Lara geschwiegen. Aber Elin störte es seltsamerweise nicht. Sie hatte das Radio eingeschaltet, und leise Orchesterklänge sorgten für eine friedliche Stimmung. Es gab im Grunde auch nichts, das sie hätten besprechen können. Für weitere Erklärungen war es zu spät und für Zukunftsfragen zu früh. Oder?

Wieder warf Elin einen Seitenblick auf Lara. Deren Lippen waren leicht geöffnet. Ihr Kopf bewegte sich ganz sacht mit der Musik. »Ich liebe den Bolero«, bemerkte sie lächelnd.

»Ich auch.« Elin wandte sich wieder dem Straßenverkehr zu. Plötzlich wollte sie nicht mehr schweigen. Sie wollte viel mehr von Lara erfahren. Wer wusste schon, ob sie dazu noch einmal Gelegenheit haben würde. »Darf ich dich was fragen, Lara?«

»Du darfst mich alles fragen.« Lara drehte die Lautstärke am Radio etwas zurück.

»Warum sieht sich Per Dornhagen eigentlich als dein Beschützer?« Elin schaltete einen Gang hoch und wechselte auf die Überholspur. »Will er etwas von dir?«

Lara lachte nicht. Sie legte nur ihre Hand auf Elins Knie. »Eifersüchtig?«

Elin zwang sich, weiter auf die Straße zu achten und die Hitze zu ignorieren, die Laras Berührung in ihr entfachte. »Nein«, sagte sie und schaffte es, ihre Stimme normal klingen zu lassen. »Ich bin nur neugierig.«

»Er war mit meiner Tante liiert«, antwortete Lara. Ihr Tonfall klang, als sei sie in Gedanken ganz woanders.

Elin trat auf die Bremse. Durch den Ruck, der durch das Auto ging, schien Lara endlich aufzufallen, dass sie sanft an Elins Oberschenkel entlangstreichelte. Sie zog ihre Hand zurück.

»Da vorn ist ein Parkplatz, Elin«, sagte sie sanft. »Dann können wir tauschen.«

Normalerweise hätte Elin abgelehnt. Normalerweise ließ sie niemanden mit Roberta fahren, weil die Handhabung ein wenig gewöhnungsbedürftig war. Normalerweise war Elin aber auch nicht so durcheinander. Also folgte sie Laras Rat und bog ab.

Es dauerte eine gute weitere Stunde, bis sie sich Berlin näherten. Elin merkte es daran, dass Lara immer häufiger in die Spiegel und über die Schulter schaute, blinkte und Spuren wechselte. »Wie geht's hier weiter?«, fragte Lara schließlich.

»Moment ...« Endlich kam Elin auf die Idee, die Adresse in ihr Navi einzugeben. Sie war einfach losgefahren, mit dem Ziel auf einem Notizzettel, aber ohne eine Idee, wie sie dort hingelangte.

»Du musst dich am Autobahnkreuz 35-Dreieck Pankow rechts halten und dann den Schildern A114 in Richtung Berlin-Zentrum und Berlin-Pankow folgen«, las sie Lara nun die Route vor. In spätestens einer Viertelstunde würden sie ankommen. Elin legte den Kopf an die Seitenscheibe und beobachtete Lara unter halb geschlossenen Lidern.

Sie wirkte so ruhig. Als würde sie sich keine Sorgen machen. Wäre da nicht der Kehlkopf, der sich sichtbar bewegte. Oder das kaum sichtbare Zittern der Lippen.

Elin seufzte verstohlen auf und drehte den Kopf so, dass ihre Wange die Scheibe berührte. Das kühle Glas zu spüren tat gut. Dann besann sie sich wieder auf die Navigation. Nur wenige Anweisungen später standen sie auf dem Parkplatz des Hotels, in dem Ruby und die anderen untergebracht waren.

Lara hatte den Motor zwar abgestellt, aber ihre Hände lagen immer noch auf dem Lenkrad, und sie machte keine Anstalten auszusteigen.

Auch Elin rührte sich nicht von der Stelle. *Das ist doch albern*, ging es ihr durch den Kopf. Zwei erwachsene Frauen hatten Angst vor der Begegnung mit einem Teenager.

»Ich schaff das nicht«, rief Lara plötzlich aus. Sie drehte sich zu Elin. »Mein ganzes Leben hab ich immer nur an die anderen gedacht. Erst meine Eltern. Später meine Tochter. Weißt du, wann ich wirklich glücklich gewesen bin in meinem Leben?«

Elin hob die Schultern und sah sie fragend an.

»In den letzten Wochen. Immer dann, wenn ich dich gesehen habe. Und gleichzeitig war ich unglücklich wie noch nie, weil du unerreichbar warst. Weil ich Ruby nicht wehtun wollte. Weil meine Tochter vorgeht. Ihr Glück. Verstehst du?«

Elin schluckte. Warum musste Lara sie immer und immer wieder daran erinnern, dass sie sich keine Hoffnungen machen sollte?

Trotz regte sich in ihr. Noch war das letzte Wort nicht gesprochen. Für sie war hier und jetzt noch nicht Ende. Sie war so sehr damit beschäftigt, sich selbst Mut zuzusprechen, dass sie beinahe Laras lautes »Aber!« überhört hätte.

»Meine Tochter«, erklärte Lara, »muss endlich lernen, dass nicht immer alles nach ihrem Kopf geht. Dass ich auch ein Recht auf ein eigenes Leben habe.« Sie lächelte. »Und dazu gehörst du, Elin.«

Hatte Lara das gerade wirklich gesagt? Oder war das wieder nur ein Tagtraum? Elin schüttelte ungläubig den Kopf.

»Heißt das . . .?« Sie wagte nicht, den Satz vollständig auszusprechen.

»Das heißt es.« Lara rückte so nahe an Elin heran, wie es der Innenraum des Autos zuließ. Es blieben nur ein paar Zentimeter, die sie noch voneinander trennten.

Mit rauer Stimme sagte Elin: »Du musst da etwas wissen.«

»Falls du mir beichten willst, dass du meiner Tochter nur dabei geholfen hast, mich an der Nase herumzuführen . . .« Lara beugte sich zu Elin. Elin kam ihr entgegen. Bis sich ihre Lippen fast berührten. »Das weiß ich bereits.«

»Und du willst trotzdem?«, fragte Elin an Laras Mund.

»Halt die Klappe und küss mich«, forderte Lara.

Nur zu gern kam Elin der Aufforderung nach.

Sie hätte den Kuss gern länger ausgekostet, aber ein lautes Hupen ließ sie auseinanderschrecken. Beide mussten laut lachen, als sie merkten, dass Lara es ausgelöst hatte. Nachdem sie sich beruhigt hatten, meinte Lara: »Wir sind wohl schon zu alt für Knutschereien in einem Auto.«

»Dann sollten wir die Knutschereien an einem ungefährlicheren Ort fortsetzen«, schlug Elin augenzwinkernd vor.

»Das werden wir.« Lara nickte ihr zu. Dann schaute sie zum Hoteleingang. »Nachdem ich mit Ruby gesprochen habe. Ich hoffe nur, dass sie auch hier ist.«

Elin sah schmunzelnd zu, wie sich Lara wieder einmal die Kleider ordnete. »Sie ist hier«, versicherte sie.

»Und was macht dich so sicher?« Lara drehte den Rückspiegel zu sich und überprüfte, ob auch die Frisur saß. Anschließend strich sie sich die Augenbrauen gerade.

»Frau Lohmeier. Sie hat mir verraten, dass die jungen Leute immer um sechs Uhr im Hotel zu Abend essen. Das heißt«, Elin schaute auf die Uhr, »sie müssten gleich damit fertig sein.«

»Dann sollten wir sie vor dem Speisesaal abpassen«, überlegte Lara. Sie fuhr sich durchs Haar und zerstörte die gerade erst hergestellte Ordnung.

Elin hätte sie am liebsten sofort wieder in die Arme gezogen. Stattdessen öffnete sie die Tür. »Dann lass uns mit deiner Tochter reden.«

■ ■ ■ ■ ■

Perplex schauten Elin und Lara auf Ruby, auf Kim – und auf deren ineinander verschlungene Finger.

Lara fand als Erste ihre Sprache wieder. »Was soll das?«

»Was macht ihr denn hier?«, fragte Ruby zurück. In ihren Augen war nicht das geringste Anzeichen eines schlechten Gewissens zu erkennen. Im Gegenteil, sie strahlte über das ganze Gesicht. Es waren diese unverfälschten, ehrlichen Gefühlsäußerungen, die Elin immer wieder dazu getrieben hatten, Ruby zu helfen. Jetzt hätte sie eigentlich böse auf die junge Frau sein müssen. Aber sie konnte einfach nicht.

»Wir wollten mit dir reden«, erklärte Lara nun. »Wegen Elin und mir.«

Grinsend stellte Ruby fest: »Ihr seid zusammen. Das wurde aber auch Zeit.«

Elin riss die Augen auf. Sie schaute zu Lara hinüber. Deren Gesichtsausdruck musste ein exaktes Spiegelbild ihres eigenen sein. Was Ruby eben von sich gegeben hatte, war einfach zu unglaublich.

»Das ist übrigens Kim«, stellte Ruby ihre Freundin vor – offenbar völlig ungerührt.

Kim verzog das Gesicht. Wenigstens ihr schien das Ganze etwas peinlich zu sein. »Guten Tag, Frau Heldt«, murmelte sie.

»Und warum haltet ihr Händchen?«, wollte Elin von Kim wissen. »Hast du nicht behauptet, dass du an Ruby nicht interessiert bist?«

»Das war meine Idee«, gab Ruby zur Antwort.

»'tschuldigung«, kam es aus mehreren Richtungen. Die übrigen Schüler, die aus dem Speisesaal strömten, drängten sich an der Vierergruppe vorbei.

Lara blitzte ihre Tochter an. »Wir sollten uns woanders unterhalten. Du hast uns einiges zu erklären, junge Dame.«

»Soll ich verschwinden?«, fragte Kim und schaute hoffnungsvoll den anderen Schülern nach.

Elin tauschte einen Blick mit Lara. Diese schüttelte fast unmerklich den Kopf, und Elin erklärte fest: »Nix da. Du kommst mit. Schließlich bist du da auch irgendwie beteiligt.«

»Wollen wir uns rüber in die Bar setzen?« Ruby wies nach links. »Da ist jetzt noch niemand, also haben wir Ruhe.« Langsam schien sie doch etwas verunsichert. Ihre Stimme klang nicht mehr ganz so sorglos, und sie klammerte sich fester an Kims Hand.

Die Bar war tatsächlich menschenleer. Sie setzten sich in eine der Nischen. Ruby drängte sich ganz dicht an Kim. Lara und Elin setzten sich in stiller Übereinkunft einander gegenüber; so konnten sie sich stumm unterhalten und die nächsten Schritte abwägen – oder sich einfach nur lächelnd in die Augen schauen.

Elin versuchte die Situation einzuordnen. Eigentlich müsste sie erleichtert sein, dachte sie verwirrt. Stattdessen fühlte sie sich vollkommen überrumpelt.

Auch Lara wirkte ein wenig ratlos, als sie begann: »Also, Ruby. Was hast du angestellt?«

Ruby senkte den Blick. »Gar nichts«, nuschelte sie.

»Nach gar nichts fühlt es sich für mich aber nicht an«, gab Lara zurück. Sie holte tief Luft. »Korrigier mich bitte – aber wenn ich das alles richtig verstehe, hast du so getan, als würdest du Elin hassen.«

Rubys Kopf ruckte in die Höhe. »Ja, aber nur, weil alles andere nichts geholfen hat.«

Elin und Lara starrten sie an. »Wie – alles andere?«, fragten sie fast gleichzeitig.

»Na ja . . . Ich hab euch so oft allein gelassen, damit ihr euch endlich näherkommt. Stattdessen habt ihr mir immer einheitlich erzählt, dass so Treffen in unserer Wohnung gar nicht gehen. Dabei hab ich doch bemerkt, dass da was ist.« Ruby sah Kim an. »Nur weil ich Kim liebe, heißt das nicht, dass ich sonst nix mitbekomme.«

Die beiden jungen Frauen schienen für einen Augenblick ganz ineinander versunken. Lara schlug mit der Hand auf die Tischplatte und riss sie damit unsanft aus ihrer innigen Zweisamkeit. »Warum hast du dann aber diesen ganzen Mist verbreitet, von wegen, du hasst Elin?«

Elin setzte hinzu, an Kim gerichtet: »Und warum hast du mir den Mist erzählt, von wegen, du weißt schon?«

»Du wolltest doch nicht mehr mit mir reden. Vergessen?«, sagte Ruby zu Elin. Die Frage ihrer Mutter ignorierte sie. »Es hätte nichts gebracht, wenn ich mich bei dir gemeldet hätte. Also hab ich mich gefragt: Was kann man tun, damit du dich bei mir meldest?«

In Kims Richtung bemerkte Elin verstehend: »Darum also deine Andeutungen, ich sollte mich bei Ruby melden und so weiter.«

»Ich hab Ruby gesagt, dass es eine doofe Idee ist.« Kim lächelte Ruby zärtlich an. »Aber sie kann so überzeugend sein.«

Wie von selbst wanderte Elins Hand über den Tisch. Kurz bevor sich ihre Fingerspitzen mit Laras trafen, hielt sie inne und drehte die Handfläche nach oben. Lara verstand die Einladung.

Die Berührung vertrieb den Ärger, den die Eröffnungen der Mädchen nun doch in Elin hatten aufsteigen lassen. Sie war wochenlang den Intrigen einer Siebzehnjährigen aufgesessen – dabei hätte alles so einfach sein können. Deshalb wollte sie Ruby nicht so einfach vom Haken lassen.

Auch Lara schien es so zu gehen. »Wieso bist du dann gestern Morgen einfach so abgehauen?«, setzte sie das Verhör fort.

Ruby kniff die Augenbrauen zusammen. »Wieso abgehauen? Luise hat mir erzählt, dass Elin bei dir übernachtet. Da hab ich sie gebeten, dir liebe Grüße zu bestellen. Und dir zu sagen, dass ich mich für dich freu und dich anrufen werde.« Sie grinste ein wenig verschämt. »Leider habe ich dann mein Handy bei Kim vergessen.«

»Was ist mit der Bandansage?«, fragte Elin. Über Luise Reiher wollte sie sich gerade nicht ärgern. Obwohl die Alte eine ordentliche Abreibung verdient hätte.

»Ich hab die alte Ansage gelöscht, weil ich etwas Neues draufsprechen wollte. Dann hab ich's irgendwie vergessen.« Ruby löste sich von Kim und rückte zu ihrer Mutter. »Bist du sehr böse auf mich, Mama?«, piepste sie. »Ich wollte doch nur, dass du endlich glücklich wirst. Und du hast so gar nichts unternommen ... Es tut mir so leid. Ich wollte doch nie ...«

»Schon gut, Liebes.« Lara legte den Arm um ihre Tochter. »Mach so Sachen aber bitte nie wieder.«

»Wieso hast du Ruby nichts von unserem ersten Treffen erzählt?« Elin lag bäuchlings auf dem Bett. Den Kopf auf dem Ellbogen abgestützt, beobachtete sie, wie Lara die Schränke des Hotelzimmers inspizierte. Das Gespräch mit Ruby und Kim hatte noch eine Zeitlang gedauert. Kim hatte sich dabei zurückgehalten und Ruby das Wort überlassen. Trotzdem hatte man ihr angesehen, wie tief sie sich Ruby verbunden fühlte.

Ruby wiederum hatte wortreich und mit vielen Gesten berichtet, wie sie mit Kim zusammengekommen war und wie glücklich sie war. Lara und Elin hatten ihr lächelnd zugehört und sich zwischendurch tief in die Augen geschaut. Rubys Geplapper war in immer weitere Ferne gerückt, bis Elin nichts mehr wahrgenommen hatte außer Lara.

»Ich möchte heute nicht mehr zurückfahren«, hatte Lara plötzlich erklärt. »Hier im Hotel ist sicher noch was frei. Was meinst du, Elin?«

Elin erinnerte sich an das sehnsuchtsvolle Ziehen, das sich sofort in ihr ausgebreitet hatte. Es hielt immer noch an. Aber seit sie das Hotelzimmer betreten hatten, war Lara nur damit beschäftigt, sich alles genau anzusehen. Das Bad. Den Balkon. Und nun eben die Schränke. Sie war nervös, das merkte Elin. Deshalb wollte sie ihr Zeit lassen. Denn für Lara musste die Tatsache noch ungewohnter sein als für sie selbst: Sie waren zusammen. Frei und unbekümmert.

»Sie war so schon zerknirscht genug«, sagte Lara vom anderen Ende des Raumes. »Da musste ich ihr nicht auch noch unter die Nase reiben, dass wir zwei womöglich schon längst ein Paar wären – wenn sie diese Scharade nicht verzapft hätte.«

»Wären wir das?« Elin setzte sich auf. »Schon längst ein Paar?«

Endlich kam Lara zu Elin und setzte sich neben sie. »Die Frage ist wohl eher: Sind wir es jetzt?«

Elin strich ihr eine Haarsträhne aus der Stirn und hauchte: »Das hoffe ich doch.« Sie drückte Laras Oberkörper sanft auf das Bett nieder. »Und was ist mit dir?«

»Ich auch.« Laras Augen hatten wieder den Schimmer des Meeres, in den sich Elin bereits bei ihrer ersten Begegnung verliebt hatte. Auch dieser samtig weichen und gleichzeitig rauen Stimme konnte sie sich nicht entziehen. Und das brauchte sie auch nicht mehr.

Am Morgen wachte Elin früh auf und fühlte sich wie neugeboren. Lara lag neben ihr, das Haar zerzaust, auf den Lippen ein seliges Lächeln.

Elin rückte vorsichtig nach oben. Sie zog die Decke etwas zur Seite, um Lara genau zu betrachten. Jeden Zentimeter ihres Körper prägte sie sich ein, alles, was sie letzte Nacht mit Händen und Mund erkundet hatte, nahm sie jetzt mit den Augen in sich auf. Sie lächelte, als sich Lara ein wenig bewegte und ihr dadurch noch freiere Sicht auf ihre Brüste gewährte.

Lara musste im Schlaf ihren Blick spüren, denn ihre Brustwarzen richteten sich auf. Elin schluckte.

»Gefällt dir, was du siehst?«, fragte Lara mit geschlossenen Augen.

»Und wie.« Elin beugte sich nach vorn und gab Lara einen sanften Kuss.

Sie verharrte aber nicht lange beim Mund, denn sie wollte etwas anderes. Langsam küsste sie sich nach unten, saugte an einer Brustwarze. Lara bäumte sich leicht auf. Elin spürte Laras Hände in ihrem Haar. Die Berührungen wurden immer fahriger, bis Lara gegen Elins Schultern drückte und sie nach unten schob.

Schweißgebadet ließ Elin sich sehr viel später in die Kissen zurückfallen. »Das war so ... wow«, brachte sie atemlos heraus.

Lara krabbelte vom Fußende des Bettes herauf. Ihr Gesicht war hochrot, aber sie strahlte Elin überglücklich an. »Es ist unbeschreiblich, dich so zu lieben.«

»Oh ja«, erwiderte Elin, immer noch schwer atmend. »Aber meinst du nicht, wir sollten langsam aufstehen?«

Lara reckte sich über Elin hinweg, um einen Blick auf die Uhr zu erhaschen. »Oh! Schon nach neun.«

»Tja, wie die Zeit vergeht, wenn man sich amüsiert«, meinte Elin augenzwinkernd. Dann sprang sie aus dem Bett, energiegeladen wie schon lange nicht mehr. »Aber jetzt habe ich einen Bärenhunger.«

Den Frühstücksraum hatten sie nachher fast für sich allein. Nur ein älteres Pärchen saß noch zwei Tische weiter. Also konnten sich Elin und Lara ungestört unterhalten. Manchmal überzog eine feine Röte Laras Wangen – immer dann, wenn Elin eine Bemerkung zu den vergangenen Stunden machte. Die Röte verschwand jedes Mal wieder. Der Glanz in Laras Augen aber blieb.

Elin konnte es nicht glauben, dass dieser Glanz ihr galt. Nie zuvor war sie von jemandem so angeschaut worden. Allerdings war sie sich sicher, dass sie selbst auch noch nie jemandem mit so viel Liebe in die Augen gesehen hatte.

»Vor ein paar Tagen habe ich gedacht, dass du meine Liebe nicht willst«, sagte Elin leise.

Lara hauchte einen Kuss in Elins Handfläche. »Ich glaube, wir haben beide viel zu viel gedacht in der letzten Zeit.«

»Und zu wenig gewusst«, stimmte Elin zu. Sie begann, ihr Müsli zu löffeln. Auf einmal hielt sie mitten in der Bewegung inne. »Warst du eigentlich schon einmal auf Island?«

»Nein«, gab Lara zurück. Auch sie bewegte sich nicht.

»Möchtest du?«, fragte Elin. »Also mit nach Island. Zu meinen Eltern?« Sie verharrte immer noch wie erstarrt.

»Du möchtest mich deinen Eltern vorstellen?«, fragte Lara schmunzelnd. »Soll ich bei ihnen um deine Hand anhalten?«

Elin verbiss sich ein Grinsen. »Selbstredend. Oder wolltest du das nicht?«

»Doch, doch«, stimmte Lara energisch zu. »Ich würde dich gern begleiten. Aber noch nicht sofort. Ruby wird nun sicher nur noch selten zu Hause sein. Lass dich und mich erst die Zeit miteinander genießen, ja? Ich muss mich nämlich erst an das Glücklichsein gewöhnen.«

Elin erhob sich ein wenig von ihrem Platz, gerade so weit, dass sie Lara einen Kuss geben konnte. Die Lippen dicht an Laras Mund, fragte sie: »Kannst du dich eigentlich noch daran erinnern, was in meinem Horoskop gestanden hat?«

Lara lächelte. »Ich hab's zu Hause.«

Erstaunt ließ sich Elin auf ihren Stuhl zurückfallen. »Echt jetzt?«

»Ja. Du hast ja was davon erzählt, dass man sich immer ein zweites Mal sieht. Und bei dem Horoskop, habe ich gedacht, muss das einfach passieren.« Lara lächelte Elin warm an, bevor sie hinzufügte: »Den letzten Satz weiß ich noch auswendig.«

Elin nickte. Und beide sagten wie aus einem Mund: »Es wird sich am Ende auch für Sie lohnen.«

ENDE

Weitere Titel bei édition el!es

Lucy van Tessel: Die Bücherfee

Roman

Greta besitzt nicht nur eine Buchhandlung, sondern auch ein gutes Gespür dafür, welche Bücher Ariane mag. Die fühlt sich bei Greta so geborgen, dass es zum Sex und zu so etwas wie einer Beziehung kommt. Doch Geschäftliches und Privates zu trennen ist nicht leicht, so dass die Beziehung zu zerbrechen droht. Wenn sich allerdings beide endlich eingestehen würden, was sie wirklich füreinander empfinden, könnte das Happy End in greifbare Nähe rücken . . .

Toni Lucas: Auszeit

Roman

Als die Punkerin Lucinde in Isabellas bürgerliche Welt platzt, stellt sie mit ihrer Vorliebe für Kunstausstellungen, Joints, Sex und Spaß das Leben und die langjährige Beziehung der Speditionskauffrau auf den Kopf. Isabella stürzt sich in eine Affäre, die sie mehr als nur den Job kosten wird – und am Ende stellt sich die Frage, ob Lucinde für eine dauerhafte Beziehung geeignet ist, oder ob sich die wahre Liebe nicht doch woanders verbirgt . . .

Claudia Lütje: Ich warte auf dich

Handyroman

Eigentlich repariert Andie nur Sandras Auto, doch völlig ungeplant landet Sandra an ihrem eigenen Hochzeitstag mit Andie im Bett. Andie gesteht Sandra ihre Liebe, Sandra jedoch will an ihrer Ehe mit Petra festhalten. Aber Andie gibt nicht auf, und Sandras altes Auto braucht irgendwann wieder eine Mechanikerin . . .

Ruth Gogoll: L wie Liebe (Staffel 5)

Roman

Nachdem in Staffel 4 Anita mit Tonia glücklich geworden ist, wird es Zeit, dass auch die anderen glücklich werden. Doch das ist manchmal gar nicht so einfach, wenn Frauen sich selbst im Wege stehen. Glück lässt sich nicht erzwingen, auch wenn die große Liebe vielleicht schon lange an der Ecke wartet. Frau muss sie immer noch einfangen (und darf nicht vor ihr weglaufen).
Doch obwohl noch das eine oder andere Missverständnis geklärt werden muss, die eine oder andere ein wenig in Richtung Glück geschubst werden

und Paare zu sich selbst finden müssen: Hier kommt das Happy End, das bei elles garantiert ist.

Terry Waiden: Ravens Schicksal

Handyroman

Obwohl Adriana ihrer Magie beraubt im Kerker des Schlosses eingesperrt ist, sammeln die bösen Mächte des Nordens Ihre Kräfte und formieren sich zu einer Armee des Schreckens, die unaufhaltsam herannaht, um Adriana zu befreien. Nur Raven könnte sie aufhalten, doch ihre Ausbildung hat erst begonnen. Ihre Mutter ist eine ausgebildete Do-Lla, aber nach der langen Gefangenschaft, aus der Raven sie befreit hat, sehr schwach. Wird es ihnen gelingen, das unaufhaltsam herannahende Böse zu besiegen?

Claudia Lütje: Unter dem Marulabaum

Roman

In einem Reservat in Südafrika leitet Lisa Adler eine kleine Farm mit Gästelodge. Ihre Welt aus Tieren und Natur wird von leidenschaftlichen Gefühlen durcheinandergewirbelt, als Angela Wagner für ein paar Tage ihr Gast ist. Sie kommen sich näher, doch richtig funkt es, als Angela gepflegt werden muss, weil sie bei einem Reitausflug vom Pferd abgeworfen wurde.
Die Entscheidung, bei Lisa in Südafrika zu bleiben, hat Angela schnell gefällt, doch kann sie ihr Leben in Deutschland einfach aufgeben? Und ist das Leben auf der Farm im Alltag wirklich so romantisch, wie es im Urlaub scheint?

Mirjam Hoff: Einhundert Absagen

Handyroman

Die übermächtige Angst, sich eine Absage zu holen, hält Franzi stets davon ab, auf Frauensuche zu gehen. Eines Tages können ihre Freundinnen das nicht mehr mitansehen und entwerfen einen Plan: Als Therapie soll sich Franz einhundert Absagen holen, um ihre Angst zu besiegen. Doch in der Praxis muss die Richtige gar nicht erst gefragt werden . . .

Jenny Green: Über den Dächern der Stadt

Roman

Nach jahrelanger Beziehung von ihrer Freundin verlassen, steht Emma vor einem Scherbenhaufen. Ein beruflicher Wechsel bringt sie mit der Geschichtslehrerin Lisa zusammen, die den Trennungsschmerz lindert. Doch Emma ist nicht bereit für eine neue Beziehung, und so einigen sie sich auf eine Freundschaft mit Extras. Die wieder aufkreuzende Ex und tragische Geschehnisse aus der Vergangenheit scheinen jedoch die Freundschaft dauerhaft zu sabotieren . . .

Ruth Gogoll: Wachgeküsst

Roman

Es war einmal . . . Hadockville, Maine: Avalon Hadock ist die ungekrönte Königin der Stadt. Die neue Polizeichefin Ryleigh Grant lässt sich jedoch nichts befehlen, vor allem nicht, wenn es um die Aufklärung eines fünfzehn Jahre zurückliegenden Mordes geht, in den die Familie Hadock anscheinend verwickelt war. Während der Ermittlungen fühlen Ryleigh und Avalon sich trotz aller Differenzen recht schnell voneinander angezogen − zunächst körperlich, doch Ryleigh verliebt sich, während die Liebe in Avalon erst wachgeküsst werden muss . . .

Nadine C. Felix: Gefühle kommen ohne Voranmeldung

Roman

Nach Jahren treffen sie sich wieder: Mona und Lisa kommen sich dabei näher, als ihnen beiden lieb ist. Lisa scheint nur an Sex interessiert, während bei Mona tiefere Gefühle im Spiel sind. Kaum, dass Lisa merkt, dass sie ein Paar sind, ist sie auch schon weg. Aber Mona gibt nicht auf, um Lisa zu zu kämpfen, doch Lisa plagen bald auch noch ganz andere Sorgen − und es scheint, als gäbe es keine gemeinsame Zukunft für sie . . .

Terry Waiden: Diesmal für immer

Roman

Josi wähnt sich glücklich in ihrem Leben allein, da holt ihre Vergangenheit sie plötzlich ein: Ihr Pflegevater liegt im Sterben. Sie kehrt in die alte Heimat zurück und stellt entsetzt fest, dass Sonja, die Tochter ihres Pflegevaters, sie immer noch liebt. Aber Josi will nicht erneut enttäuscht werden und weist Sonja zurück, doch die lässt diesmal nicht mehr los . . .

Laura Beck: Der letzte Liebesdienst

Roman

Lara und Maja sind ein ebenso glückliches Paar wie Anke und Fiona. Doch das Schicksal entreißt Lara und Fiona ihre geliebten Frauen und lässt sie trauernd zurück. Sowohl Fiona als auch Lara glauben, nie wieder lieben zu können.
Nach ihrem Hinscheiden gerät Maja in eine Zwischenwelt, in der sie Anke trifft. Sie stecken dort fest, denn sie haben noch eine Aufgabe zu erfüllen: Ihre Frauen sollen wieder glücklich werden, und zwar miteinander. Und so versuchen die beiden (noch nicht ganz) Verblichenen ihre zurückgebliebenen Frauen miteinander zu verkuppeln, was sich als schwieriger erweist, als es zunächst den Anschein hat . . .

Julia Schöning: Mit Herz und Skalpell

Roman

Die neue Assistenzärztin Linda verliebt sich im Krankenhaus in die unnahbare Oberärztin Alexandra. Obwohl Alexandra keine Beziehung eingehen will, kommen sie sich näher. Der Kampf um die Stelle als Leitende Oberärztin und Alexandras Ex stehen jedoch wie eine Mauer zwischen ihr und Linda – aber Linda gibt nicht auf, um Alexandras Liebe zu kämpfen . . .

Anne Wall: Immer diese Sehnsucht

Roman

Kerstin und Andrea scheinen ein glückliches Paar zu sein, doch die Beziehung kriselt: Andrea lebt nur für ihre Arbeit, und Kerstin vermisst die Zweisamkeit. Da tritt die braungebrannte Abenteurerin Pat in Kerstins Leben und schenkt ihr die Aufmerksamkeit, die sie von Andrea vermisst. Nach einem schrecklichen Streit von Andrea tief verletzt folgt Kerstin Pat nach Südafrika, wo sie ein neues Leben beginnt; Andrea bleibt ahnungslos zurück. Doch unter der heißen Sonne Afrikas wächst in Kerstin die Sehnsucht nach Andreas Liebe . . .

Claudia Lütje: Über den Wolken fand ich dich

Roman

Petra und Anja, Stewardess und Pilotin bei derselben Fluggesellschaft, lernen sich im Dienst auf einem Flug nach Miami kennen und verbringen im Hotel intensive Stunden miteinander. Es könnte der Anfang einer wunderbaren Beziehung werden, wenn Anjas Ex-Freundin Beate nicht wäre: Denn die heckt einen gemeinen Plan aus, um die beiden Liebenden auseinanderzubringen, indem sie ihnen Schmuggelware unterjubelt. Doch die Anstrengungen, Anjas Karriere zu retten, schweißen Petra und Anja nur noch mehr zusammen – auch wenn Beate weiterhin nichts unversucht lässt, Anja zurückzugewinnen . . .

Ina Sembt: Im Garten der Gefühle

Roman

Für eine brisante Reportage erhält Alexandra den Auftrag, undercover intime Details über die Mode-Magnatin Susanne von Saalfeld herauszufinden. Alexandra gibt sich als Gartenarchitektin aus und kommt Susanne näher als geplant. Doch noch bevor Alexandra ihren wahren Beruf beichten kann, prangen bereits skandalträchtige Schlagzeilen in der Boulevardpresse – Susanne zieht sich wütend zurück. Alexandra versucht verzweifelt alles Menschenmögliche, um Susanne von ihrer Liebe zu überzeugen . . .

www.elles.de